James Ellroy

Blut auf dem Mond

Roman

Aus dem Amerikanischen von
Martin Dieckmann

W0379324

Ullstein Gelbe Reihe

Ullstein Buchverlage GmbH & Co. KG, Berlin
Taschenbuchnummer: 24594
Originaltitel:
Blood on the Moon

Juni 1999

Umschlaggestaltung: Vera Bauer
Photo: IFA-Bilderteam
Alle Rechte vorbehalten
© 1984 by James Ellroy
Übersetzung © 1986 by Verlag Ullstein GmbH, Frankfurt/M. – Berlin
Printed in Germany 1999
Satz: MPM, Wasserburg
Druck und Verarbeitung: Ebner Ulm
ISBN 3-548-24594-3

Gedruckt auf altersbeständigem Papier
mit chlorfrei gebleichtem Zellstoff

Die Deutsche Bibliothek – CIP-Einheitsaufnahme

Ellroy, James
Blut auf dem Mond: Thriller/James Ellroy. Aus dem Amerikan.
von Martin Dieckmann. – Berlin: Ullstein, 1999
(Ullstein-Buch; Nr. 24594: Ullstein gelbe Reihe)
ISBN 3-548-24594-3

Zur Erinnerung an Kenneth Millar (1915–1983)

Die Lorbeerbäume im Lande sind verdorrt
Und Meteore droh'n den festen Sternen
Der blasse Mond scheint blutig auf die Erde
Hohläugig flüstern Seher furchtbaren Wechsel

Shakespeare, Richard II

I.
Blut geleckt

1

Am Freitag, dem 10. Juni 1964, begann das *Goldene Oldie-Wochenende* der Radiostation KRLA, Los Angeles. Die beiden Verschwörer, die das Gelände erkundeten, wo das »Kidnapping« stattfinden sollte, drehten ihr tragbares Radio voll auf, um den Lärm der Kreissägen, Hämmer und Meißel zu übertönen – der Baulärm aus dem Klassenzimmer im dritten Stock der High-School und die Musik der *Fleetwoods* versuchten einander akustisch zu überbieten.

Larry »Birdman« Craigie hielt das Radio dicht an sein Ohr gepreßt und wunderte sich über den Schwachsinn, noch eine Woche vor Beginn der Sommerferien mit den Bauarbeiten anzufangen. In diesem Moment tönte die Gruppe *Gary U.S. Bonds* aus dem Radio und sang: »Endlich ist die Schule überstanden, ich bin so froh, ich hab' sie bestanden.« Larry krümmte sich vor Lachen und rollte sich auf dem mit Sägemehl bedeckten Fußboden. Die Schule mochte zwar zu Ende sein, bestanden hatte er sie allerdings nicht, und eigentlich war ihm das auch scheißegal. Er wälzte sich auf dem Boden herum, ohne Rücksicht auf das erst kürzlich geklaute lilafarbene Baumwollhemd.

Delbert »Whitey« Haines wurde allmählich genervt und sauer. Birdman war entweder verrückt, oder aber er tat nur so, was bedeutete, daß sein langjähriger Kumpan sich für viel schlauer hielt als er, was wiederum bedeutete, daß er über *ihn* lachte. Whitey wartete, bis Larrys Lachanfall vorüber war und brachte sich dann in Liegestützposition. Er wußte, was nun folgen würde: Eine Serie blöder Bemerkungen über Liegestütze auf Ruthie Rosenberg, und wie Larry sie dazu bringen würde, ihm einen zu blasen, während er an den Ringen in der Mädchenturnhalle hing.

Larrys Lachen brach ab, und er öffnete den Mund, um etwas zu sagen. Whitey ließ es erst gar nicht dazu kommen; er mochte Ruthie und haßte verletzende Äußerungen über nette Mädchen. Er drückte die Spitze seines Stiefels zwischen Larrys Schulterblätter, genau dorthin, wo es am meisten schmerzte. Larry schrie auf und fuhr hoch. Sein Radio hielt er fest an die Brust gepreßt.

»Das war doch nun wirklich nicht nötig!«

»Nein«, sagte Whitey, »eigentlich nicht. Ich kann aber deine Gedanken lesen, du Psychopath. Du falscher Psychopath! Sag gefälligst nicht immer so wüste Sachen über nette Mädchen. Außerdem, wir müssen uns jetzt um den Typen kümmern, nicht um Mädchen.«

Larry nickte; die Tatsache, daß er an so wichtigen Plänen teilhaben durfte, ließ ihn die Mißhandlung vergessen. Er ging zum Fenster, schaute hinaus und dachte an diesen Drecksack mit seinen Lederschuhen, seinen pfauenhaften grellen Pullovern, seinem anständigen Aussehen und seinem Poesiealbum, das er in dem Fotogeschäft in der Aluardo Street druckte, wo er als Gegenleistung für das Putzen des Ladens mietfrei wohnen durfte.

Das *Marshall High Poetry Revier* enthielt miserable, schnulzige Gedichte; sentimentales Liebesgesülze, von dem jedermann wußte, daß es dieser hochnäsigen, von einer Konfessionsschule übergewechselten Irin und den Gören ihres Dichter-Clubs gewidmet war und sich gegen ihn und Whitey und alle anderen richtigen Jungs vom Marshall-College richtete. Als Larry mal völlig betrunken den Folk Song Club heimgesucht und die Hose »runtergelassen« hatte, hatte das *Journal* dieses Ereignis mit einer Zeichnung von ihm in Kampfuniform aufgegriffen und dem ätzenden Text kommentiert: »Wir haben also ein Braunhemd namens Birdman unter uns – Analphabet und im Umgang mit Worten eher karg. Seine Waffen sind

Hinterlist, und sein Geist ist wirr. Zweifellos: Ein rechter Scheißkerl ...«

Whitey kam sogar noch schlechter davon: Nachdem er Big John Kafesjian in einem fairen Kampf im Rotunda Court ordentlich verprügelt hatte, hatte der Typ eine ganze Ausgabe des Journals einem »epischen« Gedicht gewidmet, das den Vorfall beschrieb und in dem Whitey als »Weißer Lumpenprolet und Provokateur« bezeichnet wurde. Es endete mit einer Prophezeiung in Form einer Grabrede:

»Wohl keine Autopsie wird je beweisen,
was sein nachtschwarzes Herz verbarg:
daß schlaffe Muskeln, im Krampf wie Eisen,
gebildet sind aus Haß und Arg.
– Nehmt dies als Requiem auf einen, der nicht zählt.«

Larry hatte sich bereit erklärt, Whitey bei einer kleinen Racheaktion zu unterstützen, und er tat sich damit außerdem noch selbst einen Gefallen: Der Vizepräsident des College hatte nämlich angedroht, daß er bei einer weiteren Schlägerei oder einem ähnlichen Vorfall relegiert werden würde, und der Gedanke an ein Ende der Schulzeit versetzte ihn in Begeisterung. Aber Whitey hatte eine schnelle, spektakuläre Vergeltungsaktion mit der Begründung abgelehnt: »Nein, das wäre zu einfach. Der Typ soll das gleiche durchmachen wie wir. Er hat uns immerhin ganz schön durch den Dreck geschleift. Wir werden ihm das heimzahlen, und zwar doppelt und dreifach.«

Daraufhin wurde der Plan ausgeheckt: entkleiden, verprügeln, Genitalien anmalen und rasieren. Wenn alles funktionierte, war der richtige Zeitpunkt dafür jetzt. Larry beobachtete Whitey, wie er Hakenkreuze in das Sägemehl malte. Die Del-Viking-Version von »Come Go With Me« ging zu Ende, und die Nachrichten kamen, was bedeutete, daß es drei Uhr sein mußte. Ein wenig später hörte Larry

Stimmen, und er beobachtete, wie die Bauarbeiter ihr Werkzeug zusammenpackten und die Haupttreppe hinuntertrotteten; jetzt waren sie ganz allein und konnten in Ruhe auf den Dichter warten.

Larry schluckte und stieß Whitey vorsichtig an, aus Angst, er könnte ihn bei seiner Beschäftigung stören.

»Bist du sicher, daß er kommt? Was ist, wenn er herausfindet, daß die Nachricht falsch ist?«

Whitey blickte auf und trat mit dem Fuß die Tür eines Spinds ein, daß sie aus ihren Scharnieren gerissen wurde. »Der wird schon kommen. Eine Nachricht von dieser irischen Fotze? Der denkt doch glatt, das ist ein Rendezvous! Aber bleib ganz cool! Meine Schwester hat die Nachricht geschrieben, auf rosa Briefpapier in Kleinmädchenschrift. Aus dem Rendezvous wird nichts. Du weißt schon, was ich meine, wie?«

Larry nickte; er wußte genau, was er meinte.

Die Verschwörer warteten in aller Ruhe; Larry träumte vor sich hin, Whitey durchsuchte die offenstehenden Schließfächer nach Liegengelassenem. Als sie eine Etage tiefer Schritte im Flur hörten, zog Larry seine Sporthose aus einer braunen Papiertüte hervor und nahm eine Tube Spezialkleber aus seiner Hosentasche. Er drückte den ganzen Inhalt der Tube über der Hose aus und preßte sich gegen die Schließfächer, die der Treppe am nächsten waren. Whitey kauerte neben ihm, mit einem selbstgemachten Schlagring um die rechte Faust.

»Liebling?«

Der zögernd geflüsterte Kosename ging dem Geräusch der Schritte voraus, die immer kühner zu werden schienen, je mehr sie sich dem Treppenabsatz im dritten Stock näherten. Whitey zählte leise vor sich hin, und als er sich ausgerechnet hatte, daß der Dichter in Reichweite war, schob er Larry aus dem Weg und postierte sich neben dem Treppenrand.

»Sweetheart?«

Larry fing an zu lachen, und der Dichter blieb auf halber Treppe stehen, die Hand auf dem Geländer. Whitey packte seine Hand und riß mit einem Ruck daran, worauf der Dichter die beiden letzten Stufen hinunterstürzte. Brutal gab er dem Arm noch einen Ruck und eine geschickte Drehung genau im richtigen Winkel, mit der er den Dichter in die Knie zwang. Als sein Gegner mit hilflosen, flehenden Augen zu ihm aufsah, trat Whitey ihm in den Magen. Dann zog er das unkontrolliert zitternde Häufchen Elend hoch.

»Jetzt, Birdman!« schrie Whitey.

Larry wickelte die mit Klebstoff beschmierte Sporthose um Mund und Nase des Dichters und drückte so lange zu, bis seine Zuckungen in glucksenden Geräuschen untergingen und die Haut um seine Schläfen herum erst rosa, dann rot, dann blau anlief und er anfing, nach Luft zu schnappen.

Larry ließ ihn los und trat einen Schritt zurück, wodurch die Sporthose auf den Boden fiel. Der Dichter taumelte umher, fiel rückwärts und krachte in eine halb geöffnete Schließfachtür. Whitey stand noch immer mit geballten Fäusten an derselben Stelle, beobachtete den Dichter und sagte leise: »Wir haben ihn umgebracht. Verdammt noch mal, wir haben ihn umgebracht!«

Larry kniete nieder, ein Gebet aufsagend und sich bekreuzigend, als der Dichter endlich japsend Sauerstoff einatmete und einen mit Klebstoff vermischten Schleimkloß ausspuckte und würgend hervorstieß: »Drecks – Drecks – Drecks – Dreckschweine!«

Mit dem ersten vollen Atemzug stieß er das Wort hervor. Seine Gesichtsfarbe wurde langsam wieder normal, und er ging in die Knie. »Dreckschweine! Verdammtes weißes Lumpenpack! Penner! Verblödeter, hinterhältiger, häßlicher Abschaum!«

Whitey Haines begann vor Erleichterung hemmungslos

zu lachen. Larry Craigie seufzte erleichtert auf, und seine zum Gebet gefalteten Hände ballten sich jetzt zu Fäusten. Whiteys Gelächter wurde immer hysterischer, und der Dichter, der zwischen ihnen stand, giftete ihn an: »Hohler, schwanzloser Muskelprotz! Keine Frau würde dich jemals anfassen! Alle Mädchen, die ich kenne, lachen doch nur über dich und dein Fünfzentimeterding! Kein Schwanz, kein Sex. Kein –«

Whitey lief rot an und zitterte vor Wut. Er holte mit einem Fuß aus und trat mit voller Wucht dem Dichter in die Genitalien. Der Dichter schrie auf und fiel auf die Knie. Whitey rief: »Dreh das Radio auf, volles Rohr!« Larry gehorchte, und *Beach-Boys-Musik* schallte durch den Korridor, während Whitey den Dichter mit Füßen und Fäusten bearbeitete. Er rollte sich wie ein Fötus zusammen und murmelte dabei erstickt immer und immer wieder: »Abschaum, Abschaum«, als die Schläge und Tritte ihn trafen.

Als schließlich Gesicht und Arme des Dichters blutüberströmt waren, trat Whitey einen Schritt zurück, um seine Rache voll auszukosten. Er öffnete seinen Hosenschlitz, und als letzter feuchter Gnadenstoß ergoß sich ein warmer Strahl auf sein Opfer. Er spürte, wie er ihm hart wurde. Larry bemerkte es und sah seinen Anführer verdattert an. Was würde jetzt weiter geschehen? Plötzlich durchfuhr Whitey ein Schauer. Er blickte auf den Dichter hinunter, der immer noch »Abschaum« hinausstöhnte und Blut auf die Stahlkappen der Fallschirmjägerstiefel spuckte. Jetzt wußte Whitey mit einem Mal, was es mit dem Hartwerden auf sich hatte, und er kniete sich neben den Dichter, zog dessen Levis-Cordhose und Boxershorts hinunter, drückte ihm die Beine auseinander und drang unbeholfen in ihn ein. Der Dichter schrie kurz auf, als Whitey sich in ihn bohrte, dann beruhigte sich sein Atem und schlug in etwas um, das seltsamerweise einem ironischen Lachen glich.

Whitey wurde fertig, zog sich zurück und sah sich Unterstützung heischend nach seinem schreckensstummen Gefolgsmann um. Um es ihm leicht zu machen, drehte er die Lautstärke des Radios so voll auf, daß Elvis Presley sich zu schrillem Gekreische verzerrte; dann sah er dabei zu, wie auch Larry sich an ihrem Opfer Befriedigung verschaffte.

Sie ließen ihn einfach dort liegen, tränenlos und ohne den Willen, mehr zu empfinden als das Gefühl, das die Schändung in ihm hinterlassen hatte. Als sie weggingen, tönte gerade »Cathy's Clown« von den Everley Brothers aus dem Radio. Sie hatten beide lachen müssen, und Whitey versetzte ihm noch einen letzten Tritt.

Er blieb liegen, bis er Gewißheit hatte, daß der Schulhof menschenleer war. Er dachte an seine wahre Liebe und stellte sich vor, sie wäre bei ihm, ihr Kopf ruhte auf seiner Brust, und sie erzählte ihm, wie sehr sie die Sonette mochte, die er für sie geschrieben hatte.

Schließlich stand er auf. Das Gehen fiel ihm schwer, und jeder Schritt verursachte einen stechenden Schmerz vom Darm bis hoch in seine Brust. Er faßte sich ins Gesicht; es war mit einer getrockneten Masse bedeckt, die Blut sein mußte. Er rieb sich wütend mit dem Ärmel übers Gesicht, bis der Schorf zusammen mit frischem Blut über glatte Haut rann. Dadurch fühlte er sich besser, und wegen der Tatsache, daß er die Tränen tapfer zurückgehalten hatte, war ihm sogar noch besser zumute. Außer ein paar Schülergruppen hier und da, die sich die Zeit vertrieben und Fangen spielten, war der Schulhof leer, und der Dichter überquerte ihn mit qualvoll langsamen Schritten. Er wurde gewahr, wie eine warme Flüssigkeit seine Beine hinunterlief. Er zog sein rechtes Hosenbein hoch und sah, daß sein Socken mit Blut durchtränkt war, das sich an den Rändern mit etwas Weißlichem mischte. Seine Socken abstreifend, humpelte er weiter in Richtung »Ruhmesbogen«, einem mit

Marmor ausgelegten Wandelgang, der an die früheren Abschlußklassen der Schule erinnern sollte. Der Dichter wischte mit dem blutigen Baumwollknäuel über Maskottchen, die die »Delphianer« seit '31 bis hin zu den »Atheniensern« von '63 darstellen sollten, und ging dann barfuß, wobei er mit jedem Schritt kraftvoller und entschlossener auftrat, durch das Südtor der Schule auf den Griffith Park Boulevard, während sein Geist von zusammenhanglosen Gedichtfetzen und sentimentalen Reimen durchflutet wurde; alle waren nur ihr gewidmet.

Als er den Blumenladen an der Ecke Griffith Park und Hyperion erblickte, wußte er, daß er einfach hineingehen *mußte.* Er wappnete sich gegen die Begegnung mit Menschen und ging hinein; er kaufte ein Dutzend rote Rosen, die er an eine Adresse schicken ließ, die er zwar auswendig kannte, jedoch nie aufgesucht hatte. Er legte eine Karte bei, auf deren Rückseite er einige Verse über die Liebe schrieb, die mit Blut besiegelt wird. Er bezahlte den Blumenhändler, der ihm lächelnd versicherte, daß die Blumen innerhalb einer Stunde zugestellt würden.

Der Dichter ging nach draußen, bemerkte, daß es noch zwei Stunden hell sein würde, und daß es keinen Ort gab, wohin er jetzt gehen könnte. Das erschreckte ihn, und er versuchte, eine Ode an das schwindende Tageslicht aufzusetzen, um seine Angst in Grenzen zu halten. Er versuchte es immer wieder, aber sein Geist verfehlte den Rhythmus; aus Angst wurde Schrecken, und er fiel auf die Knie, schluchzend nach einem Wort oder Satz flehend, die alles wieder richtig machen könnten.

2

Als der Stadtteil Watts am 23. August 1965 in Flammen aufging, baute Lloyd Hopkins gerade Sandburgen am Strand von Malibu; er bevölkerte sie mit Mitgliedern seiner Familie und erdachte Charaktere, die seiner eigenen brillanten Phantasie entstammten.

Eine Schar Kinder, die sich nur zu gern unterhalten ließ, hatte sich um den freundlich-umgänglichen Dreiundzwanzigjährigen versammelt, und sie sah ehrfürchtig dem großen jungen Mann dabei zu, wie er mit geschickten Händen Zugbrücken, Burggräben und Wälle formte. Lloyd war eins mit den Kindern und einig mit seiner eigenen Gedankenwelt, die er als etwas Losgelöstes und Eigenständiges erlebte. Die Kinder schauten ihm zu, und er spürte genau ihr Verlangen und ihren Wunsch, bei ihm sein zu können; er wußte instinktiv, wann er sie mit einem Lächeln oder Heben der Augenbrauen belohnen mußte, um sie zufrieden zu stimmen, worauf er dann zu seinem eigentlichen Spiel zurückkehren konnte.

Seine irisch-protestantischen Vorfahren kämpften gerade gegen seinen geisteskranken Bruder Tom um die Herrschaft über die Burg. Es war eine Schlacht zwischen den aufrechten Getreuen der Vergangenheit und Tom mit seinen aufrührerischen, paramilitärischen Kohorten, die der Meinung waren, daß alle Neger nach Afrika zurückverschifft werden und sämtliche Straßen in privatem Besitz sein sollten.

Die Verrückten hatten zeitweise die Übermacht – Tom und sein heimlich angelegtes Arsenal von Handgranaten und automatischen Waffen waren gewaltig –, aber die wackeren Loyalisten waren standhaft, wohingegen Tom und seine Bande feige waren; angeführt vom künftigen Police Officer Lloyd hatten die Iren die Technik überlistet und schossen nun brennende Pfeile mitten in Toms Waffenlager, worauf alles in die Luft flog. Lloyd sah in seiner Phantasie Flammen im Sand züngeln und fragte sich zum achttausendsten Mal an diesem Tag, wie die Polizei-Akademie wohl sein würde. Härter als das Grundtraining? Mußte ja wohl so sein, andernfalls würde die Stadt Los Angeles in arge Bedrängnis geraten.

Lloyd seufzte laut. Er und seine Getreuen hatten die Schlacht gewonnen, und seine Eltern, die ihm auf unerklärliche Weise deutlich vor Augen standen, waren gekommen, um ihren siegreichen Sohn zu feiern und die Verlierer zu beschimpfen. »Gegen ein kluges Köpfchen kann man nun mal nicht an, Doris«, sagte sein Vater zu seiner Mutter. »Ich wollte, es wäre nicht immer so, aber die schlauen Kerle regieren nun mal die Welt. Lern noch eine Fremdsprache, Lloydie; Tom kann sich ja weiter mit diesen Nichtskönnern aus der Telefonbranche herumschlagen, aber du wirst einmal alle Rätsel lösen und die Welt regieren.« Seine Mutter nickte stumm; seit ihrem Schlaganfall konnte sie nicht mehr sprechen.

Tom blickte finster dazu drein, weil er der Verlierer war. Mit einem Male hörte Lloyd Musik, die aus dem Nichts zu kommen schien, und sehr langsam und bewußt zwang er sich, in die Richtung zu sehen, aus der das störende Geräusch kam.

Ein kleines Mädchen hielt ein Radio in den Armen und versuchte mitzusingen. Als Lloyd das kleine Mädchen sah, schmolz ihm geradezu das Herz. Es konnte ja keine Ahnung davon haben, wie sehr er Musik haßte, wie sehr sie seine Gedanken durcheinanderbringen konnte. Er würde der Kleinen gegenüber sanft und zärtlich sein müssen, wie er es Frauen jeglichen Alters gegenüber auch war. Er lenkte die

Aufmerksamkeit des Mädchens auf sich und sagte mit sanfter Stimme, obwohl ihn jetzt Kopfschmerzen zu plagen begannen: »Gefällt dir meine Burg, Kleine?«

»Ja ... Ja«, antwortete das kleine Mädchen.

»Sie gehört dir. Die wackeren Recken haben für eine schöne Jungfrau eine Schlacht gewonnen, und die Schöne bist du.« Die Musik wurde immer ohrenbetäubender; Lloyd dachte kurz, daß die ganze Welt davon erzitterte. Das kleine Mädchen drehte kokett den Kopf, und Lloyd sagte: »Würdest du wohl das Radio ausschalten, Kleine? Dann mache ich mit dir einen Rundgang durch die Burg.«

Das Kind erfüllte ihm den Wunsch und drehte den Lautstärkeregler zurück, als die Musik abrupt aussetzte und ein Nachrichtensprecher mit ernster Stimme verkündete: »... und der Gouverneur Edmund G. Brown hat soeben bekanntgegeben, daß die Nationalgarde mit verstärkten Einheiten in die südlichen Innenstadtbezirke von Los Angeles beordert wurde, um der seit zwei Tagen andauernden Herrschaft der Gewalt, des Terrors und der Plünderungen ein Ende zu bereiten, die schon vier Tote gefordert hat. Sämtliche Angehörige der folgenden Einheiten sollen sich sofort melden ...«

Das Mädchen stellte das Radio ab, und Lloyds Kopfschmerzen wichen einer absoluten Leere.

»Hast du schon mal ›Alice im Wunderland‹ gelesen, Kleine?« fragte er.

»Meine Mami hat mir aus dem Bilderbuch vorgelesen«, sagte das Mädchen.

»Schön. Dann weißt du ja, was es heißt, wenn man dem Kaninchen hinab in seinen Bau folgt?«

»Du meinst, was Alice machte, als sie ins Wunderland ging?«

»Genau. Und genau das ist es, was der alte Lloyd jetzt machen muß – das kam gerade im Radio.«

»Bist du der ›alte Lloyd‹?«

»Ja, junge Dame.«

»Was wird dann aus deinem Schloß?«

»Das erbst du, schönes Kind – Du kannst damit machen, was du willst.«

»Wirklich?«

»Wirklich!«

Das kleine Mädchen sprang in die Luft und landete mitten in der Burg, wodurch sie völlig zerstört wurde. Lloyd rannte zu seinem Wagen und hoffte, daß dieser Einsatz zu seiner Feuertaufe werden würde.

In der Waffenkammer nahm der Diensthabende, Sergeant Beller, die Besten des Lehrgangs auf die Seite und machte ihnen das lockende Angebot, sich für ein paar Dollar waffentechnische Überlegenheit zu kaufen, damit sie im Land der schwarzen Männer nicht bei lebendigem Leibe gefressen würden und nebenbei noch ein wenig Spaß haben könnten.

Er gab Lloyd Hopkins und zwei weiteren Männern aus seiner Einheit ein Zeichen, ihm in den Waschraum zu folgen, wo er ihnen seine Ware zeigte und Erklärungen gab: »Eine .45er Automatik. Die klassische Handfeuerwaffe eines Offiziers. Wirft garantiert jeden feuerschluckenden Nigger auf eine Entfernung von 30 Metern zu Boden, ganz gleich, wo es ihn trifft. Höchst illegal für den Privatgebrauch, aber eine hervorragende Kapitalanlage; diese Babys hier sind vollautomatisch – Maschinenpistolen mit einem von mir selbst entworfenen Elefantenclip – zwanzig Schuß, nachladbar, garantiert innerhalb fünf Sekunden; das Ding kann allerdings zu heiß werden, ich leg' deshalb noch einen Spezialhandschuh drauf. Das Ding, zwei Elefantenclips und der Handschuh – zusammen für 'n Hunderter –, wer will's haben?«

Er zeigte die Waffen anreißerisch herum. Die beiden

Officer von der Fahrbereitschaft starrten begehrlich und verliebt auf die beiden Stücke, winkten jedoch resigniert ab.

»Ich bin pleite, Sergeant«, meinte der eine.

»Ich bleibe hinten bei der Einsatzleitung bei den Kettenfahrzeugen, Sergeant«, sagte der andere.

Beller stöhnte und sah zu Lloyd Hopkins, dem es in den Fingern juckte. »Das Hirn« nannte man ihn allgemein in seiner Kompanie. »Hoppie, wie steht's mit dir?«

»Ich nehm' sie beide«, erwiderte Lloyd.

Bekleidet mit Kampfanzug, Gamaschen, vollen Patronengurten und Stahlhelmen der C-Klasse stand die Kompanie A des zweiten Bataillons, 46. Division der kalifornischen Nationalgarde, in Paradeformation in der Haupthalle des Waffenarsenals von Glendale und wartete darauf, Anweisungen entgegenzunehmen. Der Bataillonskommandeur, ein vierundvierzig Jahre alter Zahnarzt aus Pasadena, der den Rang eines Lieutenant-Colonel der Reserve innehatte, formulierte seine Gedanken und Befehle in einer Form, die er selbst als kurz und bündig bezeichnet hätte, und sprach ins Mikrofon: »Gentlemen, wir sind auf dem Weg in diese Feuersbrunst. Die Polizei von Los Angeles hat uns soeben darüber informiert, daß ein Gebiet von siebzig Quadratkilometern im südlichen Innenstadtbezirk von Los Angeles von Flammen eingeschlossen ist und daß ganze Geschäftsviertel geplündert und in Brand gesteckt worden sind. Wir werden da reingeschickt, um das Leben der Feuerwehrmänner, die die Flammen bekämpfen, zu schützen, und um durch unsere Präsenz Plünderungen und andere kriminelle Handlungen zu unterbinden. Dies ist die einzige reguläre Infanterieeinheit innerhalb einer gepanzerten Division. Ich bin überzeugt, Männer, daß ihr die Speerspitze dieser Ruhe und Ordnung wiederherstellenden Truppe aus Zivilsoldaten sein werdet. Ihr bekommt weitere Instruktionen, sobald wir das Einsatzgebiet erreicht haben. Ich wünsche uns also einen guten Tag, und Gott sei mit euch!«

Niemand sprach mehr von Gott, als der aus Ketten- und Panzerfahrzeugen und Mannschaftswagen bestehende Konvoi Glendale in Richtung Golden State Freeway in südlicher Richtung verließ. Die Hauptgesprächsthemen waren Waffen, Sex und die Schwarzen, bis PFC Lloyd Hopkins, der in dem Teil des Mannschaftswagens hockte, der halb mit einer Plane überdacht war, schweißgebadet seine Kampfjacke auszog und das Gespräch auf Angst und Unsterblichkeit brachte:

»Vor allem eins müßt ihr euch immer wieder sagen, es laut aussprechen: ›Ich habe Angst. Ich will nicht sterben!‹ – Kapiert? Nein, sagt es lieber doch nicht laut, dadurch wird es nur abgeschwächt. Sagt es zu euch selbst. Und dann zweitens sagt euch folgendes auf: ›Ich bin ein netter weißer Junge, der aufs College geht und der in die verdammte Nationalgarde eingetreten ist, um zwei Jahren aktivem Militärdienst zu entgehen.‹ Stimmt doch – oder?«

Die Zivilsoldaten, deren Durchschnittsalter bei zwanzig Jahren lag, nickten bestätigend vor sich hin, und ein paar unter ihnen murmelten: »Richtig, stimmt!«

»Ich höre nichts!« bellte Lloyd und versuchte Sergeant Beller nachzuahmen.

»Richtig, ja!« riefen die Leute im Chor.

Lloyd lachte, und die anderen fielen erleichtert in sein Lachen ein. Lloyd atmete tief durch und sang, die lässigen Gebärden eines Schwarzen imitierend, einen Negro's Shuffle.

»Ja, habt ihr denn Angst vorm Schwarzen Mann?« sagte er in breitestem Dialekt.

Die anderen quittierten seine Frage mit Schweigen, dem ein allgemeines Murmeln und Geraune folgte. Das ärgerte Lloyd, denn er bemerkte, daß seine Hochstimmung verflog und dieser erhabenste Augenblick seines Lebens zerstört wurde. Er stieß mit dem Schaft seines Gewehrlaufs auf die Metallplatten der Ladefläche. »Stimmt!« schrie er. »Ja, es stimmt, ihr saublöden, fotzengeilen, niggerfürchtigen, verkackten Arschficker! Richtig?« Er schlug mit dem Kolben nochmals auf. »Richtig? Richtig? Richtig?«

»Jaaa!!!« erschallte es im Panzerwagen; das Gefühl der Befreiung wurde übermächtig, und das nun folgende Gelächter war vor lauter Ausgelassenheit und Bravado beinahe ohrenbetäubend.

Lloyd stieß ein letztes Mal mit dem Gewehrkolben auf den Boden und rief die Gruppe zur Ordnung. »*So* können sie uns nämlich nichts anhaben, versteht ihr?« Er wartete, bis er von jedem Anwesenden mit einem Nicken belohnt wurde, dann zog er sein Bajonett aus der Scheide und schnitt ein großes Loch in die Plane über sich. Da er groß war, konnte er ohne Mühe durch die Öffnung blicken. In der Ferne erkannte er die mit Rauch überzogene Ebene des Los-Angeles-Beckens. Lodernde Flammen und Rauch bedeckten dessen südlichen Teil. Lloyd dachte, daß das wohl das Erhebendste war, was er jemals gesehen hatte.

Die Division sammelte sich im McCallum Park an der Ecke Florence und Neunzigste Straße, zwei Kilometer vom Herzen der Feuersbrunst entfernt. Zunächst wurden Bäume gefällt, um Platz zu schaffen für die etwa hundert Militärfahrzeuge, vollbesetzt mit bis zu den Zähnen bewaffneten Männern, die noch in dieser Nacht in den Straßen des Stadtteils Watts patrouillieren sollten. Von der Ladefläche eines Fünftonners aus wurden Essensrationen ausgegeben, während die Zugführer ihren Männern Instruktionen erteilten.

Gerüchte gingen um, die von Leuten aus dem Polizeipräsidium von Los Angeles und Verbindungsleuten des Sheriffs genährt wurden: Die moslemischen Schwarzen traten immer häufiger mit weiß bemalten Gesichtern auf. Sie waren entschlossen, die großen Ramschläden nahe der Vermont und Slauson anzugreifen. Eine große Anzahl jugendlicher Negerbanden klaute angeblich unter Drogeneinfluß jede Menge Autos und bildete »Kamikaze«-Einheiten, die in Richtung Beverly Hills und Bel Air unterwegs wären. Rob Jones, genannt »Magawambi«, und seine Afro-Amerikaner hätten einen drastischen Linkskurs eingeschlagen und forderten, daß Mayor Yorty ihnen acht Geschäftshäuser am Wilshire Boulevard als Entschädigung für »Verbrechen der Polizei gegen die Menschlichkeit« überlassen sollte. Falls man ihre Bedingungen nicht innerhalb von 24 Stunden erfüllte, würden in diesen acht Geschäftshäusern Brandbomben gezündet werden.

Lloyd Hopkins glaubte kein Wort von alldem. Er begriff zwar die gesteigerte Angst und die Befürchtungen seiner zivilen Kameraden sowie der Cops, sich in das Töten hineinzusteigern, aber er wußte auch, daß eine Menge armer schwarzer Schweine da draußen war, die nur einen Farbfernseher und eine Kiste Whisky abstauben wollten und dabei sterben würden.

Lloyd schlang gierig seine Essensration hinunter und hörte den Kompanieführer, Lieutenant Campion, dem Manager von »Bob's-Big-Boy«-Restaurant, zu, der die Befehle erläuterte, die von den höheren Rängen ausgegeben worden waren: »Wir als Infanterie werden eine Patrouille stellen, die den gepanzerten Jungs vorausgeht und Eingänge und Ausfahrten durchsucht und unsere Präsenz unterstreicht. Bajonett in Vorhalte-, Kampfstellung, na, ihr wißt schon! Ihr müßt hart aussehen. Die Panzereinheit, mit der wir letzten Sommer im Lager trainiert haben, ist heute nacht dieselbe. Fragen? Kennt jeder seinen Zugführer? Gibt es irgendwelche Neuen, die noch Fragen haben?«

Sergeant Beller, der vor einem Panzerwagen auf dem

Rasen ausgestreckt lag, hob seine Hand und sagte: »Lieutenant, Sie wissen doch, daß unsere Kompanie vier Männer zuviel hat? Sie hat vierundfünfzig Männer!«

Campion räusperte sich. »Äh, ja, ja, Sergeant, ich weiß.«

»Sir, wissen Sie auch, daß drei Männer dabei sind, die die Spezialausbildung mitgemacht haben? Drei sind keine einfachen Nullachtfünfzehn-Soldaten!«

»Sie meinen ...«

»Ich meine, Sir, daß Hopkins und Jensen Infanteriekundschafter sind, und ich bin sicher, Sie werden mir zustimmen, daß wir bei dieser Operation nützlicher wären, wenn wir dem Zug ein gutes Stück vorausgingen. Sehe ich das richtig, Sir?«

Lloyd beobachtete, wie der Lieutenant unsicher wurde, und ihm ging mit einem Mal auf, daß er eigentlich dasselbe wie Beller wollte. Er hob die Hand und sagte: »Sir, Sergeant Beller hat recht; wir könnten ein gutes Stück vorausgehen, den Zug dadurch besser schützen und ihn unabhängiger machen. Der Zug hat mehr Leute, als nötig sind, und ...«

Der Lieutenant gab nach. »Also gut dann«, sagte er, »Beller, Hopkins und Jensen, ihr geht dem Konvoi genau zweihundert Meter voraus. Seid vorsichtig, haltet die Entfernung genau ein! Keine weiteren Fragen? Kompanie weggetreten!«

Lloyd und Beller stießen aufeinander, als gerade die Motoren der Panzerfahrzeuge angelassen wurden, wodurch die Abendluft mit Schwaden von Abgasen angereichert wurde. Beller lächelte; Lloyd lächelte zurück wie ein Komplize.

»Weit voraus, Sergeant?«

»Sehr weit voraus, Hoppie.«

»Was ist mit Jensen?«

»Der ist doch noch ein Kind. Ich sag' ihm, er soll hinter uns beim Zug bleiben. *Wir* haben doch genug Deckung. Wir haben ja freie Hand, und das ist das Wichtigste.«

»Jeder übernimmt eine Straßenseite?«

»Hört sich gut an. Pfeif zweimal, wenn's kritisch wird. Warum nennt man Sie eigentlich ›das Hirn‹?«

»Weil ich ziemlich intelligent bin.«

»Intelligent genug, um zu wissen, daß die Nigger das ganze verdammte Land ruinieren werden?«

»Nein, zu intelligent für so 'n Scheiß. Jeder, der auch nur ein bißchen Grips hat, weiß doch, daß der Tanz bald vorüber sein wird, und daß danach alles wieder seinen normalen Gang gehen wird. Ich bin hier, weil ich ein paar unschuldige Leben retten will.«

Beller sagte verächtlich: »So ein Quatsch! Das beweist doch nur, daß Hirne viel zu hoch eingeschätzt werden. Was zählt, ist Mut.«

»Hirne regieren die Welt.«

»Aber die Welt ist doch irrsinnig!«

»Das meinen Sie! Aber lassen Sie uns lieber mal nachsehen, wie die Welt da draußen aussieht.«

»Ja, es wird höchste Zeit.« Beller begann wohl schon, sich allmählich Sorgen zu machen. Hoppie hörte sich ja fast wie ein Niggerfreund an. Sie setzten sich von der Truppe ab und gingen in südliche Richtung, dorthin, wo die Flammen am höchsten schlugen und der Lärm der Schießerei am lautesten war.

Lloyd ging auf der Nordseite der Dreiundneunzigsten Straße; Beller übernahm die Südseite, das Gewehr mit aufgesetztem Bajonett im Anschlag und die Augen jede Querstraße gründlich absuchend. Es war eine Gegend, in der die schäbigen Holzhäuser von schwarzen Familien standen, die aus hell erleuchteten Fenstern starrten oder auf den Veranden saßen und tranken, rauchten und quatschten und darauf warteten, daß endlich etwas passieren würde.

Sie kamen auf die Central-Querstraße. Lloyd schluckte und spürte, wie der Schweiß in seine Unterhose lief, die inzwischen unterhalb der Hüftknochen hing, weil die beiden Automatikwaffen in ihren Spezialhalterungen schwer an seinem Gürtel zogen.

Beller pfiff von der gegenüberliegenden Straßenseite und deutete nach vorn. Lloyd nickte und witterte Rauch. Sie gingen in südliche Richtung, und Lloyd brauchte einige Zeit, um die Selbstverständlichkeit der Selbstzerstörung, die er sah, zu begreifen und in sich aufzunehmen.

Schnapsläden, Nachtclubs, Kleinbetriebe und Kirchen, die wie Lädchen aussahen, hier und da unterbrochen von Freiflächen voller abgestellter Fahrzeuge, brannten völlig aus; ein vom Brand zerstörtes und ausgeraubtes Geschäft nach dem anderen, überall herumgeworfene Schnapsflaschen, überall zerbrochenes Glas; die Rinnsteine waren gefüllt mit billigen elektrischen Geräten und Gegenständen, die hastig zusammengerafft und schließlich doch liegengelassen worden waren, wenn die Plünderer sahen, daß sie für sie wertlos waren.

Lloyd schob sein M-14 durch zerbrochene Fensterscheiben, stierte in dunkle Innenräume und spitzte die Ohren, wie er es bei Hunden gesehen hatte, um das leiseste Geräusch oder die kleinste Bewegung mitzubekommen. Er stieß auf nichts – nur Sirenengeheul und Schußwechsel waren in weiter Entfernung zu hören.

Beller überquerte gerade die Straße, als ein schwarzweißer Polizeiwagen von der Vierundneunzigsten in die Central einbog. Zwei Officer im Flakanzug sprangen aus dem Wagen. Der Fahrer lief auf Lloyd zu und fragte ihn: »Was zum Teufel macht ihr denn hier?«

Beller antwortete ihm, und die Polizisten griffen vorsichtshalber zu ihren .38ern. »Spähtrupp, Officer! Mein Kumpel und ich haben den Auftrag, unserer Truppe vorauszugehen und Heckenschützen ausfindig zu machen. Wir sind Kundschafter der Infanterie.«

Lloyd war klar, daß die Cops ihm das nicht abkauften, und daß er unbedingt ohne seinen bescheuerten Partner das Wunder der Gewalt in Watts auf sich wirken lassen wollte. Er blickte hastig zu Beller hin und sagte: »Ich glaube, wir haben uns verlaufen. Wir sollten eigentlich nur drei Querstraßen vorangehen, aber wir sind irgendwo falsch abgebogen. Die Häuser in diesen numerierten Straßen sehen alle gleich aus.« Er zögerte einen Moment und versuchte, verwirrt auszusehen.

Beller verstand den Wink und sagte: »Ja, genau. Diese Häuser sehen alle gleich aus. Und all die Nigger, die auf den Stufen sitzen und ihren Stoff saufen, sehen auch gleich aus.«

Der Ältere der beiden Cops nickte, zeigte dann in südliche Richtung und sagte: »Gehört ihr zu der Artillerie unten in der Einhundertundzweiten Straße? Zu der Spezialeinheit von Niggerjägern?«

Lloyd und Beller blickten einander an. Beller leckte sich die Lippen, um nicht lachen zu müssen. »Ja«, sagten beide gleichzeitig.

»Dann steigt in den Wagen. Ihr braucht nicht weiter hier herumzuirren.« Als sie ohne Blinklicht und Sirene in Richtung Süden unterwegs waren, erzählte Lloyd den Cops, daß er im Oktober in die Polizei-Akademie eintreten werde, und daß er diese Ausschreitungen gern zum Thema seiner Abschlußprüfung machen wolle. Der jüngere Cop pfiff durch die Zähne und sagte: »Dann sind diese Krawalle für dich ja ein ideales Übungsfeld. Wie groß bist du, ein Meter neunzig? Zwei Meter? Bei deiner Größe schicken sie dich bestimmt direkt zum Revier in der Siebenundsiebzigsten Straße in Watts; das ist genau die Gegend, durch die wir gerade fahren. Wenn der Rauch erst wieder abgezogen ist, kommen die Scheißliberalen wieder daher und erzählen uns, daß die Nigger Opfer der Armut wären, und dann wird es wieder heißen, daß wir nur eine Handvoll besonders gewalttätiger Rädelsführer unter den Niggern, die Blut geleckt haben, im Auge behalten müßten. Wie heißt du, Junge?«

»Hopkins.«

»Hast du schon mal jemanden getötet, Hopkins?«

»Nein, Sir.«

»Nenn mich nicht ›Sir‹. Du bist noch kein Cop, und ich bin nur ein einfacher Streifencop. Ja, ja, ich hab' 'nen Haufen Leute in Korea umgebracht. Immer mehr und immer mehr, und das hat mich sehr verändert. Heute sieht alles ganz anders aus. Wirklich vollkommen anders. Ich habe mit anderen darüber geredet, die auch sehr viel da unten mitgemacht haben, und wir sind alle derselben Meinung: Du lernst die Dinge anders sehen. Du siehst ganz unschuldige Leute, zum Beispiel kleine Kinder, und du möchtest, daß sie so bleiben, wie sie sind, weil du selbst nicht ganz so unschuldig bist. Dinge wie kleine Kinder mit ihren Puppen und ihrem Spielzeug bedeuten dir was, weil du weißt, daß auch sie in diesem beschissenen Strom mitschwimmen werden, aber daß du das nicht willst. Dann siehst du Leute, die keine Achtung haben vor liebenswerten Dingen, vor Anstand und Anständigkeit, und die mußt du hart anfassen. Man muß die Unschuld in der Welt schützen; aus diesem Grund bin ich Cop geworden. Für mich siehst du unschuldig aus, Hopkins. Und auch eifrig. Verstehst du, was ich meine?«

Lloyd nickte und spürte prickelnde Erregung. Er roch den Rauch, der durch das offene Fenster des Polizeiwagens drang, aber die Empfindung verflog, als ihm klar wurde, daß der Cop instinktiv Lloyds irisch-protestantische Herkunft gewittert hatte. »Ich verstehe genau, was Sie meinen«, sagte er.

»Gut, mein Junge. Dann fängt heute nacht für dich alles an. Halt mal an, Kollege!«

Der ältere Cop fuhr den Wagen an den Straßenrand.

»Es hängt alles von dir ab, mein Junge«, sagte der Jüngere und langte mit seinem Arm zu Lloyd hinüber, um ihm aufmunternd auf seinen Helm zu klopfen.

»Wir nehmen deinen Kumpel mit zu seiner Einheit. Du kannst ja mal sehen, ob du irgendwas auf eigene Faust in Ordnung bringen kannst.«

Lloyd stolperte so schnell aus dem Streifenwagen, daß er seinem Wohltäter nicht einmal mehr einen Dank zurufen konnte. Sie ließen zum Abschied die Sirene aufheulen.

In der Einhundertundzweiten Straße, Ecke Central, herrschte absolutes Chaos: schwelende Ruinen, das Zischen der Feuerwehrschläuche, quietschende Reifen auf den mittlerweile überschwemmten Bürgersteigen; der ganze Einsatz wurde von Hubschraubern aus dirigiert, die in der Luft über der Szene hingen und Flutlicht in die Fensterhöhlen strahlten, um den Feuerwehrleuten mit ihren Scheinwerfern die Arbeit zu erleichtern.

Lloyd marschierte in das dichte Gewühl hinein und grinste breit; er war noch immer ganz von der eindrucksvollen Zusammenfassung seiner eigenen Philosophie erfüllt. Er beobachtete, wie ein Panzerwagen mit aufmontiertem Maschinengewehr, Kaliber Fünfzig, langsam die Straße entlangfuhr. Aus der Fahrerkabine brüllte ein Soldat der Nationalgarde in einen Lautsprecher: »In fünf Minuten beginnt die Ausgangssperre! In diesem Distrikt herrscht Ausnahmezustand! Jeder, der nach neun Uhr auf der Straße angetroffen wird, wird festgenommen. Jeder, der versucht, die Polizeisperren zu durchbrechen, wird erschossen. Ich wiederhole: In fünf Minuten beginnt die Ausgangssperre!«

Die in drohendem Befehlston vorgebrachten Worte hallten laut über die Straße und hatten hastige Aktivität zur Folge. Innerhalb von Sekunden sah Lloyd Dutzende junger Leute aus ausgebrannten Gebäuden herausschießen, die, ohne von den Scheinwerfern erfaßt zu werden, in alle Richtungen davonstoben. Er rieb sich die Augen und blinzelte, um besser sehen zu können, ob die Männer geraubte Ware bei sich hatten; sie waren bereits verschwunden, bevor er sie anrufen und sein M-14 auf sie richten konnte.

Lloyd ging kopfschüttelnd weiter und passierte eine Gruppe Feuerwehrleute, die vor einem verwüsteten Schnapsladen herumliefen. Sie sahen ihn alle, aber keinem erschien es ungewöhnlich, daß ein einzelner Nationalgardist allein und zu Fuß patrouillierte. Dadurch ermutigt, beschloß Lloyd, das Innere des Hauses genauer zu untersuchen.

Das machte ihm wirklich Spaß. Die Dunkelheit in dem ausgebrannten Laden wirkte beruhigend auf ihn, und er spürte, daß die schattenhafte Stille wichtige Aufschlüsse für ihn bereithielt. Er blieb stehen, holte eine Rolle Klebeband aus der Jackentasche seines Kampfanzugs und befestigte damit seine Taschenlampe am Schaft des Bajonetts. Er bewegte sein Gewehr in einer großen »Acht« über die Wand und bewunderte den Erfolg: in welche Richtung sein M-14 auch zeigte, er würde immer ausreichend Licht haben. Überall stieß er auf Haufen verkohlter Bretter, herausgerissene Leitungen und zerschmetterte Schnapsflaschen. Überall benutzte Kondome. Lloyd kicherte bei dem Gedanken an heimlichen Geschlechtsverkehr in einem Schnapsladen, erstarrte dann aber plötzlich, als sein Kichern erwidert wurde. Dann kam ein häßliches, tiefes Stöhnen.

Er schwenkte sein M-14 um 360 Grad, die Mündung in Hüfthöhe. Einmal, dann noch einmal. Beim dritten Mal hatte er es: ein alter Mann lag zusammengekrümmt auf einem Stapel zusammengerollten Isoliermaterials. Lloyds Herz wurde weich. Der alte Bastard war auf sein natürliches Maß geschrumpft und stellte offensichtlich für niemanden eine Bedrohung dar. Er ging auf den alten Mann zu und reichte ihm seine Feldflasche. Mit zitternden Händen griff der Mann nach ihr, setzte sie an die Lippen und warf sie dann fluchend zu Boden.

»Da ist nicht das drin, was ich brauche! Ich brauch' meine Luzie! Ich will meine Luzie wiederhaben!«

Lloyd fühlte sich wie vor den Kopf geschlagen. Schrie der alte Knacker nach seiner Frau oder nach einer vor langer Zeit verlorenen Liebe?

Er löste die Taschenlampe von seinem Bajonett ab und leuchtete dem alten Mann ins Gesicht, der vor dem grellen Licht zurückprallte; Mund und Kinn seines Gesichts waren mit geronnenem Blut bedeckt, aus dem Glasscherben wie durchsichtige Stacheln hervorstaken. Lloyd wich erschrocken zurück, dann richtete er den Schein der Lampe auf den Schoß des Mannes. Was er sah, versetzte ihm einen weiteren Schock: die verdorrten Hände waren bis auf die Knochen aufgeschnitten, drei Finger der rechten Hand waren nur noch blutige Stummel. Die knorrige linke Hand umklammerte die zersplitterten Überreste einer Flasche Fusel.

»Meine Luzie! Gebt mir meine Luzie wieder!« jammerte der alte Mann und spuckte bei jedem Wort Blut.

Lloyd nahm seine Taschenlampe und stolperte durch die mit Glassplittern übersäten Räume. Mit Tränen in den Augen suchte er eine noch heile Flasche, um die Schmerzen des Alten zu lindern. Hinter einem herabgestürzten Deckenbalken fand er schließlich eine im Schutt begrabene Flasche – einen halben Liter sechs Jahre alten »Seagram's 7«.

Lloyd brachte dem alten Mann die Flasche und half ihm beim Trinken, indem er seinen Kopf mit der Hand ein Stück aufrichtete und die Flasche einige Zentimeter von seinen blutigen Lippen entfernt hielt, damit er nicht versuchte, wieder darauf herumzubeißen. Ihm kam der Gedanke, medizinische Hilfe zu holen, aber er gab ihn bald wieder auf.

Er wußte genau, daß der alte Mann sterben wollte, daß er es verdient hatte, wenigstens betrunken zu sterben, und daß der Dienst, den er dem alten Mann erwies, in diesen Kriegszeiten das Gegenstück zu den zahllosen Stunden war, die er, beruhigend auf sie einredend, bei seiner stummen, hirngeschädigten Mutter verbracht hatte.

Jedesmal, wenn die Flasche seine Lippen berührte, machte der alte Mann schlürfende Geräusche, weil er versuchte zu saugen. Nachdem ein paar Minuten vergangen waren und er die Halbliterflasche fast geleert hatte, ließ sein Zittern nach, und er stieß Lloyds Hand weg.

»Das ist der Beginn des Dritten Weltkriegs«, sagte er. Lloyd achtete nicht auf seine Bemerkungen und sagte: »Ich bin Corporal Hopkins von der Nationalgarde Kaliforniens. Wollen Sie medizinische Versorgung?«

Der alte Mann lachte, wobei er dicke Klumpen blutdurchzogenen Speichels aushustete.

»Ich glaube, daß Sie innere Blutungen haben«, sagte Lloyd. »Ich könnte Ihnen einen Krankenwagen kommen lassen. Meinen Sie, daß Sie gehen können?«

»Ich kann tun und lassen, was ich will«, wimmerte der Alte, »aber ich will sterben! In diesem Krieg gibt's keinen Platz für mich; ich muß die Szene wechseln.«

Die geröteten, trüben Augen sahen Lloyd eindringlich an, als wäre er ein blödes, kleines Kind. Er gab dem Mann noch einmal zu trinken, und er beobachtete dabei die Gier, mit der der zerstörte Körper die Flüssigkeit bereitwillig aufnahm. Als die Flasche leer war, sagte der alte Mann: »Du mußt mir einen Gefallen tun, Junge.«

»Was denn?« fragte Lloyd.

»Ich werde sterben. Du mußt rüber in mein Zimmer gehen und meine Bücher und meine Landkarten und andere Sachen rausholen und verkaufen, damit ich anständig begraben werden kann. So wie die Christen, weißt du?«

»Wo ist denn dein Zimmer?«

»In Long Beach.«

»Ich kann vielleicht hingehen, wenn die Krawalle hier vorbei sind, aber vorher nicht.«

Der alte Mann schüttelte so heftig den Kopf, daß sein ganzer Körper wie bei einer Marionette mitwackelte. »Du mußt aber! Die werden mich morgen aussperren, weil ich mit der Miete im Rückstand bin. Und dann wirft mich die Polizei zu den Ratten in die Abwasserkanäle. Du mußt es tun!«

»Sei still«, sagte Lloyd. »Ich kann nicht so weit weg. Nicht im Augenblick. Hast du denn keine Freunde in der Nähe, die ich benachrichtigen könnte? Jemand, der für dich nach Long Beach fahren würde?«

Der alte Mann dachte über das Angebot nach. Lloyd beobachtete, wie es in seinem Kopf arbeitete. »Du gehst zur Mission an der Ecke Avalon und Einhundertundsechste, die ›Kirche von Afrika‹. Du sprichst mit Schwester Sylvia. Du sagst ihr, sie soll zur Hütte vom Berühmten Johnson gehen, seinen Kram holen und ihn verkaufen. Mein Geburtsdatum ist in ihren Unterlagen. Ich möchte einen hübschen Grabstein. Du sagst ihr, daß ich Jesus liebhabe, aber daß ich die süße Luzie noch lieber habe.«

Lloyd stand auf. »Wie schnell willst du denn sterben, Mann?« fragte Lloyd ihn.

»Schnell, sehr schnell.«

»Warum denn?«

»In diesem Krieg gibt es keinen Platz für mich, Mann.«

»In welchem Krieg?«

»Im Dritten Weltkrieg, du blöder Schweinekerl!«

Lloyd dachte an seine Mutter und griff zum Gewehr, aber er konnte es nicht über sich bringen.

Lloyd rannte den ganzen Weg zur Ecke Avalon und Einhundertundsechste, und unterwegs erfand er Grabsprüche für den Berühmten Johnson. Sein Atem ging immer schwerer. Seine Arme und Schultern schmerzten vom Tragen des Gewehres, das er ständig im Anschlag hielt, und als er endlich das Neonlicht mit der Aufschrift »United African Episcopal Methodist Church« erblickte, holte er noch einmal tief Luft, um seinen rasenden Herzschlag zu verlangsamen, denn er wollte den würdigen Anblick eines Mannes in Waffen im Dienst der Barmherzigkeit abgeben.

Die Kirche lag direkt an der Straße und hatte zwei Stockwerke. Die Lichter brannten, was einen Verstoß gegen die Anordnung der Ausgangssperre bedeutete. Lloyd ging hinein und sah sich einem Höllenlärm gegenüber, der zum einen von einer tosenden Gebetsversammlung, zum anderen von einem lebhaften Kaffeeklatsch herrührte. Lange Tische waren zwischen den Reihen der hölzernen Kirchenbänke aufgestellt worden, und Schwarze mittleren Alters und die ganz Alten knieten zum Gebet oder bedienten sich mit Kaffee und Gebäck.

Lloyd ging langsam die Wände entlang, die geschmückt waren mit Bildern eines weinenden schwarzen Christus, unter dessen Dornenkrone Blutstropfen hervorsickerten. Er begann, in den Gesichtern der Knienden nach Anzeichen von Erbauung oder Ergriffenheit zu suchen. Alles, was er darin sehen konnte, war nackte Angst.

Schließlich bemerkte er eine dicke schwarze Frau in einem weißen Gewand, die innerlich zu lächeln schien, während sie den nahe dem Mittelgang zwischen den Bänken knienden Leuten auf die Schulter klopfte. Als die Frau Lloyd bemerkte, rief sie, das Stimmengewirr übertönend: »Willkommen, Soldat«, und ging ihm mit ausgestreckter Hand entgegen.

Ein wenig überrascht schüttelte Lloyd ihre Hand und sagte: »Ich bin Corporal Hopkins. Ich bin im Dienst der Barmherzigkeit für eines Ihrer Gemeindemitglieder hergekommen.«

Die Frau ließ Lloyds Hand los: »Ich bin Schwester Sylvia. Die Kirche ist nur für Afro-Amerikaner, aber heute abend ist es etwas anderes. Sind Sie gekommen, um für die Opfer dieses Armageddon zu beten? Ist das Ihr Auftrag?«

Lloyd schüttelte den Kopf. »Nein, ich bin wegen einer Gefälligkeit hier. Der ›Berühmte Johnson‹ ist tot. Bevor er starb, bat er mich, hierherzukommen, um Ihnen zu sagen, daß Sie seine Sachen verkaufen sollten, damit er eine anständige Beerdigung bekommt. Er hat mir gesagt, daß Sie seine Adresse in Long Beach und sein Geburtsdatum hätten. Er möchte nämlich einen hübschen Grabstein. Ich soll Ihnen auch ausrichten, daß er Jesus liebt.« Lloyd war überrascht, als Schwester Sylvia ironisch den Kopf schüttelte und sich ein Grinsen in ihren Mundwinkeln breitmachte. »Ich glaube nicht, daß das so spaßig ist«, sagte er.

»So, das glauben Sie nicht?« entgegnete Schwester Sylvia. »Ich aber! Der ›Berühmte Johnson‹ war ein Lump, junger weißer Mann! Er verdient es, als das bezeichnet zu werden, was er war: ein Nigger! Und dieses Zimmer in Long Beach? Alles Einbildung! Der ›Berühmte Johnson‹ lebte in einem Autowrack, und seine sündhaften Sachen liegen noch auf dem Rücksitz. Er kam ab und zu wegen Kaffee und Donuts bei unserer Kirche vorbei, das ist aber auch schon alles. Der ›Berühmte Johnson‹ hatte nichts zu verkaufen!«

»Aber ich ...«

»Kommen Sie mit, junger Mann! Ich zeig's Ihnen, dann können Sie den Lumpen Johnson ruhigen Gewissens vergessen.«

Lloyd beschloß, nicht zu protestieren; er wollte mit eigenen Augen sehen, welche Definition diese Frau für Sündhaftigkeit hatte.

Das Wrack war ein kaputter 1947er Cadillac mit hohen Heckflossen und ohne Motor, etwas, das der verrückte Tom als »Niggerkarre« bezeichnen würde. Lloyd leuchtete mit seiner Taschenlampe den Rücksitz ab, und Schwester Sylvia stand triumphierend neben ihm, plump, mit gespreizten Beinen und verschränkten Armen, die ihre »Hab-ich-dir-doch-gleich-gesagt«-Haltung zum Ausdruck bringen sollte. Er öffnete die Wagentür. Die eingerissenen Polster waren mit Coladosen und Pornobildern übersät, deren Mehrzahl Negerpaare beim Geschlechtsverkehr darstellten. Lloyd überkam ein plötzliches Gefühl von Mitleid; der Leckende und die Geleckte waren mittleren Alters und übergewichtig, und die Schäbigkeit der Fotos war niederschmetternd, vor allem, wenn er an seine Bilder aus dem *Playboy* dachte, die er seit seinem Collegeabschluß gesammelt hatte. Er konnte es unmöglich dabei belassen; ein derartiges Vermächtnis war für jedes menschliche Wesen einfach zu erbärmlich.

»Ich hab' es Ihnen ja gesagt!« meinte Schwester Sylvia. »Das ist also die ›Wohnung‹ von diesem Schuft Johnson! Sie können die Bilder ja verkaufen und die leeren Flaschen zurückbringen, und schon haben Sie einen Dollar und neunundachtzig Cents, gerade ausreichend für zwei Flaschen Wein vom billigsten, die Sie dann über sein Armengrab schütten können!«

Lloyd schüttelte den Kopf. Radiomusik, ein paar Straßen weiter, hämmerte in seinem Kopf, und einen scheußlichen Augenblick lang schwankte alles um ihn her. »Aber Sie verstehen nicht, Schwester«, sagte er. »›Der Berühmte Johnson‹ hat mich mit dieser Aufgabe betraut. Es ist mein Job. Es ist meine Pflicht. Es ist mein ...«

»Ich will über diesen Sünder nichts mehr hören! Verstehen Sie? Ich würde diesen Saukerl nicht für allen Tee aus China auf unserem Friedhof begraben lassen. Verstehen Sie mich?« Schwester Sylvia wartete nicht einmal die Antwort ab. Sie stapfte wütend zurück in Richtung Kirche und ließ Lloyd allein auf dem Bürgersteig stehen; er machte sich

Hoffnungen, daß die Gewehrschüsse in der Ferne lauter würden, damit sie den Krach aus dem Radio übertönten. Er setzte sich auf den Rinnstein und dachte an die beiden armseligen Leute auf den Fotos und an Janice, die ihm zwar keinen blasen wollte, es ihm jedoch bei ihrer ersten Begegnung zwei Wochen vor dem Schulabschluß gründlich besorgt und Lloyd Hopkins von der 59er Abschlußklasse des Marshall-College seiner erwartungsfrohen Neugier im Blick auf zukünftige Liebesfreuden überlassen hatte. Jetzt, sechs Jahre später, saß Lloyd Hopkins, Absolvent der Stanford-Universität »summa cum laude« sowie der Infanterieschule von Fort Polk und der Schnelleseklasse von Evelyn Wood, seit sechs Jahren Liebhaber von Janice Marie Rice, hier im Rinnstein in Watts und fragte sich, warum ihm nicht vergönnt war, was eine fette dreckige Niggerschlampe wahrscheinlich jederzeit haben konnte. Lloyd leuchtete mit seiner Taschenlampe noch einmal den Rücksitz ab. Es war tatsächlich so, wie er vermutet hatte; der Schwanz des Kerls war mindestens fünf Zentimeter länger als seiner. Er entschied, daß es Gott so gewollt haben mußte. Der Kerl auf dem Foto hatte dafür eben einen niedrigen Intelligenzquotienten und eine schlechte Figur, darum hatte ihm Gott ein Riesending mitgegeben, damit auch er gut durchs Leben kam. So hatte nun mal alles seine Richtigkeit.

Janice würde seinen erst in den Mund nehmen, wenn er die Akademie abschließen würde und sie geheiratet hätten. Dieser letzte Gedanke ließ ihn vor Scham erröten und machte ihn traurig. Dann dachte er an die Töchter, die sie haben würden. Janice maß barfuß ein Meter einundachtzig, war schlank und kräftig um die Hüften und wie geschaffen, außergewöhnliche Kinder zu gebären. Töchter natürlich. Es mußten Töchter sein, die mit der ganzen Liebe und Inbrunst seines irisch-protestantischen Bekenntnisses aufgezogen werden würden ...

Lloyd fand für seine Phantasien über Janice und ihre gemeinsamen Töchter sowohl ein gutes wie ein böses Ende und dachte dann über Frauen im allgemeinen nach – Frauen, die rein, geil, verletzlich, schutzbedürftig und zugleich stark sind; bei seiner einst so starken, jetzt für immer verstummten Mutter waren all diese widerstreitenden Kräfte in all den Jahren verbraucht und stumpf geworden, in denen sie die Beschützerin ihrer männlichen Wahnsinnsbrut gewesen war, und einzig er, er allein war der Gesunde unter ihnen, einer, der imstande war, anderen Trost zu geben.

Lloyd vernahm aus nächster Nähe das Gestotter von Schüssen, Schüsse aus automatischen Waffen. Erst dachte er, sie kämen aus einem Radio oder Fernseher, aber sie waren zu klar und deutlich und nahe. Sie kamen aus der Richtung der Afrikanischen Kirche. Er hob sein M-14 auf und rannte zur nächsten Kreuzung. Als er um die Ecke bog, hörte er Schreie, drehte sich um und blickte vom Bürgersteig aus durch die zerbrochenen Fenster hinein. Als er die Verwüstung drinnen sah, schrie auch er auf. Schwester Sylvia und drei Gemeindemitglieder lagen in ihrem Blut, vereint in einer unentwirrbaren Masse verschlungener Leiber auf dem Linoleumboden. Irgendwo in dem Haufen von Leibern schoß eine Blutfontäne aus einer durchtrennten Arterie hoch. Wie gelähmt sah Lloyd zu, wie sie versiegte, und er spürte, daß sein Schreien zu einem einzigen Wort wurde: »Was! Was! Was!«

Er schrie so lange, bis es ihm endlich gelang, seinen Blick von den zerfetzten Leibern loszureißen und auf die übrige, nach Kordit stinkende Kirche zu richten. Schwarze Köpfe blickten über Kirchenbänke hinweg zu ihm hin. Dunkel wurde Lloyd bewußt, daß die Leute Angst vor ihm hatten. Mit Tränen im Gesicht ließ er sein Gewehr aufs Pflaster fallen und schrie: »Was? Was? Was?«, woraufhin eine Reihe von Stimmen ihm entgegenheulte: »Mörder,

Mörder, Mörder!« Dann hörte er etwas weiter zu seiner Linken, schwach, aber deutlich vernehmbar, jemanden skandieren, und er wußte genau, daß es eine echte, keine elektronische Stimme war: »Auf Wiedersehen, ihr Nigger. Auf Wiedersehen, ihr Dschungelratten. Wir sehen uns in der Hölle wieder.«

Es war Beller.

Lloyd wußte, was er zu tun hatte. Er bewies den Negern, die hinter ihren Kirchenbänken kauerten, seine ernste Entschlossenheit, und machte sich an die Verfolgung. Er ließ sein Gewehr auf dem Pflaster zurück, und seine hochgewachsene Gestalt duckte sich immer wieder hinter geparkten Autos, während er dem Zerstörer von unschuldigem Leben nachsetzte.

Beller schritt langsam in Richtung Norden aus, ohne zu bemerken, daß er verfolgt wurde. Im Schein einer noch intakten Straßenlampe konnte Lloyd ihn sich deutlich abheben sehen, wie er sich alle Augenblicke umblickte und seinen Triumph auskostete. Anhand des Sekundenzeigers seiner Armbanduhr konnte Lloyd sich ausrechnen: Bellers Unbewußtes veranlaßte ihn, sich alle zwanzig Sekunden umzudrehen und zu sichern, was in seinem Rücken vor sich ging.

Die Sekunden abzählend, sprintete Lloyd in vollem Tempo nach vorn, dann warf er sich aufs Pflaster, gerade als Beller sich umdrehte und nach hinten sah. Jetzt trennten ihn nur noch fünfzig Meter von dem Mörder, als Beller sich in eine Einfahrt duckte und »Verrecke, Nigger, verrecke!« schrie, gefolgt von einem Feuerstoß aus seiner vollautomatischen Waffe. Lloyd wußte, daß es die .45er mit Elefantenclip war. Er erreichte die Durchfahrt, blieb stehen und hielt den Atem an. Er konnte einen dunklen Schatten fast am Ende der Sackgasse ausmachen. Bei genauerem Hinsehen erkannte Lloyd, daß er einen grünen Kampfanzug anhatte.

Einen Augenblick später hörte er Bellers Stimme, die abgehackt Schimpfworte hervorstieß.

Seinen Weg an der Ziegelsteinwand entlangtastend, betrat Lloyd den Durchgang. Er nahm eine der .45er aus dem Gürtel und entsicherte sie. Er war schon fast auf Schußweite heran, als er gegen eine Blechdose trat, was wie dumpfes Donnergrollen widerhallte.

Er schoß im selben Augenblick wie Beller. Das Mündungsfeuer erhellte blendend die Durchfahrt und beleuchtete Beller, der sich über einen toten Neger beugte, einen Mann, dessen Kopf vom Rumpf gerissen war, der nur noch ein riesiger Hohlraum aus Blut und verkohltem Gewebe war. Lloyd schrie auf, als ihn der Rückstoß seiner .45er erst in die Luft hob und dann zu Boden warf. Einige Dutzend Schüsse schlugen in die Wand über ihm ein, und er rollte in Panik über das mit Glassplittern übersäte Pflaster, als Beller einen weiteren Kugelhagel über den Boden fegen ließ, so daß Glas- und Geschoßsplitter über seinen Augen explodierten.

Lloyd fing an zu schluchzen. Er hielt sich den Arm über die Augen und betete um Mut und darum, daß er die Chance erhielt, Janice ein guter Ehemann zu werden. Durch das Geräusch sich entfernender Schritte wurde er in seinem Gebet unterbrochen. Jetzt begriff er: Beller hatte keine Munition mehr und rannte um sein Leben. Lloyd zwang sich, vom Boden aufzustehen. Seine Knie schlotterten zwar, aber sein Verstand war ungetrübt. Er hatte recht gehabt. Bellers leeres M-14 lag auf dem Leichnam, und die .45er, leergeschossen und glühend heiß, lag ein paar Meter weiter weg.

Lloyd atmete tief ein, lud nach und horchte angestrengt auf das Geräusch fliehender Schritte. Links von der Stelle, an der er stand, hörte er in einiger Entfernung das Stampfen schwerer Stiefel und keuchendes Atmen. Er ging den

Geräuschen nach und kletterte über eine gemauerte Wand in der Durchfahrt, gelangte dann auf einen mit Unkraut bewachsenen Hinterhof, wo sich das laute Keuchen mit der Jazz-Musik aus einem Radio mischte.

Lloyd stolperte über den Hof und murmelte ein Stoßgebet vor sich hin, damit die Musik endlich verstummte. Er fand einen Durchgang, der zur Straße führte, und Licht aus einem Nachbarhaus zeigte ihm eine frische Blutspur. Er folgte der Spur, die zu einem großen, leerstehenden Grundstück führte, auf dem es stockdunkel und beängstigend still war.

Lloyd lauschte ganz intensiv, mit dem Wunsch, das Gehör eines Tieres zu haben, das im Hochtonbereich hören kann. Gerade als sich seine Augen an die Dunkelheit gewöhnt hatten und er Einzelheiten auf dem Grundstück erkennen konnte, hörte er es: das Klicken von Metall auf Metall. Es kam von der transportablen Toilette einer Baufirma. Es war klar: Beller hatte noch immer eine seiner bösartig umgerüsteten .45er, und er wußte offenbar genau, daß Lloyd in der Nähe war.

Lloyd warf einen Stein gegen den Toilettenwagen. Quietschend öffnete sich die Tür, und drei Schüsse wurden daraus abgefeuert, was ein Zuschlagen aller Türen in der ganzen Nachbarschaft zur Folge hatte.

Lloyd hatte plötzlich eine Eingebung. Er ging die Straße hinunter und suchte die Veranden ab, bis er zwischen Kartoffelchipstüten und leeren Bierdosen fand, was er gesucht hatte: ein tragbares Radio. Er nahm es, drehte die Lautstärke auf und wurde mit rhythmischer Soul-Musik bombardiert. Trotz der sofort einsetzenden Kopfschmerzen grinste er und stellte die Musik wieder leiser. Das war poetische Gerechtigkeit für Sergeant Richard A. Beller.

Lloyd trug das Radio auf das Freigelände und stellte es zehn Meter hinter dem Toilettenwagen auf die Erde; er drehte am Lautstärkeregler und rannte in entgegengesetzter Richtung davon.

Beller kam aus der Tür des Wagens herausgestürzt und schrie »Nigger! Nigger! Nigger!« Er gab dabei blind ein paar Schüsse ab. Der Blitz seines Mündungsfeuers erleuchtete ihn taghell. Lloyd hob die .45er und zielte langsam, wobei er, den Rückstoß berechnend, die Waffe auf Bellers Füße richtete. Er zog den Abzug durch, und die Waffe zuckte in seiner Hand. Beller schrie auf. Lloyd drückte das Gesicht in den Dreck, um seine eigenen Schreie zu ersticken. Aus dem Radio ertönte jetzt Rhythm & Blues, und Lloyd rannte mit gezogener Waffe darauf zu. In der Dunkelheit stolperte er, kroch auf Händen und Knien weiter und brachte mit einem Schlag die Musik zum Verstummen. Mit unsicheren Beinen stand Lloyd auf und ging auf die Überreste von Richard Beller zu. Er fühlte sich seltsam ruhig, als er zuerst die Eingeweide des ehemaligen Zivilsoldaten zum Toilettenwagen brachte, dann die untere Körperhälfte und zuletzt die abgerissenen Arme.

»... Bitte, lieber Gott, bitte ..., das Kaninchen in der Höhle ...«, murmelte Lloyd, als er zur Straße zurückging, und seine Instinkte sagten ihm, daß niemand in der Nähe war – die Leute aus der Gegend waren durch die Schießerei entweder zu Tode erschreckt oder daran gewöhnt. Er leerte seine Feldflasche im Rinnstein aus und zog ein Stück Plastikschlauch aus der Bajonettscheide – eine gute Waffe, um jemanden zu erdrosseln, hatte Beller ihm einmal gesagt. Am Bordstein parkte ein 61er Ford Fairlane. Geschickt ging er mit dem Schlauch und der Feldflasche um, und es gelang ihm, reichlich einen Liter Benzin aus dem Tank abzusaugen. Er ging zu dem Toilettenwagen und schüttete alles über den Leichenteilen von Beller aus; dann lud er seine .45er nach und ging dreißig Meter zurück. Er feuerte, und der Wagen explodierte. Lloyd machte sich auf den Weg zum Avalon Boulevard. Als er noch einmal zurückblickte, stand das ganze Grundstück in Flammen.

Zwei Tage später waren die Unruhen von Watts vorüber. Die Ordnung in den südlichen Innenstadtbezirken von Los Angeles war wiederhergestellt. Zweiundvierzig Menschen waren umgekommen, vierzig der Aufrührer, ein Deputy Sheriff und ein Angehöriger der Nationalgarde, dessen Leichnam nie gefunden wurde. Man erklärte ihn für tot.

Die Krawalle wurden auf unterschiedliche Ursachen zurückgefuhrt. Die N.A.A.C.P (National Association for the Advancement of Coloured People) und die Urban League führten sie auf Rassismus und Armut zurück. Die »Partei der Schwarzen Moslems« machte Polizeiwillkür dafür verantwortlich. William H. Parker, der Polizeichef von Los Angeles, gab einem »Zusammenbruch der moralischen Werte« die Schuld. Für Lloyd Hopkins waren diese Theorien blanker Unsinn. Er schrieb die Unruhen von Watts dem Tod unschuldiger Herzen zu, ganz besonders dem eines alten, schwarzen Säufers, der der ›Berühmte Johnson‹ genannt worden war.

Als alles vorüber war, holte Lloyd seinen Wagen vom Parkplatz des Waffenarsenals im Glendale und fuhr zur Wohnung von Janice. Sie schliefen miteinander, und Janice erfüllte ihm jeden möglichen Wunsch, weigerte sich jedoch, ihm den oralen Genuß zu verschaffen, um den er sie bat. Um drei Uhr morgens verließ er ihr Bett und machte sich auf die Suche danach.

An der Ecke Western und Adams traf er auf eine schwarze Prostituierte, die bereit war, ihm diesen Wunsch für zehn Dollar zu erfüllen, und sie fuhren in eine Seitenstraße und parkten dort. Lloyd schrie laut auf, als es ihm kam, und er verängstigte die Nutte dadurch so sehr, daß sie Hals über Kopf aus dem Wagen stürzte, ohne ihr Geld mitzunehmen.

Lloyd fuhr bis zum Morgengrauen ziellos durch die Stadt, dann fuhr er zum Haus seiner Eltern nach Silverlake. Er hörte seinen Vater schnarchen, als er die Tür aufschloß, und er sah durch einen Spalt Licht unter der Tür von Toms Zimmer. Seine Mutter war in ihrem Zimmer und saß in einem Schaukelstuhl aus Rattan. Sämtliche Lampen im Raum waren ausgeschaltet, ausgenommen das bunte Licht im Aquarium. Lloyd setzte sich neben sie auf den Boden und erzählte der stummen, frühzeitig gealterten Frau seine ganze Lebensgeschichte, die mit der Tötung eines Mörders endete, der Unschuldige umgebracht hatte, und daß er jetzt mehr denn je das Leben unschuldiger Menschen schützen würde. Erlöst und gestärkt gab er seiner Mutter einen Kuß auf die Wange und fragte sich, wie er die acht Wochen bis zum Beginn der Akademie hinter sich bringen sollte.

Tom wartete vor dem Haus auf ihn, auf dem Plattenweg, der zum Bürgersteig führte. Als er Lloyd sah, fing er an zu lachen und öffnete den Mund zum Sprechen. Lloyd ließ es gar nicht dazu kommen. Er zog seine .45er Automatik aus dem Gürtel und setzte sie Tom an die Stirn. Tom fing an zu zittern, und Lloyd sagte ganz ruhig: »Wenn du noch einmal ›Nigger‹, ›Kommies‹, ›Juden‹ oder ähnlichen Scheiß in meiner Gegenwart erwähnst, bring' ich dich um.« Toms rosiges Gesicht wurde blaß; Lloyd lächelte und ging zurück zu den zerstörten Überresten seiner eigenen Unschuld.

II.

Lieder beim Fackelschein

3

Er fuhr gemächlich den Ventura Boulevard in westliche Richtung hinunter und genoß die seit langem ersehnten längeren Tage. Er wußte die Klarheit der ungewohnt langen Nachmittage und das für diese Jahreszeit zu warme Frühlingswetter zu schätzen, das die leichten Mädchen veranlaßte, knappe Oberteile und Shorts zu tragen, und das die anständigen Frauen in einer Vielfalt gedeckter Pastellfarben auf die Straße trieb: Rosa, Hellblau, Grün und Blaßgelb.

Das *letzte Mal* war jetzt schon viele Monate her, und er führte diese Pause auf die ständig wechselnden Wetterbedingungen zurück, die seinem Kopf Verwirrung gebracht hatten: An dem einen Tag war es warm, am darauffolgenden kalt und regnerisch; man konnte nie wissen, was die Frauen anziehen würden, daher war es schwierig, sich auf eine bestimmte festzulegen. Man konnte die Farben einfach nicht richtig fühlen, die die Gestalt einer Frau erst vollkommen machten, so daß man sie als Ganzes sehen konnte. Gott allein wußte, daß, wenn seine Planung erst mal begonnen hatte, die kleinen, unmerklichen Unterströmungen in ihrem Leben für ihn beinahe schmerzlich überdeutlich fühlbar wurden; wenn sich dann seine Liebe zu ihr verlor, bestätigte ihm das daraus folgende Mitleid den spirituellen Charakter seiner Motive und gab ihm den notwendigen Abstand, seine Aufgabe auszuführen.

Die Planung machte jedoch nur die *eine* Hälfte aus; der Teil, der ihn aufrichtete und reinwusch, der ihn vor einem mittleren Chaos und ungewisser Straflosigkeit verschonte und vor einer Welt, die die feinen und sensiblen Charaktere erst hervorbringt und dann wie überreichlichen Speichel ausspuckt, dieser Teil war viel entscheidender. Er beschloß, auf dem Weg zurück in die Stadt den Topanga Canyon zu nehmen. Er stellte die Klimaanlage aus und schob eine Meditationskassette in den Kassettenrecorder, und zwar die mit seinem Lieblingsthema: Dem über einen gelassen dahintreibenden Menschen, der selbstbewußt ist und alles nimmt, wie es kommt, jedoch unbedingt *einem* Lebensziel folgt. Er lauschte der Stimme eines Predigers mit dem Akzent des Mittelwestens, die zu ihm von der Notwendigkeit von Lebenszielen sprach: »Was die Menschen der Bewegung von jenen unterscheidet, die stagnieren und in der Finsternis hausen, ist die Straße, die sowohl hinein- als auch hinausführt, beständig in Richtung lohnender Ziele. Das Fahren auf dieser Straße ist gleichzeitig Reisen und Ankommen, ist die gegebene und die empfangene Gabe. Sie können Ihr Leben von Grund auf ändern, wenn Sie dieses ganz einfache Dreißigtageprogramm befolgen. Zuerst überlegen Sie, was Sie sich in diesem Augenblick am meisten wünschen – das kann alles mögliche sein, von spiritueller Erleuchtung bis hin zu einem neuen Auto. Notieren Sie Ihren Wunsch auf einem Stück Papier und schreiben Sie das heutige Datum daneben. Nun möchte ich, daß Sie sich innerhalb der nächsten dreißig Tage darauf konzentrieren, dieses Ziel zu erreichen! Lassen Sie keinen Gedanken an Scheitern aufkommen! Sollten sich dennoch solche Gedanken einschleichen, vertreiben Sie sie! Vertreiben Sie sie alle, bis auf den einen, reinen Gedanken, der Sie zum Ziel führt, und Sie werden sehen: Es wird ein Wunder geschehen!«

Er glaubte daran; er hatte es bereits mehrmals ausprobiert. Er besaß zwanzig sorgfältig gefaltete Blätter, die bewiesen, daß es funktionierte.

Er hatte diese Kassette zum ersten Mal vor fünfzehn Jahren gehört, im Jahre 1967, und er war sehr von ihr beeindruckt gewesen. Damals hatte er nicht recht gewußt, was er sich wünschen sollte. Drei Tage später sah er dann *sie* – und er wußte, was er wollte. Sie hieß Jane Wilhelm, war in Grosse Point geboren und aufgewachsen, in ihrem Abschlußjahr von der Bennington-School abgehauen und in den Westen getrampt, um neue Werte und Freunde zu finden. Mit Schnürhemd und Flickenhose bekleidet hatte sie sich herumgetrieben und war schließlich in der Drogenszene am Sunset Strip gelandet. Er hatte sie zum ersten Mal vorm »Whisky a Go Go« gesehen, als sie mit einem Haufen vergammelter Hippietypen sprach und offensichtlich versuchte, ihre Intelligenz und gute Herkunft herunterzuspielen. Er gabelte sie auf und erzählte ihr von seiner Kassette und dem Stück Papier. Es ließ sie sichtlich nicht kalt, aber sie lachte kurz auf. Wenn er sie bumsen wollte, warum fragte er sie nicht einfach? Romantik wäre doch kitschig, und sie sei eine liberale Frau.

Damals wurde ihm durch seine Weigerung bewußt, daß er nun zum ersten Mal moralisch Stellung beziehen mußte. Es offenbarte sich ihm sein jetziges und sein zukünftiges Ziel: die Bewahrung weiblicher Unschuld.

Er beobachtete Jane Wilhelm in unregelmäßigen Abständen bis zum Ende der vom Prediger vorgeschriebenen dreißig Tage; er sah sie bei Bettorgien, in Drogenhöhlen und bei Rockkonzerten. Am einunddreißigsten Tag stolperte Jane allein aus »Gazzaris Disco«. Von seinem Wagen aus, der etwas südlich vom Sunset Strip geparkt war, sah er, wie sie über die Straße torkelte. Er schaltete das Fernlicht ein, das ihr voll ins Gesicht schien und ihre aufgedunsene Figur und die erweiterten Pupillen sichtbar werden ließ. Dies sollte ihre letzte Selbsterniedrigung sein! Er erdrosselte sie direkt auf dem Bürgersteig und warf dann ihren Körper in den Kofferraum seines Wagens.

Drei Abende später fuhr er nach Norden in eine ländliche

Gegend in der Nähe von Oxnard. Nach einer Andacht am Straßenrand aus seiner »Erlösungs«-Kassette begrub er Jane in der weichen Erde neben einem Steinbruch. Soweit er wußte, wurde ihre Leiche niemals gefunden.

Er bog jetzt in die Topanga Canyon Road ein und erinnerte sich an seine Vorgehensweise, die es ihm gestattet hatte, zwanzig Frauen zu erlösen, ohne daß die Massenmedien aufgeregt eingegriffen und Wirbel um seine Ergreifung gemacht hatten. Sie war ganz einfach. Er wurde mit seinen Frauen eins, indem er Monate damit zubrachte, Details aus ihrem Leben in sich aufzunehmen, jede Feinheit auskostend und jeden Vorzug oder jede Schwäche auflistend, bevor er sich für die Art ihrer Beseitigung entschied, die genau passend für die Person, sogar auf den Geist der Auserwählten zugeschnitten war. Dadurch wurde das Planen zur Werbung und das Töten zur Vereinigung. Der Gedanke an Werbung löste in ihm glühende und heftige Phantasien aus, in denen es um prosaische Einzelheiten ging, um belanglose Intimitäten, die nur Liebende zu schätzen wissen.

Dann war da noch Elaine aus dem Jahre 1969, die Barockmusik über alles liebte. Obwohl sie hübsch war, verbrachte sie nahezu ihre gesamte Freizeit damit, Bach und Vivaldi zu hören, wobei sie die Fenster ihrer Garagenwohnung immer geöffnet ließ, sogar bei kaltem Wetter, weil sie die Schönheit, die sie dabei empfand, mit der schnöden, gleichgültigen Welt teilen wollte. Jeden Abend hatte er durch ein Richtmikrofon vom Dach eines Nachbarhauses mitgehört und war dabei zugleich auch Zeuge ihrer trostlosen Einsamkeit geworden, und ihm waren fast die Tränen gekommen, als sich ihre Herzen bei den Klängen des Brandenburgischen Konzerts vereinten.

Zweimal hatte er ihre Wohnung durchsucht, um einen Fingerzeig auf die richtige Methode zur Erlösung von

Elaines Seele zu bekommen. Er hatte sich entschlossen, abzuwarten und über das Ende des Lebens dieser jungen Frau zu meditieren, bis er dann unter ihren Pullovern eine Zuschrift von einer computergesteuerten Partnerschaftsvermittlung fand. Daß sich Elaine zu einer solchen Niedrigkeit herabgelassen hatte, war für ihn der entscheidende Auslöser gewesen.

Er brachte einen ganzen Monat damit zu, ihre Handschrift zu studieren, und eine Woche brauchte er, um den Abschiedsbrief einer Selbstmörderin in ihrer Schrift zu fabrizieren. An einem kalten Novemberabend kletterte er durchs Fenster in die Wohnung und öffnete fünf Seconal-Kapseln, deren feinkörnigen Inhalt er in die Orangensaftflasche schüttete, aus der Elaine jeden Abend vorm Schlafengehen trank. Später beobachtete er durch ein Teleskop, wie sie ihren Todestrank zu sich nahm, dann ließ er sie zwei Stunden schlafen, bevor er in ihre Wohnung eindrang, den Gashahn aufdrehte und den Abschiedsbrief zurückließ. Als letzten Liebesbeweis legte er ein Flötenkonzert von Vivaldi auf, um Elaines Abgang mit Würde zu begehen.

Erinnerungen an andere Geliebte trieben ihm Tränen in die Augen, immer wenn er an die Höhepunkte dachte: Da war Karen, die Pferde über alles liebte, deren Haus ihre ganze Pferdeleidenschaft zum Ausdruck brachte. Karen, die immer ohne Sattel über die Klippen oberhalb von Malibu ritt und auf ihrem Pferd sitzend starb, als er aus einem Versteck hervorstürmte und den erdbeerfarbenen Schimmel dazu zwang, in den Abgrund zu springen. Und Monica, die einen ausgezeichneten Geschmack in den kleinen Dingen des Lebens hatte. Sie hüllte ihren von Kinderlähmung geschlagenen Körper in feinste Seiden- und Wollkleider. Bei der heimlichen Lektüre ihres Tagebuchs war ihm aufgefallen, daß der Ekel gegenüber ihrem eigenen Körper immer größer wurde, und da erkannte er, daß Zerstückelung die letzte Gnade für sie sein würde. Nachdem er Monica in ihrer Wohnung in Marina Del Ray erdrosselt hatte, zerstückelte er sie mit einer Motorsäge und warf die in Plastiktüten gefüllten Körperteile bei Manhattan Beach ins Wasser. Die Polizei sprach hinterher vom »Müllbeutel-Mörder«.

Tränen liefen ihm über die Wangen. Er spürte, wie seine Erinnerung in heißes Verlangen umschlug. Es war wieder einmal höchste Zeit.

Er fuhr in das Einkaufszentrum von Westwood Village, bezahlte die Parkgebühren und spazierte herum; er nahm sich vor, weder vorschnell noch übertrieben vorsichtig vorzugehen. Die Dämmerung brach bereits herein, es wurde kühler, und die Gänge des Einkaufszentrums brodelten jetzt von weiblicher Vitalität. Überall waren Frauen; Frauen, die ihre Gesichter an Pullover schmiegten, die an Schaufenstern lehnten, während sie vor Kinokassen warteten; Frauen, die in Buchläden herumstöberten, die um ihn herum, an ihm vorbei und, so schien es ihm, durch ihn hindurchliefen.

Aus der Dämmerung wurde Abend, und mit einsetzender Dunkelheit hatten sich auch die Gänge geleert, so daß einzelne Frauen sich für ihn deutlicher heraushoben. Und dann sah er sie: Sie stand vor »Hunters« Buchladen und blickte durch das Schaufenster, als suche sie einen Traum. Sie war groß und schlank und hatte nur wenig Make-up aufgelegt, was ihr eine Ausstrahlung von Frische und Klarheit verlieh. Ende Zwanzig, ein Mensch auf der Suche, eine angenehme, phantasievolle Frau mit Sinn für Humor, sagte er sich: Sie geht jetzt bestimmt in den Buchladen, sieht sich zuerst die Bestseller an, dann die anspruchsvollen Taschenbücher, und schließlich entscheidet sie sich für eine lustige Liebesgeschichte oder einen Kriminalroman. Sie ist einsam. Sie braucht mich.

Die Frau drehte ihr Haar zu einem Knoten zusammen und befestigte ihn mit einer Spange. Sie seufzte, öffnete die Tür des Buchladens und ging dann entschlossen an einen Tisch, auf dem Bücher über Selbsterfahrung ausgebreitet waren. Alles mögliche von »Kreative Scheidungsmethoden« bis »Erfolg durch Yoga« war dort vertreten, und sie zögerte erst, nahm sich dann ein Buch mit dem Titel »Dynamische Synergie kann Sie befreien« und ging damit zur Kasse.

Er war die ganze Zeit über unauffällig in ihrer Nähe geblieben, und als sie ihre Schecks herausnahm, um das Buch zu bezahlen, prägte er sich ihren Namen und ihre Adresse ein:

Linda Deverson
3583 Mentone Avenue
Culver City, Calif. 90408

Er wartete gar nicht erst ab, bis Linda Deverson mit dem Kassierer geredet hatte. Er lief aus dem Laden und zu seinem Wagen, er war von Liebe zu ihr erfüllt. Außerdem war seine Neugier geweckt worden: Der Dichter wollte die Umschreibung seines neuen Liebeswerbens kennenlernen.

Linda Deverson ist sehr vielseitig, dachte er drei Wochen später, als er den letzten Stapel Fotos entwickelte. Während er sie aus dem Entwicklungsbad nahm und aufhängte, verfolgte er aufmerksam, wie sie in Schwarzweiß Kontur annahm und lebendig wurde. Auf dem einen verließ Linda gerade das Büro, in dem sie als Haus- und Grundstücksmaklerin beschäftigt war; dort wieder blickte Linda finster, als sie versuchte, selbst zu tanken; auf dem nächsten joggte Linda gerade den San Vicente Boulevard hinunter; und auf dem dort schaute Linda aus ihrem Wohnzimmerfenster und rauchte eine Zigarette.

Er schloß den Laden ab, nahm die Fotos und stieg die Treppe zu seiner Wohnung hinauf. Er empfand Stolz, wie jedesmal, wenn er durch sein dunkles Königreich schritt. Stolz deshalb, weil er die Geduld gehabt und sich von seiner Entschlossenheit niemals hatte abbringen lassen, das Haus zu besitzen, das ihm die schönsten Augenblicke seiner Jugend beschert hatte.

Als seine Eltern starben und ihn im Alter von vierzehn Jahren ohne Heim zurückließen, hatte der Besitzer von »Silverlake Camera« sich seiner angenommen, indem er ihm zwanzig Dollar pro Woche für das Aufwischen des Ladens jeden Abend nach Geschäftsschluß gab und ihm gestattete, auf dem Boden zu schlafen und auf der Kundentoilette zu lesen. Er lernte eifrig, was den Besitzer ganz stolz auf ihn machte. Der Eigentümer war ein Pferdenarr und Spieler, und er benutzte den Laden als Treff für die Buchmacher. Er hatte immer geglaubt, daß sein Wohltäter, der an einer chronischen Herzkrankheit litt und keine Familie hatte, ihm den Laden eines Tages überlassen würde. Aber er hatte sich geirrt – als er starb, übernahmen die Buchmacher den Laden, denen er Geld schuldete. Sie wirtschafteten ihn prompt zugrunde, da sie nur unfähige Leute einstellten und das kleine, ruhige Geschäft zu einem Treffpunkt für allerlei Gesindel machten: Da wurde beim Football und auf Pferderennen gewettet und mit Rauschgift gehandelt.

Als ihm klar wurde, was seinem Heiligtum angetan worden war, wußte er genau, daß er handeln mußte, um es, koste es, was es wolle, zu retten.

Er hatte sich bisher seinen Lebensunterhalt recht gut als freiberuflicher Fotograf verdient; er machte Aufnahmen bei Hochzeiten, Festbanketten und Kommunionen, und Geld hatte er mehr als genug zusammengespart, um den Laden zu kaufen, sollte er ihm einmal angeboten werden.

Allerdings war er überzeugt, daß dieser Abschaum, der ihn besaß, ihn niemals verkaufen würde – die illegalen Geschäfte waren sehr einträglich. Das verärgerte ihn so sehr, daß er sogar seine vierte Werbung völlig vergaß und seine gesamte Energie auf die Übernahme seiner sicheren Zuflucht konzentrierte.

Eine Serie anonymer Anrufe bei der Polizei und bei der Staatsanwaltschaft brachte keinen Erfolg; die Machenschaften von »Silverlake Camera« interessierten niemanden. Verzweifelt suchte er nach anderen Mitteln.

Durch Beobachtungen hatte er in Erfahrung gebracht, daß der derzeitige Besitzer sich jeden Abend in einer Kneipe am Sunset vollaufen ließ. Er hatte herausgefunden, daß der Mann nach Kneipenschluß regelmäßig in ein Taxi verfrachtet wurde, und daß der Taxifahrer, der ein notorischer Spieler im Pferdetoto war und sich tief bei ihm verschuldet hatte, ihn jede Nacht gegen zwei Uhr abholte. Mit derselben Präzision wie bei seinem Liebeswerben machte er sich an die Arbeit; zuerst beschaffte er sich 30 Gramm Heroin, dann trat er an den Taxifahrer heran und machte ihm ein Angebot. Der Taxifahrer ging auf das Angebot ein und verließ bereits am darauffolgenden Tag fluchtartig Los Angeles.

Zwei Abende später saß er nach Geschäftsschluß hinterm Steuer des Taxis vor der »Short Stop Bar«. Pünktlich um zwei Uhr morgens torkelte der Besitzer von »Silverlake Camera« heraus und ließ sich auf den Rücksitz fallen, wo er kurz darauf die Besinnung verlor. Er fuhr den Mann zur Ecke Sunset und Alvarado und stopfte ihm einen mit Heroin gefüllten Plastikbeutel in die Manteltasche. Dann schleppte er den besinnungslos Betrunkenen zu »Silverlake Camera« hinüber und setzte ihn in die offene Eingangstür, den Schlüssel in der Hand.

Er fuhr zu einer Telefonzelle, rief im Polizeipräsidium

von Los Angeles an und meldete dort einen Einbruch, der gerade begangen werde. Die Polizei übernahm den Rest. Drei Funkstreifen wurden zur Ecke Sunset und Alvarado geschickt. Als der erste Wagen mit quietschenden Reifen vor dem Geschäft zum Stehen kam, wurde der Mann im Eingang wach, stand auf und griff in seine Manteltasche. Die beiden Streifenbeamten mißdeuteten seine Bewegung, schossen und töteten ihn. Eine Woche später meldete »Silverlake Camera« Konkurs an, und nun konnte er den Laden ohne Schwierigkeiten übernehmen.

Der Fotoladen und die Dreizimmerwohnung darüber waren die Erfüllung seiner Träume, er gestaltete das Haus von oben bis unten neu. Sein Lebenszweck, der sich ihm einst so lichtvoll offenbart hatte, fand darin seinen vollkommenen ästhetischen Ausdruck; zugleich verknüpften sich in ihm symbolisch die Schicksale jener drei Menschen, die einst die furchtbare Katharsis in ihm ausgelöst hatten, die ihm jetzt das Recht gab, weibliche Unschuld zu erlösen.

Eine ganze Wand war seinen Feinden gewidmet: Es war eine Fotocollage, auf der er ihre gewundenen Lebenswege dokumentiert hatte: der Muskelmann war County Deputy Sheriff in Los Angeles geworden, sein Stiefellecker inzwischen ein Stricher. Ihr kurzes gewaltsames Zusammentreffen hatte ihre Lebenswege auf die schiefe Bahn geworfen; Korruption und armselige Machtpositionen waren ihre einzige Entschädigung für geistige Öde. Die heimlich aufgenommenen Schnappschüsse an der Wand sprachen für sich: Birdman, an der Straßenecke im Strichjungen-Viertel postiert, mit wiegenden Hüften und hungrigen Augen, die nach unglücklichen, einsamen Mädchen Ausschau halten, die ihm ein paar Dollar bringen und zehn Minuten Selbstbestätigung verschaffen würden; und das Muskelpaket, verfettet und rot im Gesicht, das aus seinem Streifenwagen im Bezirk West Hollywood hinausstarrte – der Boy's

Town, die zu schützen er gelobt hatte, die auf seinen »Schutz« jedoch gut verzichten konnte; die Schwulen machten sich über ihn lustig und nannten ihn »Officer Pig«. Auf der gegenüberliegenden Wand waren Vergrößerungen seiner wahren und einzigen Liebe angebracht. Ihre Unschuld würde auf ewig durch die außergewöhnliche Reinheit seiner Kunst bewahrt bleiben. Er hatte die Fotos 1964, am Tag der Abschlußfeier, aus dem Jahrbuch der Schule ausgeschnitten, und erst zehn Jahre später, nachdem er ein Meisterfotograf geworden war, hatte er sich darangewagt, die Bilder zu vergrößern und zu entwickeln, bis seine Liebste ihm überlebensgroß entgegenlächelte. Die Vergrößerungen waren mit verwelkten, verdorrten und zusammengeflochtenen Rosenstielen geschmückt – es waren genau zwanzig –, ein Unterpfand aus seinen Blumengebinden, die er seiner Geliebten immer geschickt hatte, nachdem eine Frau in ihrem Namen hatte sterben müssen.

Er hatte sich darangemacht, seine Heimstatt in ein nur diesen drei Menschen gewidmetes Testament umzuwandeln, das er mit *allen* Sinnen in sich aufnehmen konnte; anfangs wollte es ihm nicht gelingen. Sie waren ihm zwar visuell zugänglich, aber er wollte sie auch *atmen* hören.

Die Lösung hatte ihm schließlich ein Traum gebracht. Junge Frauen waren auf dem Plattenteller eines gigantischen Plattenspielers festgebunden. Er saß am Schaltpult einer komplizierten elektronischen Steueranlage und betätigte Schalter und Schieberegler in dem vergeblichen Versuch, die Frauen zum Schreien zu bringen. Da er schon kurz davor stand, selbst laut aufzuschreien, hatte er seinen ganzen Willen aufgeboten, seine Frustration zu unterdrücken, indem er mit den Armen Flugbewegungen nachahmte. Während seine Glieder in der Luft schwebten, ging ihm der Atem aus, und er glaubte zu ersticken, bis seine Hände Magnetbänder zu fassen bekamen, die um ihn hertrieben. Er griff danach, und wie ein Ballonpilot benutzte er sie als Ballast, um langsam zum Schaltpult zurückzuschweben. Sämtliche Kontrollampen waren während seines Fluges erloschen, und als er jetzt wieder begann, die Schaltknöpfe zu drücken, gingen sie sogleich an; dann gab es einen Kurzschluß, und die Lämpchen zerplatzten wie Blutblasen. Er begann, die blutenden Löcher mit Magnetband zu verstopfen. Das Band glitt durch die Öffnungen, auf den Plattenspieler, und wickelte sich um den Teller, wodurch die dort angeketteten Frauen zermalmt wurden. Ihre Schreie schreckten ihn aus seinem Traum hoch, und er schrie selbst ganz laut auf, während es ihm zwischen den verkrampften Händen kam.

Am darauffolgenden Morgen kaufte er zwei Kassettenrecorder, zwei Mikrofone, hundert Meter Kabel und einen Transistorverstärker für den Eigenbau. Innerhalb einer Woche waren sowohl in der Wohnung von »Officer Pig« als auch in der seiner wahren Liebe gut versteckt Abhörvorrichtungen angebracht. Sein Zugang zu ihrem Privatleben war somit gesichert. Von diesem Zeitpunkt an wechselte er wöchentlich die Bänder, und es kam ihm fast jedesmal, wenn er mit ihnen nach Hause zurückkehrte, auf die Bilder an der Wand schaute und ihrem Atem lauschte, wobei er Intimitäten erfuhr, die nicht einmal Ehepaare voneinander wissen.

Diese intimen Lauschangriffe bestätigten seine Vermutungen über sie: Seine wahre Geliebte suchte sich die Männer für die körperliche Liebe mit großer Umsicht – es waren meist sehr empfindsame Partner, die sie liebten und sich ihrem ausgeprägten Willen vollständig unterwarfen. Er wußte, daß sie hinter ihrer oft schroffen feministischen Fassade sehr einsam war, aber das war nur natürlich: sie war schließlich eine Dichterin, inzwischen fast eine lokale Berühmtheit, und Einsamkeit war der Preis, den alle kreativen Menschen zahlen müssen. »Officer Pig« war natürlich die Korruption in Person – ein Cop, der nach allem griff und Bestechungsgelder von den Strichern aus Boy's Town entgegennahm. So konnten sie in Ruhe ihrem Gewerbe nachgehen, während er und seine erbärmlichen Kollegen die Augen zudrückten. Birdman war sein »Verhältnis«, und das stundenlange Abhören der Gespräche der beiden ehemaligen Mitschüler, die sich an ihren schäbigen Gaunereien aufgeilten, hatte ihn davon überzeugt, daß die Verkommenheit, in der sie lebten, das Ergebnis seiner persönlichen Rache war.

Jahre des Abhörens waren vergangen, lange Abende, an denen er im Dunkeln sitzend die Bänder über Kopfhörer abhörte. Er wurde sogar immer kühner in seinem Bestreben, denen, die seine Wiedergeburt bewirkt hatten, so nahe wie möglich zu sein; am Jahrestag des Ereignisses, an das er kaum noch zurückdachte, führte er für sich kunstvoll als Selbstmorde verschleierte mystische Hochzeiten auf, um seine Unterwerfung in dem mit Sägemehl bedeckten Schulflur zu feiern. Viermal hatte er das getan; zweimal im Revier von »Officer Pig« und einmal sogar in dessen Wohnhaus. Die Liebe, die er in diesen Augenblicken symbiotischer Phantasien empfand, hatte die Erlösung, die er sich mit klammernden Händen bereitete, zehnfach verstärkt, und ihm wurde bewußt, daß jedes einzelne dieser kühnen Wagnisse mit Kamera, Atem und Blut nur dazu beitrug, das rauschhafte Lied seines Inneren mächtiger anschwellen zu lassen.

Wieder zurück in der Gegenwart, dachte er über die zahlreichen Eigenschaften nach, die Linda Deverson besaß; dann spürte er eine Leere in seinem Kopf, als er versuchte, den richtigen Anfang für eine Beschreibung ihrer Person zu finden, um das Durcheinander all der Eindrücke, die seine neue Liebe in ihm wachrief, zu ordnen.

Er stieß einen Seufzer aus und schloß die Wohnungstür hinter sich ab, dann nahm er die Fotografien von Linda und steckte sie an die Pinnwand vor seinem Schreibtisch. Er seufzte noch einmal und schrieb dann:

17. 05. 82

Seit drei Wochen auf Freiersfüßen und noch immer kein Zugang zu ihrer Wohnung, noch weniger Zugang zu ihrem Herzen – bei den drei Schlössern an ihrer Tür wird der erste Schritt, hineinzugelangen, gefährlich werden – ich werde es bald riskieren müssen – Linda ist noch immer schwer für mich faßbar. Aber vielleicht auch wieder nicht; was mich am meisten an ihr fesselt, ist ihr Sinn für Humor – dieses reuige Lächeln, das sich auf ihrem Gesicht breitmacht, wenn sie eine Zigarette aus ihrem Trainingsanzug hervorholt, nachdem sie fünf Kilometer den San Vicente Boulevard hinuntergejoggt ist; und ihre sehr bestimmte, aber charmante Ablehnung, mit diesem jungen schnoddrigen Verkäufer auszugehen, mit dem sie sich einen Raum im Maklerbüro teilen muß; und dann ist da noch die Art und Weise, wie sie mit sich selbst spricht, wenn sie sich allein glaubt, und die lustige Art, wie sie ihren Mund bedeckt, wenn ein Passant sie dabei erwischt. Vor zwei Abenden bin ich ihr zum Synergie-Lehrgang gefolgt. Dasselbe reuige Lächeln, als sie den Scheck für die Aufnahmegebühr ausschrieb, und dann wieder beim ersten Gruppentreffen, als man ihr sagen mußte, daß man dort nicht rauchen dürfe. Ich glaube, daß Linda dieselbe Distanz zu allem hat, die mir bei Schriftstellern aufgefallen ist – das Bedürfnis nach Kommunikation mit den Mitmenschen und das Vorhandensein gleicher Grundüberzeugungen und Träume – doch gleichzeitig ist das Bedürfnis vorhanden, Distanz zu wahren, an ihrer eigenen inneren Wahrheit festzuhalten, die sie nicht mit anderen teilen will. Linda ist eine Frau mit viel Feingefühl. Während des ersten Gruppentreffens (wirres Geschwätz über Einheit und Energie) habe ich mich zur Rezeption zurückgeschlichen und ihre Anmeldung geklaut. Folgendes weiß ich jetzt über meine Geliebte:

1. Name: Linda Holly Deverson
2. Geburtsdatum: 29. 04. 52
3. Geburtsort: Goleta, Kalifornien
4. Ausbildung: High School 1234
5. Wie sind Sie auf die Syn.-Gruppe gekommen? – Ich las Ihr Buch.
   Was meinen Sie:
6. Welche vier nachfolgenden Worte, die Sie sich aussuchen können, würden Ihre Persönlichkeit am besten beschreiben?
   1. Ehrgeiz
   2. Athletisch
   3. Aggressiv
   4. *Vorurteilsfrei*
   5. *Harmonisch*
   6. Durcheinander
   7. Neugierig
   8. *Teilnahmslos*
   9. Zornig
   10. *Sensibel*
   11. Leidenschaftlich
   12. Ästhetisch
   13. Sinnlich
   14. Moralisch
   15. Großzügig
7. Warum sind Sie Mitglied des Synergie-Instituts geworden? – Das kann ich nicht so genau sagen. Einige

Dinge in Eurem Buch schienen mir aufrichtig und könnten mir die Möglichkeit bieten, meine Persönlichkeit zu stärken.

8. Meinen Sie, daß Synergie Ihr Leben ändern könnte?
Ich weiß es nicht.

Eine scharfsinnige Frau. Ich kann Dein Leben ändern, Linda; ich bin der einzige, der das kann.

Drei Abende später brach er in ihre Wohnung ein.

Der Einbruch war sorgfältig vorbereitet und dreist. Er wußte, daß sie das zweite Synergie-Seminar mitmachen würde, das von acht Uhr abends bis Mitternacht dauern sollte.

Um Viertel vor acht parkte er auf der gegenüberliegenden Seite des Instituts an der Montana in Santa Monica, ausgerüstet mit einem kleinen flachen Stromunterbrecher und hautengen Gummihandschuhen.

Er grinste, als Linda auf den Parkplatz fuhr, andere ankommende Seminarteilnehmer grüßte und eine letzte Zigarette hastig in sich einsog, bevor sie den roten Backsteinbau betrat. Er wartete noch zehn Minuten ab, dann rannte er zu ihrem '69er Camaro, öffnete die Haube und brachte den Unterbrecherkontakt an der unteren Seite des Verteilers an. Sollte irgendwer versuchen, den Camaro zu starten, würde er einmal kurz anspringen und dann absaufen. Er beglückwünschte sich zu seinem Einfallsreichtum, schlug die Haube wieder zu und lief zu seinem eigenen Wagen zurück; dann fuhr er zur Wohnung seiner Angebeteten.

Es war ein stockdunkler Frühlingsabend, und ein warmer Wind sorgte für eine ausreichende Geräuschkulisse. Er parkte ein paar Straßen weiter und spazierte zur Mentone Avenue Nr. 3583. Er hatte einen flachen Schraubenschlüssel und ein Transistorradio in einer braunen Tüte bei sich. Als gerade einige kräftige Windböen aufkamen, stellte er das Radio auf die Erde vor Lindas Wohnzimmerfenster und drehte die Lautstärke voll auf. Punk-Rock hallte durch die Nacht, und mit voller Wucht schlug er mit dem Schraubenschlüssel gegen das Fenster, dann schnappte er sich das Radio und rannte zu seinem Wagen zurück.

Er wartete zwanzig Minuten, bis er sicher war, daß niemand den Lärm gehört hatte und kein versteckter Alarm ausgelöst worden war. Dann ging er zurück und stieg in die dunkle Wohnung ein.

Er zog die Vorhänge vor das zerbrochene Fenster, atmete tief ein und wartete, bis sich seine Augen an die Dunkelheit gewöhnt hatten; dann ging er geradewegs in die Richtung, wo das Badezimmer sein mußte, um seine brennendste Neugier zu befriedigen. Dort schaltete er das Licht an und durchstöberte das Arzneimittelschränkchen; dann überprüfte er ihre Make-up-Utensilien, die obenauf lagen; er durchsuchte sogar den Korb mit schmutziger Wäsche. Sein Inneres seufzte vor Erleichterung. Er fand keinerlei Verhütungsmittel; seine Geliebte war also keusch.

Er ließ die Tür halb offen und ging ins Schlafzimmer. Da er schnell herausfand, daß es keine Deckenbeleuchtung gab, knipste er die Lampe neben dem Bett an. Deren Schein gab ihm ausreichend Licht zum Arbeiten, und er öffnete die Tür des Einbauschrankes, begierig, die Garderobe seiner Angebeteten zu betasten.

Die Kammer war voll von Kleidungsstücken, die auf Bügeln hingen, und er griff sich mit beiden Armen einen Riesenstapel, den er ins Badezimmer trug. Es waren zum größten Teil Kleider der verschiedensten Machart und aus allem möglichen Material. Zitternd befühlte er Polyesterkostüme und Baumwollhemdchen, Schlüpfer aus Seidenimitat und grobem Tweed; dies alles gab es gestreift, farbenfroh und im

Karomuster – weitere Hinweise auf den sehr weiblichen, feinen und wählerischen Charakter von Linda Deverson. Sie weiß ja gar nicht, wer sie überhaupt ist, dachte er bei sich selbst, darum kauft sie sich all diese unterschiedlichen Sachen, um herauszufinden, wer sie sein *könnte.*

Er trug den Stapel Kleider wieder zurück zum Wandschrank und ordnete sie so ein, wie er sie gefunden hatte, dann fuhr er fort, nach weiteren Beweisen für Lindas Keuschheit zu suchen. Er entdeckte sie auf ihrer Telefonablage: sämtliche Telefonnummern in ihrem Adreßbuch waren von Frauen.

Sein Herz klopfte vor Freude, und er ging in die Küche und kramte unter dem Waschbecken herum, bis er eine Dose mit schwarzer Farbe und einen trockenen Pinsel fand. Er hebelte die Dose auf, tauchte den Pinsel voll in die Farbe und schmierte »Clanton 14st. – Culver City – Via La Raza« an die Küchenwand. Damit es noch besser aussah, klemmte er sich einen Toaster und einen tragbaren Kassettenrecorder unter den Arm und nahm sie mit.

Den Toaster auf dem Sitz neben ihm streichelnd, fuhr er zurück zum Synergie-Institut und entfernte den Unterbrecher an Linda Deversons Auto, dann fuhr er nach Hause, um über die feine Art dieser Frau nachzudenken.

Am darauffolgenden Mittwoch abend fand das erste »Frage-und-Antwort«-Gruppentreffen des Instituts statt. Dafür hatte er sich schon zwei Tage vorher in einer Vorverkaufsstelle in der Nähe seines Ladens eine Eintrittskarte gekauft und war nun neugierig darauf, wie Linda wohl die Veranstalter im Institut befragen würde, die bis dato noch kein Feedback von ihren Anfängern eingeholt hatten. Er war überzeugt, daß seine Geliebte intelligente und skeptische Fragen stellen würde.

Vor dem Institut hatte sich eine Sperrkette religiöser

Fanatiker aufgestellt, die Spruchbänder in die Höhe hielten, auf denen stand: »Synergie ist Sünde! Der einzige Weg ist Jesus!« Er lachte, als er auf sie zuging; er fand Jesus vulgär. Einer der Fanatiker bemerkte das ironische Lächeln auf seinem Gesicht und fragte ihn, ob er denn schon erlöst worden wäre.

»Schon zwanzigmal«, erwiderte er.

Dem Fanatiker fiel die Kinnlade herunter; er war ja schon an viele ketzerische Antworten gewöhnt, aber diese fand er doch ungeheuerlich. Er wich zur Seite und ließ den nicht geheuren Lästerer das Gebäude betreten.

Als er drinnen war, überreichte er dem Kontrolleur seine Eintrittskarte, der ihm seinerseits ein großes Kissen in die Hand drückte und in Richtung Versammlungsraum zeigte. Er ging durch einen Flur, in dem Fotografien berühmter Synergisten hingen, und kam in einen Saal, in dem einzelne Grüppchen schüchtern herumsaßen, schwatzten und die Neuankömmlinge musterten. Er ging zum hinteren Teil des Saals, legte sein Kissen auf den Boden und setzte sich hin, ohne den Blick von der Tür abzuwenden.

Sie kam einen kurzen Augenblick später und setzte sich mit ihrem Kissen nur ein paar Meter von ihm entfernt hin. Sein Herz pochte und raste so schnell, daß er befürchtete, es würde das ganze Psychogewäsch übertönen, von dem der Saal summte. Er starrte auf seine Oberschenkel, nahm seine Meditationshaltung ein, in der Hoffnung, damit jeglichen Versuch zu unterbinden, den sie machen könnte, eine Unterhaltung mit ihm anzufangen. Er machte seine Augen so fest zu und verschränkte seine Hände so fest ineinander, daß er sich wie eine Schrapnellbombe kurz vor der Explosion fühlte.

Dann wurde die Saalbeleuchtung zweimal hintereinander dunkel, was anzeigen sollte, daß die Sitzung begann. Die Versammelten verstummten, als die Lichter ganz ausgingen, Kerzen angesteckt und an strategischen Punkten im

Saal aufgestellt wurden. Die unerwartete Dunkelheit fesselte und ergriff ihn wie einen Liebenden. Er wandte den Kopf und erblickte Lindas Silhouette im Kerzenlicht. Sie gehört mir, sagte er zu sich, mir ganz allein.

Sitarklänge schallten aus der Verstärkeranlage und wurden allmählich von einer sanften männlichen Stimme abgelöst. »Fühle, wie sich die Spannungsfelder, die dich von deinem anderen Ich trennen, auflösen. Fühle, wie dein inneres Ich sich mit der Synergie anderer harmonierender Kraftfelder verbindet, um wahre Energie und Einheit herzustellen. Fühle die Synthese deiner selbst mit allem Guten, das im Kosmos ist.«

Die Stimme wurde zu einem Flüstern. »Heute bin ich hier, um mich persönlich an euch zu wenden, um euch zu helfen, die Prinzipien des synergistischen Kraftfeldes auf eure eigene Person anzuwenden. Dies ist euer drittes Seminar, und ihr besitzt die Kraft, die nötig ist, um euer Leben für immer zu ändern, aber ihr habt gewiß viele Fragen. Darum bin ich hier. Licht an, bitte!«

Die Beleuchtung wurde eingeschaltet, und er fand die Szene schon sehr beeindruckend. Er kontrollierte bewußt seine Atmung, um Selbstbeherrschung bemüht, und beobachtete den grauhaarigen jungen Mann in blauem Smoking, wie er auf ein mit Blumen geschmücktes Pult am Kopfende des Saales zuging. Er wurde mit tosendem Applaus und seligen Blikken begrüßt. »Vielen Dank«, sagte der Mann. »Fragen?«

Ein älterer Herr, weiter vorn im Saal, hob die Hand und sagte: »Ja, ich hab' 'ne Frage. Wie steht's eigentlich mit den Niggern?«

Der Mann hinter dem Rednerpult wurde unter seinem Silber rot wie rote Beete und sagte: »Ja, ich glaube, das paßt nicht zu unserem Thema. Ich meine ...«

»Ich meine doch!« rief der alte Mann. »Ihr Leute habt das Gebäude von der Moose-Vereinigung übernommen, und ihr habt eine Verantwortung als Bürger, euch der Negerproblematik anzunehmen!«

Der alte Mann blickte sich Unterstützung heischend um und stieß nur auf verlegenes Schulterzucken und feindselige Blicke. Der Mann hinter dem Pult schnippte mit den Fingern, und zwei stämmige junge Burschen im Smoking betraten den Raum. Der alte Mann schimpfte weiter. »Ich war achtunddreißig Jahre lang Mitglied der Moose-Vereinigung, und ich verfluche den Tag, an dem wir an euch Gesindel verkauft haben! Ich werde eine Versammlung der Bezirksverordneten einberufen und eine Anordnung verabschieden lassen, die vorschreibt, alle Nigger und religiösen Spinner südlich des Wilshire zu verbannen. Ich bin Mitglied in guter ...« Die jungen Männer packten den Alten an Armen und Beinen und trugen den um sich schlagenden, beißenden und schreienden Mann aus dem Saal.

Der Mann hinter dem Rednerpult bat um Ruhe, wobei er die Hände zu einer flehenden Gebärde erhob, um den entstandenen Tumult, der dem Abgang des Alten folgte, zu unterbinden. Mit einer Hand durch sein graues Haar fahrend, sagte er: »Nun, das war einer mit zu wenig ausgeprägter Synergie! Rassismus ist böses chakra! Und nun ...«

Linda Deverson hob die Hand und sagte: »Ich habe da noch eine Frage. Sie bezieht sich auf den alten Mann. Was ist denn, wenn sein inneres Ich schlecht ist und all seine angeborenen Kräftefelder so sehr von Angst und Haß verzerrt sind, daß er nur noch zu Gemeinheiten fähig ist? Was wäre denn, wenn er doch einen Funken Freundlichkeit, Neugier besäße, na, all das, was ihn schließlich heute abend hierhergeführt hat? Immerhin hat er dafür *bezahlt,* an diesem Treffen heute abend teilzunehmen, und er ...«

»Sein Geld wird ihm zurückerstattet«, warf der Mann hinter dem Pult ein.

»Davon rede ich doch gar nicht!« rief Linda. »Verstehen

Sie denn nicht, daß dieser Mann nicht einfach mit einem billigen Spruch wie ›böses chakra‹ abgespeist werden kann? Haben Sie denn nicht ...« Linda schlug mit ihren Händen auf das Kissen, stand auf und stürmte zum Ausgang.

»Laßt sie gehen!« sagte der Gruppenleiter. »Ihr Elend wird noch tiefer werden, wenn sie unseren Kurs verläßt. Laßt sie ruhig für ihren Fehler büßen!«

Er konnte seine Erregtheit nur schlecht verbergen und stand auf, um hinter ihr herzugehen; dabei wurde er beinahe von einer großen, drallen Frau in einer Cord-Latzhose umgestoßen. Als er auf den Parkplatz hinaustrat, sah er sie im Gespräch mit Linda, die eine Zigarette rauchte und sich wütend Tränen aus den Augen wischte. Hinter einer hohen Hecke versteckt, konnte er ihre Unterhaltung belauschen.

»Scheiße, Scheiße, Scheiße!« murmelte Linda.

»Vergiß die ganze Geschichte«, erwiderte die Frau. »Manche Gruppen sind gut, andere nicht. Ich bin schon ein paar Jahre länger auf der Suche als du; hör auf jemanden, der mehr Erfahrung hat.«

Linda lachte. »Du hast wahrscheinlich recht. Meine Güte, jetzt könnte ich aber was trinken!«

»Ich könnte auch was vertragen«, sagte die Frau. »Magst du Scotch?«

»Klar, gern sogar!«

»Gut. Ich hab' eine Flasche Chivas zu Hause. Ich wohne in Palisades. Bist du mit dem Wagen da?«

»Ja.«

»Willst du hinter mir herfahren?«

Linda nickte und trat ihre Zigarette auf dem Boden aus. »Ja, sicher.«

Er war direkt hinter ihnen, als die beiden Frauen die kurvenreiche Strecke, die den Santa Monica Canyon hinaufführte, entlangfuhren und in einer ruhigen Wohngegend mit großen Häusern und breiten Rasenflächen davor ankamen. Er beobachtete, wie das erste Fahrzeug nach rechts in eine halbkreisförmige Einfahrt einbog. Linda folgte dem Wagen und parkte direkt dahinter. Er fuhr ein Stück weiter, parkte an der nächsten Ecke und ging unauffällig zu dem Haus hinüber, in dem die Frauen verschwunden waren.

Das Haus war vorn und hinten von Rasen umgeben, der wiederum von hochgewachsenen Hibiskushecken abgeschirmt wurde. Er schlich sich außen um die Hecke herum, um im Schatten zu bleiben, und machte so eine Runde um das ganze Haus, bis er die beiden Frauen erblickte, die es sich auf einem Zweisitzer-Sofa in einer gemütlichen Ecke bequem gemacht hatten. Er hockte sich ins Gras und sah zu, wie Linda am Scotch nippte und pantomimenartig lachte. Er versuchte sich dabei vorzustellen, sie werde von *ihm* bewirtet, mit all seinem Einfallsreichtum und einem Feuerwerk witziger Verse, die er nur für sie geschrieben hatte. Die andere Frau lachte ebenfalls, schlug sich dabei auf die Schenkel und füllte alle paar Minuten Lindas Glas aus der Flasche nach, die auf einem Teetisch stand.

Er blickte durchs Fenster, von Lindas Lachen ganz gefangen, als ihm plötzlich klar wurde, daß irgend etwas nicht stimmte. Sein Instinkt hatte ihn doch noch nie im Stich gelassen, und als er gerade die Ursache für sein Unbehagen ergründen wollte, sah er, wie sich die beiden Frauen ganz langsam aufeinander zubewegten und ihre Lippen sich in perfekter Synchronisation berührten, zuerst zögernd, dann gierig, wobei sie noch die Flasche Scotch umstießen, als sie sich wild umarmten. Er fing an zu schreien, erstickte jedoch den Laut, indem er eine Hand auf den Mund preßte. Er hob die andere Hand, um die Scheibe einzuschlagen, aber seine Vernunft siegte, und er hämmerte nur wütend auf den Boden.

Er schaute noch einmal durchs Fenster. Die beiden Frauen waren nirgendwo zu sehen. Außer sich drückte er sein Gesicht an die Scheibe und reckte den Hals so weit vor, bis er zwei einander umschlingende Beinpaare sah, die sich am Boden wanden und aneinanderrieben. In diesem Augenblick mußte er doch aufschreien, und der fremde Klang seiner eigenen, von Entsetzen erfüllten Stimme ließ ihn auf die Straße stürzen. Er lief so lange, bis seine Lungen brannten und seine Beine zu zittern begannen. Dann fiel er auf die Knie und wurde ganz still, als beruhigende Bilder der zwanzig anderen Frauen an ihm vorüberzogen. Er dachte an ihren Augenblick der Erlösung, und daran, wie sehr sie doch jenen ähnlich waren, die einst seine wahre Liebe besudelt hatten. Von der Rechtmäßigkeit seines einen großen Ziels überzeugt, richtete er sich auf und ging zu seinem Wagen.

Da er in der darauffolgenden Woche seinen Lebensunterhalt verdienen mußte und auch verbissen arbeiten wollte, hielt er sich selbst davon ab, unablässig die Bilder des Verrats an sich vorüberziehen und sich zu Verzweiflungstaten hinreißen zu lassen.

Er mied seinen Laden von morgens bis zum späten Nachmittag und spielte dann die Anrufe von seinem Anrufbeantworter ab. Es waren hauptsächlich Aufträge für Hochzeiten wie jedes Jahr im Frühling, und dieses Jahr konnte er es sich sogar leisten, wählerisch zu sein. So verbrachte er die frühen Abende damit, bei aufgeregt plappernden Eltern von verlobten Paaren vorzusprechen.

Keine Aufnahmen von häßlichen Typen, machte er sich zur Bedingung; und keine Mastschweine. Nur schlanke, gutaussehende junge Leute sollten vor seiner Kamera stehen. Das war er sich schuldig.

Nach Erledigung der Aufträge fuhr er regelmäßig nach Palisades, um Linda Deverson und Carol March beim Liebesspiel zuzusehen. Schwarz gekleidet stieg er immer auf einen Telefonmast im Schatten des Hauses und blickte durch das obere Schlafzimmerfenster, wenn die beiden

Frauen auf dem gesteppten Wasserbett miteinander intim wurden. Ungefähr gegen Mitternacht, wenn seine Arme vom Umklammern des Telefonmasts ermüdet waren, beobachtete er, wie die von Geilheit satte Linda das Bett verließ und sich anzog, während Carol sie inständig bat, doch über Nacht zu bleiben. Es war immer wieder dasselbe Spiel: Sein Gehirn hatte er bewußt abgeschaltet, während sie es miteinander trieben, doch er kam gleich wieder ins Grübeln, sobald Linda sich zum Aufbruch bereit machte. Warum wollte sie immer noch so spät nach Hause fahren? Kam dadurch bei ihr ein verborgenes Schuldgefühl zum Durchbruch? Vielleicht Reue wegen ihrer schändlichen Selbsterniedrigung?

Er ließ sich dann immer den Mast hinuntergleiten und lief zu seinem Wagen, meist fuhr er ohne Licht an Linda vorbei, wenn sie aus der Haustür trat. Er wartete dann ein Stück weiter auf sie und folgte dem Schein ihrer Rücklichter, während sie auf der landschaftlich reizvollen Strecke nach Hause fuhr; es schien ihm beinahe so, als brauchte sie nach jedem solcher ausschweifenden Abende ein Stück Schönheit. Er wahrte immer einen gewissen Sicherheitsabstand und ließ sie dann an der Kreuzung Sunset und Pacific Coast Boulevard allein weiterfahren, während er der Frage nachhing, wie und wann er sie wohl erlösen sollte.

Nach zwei weiteren Wochen gründlicher Beobachtung schrieb er in sein Tagebuch:

7. 6. 82

Linda Deverson ist ein tragisches Opfer unserer Zeit. Ihre Sinnlichkeit ist selbstzerstörerisch, jedoch zugleich auch Ausdruck für ein starkes Bedürfnis nach elterlicher Liebe. Die March-Frau nutzt das aus, sie ist wie eine Natter. Lindas Bedürfnisse aber bleiben unbefriedigt, sowohl im sexuellen Bereich als auch in ihrer Suche nach mütterlicher Zuwendung (die March ist mindestens fünfzehn Jahre älter als sie!). Ihre mitternächtlichen Ausflüge durch die schönsten Gegenden von Pacific Palisades und Santa Monica erzählen Bände von ihrer Schuld, aber sagen auch viel über ihre Feinfühligkeit und ihre Suche nach dem Wesentlichen aus. Ihre Sehnsucht nach Schönheit als Nachwirkung ihrer Selbsterniedrigung ist ungeheuer stark. Ich muß es in einem dieser Augenblicke durchführen – genau in einem solchen Augenblick muß ich die Erlösung vollziehen.

Beruhigt durch seine guten Ortskenntnisse, konnte er den Zeitpunkt der Tat aufschreiben und das Werben um sie einstellen. Aber die langen Nächte verlangten von ihm ihren Tribut: Es waren kleine Versehen und Patzer bei seiner Arbeit – heimlich aufgenommene Filme kamen mit Licht in Berührung; er vergaß Verabredungen oder verlegte Bestellungen. Die Fehler mußten aufhören, und er wußte auch, wie: er mußte sein Werben um Linda Deverson beenden.

Er setzte einen Termin fest: Dienstag, den 14. Juni, also in drei Tagen. Seine Erregung und sein fieberndes Zittern wurden immer stärker.

Am Montag, dem 13. Juni, fuhr er zu einem Geschäft für Autozubehör unten in der Stadt und kaufte einen Kanister Motoröl, dann suchte er einen Schrottplatz auf und erzählte dem Besitzer, er suche Motorhauben-Verzierungen aus Chrom. Während der Besitzer davoneilte, um welche suchen zu gehen, nahm er einige Hände voll Eisenspäne vom Boden auf und tat sie in eine Papiertüte. Ein paar Minuten später kam der Schrotthändler beflissen zurück und winkte mit einer Bulldogge aus Chrom. Er war großzügig und bot dem Mann zehn Dollar dafür. Der Schrotthändler war mit dem Preis einverstanden. Auf der Fahrt zurück über den Cahuenga-Paß zu seinem Laden warf er die Bulldogge aus dem Fenster und lachte, als sie in den Rinnstein fiel.

Sein Vollstreckungstag war sorgfältig vorbereitet, und jede Einzelheit war bis auf die Sekunde durchdacht. Nachdem er aufgestanden war, hängte er ein Schild – »Wegen Krankheit geschlossen« – ins Fenster, dann ging er zurück in seine Wohnung, spielte sich die Meditationskassette vor und sah sich die Bilder von Linda Deverson an. Danach vernichtete er die Seiten des Tagebuchs, die sich auf sie bezogen, und später machte er einen langen Spaziergang durch die Gegend bis zum Echo-Park, wo er in einem Ruderboot stundenlang auf dem See herumfuhr und Enten fütterte. Bei Anbruch der Dunkelheit verstaute er die Instrumente für die Vollstreckung seines Gnadenaktes im Kofferraum seines Wagens und fuhr zum ersten und letzten Rendezvous mit seiner Geliebten.

Um 20.45 Uhr hatte er bereits vier Häuser weiter unten von Carol Marchs Haus geparkt und blickte abwechselnd die dunkle Straße hinunter und auf die Uhr am Armaturenbrett. Um 21.03 Uhr fuhr Linda Deverson in die Einfahrt des Hauses. Ihm schwindelte vor so viel exakter Planung; sie war genau in der Zeit.

Er fuhr zum Santa Monica Canyon, und zwar zur Kreuzung West Channel Road und Biscayne, wo sich West Channel noch einmal gabelte und die rechte Abzweigung zu einem Rastplatz mit Picknicktischen und Schaukeln führte. Wenn seine Berechnungen richtig waren, müßte Linda genau zehn Minuten vor Mitternacht an dieser Stelle vorbeikommen. Er stellte seinen Wagen am Rand des Parkplatzes ab, wo er hinter einer Reihe Platanen von der Straße aus nicht gesehen werden konnte. Dann machte er einen ausgedehnten Spaziergang.

Um 23.40 Uhr kam er zurück und holte seine Ausrüstung aus dem Kofferraum; zuerst zog er die Rangeruniform an und setzte den »Smokey The Bear«-Hut auf, inklusive grünem Baumwollhemd und Arbeitsgürtel, dann machte er das Umleitungsschild auf einem Holzgestell fest und schleppte das ganze hinüber zur Kreuzung.

Als nächstes nahm er den Zehnliterkanister Motoröl und die Metallspäne mit zur Straßenmitte und schüttete alles auf den Asphalt, bis die Straße im Bereich vor dem Umleitungsschild mit einer schmierigen, glitschigen Masse aus Öl und scharfen Metallstücken überzogen war. Nun brauchte er nur noch abzuwarten.

Um 23.52 Uhr hörte er, wie sich ihr Wagen näherte. Als er die Scheinwerfer sah, durchfuhr ein Schauder seinen Leib, und er mußte sich zwingen, Blase und Darmverschluß zu kontrollieren.

Der Wagen wurde langsamer, als er sich dem Umleitungsschild näherte, dann wurde er scharf abgebremst und nach rechts herumgerissen. Auf dem öligen Belag geriet er ins Schleudern und wurde wie ein zappelnder Fischschwanz gegen das Holzgestell gedrückt. Es gab ein Krachen von Metall auf Holz, und dann knallte es zweimal, als die hinteren Reifen platzten. Der Wagen blieb stehen, und Linda stieg aus; sie schlug die Tür zu und murmelte: »Verdammte Scheiße, Mist!«, als sie zum hinteren Teil des Wagens ging, um den Schaden zu begutachten. Er nahm all seine Freundlichkeit zusammen, die er aufbringen konnte, kam hinter den Bäumen hervor und rief laut: »Sind Sie verletzt, Miss? Das war aber eine böse Rutschpartie!«

Linda rief zurück: »Nein, mit mir ist alles in Ordnung. Aber mein Wagen!«

Er zog eine Taschenlampe aus seinem Arbeitsgürtel und leuchtete in der Dunkelheit den Rastplatz mehrmals ab, bevor er den Lichtstrahl auf seine Auserwählte richtete. Linda kniff geblendet die Augen zu und hob die Hand, um ihre Augen zu schützen. Während er auf sie zuging, richtete er die Lampe auf den Boden.

Sie lächelte, als sie den Hut erkannte – »Smokey The

Bear«, der Retter in der Not! Sie war froh, daß sie ihre letzte Zigarette bei Carol geraucht hatte. »Mein Gott, bin ich froh, daß Sie hier sind«, sagte sie. »Ich sah das Umleitungsschild, und dann bin ich auf etwas ausgerutscht. Ich glaube, zwei Reifen sind geplatzt.«

»Das ist doch kein Problem«, erwiderte er, »mein Reparaturschuppen ist gleich da drüben; wir rufen einfach bei einer Tankstelle an, die nachts geöffnet ist.«

»O Gott, wie ärgerlich«, sagte Linda und griff aus Dankbarkeit nach dem Arm ihres Retters. »Sie können sich gar nicht vorstellen, wie froh ich bin, daß Sie hier sind.«

Seine Stimme stockte bei ihrer Berührung; Freude überschwemmte ihn, und er sagte: »Ich liebe dich schon so lange! Seitdem wir Kinder waren. Seit all den ...«

Linda erschrak. »Was, zum Teu...«, sagte sie. »Wer, zum Teu...«

Sie begann rückwärts zu gehen, stolperte und fiel auf den Boden. Er reichte ihr eine Hand, um ihr hochzuhelfen. Sie zögerte. »Nein, bitte«, wimmerte sie und wich zurück. Er nestelte an seinem Gürtel und löste das zweischneidige Feuerwehrbeil. Er bückte sich noch einmal, packte Lindas Armgelenk und zog sie hoch, während die andere Hand auf ihren Kopf heruntersauste. Das Beil spaltete ihr den Schädel, und Blut und Knochenstücke flogen durch die Luft – ein Augenblick, der tausend Ewigkeiten währte. Er schlug mit der Axt immer wieder zu, bis er von oben bis unten mit Blut bespritzt war, bis er es in Gesicht und Mund spürte und es durch sein Hirn floß, bis seine Seele in die rote Farbe der Liebe eintauchte; die leuchtendrote Farbe der Blumen, die er morgen seiner wahren Liebe schicken würde. Für dich, für dich, alles nur für dich, murmelte der Dichter, als er sich von den Überresten Linda Deversons abwandte und zu seinem Wagen ging; meine Seele, mein Leben gehören nur dir!

4

Detective Sergeant Lloyd Hopkins feierte sein siebzehntes Dienstjubiläum bei der Polizei in Los Angeles wie gewöhnlich, indem er sich einen Computerausdruck in die Tasche steckte, der alle kürzlich begangenen Verbrechen und Ermittlungen, deren Daten die Zentrale eingegeben hatte, enthielt; dann fuhr er in sein früheres Revier, um noch einmal die Luft vergangener Zeiten zu schnuppern und sich frischen Wind um die Nase wehen zu lassen. Er dachte an seine Anfänge vor siebzehn Jahren zurück, als er sich zum Beschützer der Unschuldigen gemacht hatte.

Es lag Smog in der Luft an diesem Oktobertag, und es war auch nicht allzu heiß. Lloyd holte seinen unauffälligen Matador vom Parkplatz am Parker Center, fuhr den Sunset in westliche Richtung hinüber und überließ sich seinen Erinnerungen: Zu mehr als 150 Prozent hatten sich all seine großen Wünsche erfüllt – er hatte alles bekommen: den Beruf, die Frau und drei wundervolle Töchter. Der Job war spannend und bot ein Übermaß an Befriedigung; die Ehe war insoweit gefestigt und sicher, als er und Janice starke, ebenbürtige Partner geworden waren; die Töchter waren seine ganze Freude und gaben seinem Leben einen Sinn. Sein Hochgefühl wurde nur durch eins gedämpft, aber in seiner nostalgischen Stimmung maß er dem nicht mehr die Bedeutung zu wie einst – er war jetzt vierzig und keine dreiundzwanzig mehr; wenn ihn die siebzehn Jahre Polizeidienst etwas gelehrt hatten, dann war es die Tatsache, daß ihm bewußt geworden war, wie abgewrackt der Großteil der Menschen war, und daß es Hunderter scheinbar widersprüchlicher Begegnungen bedurfte, um wenigstens die wichtigsten Träume am Leben zu erhalten.

Daß diese Begegnungen stets solche mit Frauen gewesen waren und eigentlich gegen sein presbyterianisches Hochzeitsgelöbnis verstießen, war, wie er fand, die allerletzte Ironie! Er mußte vor der Ampel an der Ecke Sunset und Echo Park halten und die Fenster hochkurbeln, um dem Straßenlärm zu entrinnen. Die zuverlässige, starke Janice würde diese Ironie niemals verstehen. Als er spürte, daß seine Träumereien die Grenzen des Erlaubten überschritten, fuhr Lloyd an, und mit leichtem Zweifel redete er sich selbst ein: »Es hätte mit uns nie geklappt, Janice, wenn ich mich nicht so abgrenzen könnte. Kleinigkeiten würden sich ansammeln, und irgendwann würde ich explodieren. Und du würdest mich hassen. Die Mädchen würden mich hassen. Darum mach' ich es. Darum ...« Lloyd brachte es nicht fertig, das Wort »betrügen« auszusprechen.

Er brach seine Überlegungen ab und fuhr auf den Parkplatz eines Schnapsladens, dann holte er die Computerausdrucke aus der Tasche und machte es sich bequem. Die Listen waren hellrosa, in schwarzen Buchstaben ausgedruckt, und die unregelmäßigen Ränder waren scheinbar willkürlich perforiert. Lloyd blätterte sie durch und ordnete sie in chronologischer Folge, beginnend mit denjenigen, die mit dem 15. 9. 82 datiert waren. Er nahm sich zuerst die Tatberichte vor, und mit schwindelndem Kopf überflog er die Zusammenfassungen über Vergewaltigungen, Raubüberfälle, Handtaschen- und Ladendiebstähle und Vandalismus. Beschreibungen von Verdächtigen und der benutzten Waffen, von Gewehren bis zu Baseballschlägern, waren in knappen Worten aufgeführt. Lloyd las sich die Berichte über Tathergänge dreimal durch. Dabei spürte er, wie er die verschiedenen Zahlen und Fakten in sich aufnahm; das verdankte er Evelyn Wood und ihrer Methode, die es ihm ermöglichte, dreitausend Worte pro Minute zu speichern.

Danach wandte er sich den Ermittlungsergebnissen zu.

Sie enthielten Aussagen von Leuten, die auf der Straße angehalten, kurz festgehalten, befragt und danach wieder laufengelassen worden waren; Lloyd las die Bögen viermal durch, denn bei jedem Lesen verstärkte sich der Eindruck immer mehr, daß er auf einen Zusammenhang gestoßen war. Er wollte gerade den ganzen Stapel noch einmal Bogen für Bogen durchgehen, als er das fehlende Glied erkannte, das den Kreis schließen mußte. Er wühlte wild in dem rosa Papierwust und fand schließlich die passenden Teile: Tatbericht Nr. 10691 vom 6. 10. 82. Bewaffneter Raububerfall.

Am Donnerstag, den 6. Oktober, wurde gegen 11.30 Uhr die Black Cat Bar an der Kreuzung Sunset und Vendome von zwei mexikanisch aussehenden Männern überfallen. Ihr Alter konnte nicht mit Bestimmtheit angegeben werden, man vermutete aber, daß sie jung waren. Sie trugen Strumpfmasken, um nicht erkannt zu werden, hatten »große« Revolver bei sich und raubten sämtliches Geld aus der Registrierkasse, bevor der Besitzer die Tür verriegeln mußte. Dann zwangen sie die Gäste, sich auf den Boden zu legen. Während sie dort lagen, nahmen die Räuber ihnen Brieftaschen, Wertsachen und Schmuckstücke ab. Danach flohen sie mit der Warnung, daß ihre anderen »Helfer« noch zwanzig Minuten bewaffnet vor der Bar stehenbleiben würden. Dann rissen sie beide Telefonanschlüsse aus der Wand, bevor sie das Lokal verließen. Der Barkeeper lief fünf Minuten später hinaus auf die Straße. Es gab natürlich keine weiteren Komplizen.

Idioten, dachte Lloyd, riskieren ihren Arsch für tausend Dollar netto. Er las den Vernehmungsbericht, den ein Streifenbeamter aus Rampart gemacht hatte: 7. 10. 82, 1.05 Uhr – »Befragten zwei männl. Weiße außerhalb Geb. Tracy Nr. 2269. Sie tranken Wodka und saßen auf dem Dach eines brandneuen Firebird, Nr. HBS 027. Sagten aus, daß ihnen der Wagen nicht gehörte, daß sie aber im Haus wohnten.

Mein Kollege und ich durchsuchten sie – sauber. Erhielten Notruf, bevor wir weitere Überprüfung vornehmen konnten.« Darunter war der Name des Officers ausgedruckt.

Lloyd ließ sich die letzten Informationen durch den Kopf gehen und fand es schlimm, daß er die Gegend viel genauer kannte als die Cops, die dort Streife fuhren. Tracy Street Nr. 2269 war seit seiner Schulzeit, als das Haus noch ein Übergangsheim für ehemalige Häftlinge gewesen war, eine Adresse für Kriminelle. Der ehemalige Ganove mit der besonderen Ausstrahlung, der damals den Laden mit staatlicher Förderung geleitet hatte, konnte noch ein hübsches Sümmchen von Wohlfahrtsorganisationen absahnen, bevor er das Haus einem Kumpel aus Folsom verkaufte und mit dem ganzen Geld über die Grenze verschwand; man hatte ihn nie wiedergesehen. Sein Kumpel engagierte sofort einen guten Anwalt, der ihm helfen sollte, das Haus zu halten. Er gewann den Prozeß und handelte fortan in dem alten Holzhaus mit Drogen bester Qualität. Lloyd konnte sich noch daran erinnern, wie sich seine Schulfreunde Ende der 50er dort ihr Marihuana besorgt hatten. Er wußte, daß das Haus an eine Reihe ähnlich zweifelhafter Leute weiterverkauft worden war, und daß es von der Nachbarschaft den Spitznamen »Gangsterburg« bekommen hatte.

Lloyd fuhr zur Black Cat Bar. Der Barkeeper erkannte in ihm sofort den Cop. »Was gibt's, Officer?« fragte er. »Ich hoffe, keine Beschwerden?«

»Nein«, erwiderte Lloyd. »Ich bin hier wegen des Überfalls vom 6. Oktober. Hatten Sie an diesem Abend Dienst?«

»Ja, ich war hier. Gibt's irgendwelche Spuren? Zwei Detectives kamen am folgenden Tag hier vorbei, das war aber auch schon alles.«

»Nein, es gibt noch keine heiße Spur. Aber ...«

Lloyd wurde vom Lärm der Musikbox, die sich gerade einschaltete und Diskoklänge von sich gab, abgelenkt.

»Schalten Sie das Ding aus, ja?« bat er. »Gegen ein ganzes Orchester kann ich nicht an.«

Der Mann hinterm Tresen lachte. »Das ist kein Orchester, das sind die ›Disco Doggies‹. Gefallen sie Ihnen nicht?«

Lloyd vermochte nicht zu unterscheiden, ob der Mann freundlich war oder provozieren wollte; Homosexuellen war das nur schwer anzusehen.

»Vielleicht bin ich ein wenig altmodisch. Mach einfach das Ding aus, okay? Und zwar sofort.«

Der Barkeeper bemerkte den gereizten Ton in Lloyds Stimme und tat, was er verlangte. Es gab einen kleinen Aufstand, als er den Stecker herauszog. Als er zum Tresen zurückkam, fragte er Lloyd: »Also, was wollen Sie denn wissen?«

Erleichtert, daß die Musik abgestellt war, sagte Lloyd: »Nur eins. Sind Sie sicher, daß die Räuber Mexikaner waren?«

»Nein, bin ich eigentlich nicht.«

»Haben *Sie* nicht ...«

»Sie trugen Masken, Officer. Was ich den Detectives gesagt habe, war, daß sie Englisch mit mexikanischem Akzent sprachen. Das ist alles, was ich ausgesagt habe.«

»Vielen Dank«, sagte Lloyd und ging hinaus zu seinem Wagen. Er fuhr direkt zur Tracy Street Nr. 2269, zur »Gangsterburg«. Wie er erwartet hatte, war das Haus menschenleer. Spinnweben, Staub und benutzte Kondome bedeckten die verzogenen Holzdielen, und Fußabdrücke, denen Lloyd ansehen konnte, daß sie noch ganz frisch waren, zeichneten sich deutlich ab. Er folgte ihnen bis zur Küche. Sämtliche Einrichtungen waren herausgerissen worden, und auf dem Boden lag der Dreck von Ratten und Mäusen. Lloyd öffnete Schranktüren und Schubladen, fand aber nur Spinnweben und verschimmelte, von Maden zerfressene Lebensmittel. Dann öffnete er einen Brotkasten mit Blumenmuster, fuhr zusammen und stieß einen Freudenschrei aus, als er sah, was er entdeckt hatte: die nagelneue leere Patronenschachtel einer .38er Remington und zwei Paar Strumpfhosen. Lloyd jubelte noch einmal. »Besten Dank, ihr Verstecke meiner Jugend!« rief er laut. Anrufe bei der zentralen Kraftfahrzeugmeldestelle Kaliforniens und beim Daten- und Informationszentrum der Polizei von L.A. bestätigten seine These. Ein 1979er Pontiac Firebird mit der Nummer HBS 027 war auf den Namen Richard Douglas Wilson, wohnhaft Saticoy Street Nr. 11879, zugelassen. Die Informationszentrale gab ihm die restlichen Einzelheiten: Richard Douglas Wilson, weiß, männlich, vierunddreißig Jahre alt, war zweimal wegen bewaffneten Raubüberfalls verurteilt und kürzlich auf Bewährung aus San Quentin entlassen worden, nachdem er dreieinhalb Jahre einer fünfjährigen Haftstrafe verbüßt hatte.

Mit beschleunigtem Puls und eingezwängt in eine stickige Telefonzelle, wählte Lloyd eine dritte Nummer, die Privatnummer seines einstigen Förderers und momentanen Partners, Captain Arthur Peltz.

»Dutch, bist du es? Lloyd hier. Was machst du gerade?«

»Ich mache ein Nickerchen, Lloyd. Ich hab' heute frei. Ich bin ein alter Mann und brauche nachmittags meine Siesta. Was ist los? Du hörst dich gestreßt an.«

Peltz gähnte in den Hörer.

Lloyd lachte. »Ich bin gestreßt. Hast du Lust, ein paar bewaffnete Räuber hochzunehmen?«

»Wir ganz allein?«

»Ja, warum nicht? Das haben wir doch schon tausendmal gemacht.«

»Mindestens tausendmal, wenn nicht sogar anderthalbtausendmal. Alles schon abgecheckt?«

»Ja, der Kerl steckt in Van Nuys. Treffen wir uns in einer Stunde in der Polizeistation von Van Nuys, okay?«

»Ich werde pünktlich da sein. Du bist dir ja wohl darüber im klaren, daß, falls die Sache eine Pleite wird, du das Abendessen bezahlen mußt?«

»Wo immer du willst«, sagte Lloyd und hängte den Hörer ein.

Arthur Peltz war der einzige Polizist in Los Angeles, der Lloyd Hopkins' Begabung erkannt und nutzbar gemacht hatte. Das war gewesen, als der siebenundzwanzigjährige Lloyd noch Streifenbeamter bei der Central Division war. Es war das Jahr 1969, die Zeit der Hippies mit ihrem Liebes- und Gemeinschaftspathos ging gerade zu Ende und hinterließ einen Haufen mittelloser, drogenabhängiger Jugendlicher, die sich in den Armenvierteln von Los Angeles herumtrieben und bettelten, von Ladendiebstahl lebten, in Parks, Hinterhöfen und Hauseingängen schliefen; sie leisteten ihren Beitrag dazu, daß die Zahl der Verhaftungen wegen Vergehen oder Straftaten aufgrund von Drogenbesitz rapide anstieg.

Angst vor Hippie-Nomaden war bei den anständigen Bürgern weit verbreitet, vor allem nachdem die Tate- und LaBianca-Morde Charles Manson und seiner Bande von Langhaarigen angelastet werden konnten. Die Polizei wurde ständig aufgefordert, gegen Musiker vorzugehen, denen es dreckig ging. Und das tat sie dann auch – in Hippie-Camps wurden Razzien durchgeführt, Autos mit scheu blickenden Langhaarigen wurden häufig aufgehalten, und man machte ihnen für gewöhnlich klar, daß sie in Los Angeles nicht erwünscht wären. Die Resultate waren zufriedenstellend: die Hippies vermieden es im allgemeinen, draußen zu campieren, und die Bewegung schlief ein. Dann wurden innerhalb von drei Wochen auf den Straßen von Hollywood fünf langhaarige junge Männer niedergeschossen.

Sergeant Arthur Peltz, genannt »Dutch«, war zu der Zeit ein vierundvierzigjähriger Detective beim Morddezernat und wurde mit dem Fall beauftragt. Er hatte kaum Hinweise, mit denen er etwas anfangen konnte, dafür aber einen guten Instinkt, der ihm sagte, daß die Morde an den unerfahrenen jungen Männern mit Rauschgift in Verbindung standen und daß die sogenannten »rituellen Zeichen« an den Leichen – der durchgestrichene Buchstabe »H« – nur zur Ablenkung dienten.

Nachforschungen über die Vergangenheit der Opfer erwiesen sich als erfolglos. Es waren Herumziehende, die in der Stadt im Untergrund gelebt hatten. Für Dutch Peltz war die ganze Sache ein Rätsel. Auch er gebrauchte stets zuerst seinen Verstand und überlegte, bevor er handelte; deshalb beschloß er, mitten in den Ermittlungen zu diesem Fall zwei Wochen Urlaub zu nehmen. Mit klarem Kopf kehrte er aus seinem Angelurlaub in Oregon zurück; er war rundum erholt und froh, daß es keine weiteren Opfer des »Hippiejägers« gegeben hatte. So hatte ihn die Presse inzwischen getauft. Aber unterdessen geschahen mysteriöse Dinge in Los Angeles. Das gesamte Gebiet war von einem qualitativ hochwertigen, braunen mexikanischen Heroin überschwemmt worden, dessen Ursprung unbekannt war. Sein Instinkt sagte Dutch Peltz, daß der Heroinnachschub und die Morde miteinander in Verbindung standen. Er hatte jedoch nicht die leiseste Ahnung, wie. Während dieser Zeit sagte Lloyd Hopkins irgendwann an einem unfreundlich kalten Abend zu seinem Partner, daß er Hunger auf etwas Süßes hätte, und bat ihn, an einem Supermarkt oder Schnapsladen wegen Kuchen oder Schokolade zu halten. Sein Kollege schüttelte nur den Kopf; um diese Zeit wäre außer der Donut-Bäckerei nichts mehr geöffnet, meinte er. Lloyd wägte die Vor- und Nachteile gegeneinander ab: Seinen Heißhunger auf Süßigkeiten einerseits und die schlechtesten Donuts der Welt andererseits, die von mürrischen, unterwürfigen Mexikanern serviert wurden.

Sein Hunger auf Süßigkeiten siegte, aber es gab gar keine Mexikaner mehr. Lloyd sperrte den Mund auf, als er sich an die Theke setzte. Es war allgemein bekannt, daß die Donut-Bäckereien ausschließlich illegale Einwanderer beschäftigten, und zwar in *sämtlichen* Filialen. Das waren die Geschäftspraktiken des Eigentümers der Kette, Morris Dreyfus, einem ehemaligen Gangsterboß, der die Illegalen einstellte und unter dem gesetzlichen Mindestlohn bezahlte, den Profit jedoch noch weiter aufstockte, indem er sie in seinen zahlreichen, heruntergekommenen Mietskasernen wohnen ließ. Und nun das!

Lloyd schaute zu, wie ein junger, gelangweilter Hippie eine Tasse Kaffee und drei mit Zucker glasierte Donuts vor ihn hinstellte, dann nach hinten verschwand und die Theke unbewacht ließ. Darauf hörte er heimliches Geflüster, dann das Zuschlagen einer Heckklappe und die Startgeräusche eines Autos. Der Hippie erschien einen Moment später und wagte nicht, Lloyd in die Augen zu sehen; Lloyd merkte sofort, daß das nicht nur mit seiner blauen Uniform zusammenhing. Er wußte ganz genau, daß irgend etwas ganz und gar *nicht* in Ordnung war.

Am darauffolgenden Tag machte Lloyd mit Hilfe der gelben Seiten von Los Angeles und in Zivilkleidung eine Erkundungsfahrt zu den zwanzig Donut-Bäckereien und fand heraus, daß in allen Zweigstellen junge langhaarige Weiße arbeiteten. Zweimal setzte er sich hin und bestellte Kaffee, dabei ließ er den Mann hinter der Theke wie zufällig seinen .38er sehen. Die Reaktion darauf war beide Male nacktes Entsetzen.

Rauschgift, sagte sich Lloyd, als er an diesem Abend nach Hause fuhr. Rauschgift. Aber jeder Idiot auf der Straße weiß doch, daß ich bei meiner Größe, mit meinem kurzen Haarschnitt und dem aufrichtigen Blick nur ein Cop sein kann! Die beiden Burschen merkten es sofort, als ich das Lokal betrat. Aber erschreckt hat sie meine *Kanone*.

In diesem Augenblick erinnerte sich Lloyd wieder an den »Hippiejäger« und den scheinbar nicht damit zusammenhängenden Heroinnachschub. Als er nach Hause kam, rief er das Revier in Hollywood an, gab seinen Namen und die Nummer seiner Marke durch und verlangte den für Tötungsdelikte zuständigen Detective. Dutch Peltz war von dem hochgewachsenen jungen Polizisten mehr beeindruckt als von der Tatsache, daß sie beide in die gleiche Richtung dachten. Inzwischen hatte er eine Hypothese aufgestellt: Big Mo Dreyfus vertrieb den »Smack« über seine Donut-Buden, und aus irgendeinem Grund waren deswegen Menschen umgebracht worden. Aber es war mehr die Persönlichkeit des jungen Hopkins selbst, die ihn beeindruckt hatte, und der eindeutig mit einem sicheren Instinkt für verwickelte Fälle ausgestattet war, den er zu schätzen begann.

Peltz hörte stundenlang zu, wenn Lloyd ihm erzählte, wie er die Unschuldigen zu schützen gedachte, wie er sich darin geübt hatte, Gespräche in überfüllten Restaurants zu belauschen, wie er Sätze von den Lippen ablesen konnte und wie er sich jedes Gesicht, auch wenn er es nur eine Sekunde lang gesehen hatte, mit genauer Ortsangabe und Zeit einprägen konnte. Als Dutch Peltz nach Hause kam, sagte er zu seiner Frau: »Heute abend habe ich ein Naturtalent kennengelernt. Ich glaube, daß mich das von Grund auf ändern wird.« Es war eine prophetische Bemerkung gewesen.

Am nächsten Tag untersuchte Peltz die Finanzen von Morris Dreyfus. Er erfuhr, daß Dreyfus seine Aktien und Wertpapiere zu Bargeld gemacht und seinen ehemaligen Spießgesellen angeboten hatte, die Donut-Bäckereien-Kette für einen Spottpreis zu übernehmen.

Weitere Nachforschungen ergaben, daß Dreyfuß vor kurzem einen Paß beantragt und seine Besitzungen in Palm Springs und Lake Arrowhead zu Geld gemacht hatte.

Peltz begann, Dreyfus zu überwachen, und beobachtete ihn auf seinen Rundfahrten zu den Donut-Buden, wo er beim Betreten seiner Filialen den langhaarigen Servierer jeweils aufforderte, ins Hinterzimmer zu kommen, aus dem Dreyfus dann Augenblicke später wieder verschwand. In jener Nacht folgten Peltz und ein gewiefter Detective vom Rauschgiftdezernat Dreyfus in den Benedict Canyon, wo ein gewisser Reyes Medina wohnte, ein Mexikaner, der im Verdacht stand, Mittelsmann zwischen den mohnanbauenden Kooperativen im Süden Mexikos und zahlreichen großen Heroinhändlern in den Staaten zu sein. Dreyfus war zwei Stunden lang bei ihm gewesen und ziemlich durcheinander wieder herausgekommen.

Am darauffolgenden Morgen fuhr Peltz zur Donut-Bäckerei an der Ecke Normandie und Dreiundvierzigste. Er parkte auf der gegenüberliegenden Straßenseite und wartete, bis keine Kunden mehr im Laden waren, dann ging er hinein, zeigte dem Jungen hinter der Theke seine Marke und sagte ihm, daß er Informationen wollte, allerdings keine Donut-Rezepte. Der Junge versuchte, durch den Hinterausgang zu verschwinden, aber Peltz schlug ihn nieder und flüsterte auf ihn ein: »Wo ist der Smack? Wo ist das Zeug, du Hippie-Arschloch?« und wiederholte die Behandlung so lange, bis der Bursche die Geschichte ausplauderte, die er erwartet hatte.

Mo Dreyfus verkaufte braunes mexikanisches Heroin an zweitklassige Händler aus der näheren Umgebung, die es mit hohem Gewinn weiterverkauften. Womit Peltz nicht gerechnet hatte, war die Neuigkeit, daß Dreyfus an Krebs sterben würde, und daß er Geld zusammenraffte, um die ungeheuer teure Behandlung bei einem windigen Medizinmann in Brasilien bezahlen zu können. Außerdem war die Anweisung gegeben worden, sämtliche Drogenverkäufe in allen Filialen der Donut-Kette ab nächste Woche einzustellen, da ein neuer Besitzer die Kette übernehmen würde. »Big Mo« wäre dann schon unterwegs nach Brasilien, und ein »reicher Mexikaner« würde an die Händler hinterm Tresen herantreten und ihnen ihr »Abschiedsgeschenk« geben.

Nachdem Peltz unter einem Fleischfach neunzig Gramm Heroin entdeckt hatte, legte er dem Jungen Handschellen an und brachte ihn ins Zentralgefängnis, wo er ihn als Kronzeugen einsperren ließ. Dann fuhr Peltz mit dem Fahrstuhl in den achten Stock, wo das Rauschgiftdezernat der Polizei von L.A. seinen Sitz hatte.

Zwei Stunden später, nachdem Durchsuchungs- und Haftbefehle ausgestellt worden waren, drangen vier schwerbewaffnete Detectives ins Haus von Morris Dreyfus ein und verhafteten ihn wegen Heroinbesitz, Drogenbesitz und der Absicht des Weiterverkaufs, Verkauf von gefährlichen Drogen und wegen Gründung einer kriminellen Vereinigung. In seiner Gefängniszelle stellte Morris Dreyfus entgegen dem Rat seines Anwalts jene Verbindung her, die Dutch Peltz endgültig von Lloyd Hopkins' Genie überzeugte: Im Flüsterton berichtete ihm Dreyfus, daß eine »Todesschwadron« gewalttätiger, illegaler Einwanderer hinter der Ermordung der fünf Hippies steckte, und daß sie jetzt 250 000 Dollar von ihm verlangten, weil er die eingewanderten Arbeiter massenweise entlassen hätte. Die Ermordung der Hippies war eine Terrortaktik gewesen; ihre willkürliche Auswahl ein Trick, um die Aufmerksamkeit von den Donut-Bäckereien abzulenken.

Am darauffolgenden Morgen riegelte ein Dutzend schwarzweißer Streifenwagen die Wabash Street Nr. 1100 im Osten von Los Angeles von beiden Seiten ab. Mit Fliegerjacken bekleidete Officer umzingelten das Gebäude, in dem die Todesschwadron hauste. Mit vollautomatischen AK-47ern bewaffnet, schlugen sie die Eingangstür ein und feuerten Warnschüsse über die Köpfe von vier Männern und drei Frauen hinweg, die gerade gemütlich beim Frühstück saßen. Gelassen ließen sich die sieben Handschellen anlegen, und ein Durchsuchungsteam sollte das übrige Haus auf den Kopf stellen. Nach einer Reihe von zermürbenden Verhören gestanden drei der Männer die Morde von Hollywood. Sie wurden des Mordes in fünf Fällen angeklagt und bekamen lebenslängliche Haftstrafen.

Am Tage, nachdem die Geständnisse aufgenommen worden waren, ging Dutch Peltz los, um Lloyd Hopkins zu suchen. Er traf ihn auf dem Parkplatz der Central Division, als er gerade Dienstschluß hatte. Lloyd schloß gerade seinen Wagen auf, als ihm jemand auf die Schulter tippte. Er wandte sich um und sah Peltz, der nervös mit den Füßen scharrte und ihn mit einem Blick ansah, den man nur als einen Ausdruck reiner Verliebtheit deuten konnte.

»Danke, mein Junge«, sagte der ältere Polizist. »Du hast mich überzeugt. Ich wollte dir nur sagen ...«

»Niemand würde es Ihnen glauben«, unterbrach ihn Lloyd. »Lassen Sie es doch so, wie es ist.«

»Ja, aber willst du denn nicht –«

»Sie haben die Arbeit getan, Sergeant. Ich habe nur die Theorie geliefert.«

Peltz lachte, bis Lloyd dachte, er würde gleich mit einem Herzinfarkt zusammenklappen. Als er schließlich aufhörte zu lachen und wieder zu Atem kam, fragte er Lloyd: »Wer bist du eigentlich?«

Lloyd schlug leicht gegen die Autoantenne und sagte leise: »Ich weiß es nicht. Gott verdammt, ich weiß es wirklich nicht.«

»Ich könnte dir einiges beibringen«, schlug Dutch Peltz

vor. »Ich bin schon seit elf Jahren Detective beim Morddezernat. Ich könnte dir eine Menge grundlegende, praktische Informationen vermitteln, die Früchte meiner ganzen bisherigen Erfahrung.«

»Was wollen Sie eigentlich von mir?«

Peltz brauchte einen Augenblick, um über die Frage nachzudenken. »Ich glaube, ich will dich einfach nur kennenlernen.«

Die beiden Männer blickten einander an, ohne etwas zu sagen. Dann streckte ihm Lloyd langsam die Hand entgegen, und ihr Schicksal war besiegelt.

Dann war Lloyd derjenige gewesen, der seinem Partner etwas beibrachte; fast vom ersten Tag an. Dutch steuerte Wissen und Erfahrung in Form von Anekdoten bei, und Lloyd legte die verborgene menschliche Wahrheit darin frei, die er dem Älteren in klarer Vergrößerung vorhielt. Hunderte von Stunden verbrachten sie mit Gesprächen, bei denen weit zurückliegende Verbrechen noch einmal durchgesprochen und über Themen diskutiert wurde, wie etwa Frauenkleidung bestimmte weibliche Charaktereigenschaften zum Ausdruck bringen kann oder wie Diebe, die ihre Hunde ausführen, solche Spaziergänge zur Ablenkung benutzen. Die Männer fühlten sich vertraut und sicher miteinander – Lloyd hatte begriffen, daß er den einzigen Polizisten gefunden hatte, der ihn nicht komisch anschaute, wenn er vor einem kreischenden Radio weglief, und der ihn nicht bevormundete, wenn er einmal etwas auf *seine* Weise machen wollte. Dutch war sich der Tatsache bewußt, daß er auf einen messerscharfen Polizeiverstand gestoßen war. Nachdem Lloyd die Prüfung zum Sergeant bestanden hatte, war es Dutch, der die Fäden zog, damit er Ermittlungsbeamter wurde und seine Karriere als Detective beginnen konnte.

In dieser Zeit bekam Lloyd Hopkins Gelegenheit, sein

Talent unter Beweis zu stellen, und er erzielte dabei erstaunliche Ergebnisse: und zwar die höchste Zahl von Festnahmen und Verurteilungen von Straftätern durch einen einzelnen Polizeiofficer in Los Angeles seit Bestehen des Departments, und das in einem Zeitraum von fünf Jahren. Lloyds Ruf erreichte bald einen Punkt, an dem er für sich fast vollständige Handlungsfreiheit fordern konnte, die ihm auch zugestanden wurde; und das sogar von den engstirnigsten, sturşten und konservativsten Cops. Und Dutch Peltz beobachtete die Vorgänge voller Stolz; er war froh, mit einem Mann zusammenzuarbeiten, den er mehr liebte als seine eigene Frau.

Lloyd fand Dutch Peltz im Bereitschaftsraum der Polizei von Van Nuys; er schlenderte gerade die Wände entlang und las die Verbrechensberichte, die dort angepinnt waren. Er räusperte sich, und der ältere Polizist drehte sich um und hob die Hände, als würde er sich ergeben.

»Mein Gott, Lloyd«, sagte er. »Wann, in Gottes Namen, wirst du endlich lernen, bei Freunden nicht so leise aufzutreten? Du benimmst dich wie ein Grizzly, der sich wie eine Katze anschleicht. Jesus, hast du mich erschreckt!«

Lloyd lachte über den freundschaftlich gemeinten Vorwurf; gutgelaunt sagte er: »Du siehst gut aus, Dutch. Arbeitest am Schreibtisch und verlierst sogar noch Gewicht. Es geschehen noch Wunder.«

Dutch und Lloyd schüttelten sich herzlich die Hände. »Das ist doch kein Wunder, mein Junge. Ich hab' doch das Rauchen aufgegeben und sogar gleichzeitig noch abgenommen. Also, was haben wir diesmal?«

»Einen Gewohnheitsverbrecher. Arbeitet mit einem Partner zusammen. Er hat seine Bude an der Saticoy Street. Ich dachte, wir fahren mal rüber und schauen nach, ob sein Wagen in der Nähe steht. Wenn er zu Hause ist, holen wir ein paar Leute zur Verstärkung, wenn er weg ist, warten wir auf ihn und schnappen ihn uns selbst. Wie hört sich das an?«

»Ganz gut. Ich hab' auch meine Kanone mitgebracht. Wie heißt denn der Bursche?«

»Richard Douglas Wilson, männlicher Weißer, vierunddreißig Jahre alt. Ein Stümper, zweimal eingebuchtet in San Quentin.«

»Scheint ja ein reizender Bursche zu sein.«

»Ja, ein Penner mit einem Hang zum Luxus.«

»Erzähl mir das übrige im Wagen, ja?«

»Ja, laß uns lieber gehen.«

Richard Douglas Wilson war nicht zu Hause. Nachdem Lloyd jede Straße, jede Einfahrt und jeden Parkplatz in der Umgebung überprüft hatte, ging er um das Haus Nr. 11879; es war ein heruntergekommenes zweistöckiges Apartmenthaus. Laut Briefkasten mußte Wilson in Nr. 14 wohnen. Lloyd fand das Apartment auf der Rückseite des Hauses. Das Fenster, in dem Fliegendraht angebracht war, war weit geöffnet. Er schaute hinein und ging zu Dutch zurück, der auf der gegenüberliegenden Straßenseite unter einer Autobahnausfahrt im Wagen saß.

»Kein Auto, kein Wilson, Dutch«, sagte Lloyd. »Ich habe in seine Wohnung geschaut: nagelneue Stereoanlage, neuer Fernseher, neue Kleidung, neues Geld!«

Dutch lachte. »Bist du glücklich, Lloyd?«

»Ja, bin ich. Und du?«

»Wenn du es bist, mein Junge.«

Die beiden Polizisten richteten sich aufs Warten ein. Dutch hatte eine Thermoskanne mit Kaffee mitgebracht, und als Abenddämmerung die Hitze und den Smog ablöste, goß er zwei Becher voll. Als er Lloyd den einen reichte, brach er die längere, angenehme Stille. »Ich hab' neulich Janice getroffen. Ich mußte zu einer alten Sache in Santa Monica aussagen, weil ein Informant von mir in einen

Diebstahl verwickelt war, und ich bin zum Bezirksstaatsanwalt gegangen und habe ihn gebeten, er möchte doch mit dem Richter sprechen, damit der arme Kerl straffrei bleibt und nur die Auflage bekommt, eine Entziehungskur zu machen. Na, jedenfalls halt' ich vor einem Café an, und da seh ich Janice. Sie wurde gerade von einem fliegenden Händler angemacht, der ihr Proben aus einem Koffer zeigte und mit allen Mitteln versuchte, ihr etwas aufzuschwatzen. Na, der Typ verschwindet jedenfalls, und Janice fordert mich auf, mich zu ihr zu setzen. Wir unterhalten uns ein bißchen. Sie erzählt mir, daß der Laden gut läuft, daß er einen immer besseren Ruf bekommt, und daß es den Mädchen gutgeht. Sie sagt, daß du zu viel Zeit mit deiner Arbeit verbringst, aber daß sie sich schon seit ewigen Zeiten darüber beschwert hat und sie dich eben nicht ändern kann. Sie sah so verärgert aus, deshalb wollte ich für dich ein Wort einlegen. Ich sage zu ihr: ›Das Genie lebt nach eigenen Gesetzen, Kindchen. Lloyd liebt dich. Lloyd wird sich schon mit der Zeit ändern.‹ Darauf schreit Janice mich an, ›Lloyd ist dazu doch gar nicht fähig, und seine Scheiß-Liebe reicht mir nicht!‹ Das war alles, Lloyd. Mehr wollte sie dazu nicht sagen. Ich versuchte, das Thema zu wechseln, aber Janice konnte mit ihren versteckten Angriffen gegen dich nicht aufhören. Schließlich springt sie auf, gibt mir einen Kuß auf die Backe und sagt: ›Tut mir leid, Dutch. Ich bin eben eine blöde Ziege‹, und läuft zur Tür hinaus.«

Seine Stimme verlor sich, als er nach Worten suchte, um die Geschichte abzuschließen. »Ich dachte einfach, ich erzähl's dir«, sagte er. »Ich glaube nicht, daß Partner voreinander Geheimnisse haben sollten.«

Lloyd schlürfte seinen Kaffee, in seinem Kopf war es gleichzeitig ruhig und turbulent, so wie immer, wenn seine wichtigsten Träume Risse bekamen. »So, und was ist der Knackpunkt der ganzen Sache, Partner?«

»Der Knackpunkt?«

»Das Rätsel, du begriffsstutziger Blödmann! Die Hintergründe! Habe ich's dir nicht besser beigebracht? Was wollte Janice dir denn nun tatsächlich mitteilen?«

Dutch schluckte seinen angeknacksten Stolz hinunter und stieß ärgerlich hervor: »Ich glaube, sie ist schlau genug zu wissen, daß du hinter den Frauen her bist, du Schlauberger. Ich glaube, sie weiß genau, daß der Feinste der Feinen von Los Angeles wie der Teufel hinter den Fotzen her ist und sich mit einem Haufen schwarzer Nutten rumtreibt, die nicht im entferntesten der Frau, die er geheiratet hat, das Wasser reichen können. Genau das denke ich.«

In seinem Zorn wurde Lloyd immer ruhiger, und die Risse in seinem Traum klafften weit auf. Er schüttelte langsam den Kopf, während er nach Mörtel suchte, um sie wieder zu schließen. »Du hast unrecht«, sagte er und berührte sanft Dutchs Schulter. »Ich glaube, Janice würde es mir sagen. Und übrigens, Dutch! Die anderen Frauen in meinem Leben sind kein Pack.«

»Was sind sie dann?«

»Frauen. Und ich liebe sie.«

»Du liebst sie?«

Lloyd wußte, daß der Augenblick, in dem er diese Worte sagte, einer der stolzesten seines Lebens war. »Ja, ich liebe alle Frauen, mit denen ich schlafe, und ich liebe meine Töchter, und ich liebe meine Frau.«

Nach vier Stunden beharrlicher Beobachtung war Dutch auf dem Fahrersitz eingeschlafen, den Kopf an das halbgeöffnete Seitenfenster gelehnt. Lloyd blieb hellwach, schlürfte seinen Kaffee und starrte auf die Einfahrt der Saticoy Street Nr. 11879. Es war kurz nach zehn, als er einen neuen Firebird vor dem Gebäude halten sah.

Er weckte Dutch, wobei er ihm die Hand auf den Mund legte. »Unser Freund ist da, Dutch. Er ist gerade reingefahren und sitzt noch im Wagen. Ich glaube, wir sollten auf meiner Seite aussteigen, außen herumgehen und ihn von der Rückseite nehmen.«

Dutch nickte und reichte Lloyd seine Pistole. Lloyd zwängte sich durch die Beifahrertür auf den Bürgersteig und hielt die Pistole gegen sein rechtes Bein gepreßt. Dutch tat dasselbe, schlug die Tür zu, legte einen Arm um Lloyd und stammelte: »Mein Gott, bin ich blau!« Er spielte den hin und her torkelnden Besoffenen, stützte sich auf Lloyds Schulter und redete Kauderwelsch.

Lloyd hatte sein Augenmerk auf den schwarzen Firebird gerichtet, wartete darauf, daß sich die Türen öffneten, und wunderte sich, daß Wilson noch immer nicht ausgestiegen war. Als sie am Ende des Gebäudes angekommen waren, gab er Dutch seine Pistole und sagte: »Du nimmst dir den Fahrer vor, ich den Beifahrer.« Dutch nickte und ließ eine Patrone in die Kammer gleiten. Lloyd sagte leise: »Jetzt!«, und beide Männer liefen in geduckter Haltung von hinten auf das Fahrzeug zu, um von beiden Seiten die Insassen zu stellen; Dutch hielt seine Pistole in das Fenster auf der Fahrerseite und sagte mit leiser Stimme: »Polizei, keine Bewegung, oder du stirbst.« Lloyd hielt seinen .38er ins andere Fenster und sagte zu der Frau: »Rühr dich nicht, Sweetheart. Leg deine Hände aufs Armaturenbrett. Wir wollen deinen Freund und nicht dich.«

Die Frau erstickte einen Schrei und befolgte Lloyds Befehl. Der Fahrer fing an zu stammeln: »Seht mal, ihr habt euch geirrt, ich hab' nichts angestellt!«

Dutch legte den Finger um den Abzug und hielt den Lauf der Pistole an die Nase des Mannes, wobei er sagte: »Leg die Hände hinter den Kopf. Ich werde jetzt diese Wagentür sehr langsam öffnen. Und du wirst ganz langsam aussteigen, oder du bist bald ein sehr toter Mann.«

Der Mann nickte und legte seine zitternden Hände hinter

den Nacken. Dutch zog seine Pistole zurück und wollte die Autotür öffnen. Als seine Hand nach dem Griff langte, trat der Mann mit beiden Beinen gegen die Tür. Die Tür traf Dutch in der Leistengegend, er fiel rückwärts zu Boden, und aus der Pistole löste sich ein Schuß in die Luft, als sein Finger reflexartig den Abzug betätigte. Der Mann sprang aus dem Wagen und stolperte auf die Straße, dann richtete er sich auf und begann zu rennen.

Lloyd zielte jetzt nicht mehr auf die Frau, sondern gab einen Warnschuß in die Luft ab. »Halt, Halt!« schrie er.

Dutch stand auf und feuerte blindlings drauflos. Lloyd sah, wie die Gestalt anfing, im Zickzack zu laufen, um weiteren Schüssen auszuweichen. Er beobachtete, wie der Mann weitere Haken schlug, zielte, und gab drei Schüsse etwa in Schulterhöhe ab. Der Mann krümmte sich und fiel zu Boden. Bevor sich Lloyd ihm vorsichtig nähern konnte, war Dutch schon hingerannt und schlug dem Mann mit dem Griff seiner Pistole in die Rippen. Lloyd rannte hinüber und zog Dutch von ihm weg, dann legte er dem Verdächtigen Handschellen an, Hände auf dem Rücken.

Der Mann war zweimal knapp unterhalb des Schlüsselbeins getroffen worden. Saubere Treffer, bemerkte Lloyd; zwei glatte Einschußlöcher. Er zog den Mann grob auf die Füße und sagte zu Dutch: »Krankenwagen, Verstärkung!« Als er den Menschenauflauf sah, der sich auf beiden Seiten zu bilden begann, fügte Lloyd noch hinzu: »Und sag den Leuten, sie sollen auf dem Bürgersteig bleiben.«

Lloyd wandte seine Aufmerksamkeit dem Verdächtigen zu. »Richard Douglas Wilson, richtig?«

»Ich brauch' dir überhaupt nichts zu sagen«, antwortete der Mann.

»Das ist richtig, brauchst du auch nicht. Okay, dann machen wir eben alles ganz nach Gesetz. Sie haben das Recht, die Aussage zu verweigern. Sie haben das Recht auf einen Anwalt während des Verhörs. Falls Sie sich keinen leisten können, wird Ihnen ein Anwalt gestellt. Haben Sie irgendwas zu sagen, Wilson?«

»Ja«, sagte der Mann und bewegte dabei seine verletzte Schulter. »Fick doch deine Mutter.«

»Eine Antwort, die vorauszusehen war. Könnt ihr Kerle nicht mal mit was Originellem kommen, wie etwa ›Fick doch deinen Vater‹?«

»Fick dich selbst, Plattfuß.«

»Das hört sich schon besser an, du lernst ja.«

Dutch kam angelaufen. »Krankenwagen und Verstärkung sind unterwegs.«

»Gut. Wo ist das Mädchen?«

»Sie ist noch im Auto.«

»Gut. Kümmere du dich um Mister Wilson, ja? Ich will mal mit ihr sprechen.«

Lloyd ging zu dem schwarzen Firebird. Die junge Frau saß unbeweglich auf dem Beifahrersitz und hatte ihre Hände noch immer auf dem Armaturenbrett. Sie weinte, und die Tränen waren ihr schon bis zum Kinn hinuntergelaufen. Lloyd beugte sich in die geöffnete Tür und legte ihr sanft die Hand auf die Schulter. »Miss?«

Die Frau drehte sich um und sah ihn an, dann begann sie lauthals zu weinen.

»Ich will nicht vorbestraft sein!« rief sie aus. »Ich habe den Kerl doch gerade erst kennengelernt. Ich bin nicht schlecht. Ich wollte nur stoned werden und ein bißchen Musik hören!«

Lloyd glättete eine vorwitzige Locke in ihrem Blondhaar. »Wie heißt du?« fragte er.

»Sarah.«

»Sarah Bernhardt?«

»Nein.«

»Sarah Vaughan?«

»Nein.«

»Sarah Coventry?«

Die Frau lachte und wischte mit dem Ärmel über ihr Gesicht. »Sarah Smith«, sagte sie.

Lloyd nahm ihre Hand. »Schön. Mein Name ist Lloyd. Wo wohnst du, Sarah?«

»Im Westen von Los Angeles.«

»Weißt du was? Du gehst jetzt dort hinüber und wartest in der Menschenmenge. Ich muß hier noch ein paar Dinge erledigen, und dann fahr' ich dich nach Hause. Einverstanden?«

»Einverstanden ... und ich komme nicht ins Vorstrafenregister?«

»Niemand wird jemals erfahren, daß du hier warst. Okay?«

»Okay.«

Lloyd sah zu, wie sich Sarah Smith in Ordnung brachte und in der Menge der Neugierigen verschwand. Er ging zu Dutch und Richard Douglas Wilson hinüber, der sich an den Matador gelehnt hatte. Lloyd gab Dutch einen Wink, ein paar Schritte zu gehen, und als er weg war, fixierte er Wilson mit einem scharfen Blick und schüttelte angewidert den Kopf.

»Es gibt keine Ehre unter Dieben, Richard«, sagte er. »Überhaupt keine. Besonders nicht bei denen aus der ›Gangsterburg‹.«

Wilsons Kinn zitterte bei den letzten Worten, und Lloyd fuhr fort: »Ich habe eine Patronenschachtel und die Verpackung für eine Strumpfhose gefunden, mit deinen Fingerabdrücken drauf. Aber darum sind wir nicht gleich auf dich gekommen. Jemand hat dich verpfiffen. Jemand hat den Detectives einen anonymen Brief geschrieben, in dem du für den Überfall auf das ›Black Cat‹ verantwortlich gemacht wirst. In dem Brief steht auch, du würdest dir nur deswegen Schwulenlokale aussuchen, weil dich ein paar miese Homos in Quentin von hinten genommen hätten, und es dir sogar gefallen hätte. Du liebst angeblich Schwule und gleichzeitig haßt du sie, weil sie dich zu dem gemacht haben, was du bist.«

»Das ist eine verdammte Lüge!« schrie Wilson. »Ich hab' Schnapsläden, Supermärkte und sogar 'ne Scheiß-Disco ausgenommen! Ich hab' ...«

Lloyd schnitt ihm mit einer Handbewegung das Wort ab und versetzte ihm den letzten Schlag. »Der Brief besagt, daß du nach dem Überfall vor der ›Gangsterburg‹ jemanden aufgegabelt und mit zu dir genommen hast, und daß du getönt hättest, mit wieviel Frauen du schon gebumst hast. Dein Kumpel sagt, er wäre beinahe vor Lachen zusammengebrochen, weil du dich doch so gern von hinten nehmen läßt.«

Das bleiche, schweißbedeckte Gesicht von Richard Douglas Wilson wurde rot. Er schrie: »Dieses alte Arschloch! Ich habe seinen Hintern davor bewahrt, von jedem Nigger auf dem Hof genommen zu werden! Ich habe den Kerl in Quentin mit durchgezogen, und jetzt ...«

Lloyd legte Wilson eine Hand auf die Schulter und sagte ruhig: »Richard, diesmal sieht's mindestens nach zehn Jahren aus. Zehn lange Jahre. Meinst du, du wirst das durchstehen? Du bist ein starker und ehrlicher Kerl; ich weiß das. Ich bin auch so. Aber weißt du was? Ich könnte es keine zehn Jahre da drin aushalten. Da gibt's Nigger, die mich am liebsten zum Frühstück fressen würden. Zahl's deinem Partner heim, Richard. Er hat dich verpfiffen. Ich werde ...«

Wilson schüttelte verbockt den Kopf. Lloyd sah ihn angeekelt an.

»Du blödes Arschloch«, sagte er. »Dann mach es doch ebenso wie früher, sieh ruhig zu, wie dich so ein Stück Scheiße verpfeift, du fünf Jahre bis lebenslänglich dafür kriegst und du ihm auch noch dankbar dafür bist. Du bist ein saudummes Arschloch.« Er wandte sich ab und ging langsam weg.

Er war erst ein paar Meter weit gegangen, als Wilson ihm nachrief: »Warte. Warte. Sieh mal ...«

Lloyd unterdrückte ein breites Grinsen, das sein Gesicht freundlich erhellte, und sagte: »Ich kann zum Staatsanwalt gehen, ich kann auch mit dem Richter sprechen, und ich werde zusehen, daß du bis zu deiner Verhandlung eine sichere Zelle im Untersuchungsgefängnis bekommst.«

Richard Douglas Wilson dachte noch ein letztes Mal über die Vor- und Nachteile nach, dann kapitulierte er. »Sein Name ist John Gustodas. Man nennt ihn ›Johnny der Grieche‹. Er wohnt in Hollywood. Franklin Avenue, Ecke Argylle. Das rote Backsteingebäude an der Ecke.«

Lloyd drückte Wilsons unverletzte Schulter. »Guter Junge! Mein Partner wird deine Aussage im Krankenhaus aufnehmen, und wir bleiben in Verbindung.« Er reckte seinen Kopf, um nach Dutch zu suchen, und entdeckte ihn schließlich auf dem Gehweg im Gespräch mit zwei uniformierten Officers. Er pfiff zweimal, und Dutch kam mit müden Schritten herüber.

»Bist du müde, Dutchman?« fragte Lloyd.

»Etwas, ja. Warum?«

»Wilson hat gestanden. Er hat seinen Kumpel verpfiffen. Der Typ wohnt in Hollywood. Hör mal, ich will jetzt nach Hause fahren. Würdest du Wilsons Aussage aufnehmen und die Detectives in Hollywood anrufen, ihnen die Infos durchgeben?«

Dutch zögerte. »Sicher, Lloyd«, sagte er.

»Großartig. John Gustodas, genannt ›Johnny der Grieche‹. Franklin und Argylle. Das rote Backsteinhaus an der Ecke. Ich werde sämtliche Berichte selbst schreiben, mach dir deswegen keine Sorgen.«

Lloyd hörte das Heulen einer Krankenwagensirene und schüttelte heftig den Kopf, wie um den Lärm zu verscheuchen. »Diese Scheißsirenen sollten verboten werden«, sagte er, als der Wagen um die Ecke bog und stehenblieb. »Da ist dein Baby. Ich muß jetzt los. Ich habe Janice versprochen, mit ihr um acht essen zu gehen. Und jetzt ist es schon fast elf.«

Die beiden Polizisten reichten sich die Hände.

»Wir haben's mal wieder geschafft, Partner«, sagte Lloyd.

»Ja. Tut mir leid, daß ich dich vorhin angebrüllt habe, Junge.«

»Du hältst nun mal zu Janice. Das kann ich dir nicht verübeln; sie sieht ja auch viel besser aus als ich.«

Dutch lachte. »Wir reden dann morgen über Wilsons Aussage?«

»Ja, genau. Ich ruf dich dann an.«

Lloyd fand Sarah Smith unter den letzten Schaulustigen; sie rauchte eine Zigarette und scharrte mit den Füßen nervös auf dem Gehweg. »Hallo, Sarah. Wie fühlst du dich?«

Sarah trat die Zigarette aus. »Ganz gut, glaube ich. Was wird mit dem da, na, wie war denn noch sein Name, jetzt passieren?«

Lloyd mußte über ihre kläglich vorgebrachte Frage lächeln. »Er wird für lange Zeit ins Gefängnis müssen. Kannst du dich nicht einmal an seinen Namen erinnern?«

»Ich kann mir Namen schlecht merken.«

»Weißt du meinen noch?«

»Floyd?«

»Fast. Lloyd. Komm, ich fahr' dich jetzt nach Hause!«

Sie gingen zu seinem Matador und stiegen ein. Lloyd musterte Sarah ganz ungeniert, als sie ihm ihre Adresse sagte und nervös mit ihrer Tasche herumspielte. Sie war ein anständiges Mädchen aus anständiger Familie, das mal was anderes erleben wollte, sagte er sich. Sie war acht- oder neunundzwanzig, hatte hellblond gefärbtes Haar, und der Körper unter ihrem schwarzen Baumwoll-Hosenanzug wirkte schlank und weich. Ihr nettes Gesicht versuchte hart dreinzuschauen. In ihrem Beruf war sie bestimmt sehr tüchtig.

Lloyd fuhr direkt zur nächsten Autobahnauffahrt in Richtung Süden, und abwechselnd dachte er an seinen Jubiläumsfang und an die bevorstehenden Auseinandersetzungen mit Janice, die ihm bestimmt wieder eine ihrer üblen Launen zeigte, wenn nicht sogar einen handfesten Streit vom Zaun brechen würde. Er empfand ein plötzliches Gefühl der Zärtlichkeit gegenüber Sarah Smith, die er vor der Strenge des Gesetzes bewahrt hatte, und er klopfte ihr sanft auf die Schulter und sagte: »Weißt du, es wird alles schon in Ordnung gehen.«

Sarah langte in ihre Handtasche und suchte nach Zigaretten, fand aber nur eine leere Packung. »Scheiße«, murmelte sie und warf sie aus dem Fenster, dann seufzte sie laut. »Ja, vielleicht haben Sie recht. Sie fahren wohl wirklich voll darauf ab, Cop zu sein, oder?«

»Es ist mein Leben. Wo hast du Wilson eigentlich getroffen?«

»Ist das sein Name? Ich hab' ihn in einer Country & Western-Kneipe kennengelernt. Ein Paradies für Kiffer, aber wenigstens behandeln sie die Frauen da ganz anständig. Was hat er denn ausgefressen?«

»Er hat 'ne Kneipe mit 'ner Kanone überfallen.«

»Du liebe Güte! Ich dachte, er wär' irgendein Drogenhändler.«

Die ist ziemlich ahnungslos, dachte Lloyd. »Ich will dir ja keine Vorschriften machen oder so«, sagte er, »aber du solltest dich in solchen Spelunken besser nicht herumtreiben. Dir könnte dort ganz schnell was passieren.«

Sarah rümpfte die Nase. »Wo soll ich denn sonst hingehen, wenn ich Leute treffen will?«

»Du meinst Männer?«

»Hm ... Na klar.«

»Versuch's doch mal auf die zivilisierte Art. Bestell dir einen Kaffee und lies in einem gemütlichen Straßencafé ein Buch. Irgendwann wird dich bestimmt ein netter Bursche ansprechen und eine Unterhaltung über das Buch mit dir anfangen. Dadurch lernst du anständigere Leute kennen.«

Sarah lachte laut auf und klatschte in die Hände, dann faßte sie Lloyd am Arm. Als er seine Augen von der Straße wegnahm und sie nur ausdruckslos ansah, wurde ihr Lachen hysterisch. »Das ist zu komisch, das ist wirklich zu komisch!« rief sie.

»So lustig ist das nun auch wieder nicht.«

»Doch, ist es! Sie sollten im Fernsehen auftreten!« Sarahs Lächeln hörte auf. Sie schaute Lloyd fragend an. »Haben Sie auf diese Weise Ihre Frau kennengelernt?«

»Ich hab' dir doch gar nicht erzählt, daß ich verheiratet bin.«

»Ich habe Ihren Ring gesehen.«

»Sehr aufmerksam. Aber ich habe meine Frau schon in der Schule kennengelernt.«

Sarah Smith lachte, bis sie husten mußte. Lloyd lachte etwas verhalten mit, dann zog er ein Taschentuch aus seiner Jackentasche, reichte es hinüber und tupfte damit Sarahs tränennasses Gesicht ab. Sie schmiegte sich in seine Hand und rieb ihre Nase an seinem Handrücken.

»Haben Sie sich niemals darüber gewundert, warum Sie immer wieder Dinge tun, von denen Sie wissen, daß sie doch nichts einbringen?« fragte sie ihn schließlich.

Lloyd legte sanft einen Finger unter ihr Kinn und hob ihren Kopf an, so daß sie ihn ansehen mußte. »Das ist deshalb so, weil außer in den großen Träumen alles in ständiger Veränderung ist, und selbst wenn du immer wieder dieselben Dinge tust, suchst du eigentlich ständig nach neuen Antworten.«

»Ja, kann schon sein«, sagte Sarah. »Nehmen Sie die nächste Ausfahrt und dann rechts.«

Fünf Minuten später hielten sie am Straßenrand vor einem Wohnhaus an der Barrington Street. Sarah drückte seinen Arm und sagte: »Danke.«

»Viel Glück, Sarah. Und probier mal den Trick mit dem Buch.«

»Ja, mach' ich vielleicht. Danke.«

»Ich danke dir.«

»Wofür?«

»Weiß ich nicht.«

Sarah gab Lloyd noch einen Klaps auf den Arm und stieg aus.

Janice Hopkins blickte zu der antiken Uhr im Wohnzimmer und spürte, wie sie sich allmählich in Wut hineinsteigerte, als die Uhr zehnmal schlug und ihr klar wurde, daß es heute das zweitwichtigste Jubiläum ihres Mannes zu feiern galt, und daß sie vernünftigerweise wegen seines Fortbleibens zum Abendessen schlecht mit ihm streiten könnte. Diesmal würde sie seine Unzuverlässigkeit nicht zum Anlaß nehmen können, Auseinandersetzungen über Eheprobleme zu erzwingen; diesmal würde sie auch nur wieder sagen können: »O Scheiße, Lloyd, wo bist du denn diesmal wieder gewesen?«, dann über seine geistreiche Antwort lächeln, und sie würde wissen, daß er sie liebte. Morgen würde sie dann ihren Freund George anrufen, er würde in den Laden kommen und beide würden sie dann die Männer stundenlang bedauern.

»Mein Gott, George«, würde sie sagen, »wir machen uns viel zuviel Gedanken!«

Und George würde antworten: »Aber du liebst ihn doch?«

»Mehr als mir eigentlich bewußt ist.«

»Obwohl du weißt, daß er leicht durch den Wind rutscht?«

»Mehr als leicht, mein Lieber, denk mal an seine vielen kleinen Phobien und so. Aber gerade sie machen ihn menschlicher, machen ihn zu *meinem* Lloyd.«

Und George würde lächeln und von seinem Freund erzählen, bis sie zu lachen anfangen und die Waterford-Kristalle klirren und die Porzellanteller auf den Regalen wakkeln würden.

Dann würde George ihre Hand nehmen und beiläufig ihre kurze Affäre erwähnen, die sie einst gehabt hatten, nachdem George beschlossen hatte, er müsse Erfahrungen mit Frauen haben, um selbst eine noch bessere zu werden. Es hatte eine Woche lang gedauert; George hatte sie zu einem Seminar über die Taxierung von Antiquitäten nach San Francisco begleitet. Im Bett hatte er nur über Lloyd geredet. Es hatte sie angewidert, andererseits aber auch erregt, und sie hatte die intimsten Einzelheiten ihrer Ehe preisgegeben.

Als ihr klar wurde, daß Lloyd immer als unsichtbarer Dritter mit ihnen im Bett sein würde, machte sie Schluß. Es war das einzige Mal, daß sie ihren Mann betrogen hatte, und sie hatte es nicht aus den üblichen Gründen wie Vernachlässigung, Mißhandlung oder sexueller Langeweile getan. Sie wollte eine Art Parität mit ihm erreichen, zum Ausgleich für das aufregende Leben, das er führte. Wenn Lloyd ängstlich oder zornig war, kam er immer zu ihr mit diesem merkwürdigen Ausdruck in den Augen, und sie hakte dann jedesmal ihren Büstenhalter auf und bot ihm ihre Brust. Er gehörte dann ganz ihr. Wenn er aber Berichte las oder mit Dutch Peltz oder seinen anderen Polizisten redete und sie sehen konnte, wie es rastlos hinter seinen blaßgrauen Augen arbeitete, dann wußte sie, daß er in Gefilden war, die ihr immer unzugänglich bleiben würden. Ihre anderen Gegengewichte – der Erfolg mit ihrer Boutique, das Buch über Tiffany-Spiegel, das sie mitherausgegeben hatte, und ihre geschäftliche Cleverness – mochte sie nur rein verstandesmäßig als Ausgleich anerkennen. Lloyd konnte schweben, und sie eben nicht; sogar nach siebzehn Jahren Ehe war Janice Rice Hopkins nicht in der Lage anzugeben, warum das so war. Und auf unerklärliche Weise begann die Fähigkeit ihres Mannes, derart abheben zu können, sie zu ängstigen.

Janice wog die Summe von mehr als zwanzig Jahren Gemeinsamkeit gegen die Ereignisse der letzten Zeit ab, als Lloyds Verhalten immer seltsamer geworden war: So verbrachte er etwa Stunden vor dem Spiegel und verdrehte dabei die Augen, als verfolgte er einen Insektenschwarm; dann die immer längeren Besuche im Haus seiner Eltern, wo er nur mit seiner Mutter redete, die seit nunmehr neunzehn Jahren keinen Ton gehört oder von sich gegeben hatte; der zynische Gesichtsausdruck, wenn er mit seinem Bruder am Telefon über die Pflege ihrer Eltern sprach.

Aber die Geschichten, die er den Mädchen erzählte, waren für sie das Beängstigendste; es waren Polizeigeschichten, von denen Janice vermutete, daß sie halb Parabel und halb Bekenntnis waren: von unheimlichen Reisen durch die dunkelsten Straßen von Los Angeles, die von Nutten, Junkies und allem möglichen Gesindel bevölkert wurden, und von Polizisten, die oftmals ebenso grob und brutal waren wie die Leute, die sie ins Gefängnis warfen. Vor einem Jahr hatte Janice Lloyd gebeten, ihnen nicht mehr solche Geschichten zu erzählen. Schweigend vor sich hin nickend und mit kaltem Blick hatte er sich einverstanden erklärt und erzählte fortan seine Parabeln bzw. Bekenntnisse den

Mädchen, die so mit ausführlichen Schilderungen von Scheußlichkeiten und Schreckensbildern aufwuchsen. Anna zuckte dabei immer nur die Schultern; sie war vierzehn und schon hinter den Jungen her; Caroline, die dreizehn war und ein echtes Talent fürs Ballett besaß, grübelte darüber nach, brachte kriminologische Fachzeitschriften mit nach Hause und bat dann ihren Vater, bestimmte Artikel darin mit ihr durchzugehen. Und Penny hörte begierig zu, verschlang ihn dabei mit ihren blaßgrauen Augen, die mitten durch ihren Vater und das Gewebe seiner Geschichten hindurch auf einen fernen Punkt gerichtet waren. Wenn Lloyd seine Geschichte zu Ende erzählt hatte, gab Penny ihm ernst einen Kuß auf die Wange und ging dann hinauf in ihr Zimmer, um an ihrem bunten Umhang aus Kaschmir- und Madraswolle weiterzustricken, der nach fünf Sonntagen schon Gestalt anzunehmen begann.

Janice schauderte es. War Pennys kindliche Unschuld vielleicht schon unrettbar dahin? War sie mit zwölf schon eine begabte Künstlerin und verwegene Abenteurerin? Sie schauderte nochmals und warf einen Blick auf die Uhr. Eine Stunde hatte sie so mit sorgenvollen Grübeleien verbracht, und Lloyd war immer noch nicht zu Hause. Plötzlich wurde ihr klar, daß sie ihn vermißte und Sehnsucht nach ihm hatte, ein Verlangen spürte, das über alles normale Maß hinausging, das nach einer zwanzig Jahre währenden Liebesbeziehung zu erwarten war. Sie ging hinauf, zog sich im dunklen Schlafzimmer aus und zündete eine Räucherkerze an, als Zeichen für Lloyd, sie aufzuwecken und zu lieben, wenn er käme. Während sie ins Bett kroch, ging ihr noch ein letzter düsterer Gedanke durch den Kopf, der wie ein Schwarm Raubvögel den Himmel verdunkelte: Je älter die Mädchen wurden, desto ähnlicher wurden sie Lloyd, besonders ihre Augen.

Sie hörte, wie Lloyd eine Stunde später nach Hause kam

und unten im Flur das gewohnte Ritual ablief: erst tiefes Seufzen, dann ein Gähnen; dann nahm er den Pistolengurt ab und legte ihn auf die Telefonablage, und schließlich war das vertraute Schlurfen zu hören, als er langsam die Treppe heraufkam. Während sie erwartungsvoll den Augenblick, in dem er die Tür öffnete und sie im Dämmerlicht sehen würde, herbeisehnte, stahl sich Janices Hand träumerisch zwischen ihre Schenkel.

Aber die Schlafzimmertür wurde nicht geöffnet; sie hörte, wie Lloyd auf Zehenspitzen daran vorbei und den Flur entlang zu Pennys Zimmer ging, an deren Tür vorsichtig klopfte und flüsterte: »Pinguin? Möchtest du eine Geschichte hören?« Eine Sekunde später ging die Tür quietschend auf, und Janice hörte Vater und Tochter fröhlich miteinander tuscheln.

Sie gab ihrem Mann eine halbe Stunde und rauchte unterdessen eine Zigarette nach der anderen. Als ihr der letzte Rest von Lust vergangen war und sie von dem halben Dutzend Zigaretten zu husten anfing, zog sie sich den Morgenmantel über und ging den Flur hinunter, um zu lauschen.

Die Tür zu Pennys Zimmer war halb geöffnet, und durch den Spalt konnte sie ihren Mann und ihre jüngste Tochter auf der Bettkante sitzen und Händchenhalten sehen. Lloyd sprach sehr leise, mit der geheimnisvoll-raunenden Stimme eines Geschichtenerzählers: »... nach Aufklärung des Haverhill/Jenkins-Mordes wurde ich bei der Ermittlung von Raubüberfällen eingesetzt und leihweise dem Überfallkommando von West L.A. überstellt. Dort hatte es eine Reihe von nächtlichen Einbrüchen in Arztpraxen gegeben, die sich alle in großen Gebäuden im Distrikt Westwood befanden. Bargeld und Rauschgift waren das, worauf der Einbrecher scharf war; in weniger als einem Monat hatte er mehr als fünftausend in bar und haufenweise Aufputsch-Beruhigungstabletten gefährlichster Sorte erbeutet. Die

Detectives aus West L.A. hatten den Tathergang folgendermaßen rekonstruiert: Der Mistkerl wartete immer bis Einbruch der Dunkelheit in dem Gebäude versteckt, führte sein Vorhaben durch und brach dann in ein Büro im zweiten Stock ein, von wo er dann durchs Fenster auf den Parkplatz sprang. Die Spuren waren scheinbar eindeutig: auf dem Fenstersims lag abgebröckelter Zement. Die Detectives hielten ihn für einen Sportler, einen gerissenen Bruchspezialisten, der wendig wie eine Katze war und zwei Stockwerke hinunterspringen konnte, ohne sich zu verletzen. Der Einsatzleiter ließ Wachen auf Parkplätzen aufstellen, um ihn zu erwischen. Als der Dieb ein Bürohaus am Wilshire heimsuchte, das von zwei Detective-Teams überwacht wurde, ging ihnen auf, daß ihre These falsch sein mußte, und ich wurde geholt.«

Lloyd machte eine Pause. Penny rieb ihre Nase an seiner Schulter und meinte: »Erzähl mir, wie du den Drecksack gekriegt hast, Daddy.«

Lloyd senkte geheimnisvoll die Stimme: »Liebling, niemand springt immer wieder zwei Etagen hinunter, ohne sich zu verletzen. Ich stellte meine eigene These auf: Der Einbrecher ging einfach aus dem Gebäude und winkte den Sicherheitsbeamten im Foyer zu, als wäre alles eitel Sonnenschein. Nur eine Sache war mir nicht klar. Wo hatte er die Drogen, die er abstaubte? Ich begann noch einmal von vorn und recherchierte bei den Wachen, die in den Nächten, als die Überfälle stattfanden, Dienst gehabt hatten. Ja, allerdings, sowohl bekannte als auch unbekannte Männer in Anzügen hatten das Gebäude in den frühen Abendstunden verlassen, aber keiner von ihnen hatte Taschen oder Pakete dabei. Die Wachen hielten sie für Geschäftsleute mit eigenen Büros im Hause und überprüften sie nicht. Ich hörte denselben Bericht sechsmal, bis es mir endlich dämmerte: Der Einbrecher trug offenbar ein sehr weites Kleidungsstück, vielleicht den Kittel einer Krankenschwester, die eine große Hand- oder Hängetasche bei sich haben mußte. Ich befragte die Wächter noch einmal, und siehe da! Eine unbekannte Frau in Schwesterntracht und mit einer prall gefüllten Umhängetasche war fast immer zur selben Zeit in allen Einbruchsnächten dabei gesehen worden, wie sie die Gebäude verließ. Die Wachen konnten sie nicht beschreiben, sagten aber übereinstimmend aus, sie hätte ›häßlich, wie ein Hund‹ ausgesehen.«

Penny wurde unruhig, als Lloyd tief Atem holte und aufseufzte. Sie nahm ihren Kopf von seiner Schulter und kniff ihn fest in den Arm. »Spann mich nicht so auf die Folter, Daddy!«

Lloyd lachte und sagte dann: »Na gut. Ich habe eine Computer-Überprüfung aller bekannten Sexualstraftäter und aller einschlägig Vorbestraften mit körperlichen Gebrechen durchführen lassen: Und gleich doppelter Volltreffer! Arthur Christiansen alias ›Misty Christie‹ alias ›Arlene the Queen‹! Spezialitäten: Blies zum Billigtarif den Besoffenen einen, die glaubten, er wäre eine Frau, und natürlich Raub und Einbruch. Ich erkundete sechsunddreißig Stunden lang sein Revier und erfuhr, daß er Aufputschpillen und Percodan verkaufte – ich hörte, daß seine Kunden mit der Qualität der Ware sehr zufrieden waren. Das war ein klarer Beweis, aber ich wollte ihn, beziehungsweise sie, auf frischer Tat ertappen. Am nächsten Nachmittag verließ Arthur/Arlene seine/ihre Wohnung mit einer riesigen Flickenumhängetasche, fuhr nach Westwood und betrat ein Bürogebäude nahe der Universität von L.A. Vier Stunden später, etwa eine Stunde nach Dunkelwerden, kommt eine potthäßliche Figur in Krankenschwesterntracht heraus, dieselbe Tasche noch immer über ihrer Schulter. Ich zeige meine Marke, rufe ›Polizei!‹ und stürze mich dann auf Arthur/Arlene, der/die wütend ›Chauvinist!‹ kreischt und wild auf mich einschlägt. Die Schläge prallten wirkungslos an mir ab, und ich zog gerade meine Handschellen vor, als Arthur/Arlenes künstlicher Busen aus seiner/ihrer Bluse herausfiel. Ich legte ihm Handschellen an und rief einen Streifenwagen. Arthur/Arlene schrie ›Alle Macht der Schwesternschaft!‹ und ›Polizei-Brutalität‹, und eine Menge Studenten der Universität warf mir obszöne Schimpfworte an den Kopf. Mir gelang es gerade noch, in den Streifenwagen zu springen. Das Ganze war gewissermaßen der erste Transvestiten-Aufstand gegen die Polizei von L.A.«

Penny lachte hysterisch, fiel auf ihr Bett zurück und schlug mit den Fäusten auf ihr Bettzeug. Sie vergrub ihr Gesicht im Kopfkissen, um sich die Tränen abzuwischen, und japste dann: »Mehr, Daddy, mehr! Noch eine, bevor du ins Bett gehst!«

Lloyd langte zu Penny hinüber und zerzauste ihr das Haar.

»Komisch oder ernst?«

»Eine ernste«, antwortete Penny. »Erzähl mir was ganz Düsteres, womit du meine finstere Neugier füttern kannst. Wenn du es nicht gut machst, bleibe ich die ganze Nacht auf und denke an Arthur/Arlenes falschen Busen.«

Lloyd malte Kreise auf das Laken. »Wie wär's denn mit einer Rittergeschichte?«

Pennys Gesicht wurde feierlich-ernst. Sie packte die Hand ihres Vaters und zog so stark, daß Lloyds Kopf in ihren Schoß fiel. Als Vater und Tochter es sich gemütlich gemacht hatten, starrte Lloyd auf den Schottenrock, der von der Decke herabhing, und begann zu erzählen: »Der Ritter stand vor einem Dilemma; er hatte gleichzeitig zwei Jubiläen an einem Tag – ein persönliches und ein berufliches. Sein berufliches ging vor, und im Laufe seines Ehrentages schoß er auf einen Mann und verletzte ihn. Ungefähr eine Stunde später, als der Mann schon in Gewahrsam war, fing der Ritter an zu zittern, so wie es ihm immer geschah, wenn er mit seiner Pistole geschossen hatte. Mit seiner verspäteten Reaktion stellten sich solche Fragen ein wie: Was wäre gewesen, wenn seine Schüsse das Arschloch für immer erledigt hätten? Was wäre, wenn er beim nächsten Mal einen falschen Tip bekäme und den Falschen erwischte? Was würde geschehen, wenn er irgendwann nur noch rot sieht und ausrastet, die Kontrolle über sich verliert? Da draußen tobt ein mörderischer Kampf. Du weißt das, nicht wahr, Pinguin?«

»Ja«, flüsterte Penny.

»Weißt du, du mußt dir Krallen wachsen lassen, um ihn zu gewinnen.«

»Ganz scharfe, Daddy.«

»Weißt du, was das Merkwürdigste an dem Ritter ist? Je komplizierter seine Fragen und Zweifel werden, desto fester wird seine Entschlossenheit. Manchmal ist es wirklich tückisch. Was würdest du machen, wenn die Dinge wirklich gemein und tückisch würden?«

Penny spielte mit dem Haar ihres Vaters. »Meine Krallen schärfen«, sagte sie und vergrub ihre Finger in seinem Schopf.

Lloyd schnitt eine Grimasse, als hätte er Schmerzen. »Manchmal wünscht sich der Ritter, daß er nicht so ein Scheißprotestant wäre. Wenn er katholisch wäre, könnte er Absolution bekommen.«

»Ich würde dir immer Absolution erteilen, Daddy«, sagte Penny, als Lloyd aufstand. »Wie in dem Lied ›I'm easy‹.«

Lloyd schaute auf seine Tochter herab. »Ich liebe dich«, sagte er zu ihr.

»Ich liebe dich auch. Eine Frage noch, bevor du gehst: Glaubst du, ich könnte eine gute Polizistin werden?«

Lloyd lachte. »Nein, aber sicherlich eine großartige, erfahrene Krimi-Autorin.«

Janice beobachtete, wie Penny vor Begeisterung kreischte, und es traf sie wie ein Schlag in den Unterleib. Sie ging in das gemeinsame Schlafzimmer zurück und bereitete sich darauf vor, *ihren* Kampf *nackt* auszufechten. Augenblicke später kam Lloyd herein, roch die Räucherkerze und flüsterte: »Janny? Du bist noch so spät wach, Liebling? Es ist schon nach Mitternacht.«

Als er nach dem Lichtschalter tastete, warf Janice den vollen Aschenbecher an die Wand gegenüber und zischte: »Du krankhafter, selbstsüchtiger Hurensohn, siehst du nicht, was du der Kleinen antust? Nennst du das einen Vater, der nur von Gewalt erzählt?« Erstarrt und betroffen von der Häßlichkeit der Szene machte Lloyd Licht und sah, daß Janice in ihrer Nacktheit vor Kälte zitterte. »Verdammt noch mal, Lloyd, erkennst du das denn nicht selber?«

Mit ausgestreckten Armen ging Lloyd abbittend auf seine Frau zu, in der Hoffnung, daß körperliche Berührung sie besänftigen könnte.

»Nein!« sagte sie zurückweisend, »diesmal nicht! Diesmal verlange ich das Versprechen von dir, einen Schwur, daß du ein für allemal damit aufhörst, unseren Kindern diese gräßlichen Geschichten zu erzählen.«

Lloyds Hand schnellte vor und packte Janice am Handgelenk. Sie wand sich los und warf dabei das Nachtschränkchen um.

»Nicht, Lloyd! Versuch nicht, mich zu besänftigen oder anzurühren, bevor du es versprochen hast.«

Er fuhr sich mit der Hand durchs Haar und fing an zu zittern. Den Impuls niederkämpfend, mit den Fäusten auf die Wand einzuhämmern, bückte er sich und stellte das Schränkchen wieder auf. »Penny ist ein gescheites Kind, Janny, möglicherweise ein Genie«, sagte er. »Was soll ich denn machen? Ihr von den drei ...«

Janice schleuderte ihr Lieblingsstück, eine Lampe aus

Porzellan, gegen den Wandschrank und schrie: »Sie ist doch noch ein kleines Kind! Ein zwölfjähriges kleines Mädchen! Begreifst du das denn nicht?«

Lloyd warf sich aufs Bett und umfaßte ihre Hüfte, barg seinen Kopf in ihrer Magengrube und flüsterte: »Sie muß es aber wissen, sie muß es doch erfahren, sonst wird sie sterben. Sie muß es einfach wissen.«

Janice hob die Arme und ballte die Hände zu Fäusten. Sie wollte sie wie Keulen auf Lloyds Rücken niedersausen lassen, hielt dann aber mitten im Schlag inne, als Erinnerungen an seine inbrünstige Leidenschaftlichkeit wie Momentaufnahmen an ihr vorüberzogen und sich zu Worten verdichteten, die auszusprechen sie zu große Scheu empfand.

Sie ließ die Hände über das Gesicht ihres Mannes gleiten und schob ihn dann sanft von sich weg. »Ich werde ihnen wohl sagen müssen, daß wir gestritten haben. Ich glaube, ich möchte dann lieber allein schlafen.«

Lloyd stand auf. »Es tut mir leid, daß es heute abend so spät geworden ist.«

Janice nickte stumm und merkte, daß ihr Gefühl richtig gewesen war. Dann zog sie ihren Morgenmantel an und ging den Flur entlang, um nach den Kindern zu sehen.

Lloyd wußte, daß er nicht würde schlafen können. Nachdem er den Mädchen gute Nacht gesagt hatte, wanderte er unten im Haus herum und suchte nach einer Beschäftigung. Es gab nichts, außer daß er über Janice nachdenken konnte und darüber, daß er sie nie haben konnte, ohne etwas von sich selbst aufzugeben, das ihm teuer und das auch für seine Töchter wesentlich war. Er konnte nur noch in der Zeit zurückgehen, Orte der Vergangenheit aufsuchen.

Lloyd schnallte sich den Pistolengurt um und fuhr in die Gegend, in der er früher gelebt hatte.

So früh am Morgen war es in seinem alten Viertel noch

ganz still, das ihm so vertraut schien wie das Seufzen einer alten Geliebten. Lloyd fuhr den Sunset Boulevard hinunter und war plötzlich überwältigt von dem Gefühl der Richtigkeit, nämlich sich der Unschuldigen durch Gleichnisse anzunehmen, die sie vor künftigem Unheil bewahren konnten. Laß sie behutsam lernen, dachte er, nicht so gewaltsam, wie ich es wollte. Sie sollen der Bestie durch Geschichten begegnen und nicht durch lehrhaftes Wiederholen von Fallbeispielen. Sei dies künftig der Wahlspruch meiner kleinen irisch-protestantischen Rebellenschar!

Mit dieser neugewonnenen Selbstgewißheit drückte Lloyd das Gaspedal nieder und sah zu, wie der nächtliche Sunset Boulevard von den Rändern her in Neonblitzen zerstob, die ihn wie ein Flammenwirbel ansogen. Er sah auf den Tacho: hundert Stundenkilometer. Nicht schnell genug. Er legte sein ganzes Gewicht auf das Lenkrad, und das Neon wurde zu einem grellen, blendenden Weiß. Dann schloß er die Augen und nahm Geschwindigkeit weg, bis der Wagen an eine Steigung kam und die Naturgesetze ihn zwangen, anzuhalten.

Als Lloyd die Augen öffnete, waren sie voller Tränen, und er fragte sich einen unbehaglichen Augenblick lang, wo er eigentlich war. Schließlich verbanden sich ihm wieder Tausende von Erinnerungen zu einem Ganzen, und er erkannte, daß der Zufall ihn an der Ecke Sunset und Silverlake – dem Kern seines früheren Viertels – abgesetzt hatte. Kaum noch vom eigenen Willen getrieben, ging er zu Fuß weiter.

Die terrassenförmig angelegte Hügellandschaft löste bei Lloyd eine Verschmelzung von Vergangenheit, Gegenwart und Zukunft aus.

Er rannte die Stufen zum Vendome hinauf und sah mit Genugtuung, daß die Erde zu beiden Seiten des Betonsockels weich wie immer war. Die Hügel von Silverlake hatte Gott dem Menschen zur Nahrung geschaffen – sollten die Mexikaner hier doch glücklich und in Wohlstand leben; sollten die alten Leute sich doch über die Steigung beschweren, solange sie wollten – wegziehen würde doch keiner. Sollte doch das Erdbeben kommen, das die Fachidioten prophezeiten – Silverlake, diese standhafte Bastion des Alten, würde sich der Zerstörung widersetzen und bestehen bleiben, während das eigentliche L.A. wie eine Eierschale zerplatzen würde.

Von oben auf dem Hügel richtete Lloyd seine Phantasie auf die wenigen Häuser, in denen noch Licht brannte, und das Leben darin. Er stellte sich große Einsamkeit vor und spürte den Mangel an Liebe, die *er* ihnen bringen sollte. Er sog ihre Liebessehnsucht in sich ein und atmete sie wie seine eigene aus, dann drehte er sich nach Westen und starrte auf die Hügelkette, die ihn von dem sehr alten Haus trennte, in dem sein verrückter Bruder ihre Eltern pflegte. Lloyd schauderte, als sich ein Mißton in seine Träumereien mischte. Daß gerade der einzige Mensch, den er haßte, die beiden geliebten Menschen betreute, die ihn gezeugt hatten. Sein einziger bewußt eingegangener Kompromiß. Unvermeidlich, aber … Lloyd erinnerte sich daran, wie es dazu gekommen war. Es war im Frühling 1971. Er fuhr Streife in Hollywood und besuchte zweimal wöchentlich seine Eltern in Silverlake, immer dann, wenn Tom bei der Arbeit war. Sein Vater war in seinem hohen Alter zu einem leicht versponnenen, zerstreuten Mann geworden und verbrachte ganze Tage in dem Schuppen im Hof, wo er an Dutzenden von Fernsehgeräten und Radios herumbastelte, deren Einzelteile jede freie Stelle auf dem Boden bedeckten; und seine Mutter – damals schon seit acht Jahren stumm – starrte und träumte in ihrem langen Schweigen vor sich hin und mußte dreimal am Tag in die Küche geschoben werden, damit sie nicht zu essen vergaß.

Tom lebte schon sein ganzes Leben mit ihnen zusammen und wartete darauf, daß sie sterben und ihm das Haus hinterlassen würden, das schon auf seinen Namen überschrieben worden war. Er kochte für seine Eltern, holte ihre Rente von der Bank und las ihnen aus den grauenhaften Bildergeschichten über Nazi-Deutschland vor; die Bücherregale in seinem Zimmer waren voll davon. Es war Morgan Hopkins' ausdrücklicher Wunsch gewesen, daß er und seine Frau bis zu ihrem Lebensende in dem alten Haus am Griffith Park Boulevard wohnen bleiben könnten. Lloyd hatte es seinem Vater mehrfach versichert: »Ihr habt doch immer noch das Haus, Dad. Laßt Tom die Steuern dafür bezahlen, und ihr braucht euch nicht mehr selbst darum zu kümmern. Er ist zwar ein erbärmlicher Ersatz für einen Mann, aber er verdient Geld, und er wird schon für dich und Mutter sorgen. Überlaß ihm das Haus; ich hab' kein Interesse daran. Sei glücklich und mach dir keine Sorgen.«

Es gab eine stille Übereinkunft zwischen Lloyd und seinem Bruder, der damals per Telefon Verkäufe abwickelte und dessen Geschäfte sich haarscharf an der Grenze der Legalität bewegten. Tom sollte im Haus leben, ihre Eltern ernähren und sich um sie kümmern, während Lloyd darüber hinwegsehen sollte, daß sein Bruder sich ein geheimes Lager mit automatischen Waffen im Garten des Hopkins-Anwesens angelegt hatte. Lloyd mußte über die Ungleichheit ihres Handels lachen – Tom, ein ausgemachter Feigling, würde niemals den Mumm aufbringen, von seiner Waffensammlung Gebrauch zu machen, die sicher innerhalb weniger Monate verrostet sein würde.

An einem Tag im April '71 jedoch bekam Lloyd einen Telefonanruf, aus dem er schließen mußte, daß einer seiner Träume rissig geworden war. Ein alter Kumpel von der Akademie, der Streife im Distrikt Rampart fuhr, war am Haus der Hopkins vorbeigefahren und hatte ein »Zu Verkaufen«-Schild auf dem Rasen vor dem Haus stehen sehen. Er war davon überrascht gewesen, vor allem deshalb, weil Lloyd öfter erwähnt hatte, daß seine Eltern lieber sterben würden, als das Haus aufzugeben, und in seiner Verwunderung darüber hatte er Lloyd im Revier von Hollywood angerufen und es ihm mitgeteilt. Lloyd nahm die Worte mit verbissener Wut in sich auf, so erregt, daß der Raum mit den Schließfächern vor seinen Augen surrealistisch zu schwanken schien. Er trug noch seine Uniform, holte sein Auto vom Parkplatz und fuhr nach Glendale in Toms Büro.

Das »Büro« war ein umgebauter Keller mit vier Dutzend Schreibtischen an den Wänden, und Lloyd ging hinein, ohne die Verkäufer zu beachten, die gerade per Telefon Wundermittel in Aluminiumbehältern oder »Bibelstunden daheim« anpriesen.

Toms Schreibtisch stand etwas abseits von den anderen vorn im Raum, neben einer riesigen Kaffeemaschine, deren Kanne mit Kaffee und Benzedrin gefüllt war. Lloyd schlug mit dem bleigefüllten Polizeiknüppel auf die Kanne, traf genau, und heiße, braune Flüssigkeit spritzte durch die Luft. Tom kam gerade aus der Toilette, sah die Wut in den Augen seines Bruders und den Knüppel und wich zurück an die Wand. Lloyd ging auf ihn zu und schwang dabei den Knüppel im Kreis, immer knapp an Toms Kopf vorbei, bis der Schrekken in den geweiteten Augen, die den seinen so ähnlich waren, ihn zum Innehalten veranlaßte. Er ließ den Knüppel fallen und lief zur vordersten Reihe der Schreibtische; verängstigte Telefonverkäufer wichen vor ihm zurück und rannten schutzsuchend in den hinteren Teil des Kellerraums.

Lloyd fing an, Telefonkabel aus den Wänden zu reißen und die Apparate durch den Raum zu schleudern. Eine Reihe; zwei Reihen; drei Reihen. Nachdem alle Verkäufer das Büro fluchtartig verlassen hatten und der Boden mit zerbrochenem Glas, herumflatternden Bestellformularen und nicht mehr funktionsfähigen Telefonen übersät war, ging er auf seinen angstschlotternden älteren Bruder zu und sagte: »Du wirst heute noch das Verkaufsangebot zurückziehen und Vater und Mutter niemals alleine lassen.«

Tom nickte stumm und fiel in die Kaffeepfütze.

Lloyd starrte noch immer eindringlich hinüber auf den Hügelzug. Das war vor über zehn Jahren gewesen. Vater und Mutter lebten noch immer in ihren voneinander getrennten einsamen Welten; Tom war noch immer ihr Wärter. Das war sein einziges, zutiefst unbefriedigendes Einschreiten gegen eine Veränderung der Situation gewesen, aber es gab nichts, was er sonst noch hätte tun können. Er dachte an seine letzte Unterhaltung mit Tom. Er wollte gerade seine Eltern besuchen, als er Tom im Schutz der Dunkelheit dabei erwischte, wie er Gewehre vergrub.

»Laß uns reden«, meinte Lloyd.

»Worüber, Lloyd?« fragte Tom.

»Sag etwas! Beschimpfe mich. Stell mir Fragen. Ich werde dir schon nichts tun.«

Tom wich ein paar Schritte zurück. »Wirst du mich umbringen, wenn Ma und Pa nicht mehr sind?«

Lloyd fühlte sich wie vom Blitz getroffen. »Warum, um alles in der Welt, sollte ich dich umbringen wollen?«

Tom wich noch weiter zurück. »Wegen der Sache, die Weihnachten passierte, als du acht warst.«

Lloyd fühlte, wie Monster nach ihm griffen, die er seit mehr als dreißig Jahren tot geglaubt hatte, Jahre, in denen er zu dem Mann heranreifte, der er jetzt war. Seine Blicke schweiften zum Radioschuppen seines Vaters, und er mußte sich zwingen, in die Gegenwart zurückzukehren; die Kraft der schrecklichen Erinnerung war so übermächtig. »Du bist verrückt, Tom. Du bist schon immer verrückt gewesen. Ich mag dich ja nicht sehr, aber ich würde dich niemals umbringen.«

Lloyd beobachtete, wie die Morgendämmerung über den östlichen Horizont kroch und die Skyline von Los Angeles mit goldenen Streifen nachzeichnete. Plötzlich fühlte er sich sehr einsam und sehnte sich, mit einer Frau zusammenzusein. Er setzte sich auf die Stufen und dachte über seine Möglichkeiten nach. Da war Sybil, aber sie war wahrscheinlich zu ihrem Mann zurückgegangen – bei ihrem letzten Gespräch hatte sie es in Betracht gezogen. Dann gab es Colleen, aber sie war bestimmt unterwegs nach Santa Barbara wegen ihres wöchentlichen Ausverkaufs. Leah? Meg? Mit ihnen war Schluß, und mit dem wütenden Verlangen der Morgenstunden, einen Neuanfang zu versuchen, würde er ihnen später nur Leid bereiten. Es blieb nur die eine Ungewißheit, die Sarah Smith hieß.

Fünfundvierzig Minuten später klopfte Lloyd an ihre Tür. Sie öffnete mit schlaftrunkenen Augen und im Bademantel. Als sie ihn erkannte, fing sie an zu lachen.

»So komisch sehe ich doch nun wirklich nicht aus, oder?« fragte Lloyd.

Sarah schüttelte den Kopf. »Was ist los, hat deine Frau dich rausgeschmissen?«

»So ungefähr. Sie hat herausgefunden, daß ich in Wirklichkeit ein verkleideter Vampir bin. Ich suche die einsamen frühmorgendlichen Straßen von Los Angeles nach schönen jungen Frauen ab, die mir eine Transfusion geben könnten. Führ mich, ach, zur weisesten deiner Musen!«

Sarah kicherte. »Ich bin aber nicht schön.«

»Doch, bist du. Mußt du heute arbeiten?«

Sarah meinte: »Ja, aber ich kann anrufen und sagen, daß ich krank bin. Ich bin noch nie mit einem Vampir zusammengewesen.«

Lloyd nahm ihre Hand, als sie ihn hereinbat. »Dann erlaube mir, daß ich mich persönlich vorstelle«, sagte er.

III.

Annäherung

5

Lloyd saß in seinem Büro im Parker Center, die Hände spielten mit den Papieren auf seinem Schreibtisch und formten abwechselnd Kirchtürme und Galgenmännchen. Es war der 3. Januar 1983, und von seinem Büro im sechsten Stock aus konnte er dunkle Sturmwolken in Richtung Norden ziehen sehen. Er wünschte sich einen Sturm mit dichtem Nieselregen. Er fühlte sich immer geborgen und beschützt, wenn mieses Wetter herrschte.

Die relative Abgeschlossenheit seines Büros, das zwischen Büromateriallager und Fotokopierraum lag, war angenehm, jedoch hatte es Lloyd in erster Linie deshalb bekommen, weil es in der Nähe der Zentrale drei Türen weiter lag. Früher oder später wurden sämtliche Tötungsdelikte im Bereich der Polizei von L.A. über diese Telefonleitungen gemeldet, sei es von Untersuchungsbeamten, die Unterstützung anforderten, oder den Betroffenen, die um Hilfe riefen. Lloyd hatte sich eine Spezialleitung zu seinem eigenen Telefon legen lassen, und jedesmal, wenn ein Anruf in der Telefonzentrale kam, leuchtete ein rotes Lämpchen an seinem Anrufbeantworter auf, und er konnte den Hörer abnehmen und mithören; so war er oft der erste Detective, der wichtige Informationen über einen Mord erhielt. Es war ein todsicheres Gegenmittel, das ihm half, lästigen Aufnahmen von Fällen, langweiligem Berichteschreiben und Erscheinen vor Gericht aus dem Weg zu gehen. Als also Lloyd das Lämpchen an seinem Apparat aufleuchten sah, gab er sich einen Ruck und nahm den Hörer ab, um mitzuhören.

»Polizeipräsidium von Los Angeles, Raub- und Morddezernat«, sagte die Frau in der Telefonzentrale.

»Ist das da, wo man einen Mord meldet?« stammelte ein Mann zurück.

»Ja, Sir«, antwortete die Frau. »Sind Sie in Los Angeles?«

»Ich bin in Hollywahn. Mann, Sie werden mir nicht glauben, was ich gesehen habe ...« Lloyds Neugier erwachte – es klang, als wäre der Mann stoned und hätte irgendwo eingebrochen.

»Wollen Sie einen Totschlag melden, Sir?« Die Frau wirkte ein wenig barsch, sogar etwas einschüchternd.

»Mann, ich weiß noch immer nicht, ob das wahr ist oder eine Scheiß-Halluzination. Ich nehm seit drei Tagen Koks und Pillen.«

»Wo sind Sie, Sir?«

»Ich bin nirgends. Aber schicken Sie die Cops zu den Aloha Apartments, Ecke Leland und Las Palmas, Zimmer 406. Da ist was drin, das aussieht wie aus einem Peckinpah-Film. Ich weiß nicht, Mann, entweder darf ich kein Koks mehr nehmen oder ihr habt eine Menge Scheiße am Hals.« Der Anrufer bekam einen Hustenanfall und sagte mit heiserer Stimme: »Verdammtes Hollywood, Mann, verdammt komisch.« Dann legte er abrupt auf.

Lloyd konnte die Verwirrung der Telefonistin beinahe mitfühlen – sie konnte nicht ausmachen, ob der Anruf ernst gemeint war oder ein Scherz gewesen war. Sie brummelte: »Verfluchter Halunke«, und legte ihrerseits auf. Lloyd sprang auf und zog seine Sportjacke über. Er wußte, was los war. Er lief zu seinem Wagen und startete in Richtung Hollywood.

Das Aloha Regency war ein vierstöckiges, efeubewachsenes Wohnhaus in spanischem Stil und hellblau gestrichen. Lloyd ging durch die verwahrloste Eingangshalle zum Aufzug und stufte das Gebäude, das ziemlich heruntergekommen wirkte, als einstmals feine Adresse in Hollywood ein.

Er erkannte sofort, daß die Bewohner des Aloha Regency eine ängstliche Mischung aus illegalen Einwanderern, Säufern und von der Fürsorge lebenden Familien waren. Die Schäbigkeit des Foyers mit den abgewetzten Teppichen war nicht zu übersehen.

Er betrat den Aufzug und drückte auf 4, dann nahm er die Pistole aus dem Halfter und merkte, wie seine Haut zu kribbeln anfing, als er die Nähe des Todes spürte. Der Aufzug blieb mit einem Ruck stehen, und Lloyd stieg aus. Er blickte den Flur hinunter und bemerkte, daß die Türen mit den geraden Zahlen bis zu Nr. 406 Spuren eines Brecheisens aufwiesen. Bei 406 hörten dann die Spuren auf. Das Holz an den Türpfosten war erst kürzlich gesplittert, schien nicht verzogen zu sein, was darauf hindeutete, daß die Türen wahrscheinlich am selben Morgen aufgebrochen worden waren. Während Lloyd diese Überlegungen anstellte, richtete er den .38er auf die Tür von Nr. 406 und trat sie ein.

Er hielt den Revolver wie ein Suchgerät vor sich und betrat vorsichtig ein schmales, rechteckiges Wohnzimmer, an dessen Wänden Bücherregale und große Topfpflanzen standen. Ein Schreibtisch stand quer in einer Ecke, und drei Korbstühle waren in einem Halbkreis um die Bücherwand gruppiert. Lloyd ging durch den Raum und nahm die Atmosphäre in sich auf. Er drehte sich langsam um, um in die kleine Küche zu seiner Linken hineinsehen zu können. Frisch geputzte Fliesen und glänzendes Linoleum; Geschirr, das sorgsam neben der Spüle gestapelt war. Blieb nur noch das Schlafzimmer; es war von der übrigen Wohnung durch eine grüne Tür, auf der ein Rod-Stewart-Poster hing, abgeteilt.

Er sah zu Boden und spürte, wie sich sein Magen umdrehte. In dem Spalt der halboffenen Tür lag ein Haufen toter Küchenschaben, die in einer Pfütze aus geronnenem

Blut festklebten. Er trat vor die Tür, stammelte: »Hinunter in den Kaninchenbau«, und schloß die Augen, bis er den überwältigenden Gestank von verwesendem Fleisch wahrnahm. Als er spürte, wie er innerlich zitterte, aber ohne daß er würgen mußte, öffnete er langsam die Augen und sagte erstickt: »O mein Gott, bitte nicht.«

Eine nackte Frau hing, an einem Bein aufgehängt, von der Decke herab über einem mit einer Steppdecke bedeckten Bett. Ihr Bauch war aufgeschlitzt, und die Eingeweide hingen über ihr blutverschmiertes Gesicht. Lloyd prägte sich den Anblick genau ein: das freischwebende Bein war dunkelrot angelaufen und im rechten Winkel abgeknickt; getrocknetes Blut klebte an ihren Brüsten, und die Hautstellen, die nicht blutverschmiert waren, waren blau angelaufen; die Bettdecke war so mit Blut getränkt, daß sich Schichten und Krusten gebildet hatten; Blut war auf der Erde, an der Wand, auf Schrank und Spiegel und umrahmte die tote Frau in einer vollkommenen Symmetrie der Verwüstung.

Lloyd ging ins Wohnzimmer und zum Telefon. Er rief Dutch Peltz im Revier von Hollywood an und sagte nur: »Leland Nr. 6819, Apartment 406. Mordfall, Krankenwagen, Gerichtsmediziner. Ich ruf' später noch mal an und erzähl' dir mehr darüber.«

Dutch sagte: »Okay, Lloyd«, und legte auf.

Lloyd durchsuchte ein zweites Mal die Wohnung, zwang sich dazu, den Kopf frei zu halten für andere Dinge und ließ seine Augen durch das Wohnzimmer schweifen, bis sie auf eine Lederhandtasche neben einem Kaktus fielen. Er nahm sie auf, dann leerte er den Inhalt auf den Boden. Make-up-Täschchen, Exedrin, loses Kleingeld. Er öffnete eine handgearbeitete Brieftasche. Der Name der Frau war Julia Lynn Niemeyer. Das Foto und die Personenbeschreibung auf ihrem Führerschein taten ihm weh: sie war hübsch gewesen,

1,72 m groß, wog 120 Pfund. Geburtsdatum: 2. 2. 54; sie wäre in einem Monat neunundzwanzig geworden.

Lloyd ließ die Brieftasche fallen und untersuchte die Bücherregale. Es waren vorwiegend Liebesgeschichten und Bestseller. Ihm fiel auf, daß die Bücher in den oberen Reihen verstaubt waren, während die Bücher weiter unten sauber aussahen.

Er setzte sich auf den Boden, um sie sich genauer anzusehen. Das untere Regal enthielt Gedichtbände, von Shakespeare über Byron bis hin zu feministischen Dichterinnen, alles Taschenbücher. Lloyd zog wahllos drei Bücher heraus und blätterte sie durch, dabei spürte er, wie sein Respekt für Julia Lynn Niemeyer immer mehr wuchs – sie hatte in den Tagen vor ihrem Tod gute Sachen gelesen. Er ging schließlich die Klassiker durch und nahm zuletzt noch ein Taschenbuch im Großformat heraus, das den Titel »Wut im Bauch – Eine Anthologie feministischer Prosa« hatte. Er schlug die Seite mit dem Inhaltsverzeichnis auf und war verblüfft, als er dunkelbraune Flecken auf der Innenseite entdeckte. Beim Weiterblättern stieß er auf Seiten, die von geronnenem Blut zusammenklebten; zum Ende des Buches hin ließen die Blutspuren nach. Als er bis zu dem mit Glanzpapier bezogenen hinteren Buchdeckel geblättert hatte, stockte ihm der Atem. Zwei deutliche Fingerabdrücke zeichneten sich auf weißem Untergrund ab: der Zeige- und Mittelfinger; das reichte für eine Identifizierung völlig aus.

Lloyd pfiff durch die Zähne, umwickelte das Buch mit seinem Taschentuch und legte es vorsichtig auf einen der Korbstühle. Ein Impuls veranlaßte ihn, zum Bücherregal zurückzugehen und mit einer Hand den Zwischenraum zwischen unterstem Regalbrett und Fußboden entlangzuwischen. Er fand eine Handvoll Blätter mit Sexanzeigen, wie es sie in Automaten gibt: Den *L.A. Nite-Line, L.A. Grope* und den *L.A. Swinger.*

Er trug sie zum Sessel hinüber, setzte sich hin und begann zu lesen, erschüttert von den trostlosen Leserzuschriften und verzweifelten Kontaktanzeigen. »Attraktive, geschiedene Frau, 40, sucht gutbestückten weißen Mann für Liebe am Nachmittag. Schicke Foto mit Erektion und Brief an Postfach 5816, Gardena, 90808, Calif«; – »Gutaussehender schwuler Junge, 24, der es gern mit dem Mund macht, sucht junge, scharfe Schuljungen ohne Bart. Ruf jederzeit an: 709-6404«; »Ein langer Dicker ist mein Ziel, und das Ficken mein Lieblingsspiel! Ich mach's dir oft und mit viel Stil! Laß uns 'ne heiße Nacht verbringen und ganz geil im Bette ringen! – Schicke Spreiz-Foto an Postfach 6969, L.A., 90069, Calif«.

Lloyd war gerade dabei, die Sexhefte wieder wegzulegen und ein Bittgebet für die gesamte Menschenrasse gen Himmel zu schicken, als seine Augen eine rot umrandete Anzeige entdeckten. »Deine Phantasie oder meine? Laß uns zusammenkommen und darüber reden. Alle sexuell freizügigen Menschen fordere ich auf, mir zu schreiben an Postfach 7512, Hollywood, 90036, Calif. (Ich bin eine attraktive Frau Ende 20).« Er legte die Zeitung auf den Boden und ging die beiden anderen durch. Dieselbe Anzeige war auch in den beiden anderen abgedruckt.

Er steckte die Hefte in seine Jackentasche, ging zurück ins Schlafzimmer und öffnete das Fenster. Julia Lynn Niemeyer pendelte im Durchzug hin und her, drehte sich um ihre eigene Achse, wobei der Deckenstrahler, an dem sie aufgehängt war, unter ihrem Gewicht zu knarren begann. Lloyd hielt sie sanft an den Armen fest. »Armer Liebling«, murmelte er, »oh, Baby, was habt du bloß gesucht? Hast du gekämpft? Hast du geschrien?«

Wie zur Antwort darauf ergriff ein Windstoß den kalten linken Arm der Frau, und er entglitt ihm. Er nahm ihn noch einmal und hielt die Hand fest, wobei seine Augen dem

Verlauf der großen blauen Venen am Unterarm folgten. Er schluckte. Zwei Nadeleinstiche waren deutlich in der Mitte der größeren Vene erkennbar. Er überprüfte den anderen Arm – nichts –, dann kratzte er vorsichtig getrocknetes Blut aus den Achselhöhlen und Kniekehlen weg. Keine weiteren Anzeichen; offenbar hatte ein Profi der Frau Beruhigungsspritzen gegeben, bevor er sie so zugerichtet hatte.

Lloyd hörte Schritte im Flur, und Sekunden später stürzten ein Cop in Zivil und zwei uniformierte Streifenbeamte in die Wohnung. Er ging ins Wohnzimmer, um sie zu empfangen, zeigte mit dem Daumen über die Schulter und sagte: »Da drin, Jungs.« Er starrte durchs Fenster zu den schwarzen Wolken hinauf, als er die ersten entsetzten Ausrufe der Kollegen vernahm, denen Würgegeräusche folgten.

Der Zivilcop erholte sich als erster, kam zu Lloyd heraus und redete fieberhaft drauflos: »Wow! Was für eine Leiche! Sie sind Lloyd Hopkins, nicht wahr? Ich heiße Lundquist, Detective vom Bezirk Hollywood.«

Lloyd wandte sich dem Gesicht des großen, früh gealterten Mannes zu, ohne seine ausgestreckte Hand zu beachten. Er musterte ihn ganz offen und befand ihn für dumm und unerfahren.

Lloyds starrender Blick machte Lundquist nervös. »Ich bin der Meinung, es handelt sich hier um einen stümperhaften Einbruch, Sergeant«, sagte er. »Ich hab' nämlich Einbruchsspuren an der Tür entdeckt. Ich denke, wir sollten unsere Nachforschungen damit beginnen, daß wir uns die Einbrecher vorknöpfen, die wußten, wie ...«

Lloyd schüttelte den Kopf und unterbrach den Redeschwall des jüngeren Detectives. »Falsch. Die Spuren vom Brecheisen sind neu. Die Fasern an den Kanten hätten sich durch die Luftfeuchtigkeit längst geglättet, wenn der Einbruch und der Mord gleichzeitig stattgefunden hätten. Die

Frau ist schon seit mindestens zwei Tagen tot. Nein, der Einbrecher war der Kerl, der die Leiche gemeldet hat. Hören Sie, die Handtasche der Frau liegt auf dem Stuhl da drüben. Eindeutige Identifizierung. Da ist auch ein Taschenbuch mit zwei blutigen Fingerabdrücken. Lassen Sie die Sachen ins Labor bringen und sagen Sie den Experten, sie sollen mich zu Hause anrufen, falls sie irgend etwas Aufschlußreiches entdecken sollten. Ich möchte, daß Sie das Gebäude untersuchen und die Wohnung dann versiegeln – keine Reporter, keine Arschlöcher vom Fernsehen. Haben Sie mich verstanden?«

Lundquist nickte.

»Gut, und dann möchte ich, daß Sie jetzt die Spurensicherung anrufen, ihnen sagen, sie sollen ein Expertenteam für Fingerabdrücke herschicken und die Wohnung von oben bis unten durchsuchen. Sagen Sie den Leuten in der Gerichtsmedizin, sie sollen mich zu Hause anrufen, sobald sie den Autopsiebericht fertig haben. Wer ist der Boss der Hollywood-Detectives?«

»Lieutenant Perkins.«

»Gut. Ich werde ihn später anrufen. Sagen Sie ihm, das ist ein Fall für das Dezernat Raubüberfall und Mord.«

»Jawohl, Sergeant.«

Lloyd ging wieder ins Schlafzimmer. Die beiden Streifenbeamten starrten auf die Leiche und rissen Witze. »Ich hatte mal 'ne Freundin, die so aussah«, sagte der ältere der beiden Cops. »Das war Bloody Mary. Ich konnte nur zwei Wochen im Monat mit ihr zusammen sein, die andere Zeit hatte sie ihre Tage.«

»Das ist doch gar nichts«, sagte der jüngere Cop, »ich kannte mal 'nen Kalfaktor vom Leichenschauhaus, der sich in eine Leiche verliebt hatte. Er ließ nicht zu, daß der Amtsarzt die Leiche sezierte – er hatte Angst, der könnte ihre Romanze kaputtmachen.«

Der andere Cop lachte lauthals und zündete sich mit zittrigen Händen eine Zigarette an. »Meine Frau macht unsere Romanze jeden Abend kaputt, beim Fernsehen im Bett.«

Lloyd räusperte sich; er wußte, daß die Männer Witze rissen, um ihr Entsetzen herunterzuspielen, aber er fand es trotzdem unschicklich, und irgendwie wollte er nicht, daß das in Gegenwart Julia Lynn Niemeyers geschah. Er wühlte in dem Kleiderschrank, bis er ein Abendkleid aus Samt fand, dann ging er in die Küche und holte ein gezacktes Steakmesser. Als er ins Schlafzimmer zurückkam, stellte er sich auf das blutbesudelte Bett, woraufhin der junge Polizist zu ihm sagte: »Lassen Sie sie lieber für den Gerichtsmediziner so hängen, Sergeant.«

Lloyd sagte: »Halten Sie Ihre blöde Klappe!« und schnitt die Nylonschnur durch, die um Julia Lynn Niemeyers Fußgelenk geschlungen war. Er umschlang die schlaffen Glieder und den entstellten Körper mit seinen Armen und stieg vom Bett herunter, wobei er ihren Kopf an seine Schulter drückte. »Schlaf, mein Liebling«, sagte er. Tränen traten ihm in die Augen. »Ich werde deinen Mörder finden.«

Lloyd legte sie auf den Boden und deckte sie mit dem Kleid zu. Die drei Polizisten starrten ihn ungläubig an.

»Durchsucht jetzt das Gebäude!« schnauzte Lloyd sie an.

Drei Tage später hatte sich Lloyd im Hauptpostamt von Hollywood postiert und beobachtete unauffällig die Wand, an der sich die Schließfächer mit den Nummern 7500 bis 7550 befanden; er wußte jetzt, daß Julia Lynn Niemeyer ihre Kontaktanzeigen in Begleitung einer großen, blonden Frau von ungefähr 40 aufgegeben hatte. Büroangestellte sowohl beim *L.A. Night-Line* als auch beim *L.A. Swinger* hatten die tote Frau eindeutig anhand des Führerscheinfotos identifiziert und erinnerten sich genau an ihre Begleiterin.

Lloyd war nervös, und er versuchte, seinen Zorn und seine Ungeduld im Zaum zu halten, indem er die ihm genannten greifbaren Tatsachen über den Mord noch einmal rekapitulierte. Tatsache war, daß Julia Lynn Niemeyer mit einer Überdosis Heroin umgebracht und nach ihrem Tod verstümmelt worden war. Tatsache war auch, daß der Gerichtsmediziner den Zeitpunkt des Mordes auf ca. zweiundsiebzig Stunden vor Auffindung der Leiche festgesetzt hatte. Und Tatsache war, daß niemand im Aloha Regency Anzeichen für einen Kampf gehört oder etwas über das Opfer gewußt hatte, das vom Geld einer Ausbildungsversicherung lebte, die seine Eltern abgeschlossen hatten, bevor sie 1978 bei einem Autounfall ums Leben gekommen waren. Diese Information hatte ihnen ein Onkel des Opfers gegeben, der aus einer Tageszeitung in San Francisco von dem Mord erfahren und Julia Niemeyer als ein »sehr ernstes, sehr ruhiges und sehr intelligentes Mädchen, das andere nicht nahe an sich heranließ« beschrieben hatte.

Die Zeitungen hatten den Mord groß herausgebracht, und es war lang und breit auf Ähnlichkeiten mit den Tate-LaBianca-Morden von 1969 hingewiesen worden. Das führte zu einer Flut von Anrufen, mit denen die Telefonzentrale des Polizeipräsidiums von L.A. überschwemmt wurde. Lloyd hatte daraufhin drei Mann abgestellt, die alle Anrufer, die sich nicht wie die üblichen sensationshungrigen Mitbürger anhörten, einzeln vernehmen sollten. Die blutigen Fingerabdrücke aus dem Taschenbuch – das einzige handfeste und greifbare Indiz – waren von Experten abgenommen worden, dann in den Computer eingegeben und an jede Polizeidienststelle innerhalb der Vereinigten Staaten zum Vergleich übermittelt worden; die Resultate waren niederschmetternd: Der Teilabdruck des Mittel- und Zeigefingers konnte keiner Person irgendwo im Land zugeordnet werden, was bedeutete, daß der Mörder noch nie verhaftet worden war, nie Militär- oder Zivildienst geleistet hatte, niemals gepfändet worden war und noch nie einen Führerschein in siebenunddreißig der fünfzig Vereinigten Staaten beantragt hatte.

Lloyd merkte, wie seine Hypothese sich allmählich zum, wie er es nannte, »Schwarze-Dahlie-Syndrom« verdichtete, eine Anspielung auf einen ungelösten schaurigen Mordfall von 1947. Er war sicher, daß Julia Lynn Niemeyer von einem intelligenten Mann mittleren Alters umgebracht worden war, der noch nie zuvor jemanden getötet hatte, von einem Mann mit schwachem Geschlechtstrieb, den Julia Niemeyer irgendwie kennengelernt und bei dem ihre ganze Wesensart seine seit langem verborgene Psychose zum Durchbruch gebracht haben mußte, die ihn dann dazu trieb, ihre Ermordung sorgfältig zu planen. Er glaubte auch zu wissen, daß der Mann körperlich stark war, und daß er in der Lage sein mußte, sich in den unterschiedlichsten Gesellschaftsschichten zu bewegen: er war ein solider Bürger, der auch Zugang zu Heroin hatte.

Lloyd war sowohl von der Täterpersönlichkeit selbst als auch von der Herausforderung, den Mann zu fassen, zutiefst fasziniert. Er blickte sich ziellos in der Menschenmenge im Postamt um, dann richtete er seinen Blick wieder auf Postfach-Nr. 7512. Er spürte, wie seine Ungeduld immer größer wurde. Falls die »große, blonde Frau« bis Mittag nicht auftauchte, würde er das Fach aufbrechen und die Tür mitsamt den Angeln herausreißen.

Eine Stunde später erschien sie endlich. Lloyd hatte sofort das Gefühl, daß sie es sein mußte, sobald er sie durch die breiten Glastüren kommen und unsicher auf die Gänge mit den Postfächern zugehen sah.

Sie war eine große, starkknochige Frau, deren ganzes Benehmen nervös war und deren körperliche Anspannung er fast spüren konnte, als sie sich ängstlich nach allen Richtungen umblickte, den Schlüssel ins Schloß schob, einen Stapel Post herausnahm und hinausrannte.

Lloyd war kurz hinter ihr, als sie gerade die Tür ihres in zweiter Reihe geparkten Pinto öffnete. Sie wandte sich beim Geräusch seiner Schritte um und hielt sich die Hand vor den Mund, als er ihr auf Augenhöhe seine Marke hinhielt. Auf die Marke starrend, sackte die Frau entsetzt gegen den Wagen, und der Stapel Briefe fiel zu Boden.

Lloyd bückte sich und hob sie alle wieder auf. »Ich bin von der Polizei«, sagte er ruhig.

»O mein Gott«, entgegnete sie. »Etwa von der Sitte?«

Lloyd sagte: »Nein, Morddezernat. Es geht um Julia Niemeyer.«

Sie lief rot an und rief: »Jesus, da bin ich aber erleichtert. Ich wollte Sie sowieso anrufen. Ich schätze, Sie wollen mit mir über sie reden?«

Lloyd lächelte; die Frau reagierte etwas übertrieben. »Hier können wir nicht reden«, meinte er, »und ich möchte Sie nicht unbedingt aufs Polizeirevier mitnehmen. Hätten Sie was dagegen, wenn wir irgendwo hinfahren?«

»Nein«, sagte die Frau und fügte mit einer winzigen Spur von Verachtung das »Officer« hinzu.

Lloyd bat sie, nach Süden zum Hancock Park zu fahren. Auf dem Weg dorthin erfuhr er, daß sie Joanie Pratt hieß, Alter 42, ehemalige Tänzerin, Sängerin, Schauspielerin, Serviererin, Playboy-Club-Bunny, Fotomodell und Mätresse.

»Und was machen Sie im Augenblick?« fragte er sie, als sie auf den Parkplatz des Hancock Parks fuhr.

»Es ist was Ungesetzliches«, meinte Joanie Pratt und lächelte dabei.

»Das ist mir egal«, antwortete Lloyd und lächelte zurück.

»Okay, ich handle mit Speed und bumse mit ausgesuchten älteren Knilchen, die keinen Ärger haben wollen.«

Lloyd lachte und zeigte auf eine Gruppe Dinosaurier aus

Gips, die auf einem Rasenstück ein paar Meter vom Parkplatz entfernt standen. »Lassen Sie uns da vorn reden«, schlug er vor.

Nachdem sie sich auf den Rasen gesetzt hatten, kam Lloyd gleich zur Sache und beschrieb Julia Niemeyers Leiche in allen Anschaulichkeiten und bis ins kleinste Detail. Joanie Pratt wurde abwechselnd weiß und rot und schluchzte dann laut auf. Als sie zu weinen aufgehört hatte, sagte er leise: »Ich will dieses Tier haben. Ich weiß über die Annoncen Bescheid, die Sie und Julia in den Sexblättern aufgegeben haben. Es ist mir ziemlich egal, ob ihr zwei halb Los Angeles, die Känguruhs im Zoo von San Diego oder euch gegenseitig gevögelt habt. Es ist mir auch scheißegal, ob ihr mit Drogen handelt, Drogen schnupft oder schießt oder Kinder drogensüchtig macht. Ich will alles wissen, was Sie über Julia Niemeyer wissen: ihr Liebesleben, ihr Sexualleben und warum sie die Annoncen in den Zeitungen aufgegeben hat. Haben Sie verstanden?«

Joanie nickte stumm. Lloyd holte ein Taschentuch aus seiner Manteltasche und gab es ihr. Sie wischte sich ihr Gesicht damit und sagte: »Also gut, es war so: Vor ungefähr drei Monaten war ich in der Stadtbücherei von Hollywood, um Bücher zurückzugeben. Ich bemerkte diese gutaussehende Biene direkt neben mir, die all diese Lehrbücher über Sex bei sich hat – Krafft-Ebing, Kinsey, den *Hite Report.* Ich mach ein paar Witze darüber, sie stellt sich vor, es war Julia.

Nun ja, wir gingen zusammen vor die Tür, rauchten eine Zigarette und unterhielten uns – über Sex. Julia erzählte mir, daß sie Sexualforschung betreibe und daß sie ein Buch darüber schreiben wolle. Ich erzählte ihr aus meiner pikanten Vergangenheit, und was bei mir gerade läuft – Wanderzirkus mit Gruppensex. Es ist so eine Art Tauschgeschäft: Ich kenne eine Reihe einflußreicher Grundstücksmakler und verkaufe ihnen ein bißchen Stoff im Austausch dafür, daß ich erstklassige Häuser benutzen darf, wenn die Besitzer auf Reisen sind. Ich annonciere in den Sexblättern – ›berauschende Sexpartys‹. Zweihundert Dollar pro Paar, damit die Penner wegbleiben. Ich sorge für gutes Essen, Drogen, Musik und eine Lightshow. Na, jedenfalls, Julia war zwar sexbesessen, aber sie bumste nicht – ihr ging es eben nur um Sex-Forschung ...«

Joanie legte eine Pause ein und zündete sich eine Zigarette an. Als Lloyd sie drängte, weiterzureden, fuhr sie fort: »Nun ja, Julia wollte die Leute auf meinen Partys interviewen. Ich sagte ihr: ›Scheiße, nein! Diese Leute zahlen verdammt viel Geld, um daran teilzunehmen, und sie wollen nicht von irgendeiner sexgeilen Interviewtante belästigt werden.‹ Daraufhin meinte Julia: ›Sieh mal, ich hab' 'ne ganze Menge Geld. Ich bezahle für die Leute, die zu den Partys kommen, und ich befrage sie dann, sozusagen als Eintrittspreis. Und ich darf sie beim Sex beobachten.‹ Jedenfalls ist das der Grund, weshalb Julia die Anzeigen aufgegeben hat. Leute schrieben ihr, und sie bot ihnen an, das Eintrittsgeld für die Partys zu zahlen, wenn sie den Interviews zustimmten.«

Lloyd war gespannt und richtete den Blick auf Joanie Pratts blaue Augen, bis sie anfing, mit der Hand vor seinen Augen hin und her zu wedeln. »Kommen Sie auf die Erde zurück, Sergeant! Sie sehen ja aus, als hätten Sie einen Ausflug zum Mars gemacht.«

Lloyd spürte vage, daß sich seine Vermutungen bestätigten. Er schob Joanies Hand weg und sagte: »Weiter!«

»Okay, Marsmensch. Julia machte also ihre Interviews und sah den Leuten beim Ficken zu, bis sie im Gesicht blau anlief. Sie machte tonnenweise Notizen und hatte die erste Rohfassung für ihr Buch fertig, als bei ihr eingebrochen wurde und ihr Manuskript und sämtliche Aufzeichnungen und Akten gestohlen wurden. Sie erf...«

»Was?« rief Lloyd aus.

Joanie rückte überrascht ein Stück von ihm ab. »Na, na, Sarge. Lassen Sie mich doch zu Ende erzählen. Das war vor ungefähr einem Monat. Ihre Bude wurde durchwühlt. Ihre Stereoanlage, ihr Fernseher und tausend Dollar in bar wurden auch geklaut. Sie ...«

Lloyd unterbrach sie: »Hatte sie es der Polizei gemeldet?«

Joanie schüttelte den Kopf. »Nein, ich sagte ihr, sie sollte das besser nicht tun. Ich war der Meinung, sie könnte ihr Buch doch jederzeit aus der Erinnerung neu schreiben, und sie sollte einfach noch ein paar Interviews mehr machen. Ich wollte nicht, daß irgendwelche Bullen mir in die Quere kommen. Bullen sind krankhafte Moralisten, und sie hätten Wind von meinem Geschäft bekommen können. Aber jetzt hören Sie mal gut zu! Eine Woche bevor Julia starb, erzählte sie mir, daß sie das Gefühl hätte, verfolgt zu werden. Da wäre dieser Mann, der ihr ständig über den Weg liefe – auf der Straße, in Restaurants, auf dem Markt. Er würde zwar nie zu ihr rüberstarren oder so, aber sie hätte das Gefühl, daß er dauernd hinter ihr herschliche.«

Lloyd wurde es ganz kalt. »Kannte sie den Mann von den Partys her?«

»Sie sagte, sie wäre sich nicht sicher.«

Lloyd schwieg eine ganze Weile. »Haben Sie irgendwelche Briefe aufgehoben, die Julia bekommen hat?«

Joanie schüttelte den Kopf. »Nein, nur die, die ich heute abgeholt habe.«

Lloyd hielt die Hand auf, und Joanie nahm die Briefe aus ihrer Handtasche. Er schaute sie unverwandt an und schlug sich mit dem Stapel auf den Oberschenkel. »Wann soll denn die nächste Party steigen?«

Joanie senkte die Augen: »Heute abend.«

Lloyd sagte nur: »Schön. Ich werde daran teilnehmen. Sie werden meine Partnerin sein.«

Die Party fand in einem dreistöckigen Giebelhaus am Ende einer Sackgasse statt, die auf der Talseite der Hollywood Hills lag. Lloyd trug Bundhosen, Mokassins, ein gestreiftes Polohemd und einen Rollkragenpullover über seinem .38er, ein Aufzug, der Joanie Pratt zu dem Ausruf veranlaßte: »Mein Gott, Sarge! Das soll doch eine Party mit Pep werden und kein Sackhüpfen wie auf einer Schülerfete! Haben Sie mir keinen Blumenstrauß mitgebracht?«

»Er steckt in meiner Hose«, sagte er.

Joanie lachte und musterte seine Figur von oben bis unten. »Nicht schlecht. Werden Sie denn heute abend bumsen? Angebote kriegen Sie bestimmt reichlich.«

»Nein, ich heb's mir für den Studentenball auf. Würden Sie mir jetzt alles zeigen?«

Sie führte ihn durchs Haus. Das gesamte Mobiliar des Wohn- und Eßzimmers war an die Wand gerückt, und die zusammengerollten Teppiche stapelten sich fast bis zur Decke. Davor stand eine Reihe niedriger Tische mit kalten Platten voller Fleischscheibchen verschiedenster Sorte, *Hors d'œuvres* und Eisbehälter mit fertig zubereiteten Cocktails. Joanie meinte beiläufig: »Buffet und Tanzfläche. Die Stereoanlage ist erstklassig, überall im Haus sind Lautsprecher.« Sie zeigte auf die Deckenbeleuchtung. »Die Stereoanlage ist mit den Lampen verbunden, so daß Musik und Beleuchtung gleichzeitig funktionieren. Das ist echt irre.« Sie nahm ihn bei der Hand und führte ihn die Treppe hinauf. Die beiden oberen Etagen bestanden aus Schlafzimmern und kleinen Räumen zu beiden Seiten langer Korridore. Rote Lichter gingen über offenstehenden Türen an und aus, und Lloyd war erstaunt darüber, daß der Boden in allen Zimmern mit Matratzen ausgelegt war, die mit rosa Seidenlaken bezogen waren.

Joanie stieß ihm in die Rippen. »Ich engagier mir immer ein paar von diesen Mexikanern vom Sklavenmarkt im

Nuttenviertel. Die machen die schwere Arbeit. Ich gebe ihnen zehn Dollar vor der Party und hinterher zwanzig und eine Flasche Tequila, wenn sie die Möbel wieder zurechtrücken. Was ist los, Sarge? Sie sehen so bekümmert aus.«

»Ich weiß auch nicht«, sagte Lloyd, »aber es ist schon komisch. Ich bin hier, um mich nach einem Killer umzusehen. Diese ganze ›Party‹ ist wahrscheinlich sittenwidrig, und ich glaube, ich bin glücklich wie schon seit langem nicht mehr.«

Die Teilnehmer der Party kamen eine halbe Stunde später. Lloyd instruierte Joanie kurz über das, was er von ihr erwartete – sie sollte herumgehen und ihm die Leute zeigen, von denen sie wußte, daß sie von Julia Niemeyer interviewt worden waren oder an ihr Interesse gezeigt hatten.

Sie sollte ihm von jedem Mann berichten, der Julia oder ihren Tod erwähnen würde. Sie sollte ihn auch über alles informieren, was ihr irgendwie ungewöhnlich vorkam, alles, was gegen das von ihr erwähnte Party-Motto »Gute Musik, gute Drogen, gutes Bumsen« verstieß; niemand sollte erfahren, daß er Police Officer wäre.

Lloyd stellte sich hinter die beiden stämmigen Rausschmeißer, die die ankommenden Gäste überprüften und die Einladungskarten entgegennahmen. Die Teilnehmer der Party, die paarweise eintrafen, kamen ihm wie ein Wachsfigurenkabinett halbseidener Parvenüs vor – feinste Kleider nach neuestem modischen Schick, schlaffe Figuren mit schlechter, verkrampfter Körperhaltung; die Männer waren mittleren Alters und hatten schon deswegen Angst; die Frauen sahen scharfgesichtig, konkurrenzneidisch, zikkig und frech aus, als kämen sie geradewegs aus einem Edelpuff.

Als die Rausschmeißer hinter den zuletzt angekommenen Gästen die Tür schlossen und verriegelten, hatte er das Gefühl, soeben einer perfekten impressionistischen Darstellung der Hölle beigewohnt zu haben. Als Reaktion darauf zuckte es in seinem rechten Knie, und als er zurück zum Buffet ging, war ihm bewußt, daß er jedes Fünkchen Liebe seiner irisch-protestantischen Seele zusammennehmen mußte, um diese Leute nicht zu hassen.

Er beschloß, den fröhlichen Hengst zu spielen. Als Joanie Pratt an ihm vorüberrauschte, flüsterte er ihr zu: »Es soll so aussehen, als wären wir beide zusammen hier.«

Joanie schloß darauf schmachtend die Augen. Lloyd beugte sich langsam zu ihr hinab, um sie zu küssen, wobei seine Hände ihre Hüfte umfaßten und sie dabei anhoben, so daß ihre Füße einige Zentimeter in der Luft schwebten. Ihre Lippen und Zungen begegneten sich und spielten in perfektem Einklang miteinander. Aufmunternde Pfiffe und anfeuernde Zurufe übertönten Lloyds beschleunigten Herzschlag, und als sie den Kuß beendeten und er sie wieder auf den Boden stellte, hatte er das Gefühl, diese zweifelhafte Gesellschaft im Sturm erobert zu haben. »Das wär's dann, Leute«, sagte er in gespielt näselndem Tonfall und tätschelte Joanie dabei die Schulter. »Amüsiert euch alle gut. Ich muß mal nach oben und mich ausruhen.« Sein dürftiger Scherz wurde mit wildem Beifall quittiert, und er stieg die Treppen hinauf.

Am hinteren Ende des Korridors im dritten Stock betrat Lloyd ein Schlafzimmer. Er schloß sich darin ein und empfand leichten Stolz über seine Darbietung, gleichzeitig aber auch Beschämung über seine Ungeniertheit, und er war verblüfft darüber, daß er die Lustmolche da unten zu mögen begann. Er ließ sich auf der mit einem rosa Laken bezogenen Matratze nieder und holte die Briefe hervor, die Joanie ihm gegeben hatte – es war die letzte Korrespondenz aus dem Postfach 7512. Er hatte erst vorgehabt, sie später mit Joanies Hilfe durchzugehen, aber ihm war nach Arbeit zumute, um sein nagendes Gewissen zu beruhigen.

Die ersten beiden Umschläge enthielten den üblichen Schund – Werbebriefe, die übergroße elektrische Dildos und Sklavenketten anpriesen. Der dritte Umschlag war handgeschrieben. Lloyd sah genauer hin und bemerkte, daß die Buchstaben der Anschrift nachgezeichnet waren, offenbar mit einer Buchstabenschablone. Sein Verstand empfing ein Warnsignal, er hielt den Umschlag vorsichtig an den Ecken fest und schlitzte ihn mit einem geschickten Ruck seines Fingernagels auf. Er enthielt ein Gedicht, geschrieben mit kastanienbrauner Tinte und wieder nach Schablone. Lloyd schaute sich das Blatt von der Seite an. Irgend etwas störte ihn an der Tinte. Er wedelte einige Male kräftig mit dem Blatt hin und her und bemerkte dabei, daß die braune Tinte abblätterte und darunter ein hellerer Farbton sichtbar wurde. Er schmierte absichtlich mit dem Finger über die Schrift, dann roch er an der körnigen Substanz und spürte zugleich, daß in seinem Kopf etwas zum zweitenmal einrastete: Das Gedicht war mit Blut geschrieben.

Lloyd zwang sich, ruhig zu bleiben, indem er tief durchatmete und sich auf die senkrechten Wollfäden seines Pullovers konzentrierte, die Penny Weihnachten vor zwei Jahren selbst handgesponnen hatte. Nachdem der erste Schwindel in seinem Kopf abgeklungen war, machte er sich daran, die mit Blut geschriebenen Zeilen zu lesen:

Ich nahm von Dir den Gram
Ich stahl Dich wie ein Lamm;
Mein Herz ließ ich Dir Gnade geben
Vollendete Dein seichtes Streben
– und gab Dir Leben!

Dein Sündenleib war mir verhaßt
Dein Herz mein Weib, mein Leben
Dein geiles Lernen mir nur Last
Dein Tod – die Auferstehung und mein Leben.

Ich las Deine teuflischen Worte;
Über Funde der dreckigsten Sorte.
Du trafst mich –
Kränktest mich mehr als der Rest,
Warst die Klügste, Netteste,
Schlecht'ste und Best',
Und ich schwankte beinah –
Beim Todesfest.

Gewidmet anonymem Hingang,
Gelebtem Leben in einer Krebszelle;
Das Messer meiner Liebe rettete Dich
Vor den blutbefleckten Toren der Hölle.

Lloyd las das Gedicht dreimal, um es sich einzuprägen; er ließ dabei die Umstellung der Worte auf sich wirken und paßte sie seinem Herzschlag, dem Blutstrom und dem Rhythmus seiner Gehirnwellen an. Er ging zum Spiegel, der sich über die ganze Wand erstreckte, um sich anzusehen. Er war nicht in der Lage zu entscheiden, ob er ein irisch-protestantischer Edler oder ein Scheusal wäre, und es war ihm auch irgendwie gleichgültig; er war in den Strudel gottloser böser Zwänge geraten, und er wußte endlich genau, warum er Talente besaß, die andere nicht hatten.

Als das Gedicht immer mehr Besitz von ihm ergriff, bekam es musikalische Dimensionen, hörte er die Rhythmen kitschiger Erkennungsmelodien alter Fernsehprogramme, die er sich mit Tom …

Die Rhythmen wurden deutlicher, und aus »Gelebtem

Leben in einer Krebszelle« wurde eine Big-Band-Improvisation des Titelsongs für das »Texaco Star Theater« – und plötzlich stand Milton Berle neben ihm und rollte eine Zigarre zwischen Zähnen, die aussahen wie die eines Bibers. Lloyd schrie auf und ging in die Knie, die Hände an die Ohren gepreßt.

Es gab lautes Gekreisch, und die Musik verebbte. Lloyd hielt sich noch fester die Ohren zu. »Erzähl mir die Geschichte vom Kaninchen, das in seinen Bau geht«, wimmerte er flehend, bis er ein Kratzen hörte, das von einem riesigen, an der Schlafzimmerwand befestigten Lautsprecher kam. Sein rauhes Schluchzen wurde zu befreitem Lachen. Es war das Radio gewesen!

Lloyd hatte Gewaltphantasien. Er konnte die Ursache der Musik doch einfach dadurch zerstören, indem er ein paar Kabel herausriß und einige Knöpfe drehte; sollten die Wichser doch ohne Musikbegleitung bumsen! Das Ganze war ohnehin völlig illegal!

Er steckte das Gedicht vorsichtig wieder in den Briefumschlag und schob ihn in die Tasche, dann ging er, Hände in den Hosentaschen, hinunter. Er beachtete die Paare kaum, die stehend vor Schlafzimmertüren vögelten, sondern konzentrierte sich auf die rotblinkenden Lichter in den Fluren. Die Lämpchen waren Realität, der positive Gegenpol zur Musik, und wenn sie ihn zur Stereoanlage führen würden, wäre er gerettet.

In der ersten Etage wirbelte eine Masse nackter Leiber zur Musik, teils rhythmisch, teils ohne auf die Musik zu achten, und schlendernde Glieder zappelten wild durch die Luft, berührten dabei fremde Haut und verweilten kurz, bevor sie zurückgerissen wurden. Lloyd ging mitten durch das Treiben und spürte Arme und Beine, die sich an ihn schmiegten, kniffen, nach ihm ausstreckten. Er fand die Stereoanlage an der anderen Seite des Wohnzimmers; Joanie Pratt stand daneben und suchte eine Platte aus. In ihrem Kleid sah sie aus wie ein Leuchtfeuer in einer Welt aus irrsinnigem Lärm.

»Joanie!« Die Panik in seiner eigenen Stimme beunruhigte ihn, als er vor der Musik flüchtete, wieder durch wogende Leiber, die zurückwichen, als er sich seinen Weg bahnte. Er stürzte durch die Küche, rannte schwach beleuchtete Flure entlang und in einen stockdunklen Garten hinaus, den geheimnisvolle Stille umgab. Als er auf die Knie fiel, umschlossen ihn sanfte Nachtluft und der Geruch von Eukalyptus.

»Sarge?« Joanie Pratt kniete neben ihm. Sie streichelte seinen Rücken und sagte: »Was ist los, ist alles in Ordnung mit dir? Dein Gesichtsausdruck auf der Tanzfläche ... so was hab' ich noch nie gesehen.«

Lloyd zwang sich zu einem Lächeln. »Mach' dir keine Sorgen deswegen. Ich kann laute Musik oder Lärm absolut nicht vertragen. Das ist 'ne alte Geschichte.«

Joanie tippte sich mit dem Finger an den Kopf und meinte: »Du hast sie da oben wohl nicht alle, wie?«

»Sprich nicht so mit mir.«

»Tut mir leid. Frau und Kinder?«

Lloyd nickte und stand auf. Als er Joanie aufhalf, fügte er hinzu: »Seit siebzehn Jahren. Drei Töchter.«

»Macht es dir Spaß?«

»Die Dinge ändern sich mit der Zeit. Meine Töchter sind wunderbar. Ich erzähle ihnen Geschichten, und meine Frau haßt mich deshalb.«

»Warum? Was für Geschichten?«

»Ist doch egal. Als ich acht war, hat meine Mutter mir Geschichten erzählt und dadurch mein Leben gerettet.«

»Was für ...?«

Lloyd schüttelte den Kopf. »Nein, laß uns das Thema wechseln. Hast du auf der Party irgendwas in Erfahrung bringen können? Hat irgendwer Julia erwähnt? Ist dir irgendwas Ungewöhnliches aufgefallen?«

»Nein, nein, absolut nichts. Julia benutzte einen anderen Namen, wenn sie die Leute interviewte, und außerdem war das Foto sehr schlecht, das sie von ihr in den Nachrichten gezeigt haben. Ich glaube nicht, daß da irgendwer einen Zusammenhang sieht.«

Lloyd überlegte. »Ich glaube, du hast recht«, sagte er. »Mein Instinkt sagt mir, daß der Killer nicht auf so eine Party gehen würde; er würde sie zu schäbig finden. Ich möchte aber alles berücksichtigen. Einer dieser Briefe, die du mir gegeben hast, enthielt ein Gedicht. Er wurde von dem Mörder geschrieben, da bin ich mir ganz sicher. In dem Gedicht gibt es vage Hinweise auch auf andere Opfer, darum glaube ich fest, daß er mehr als eine Frau umgebracht hat.« Da Joanie nur blaß und verzagt vor sich hinstarrte, fuhr er fort: »Was ich von dir brauche, ist eine Liste aller regelmäßigen Partybesucher.«

Joanie schüttelte verzagt den Kopf. Lloyd packte sie an den Schultern und redete leise auf sie ein: »Willst du, daß dieses Tier noch einmal tötet? Was ist dir wichtiger: das Leben Unschuldiger zu retten oder daß ein Haufen geiler Wichser anonym bleiben darf?«

Hysterisches Gelächter von drinnen war der Hintergrund für Joanies Antwort. »Ich habe wohl keine große Wahl, Sarge. Laß uns zu mir nach Hause fahren! Ich habe die Dauerkunden alle auf Mikrofilm.«

»Was ist mit deiner Party?«

»Zum Teufel damit. Ich sag' den Rausschmeißern, sie sollen alles dichtmachen. Nehmen wir deinen oder meinen Wagen?«

»Meinen. Ist das eine Einladung?«

»Nein, das ist ein Vorschlag.«

Hinterher, als sie noch zu sehr miteinander beschäftigt waren, um einschlafen zu können, spielte Lloyd mit Joanies Brüsten, er drückte, formte und bearbeitete sie in allen möglichen Variationen und fuhr mit dem Finger sacht über die Ränder ihrer Brustwarzen.

Joanie lachte und sagte mit gedämpfter Stimme: »Do-wah, wah-wah, do-rann-rann.« Lloyd fragte sie, was es mit diesen merkwürdigen Geräuschen für eine Bewandtnis hätte, und sie sagte: »Ach ja, hab' ich ja ganz vergessen; du hörst ja nie Musik.

Okay. Ich kam also 1958 aus St. Paul, Minnesota, hierher. Ich war damals achtzehn. Ich hatte mir fest vorgenommen – ich wollte der erste weibliche Rock-'n'-Roll-Star werden. Ich war blond, ich hatte Titten und glaubte, daß ich singen konnte. Ich stieg an der Ecke Fountain und Vine aus dem Bus und ging Richtung Norden. Ich sehe plötzlich das Hochhaus von Capitol Records vor mir und sage mir: das muß ein Wink sein. Also marschiere ich hin, mein Pappköfferchen immer dabei. An dem Tag trug ich ein Partykleid und hochhackige Schuhe – es war der kälteste des Jahres.

Na, ich setz' mich jedenfalls in den Warteraum und glotz' mir all diese goldenen Schallplatten an, die sie da an der Wand hängen haben. Ich denk' mir gerade: ›Irgendwann wird auch für dich der Tag kommen ...‹, da kommt dieser Typ auf mich zu und sagt: ›Ich heiße Pluto Maroon. Ich bin Agent. Capitol Records ist nicht die richtige Adresse für dich. Laß uns von hier verschwinden!‹ Ich sage: ›Na ja, gut‹, und wir verduften. Und dann meint Pluto, ein Kumpel drehe gerade 'nen Film in Venice. Wir fahren also mit seinem Cadillac da raus. Plutos Kumpel heißt Orson Welles. Ja, hast richtig gehört, Sarge: Orson Welles. Er drehte gerade *Touch of Evil.* Venice sollte darin eine dreckige mexikanische Grenzstadt darstellen.

Ich krieg natürlich sofort mit, daß Orson sich Pluto gegenüber sehr herablassend verhält – der behandelte ihn wie einen Schuhputzer, wie einen blöden Hansel. Na, also Orson sagt zu Pluto, er solle ihm ein paar Extras besorgen. Leute aus dem Ort, die bereit wären, den ganzen Tag da herumzuhängen für 'nen Joint und 'n Bier. Also gehen Pluto und ich den Ocean Front Walk entlang. Was für ein Ding! Die unschuldige Joanie aus St. Paul, und dann Beatniks, Fixer und Künstler!!

Na, wir kommen an diesem Beatnik-Buchladen vorbei. Ein Typ, der wie ein Werwolf aussieht, steht hinterm Tresen. Pluto sagt: ›Willste mit Orson Welles 'nen Film drehen und dabei 'nen Fünfer verdienen?‹ Der Typ sagt: ›Ist ja irre!‹, und wir gehen dann zur Strandpromenade runter und gabeln ein paar von diesen unglaublich bescheuerten Typen auf und nehmen sie mit.

Na ja, der Werwolf war irgendwie auf mich abgefahren. ›Ich heiße Marty 'Monster' Mason‹, sagt er. ›Ich bin Sänger.‹ Ich denke, ›Wow, ist ja toll!‹ und sage zu ihm: ›Ich heiße Joanie Pratt – Ich bin Sängerin.‹ Marty sagt: ›Sing doch mal do-wah, wah-wah, do-rann-rann, zehn Mal hintereinander.‹ Das tat ich, und er sagte: ›Ich spiele heute abend in San Bernardino. Willst du nicht als Backup mitmachen?‹ Ich sage: ›Was muß ich denn dabei tun?‹ Marty sagt: ›do-wah, wah-wah, do-rann-rann singen‹.

Ja, das war's dann. Ich machte also mit. Ich sang ›do-wah, wah-wah, do-rann-rann‹, zehn Jahre lang. Ich heiratete Marty und er wurde als Marty Mason, ›das Monster‹, mit seinem ›Monster Stamp‹ berühmt, wegen seiner Ähnlichkeit mit einem Werwolf, und wir waren einige Jahre lang dick im Geschäft und es war toll mit ihm, dann stürzte Marty ab, und wir ließen uns scheiden, und nun bin ich so eine Art Geschäftsfrau; Marty macht jetzt eine Entziehungskur mit Methadon und arbeitet als Koch in einem Burger King, und für mich heißt es immer noch ›do-wah,

wah-wah, do-rann-rann‹.« Joanie seufzte, zündete sich eine Zigarette an und blies Rauchringe zu Lloyd hin, der Muster auf ihre Schenkel malte und dachte, er hätte gerade einen Vortrag über Existentialismus gehört. Da er eine Erklärung von Joanie wollte, fragte er: »Was bedeutet das?«

Sie antwortete: »Immer, wenn irgendwas zum Himmel stinkt, mir angst macht oder wenn vielleicht mal etwas gut läuft, singe ich ›do-wah, wah-wah, do-rann-rann‹, und schon fühle ich mich leichter oder hab' zumindest nicht mehr ganz so viel Angst.«

Lloyd spürte, wie sich ein Teil von ihm ablöste und wieder in Venice war, im Winter 1958. »Schläfst du noch mal mit mir?« fragte er.

Joanie nahm seine Hand und küßte sie. »Jederzeit, Sarge.«

Lloyd stand auf, zog sich an, nahm den Rolodex-Ordner und verstaute ihn in seiner Brusttasche. »Ich werde nur clevere, kompetente Officer die vielleicht später notwendigen Befragungen durchführen lassen.«

»Ich vertraue dir«, sagte Joanie.

Lloyd beugte sich hinunter und gab ihr einen Kuß auf die Wange. »Ich weiß deine Telefonnummer auswendig. Ich ruf' dich später an.«

Joanie erwiderte seinen Kuß. »Paß auf dich auf, Sarge.«

Es war schon Morgen. Lloyd fuhr in die Stadt zum Parker Center, da ihm die Sache unter den Nägeln brannte. Er nahm den Fahrstuhl zum Computerraum im vierten Stock. Ein einsamer Operator hatte noch Dienst. Der Mann sah von seinem Science-Fiction-Roman auf, als er Lloyd näher kommen sah, und fragte sich, ob er sich mit dem berühmten Detective, den die anderen Polizisten »das Hirn« nannten, wohl mal ein bißchen anlegen könnte. Als er Lloyds Blick sah, entschied er sich schleunigst dagegen.

Lloyd sagte schroff: »Guten Morgen. Ich möchte einen Ausdruck über sämtliche ungelösten Frauenmorde im Distrikt Los Angeles aus den letzten fünfzehn Jahren. Ich bin oben in meinem Büro. Rufen Sie mich unter 1179 an, wenn Sie ihn fertig haben.«

Lloyd schaute sich kurz um und ging dann die beiden Treppen zu seinem Büro hinauf. Der Raum wirkte dunkel, ruhig und friedlich; er ließ sich in seinen Stuhl fallen und schlief sofort ein.

6

Der Dichter hatte das Manuskript jetzt zum elften Mal vollständig durchgelesen, es war seine elfte Verwirrung in die schändlichen Gefilde der bösen Leidenschaft seiner neuesten Geliebten gewesen, und das dritte Mal, seit ihre Liebe sich vollendet hatte.

Seine Hände zitterten beim Umblättern der Seiten, und er wußte, daß er zu diesem zugleich abstoßenden wie faszinierenden dritten Kapitel zurückblättern mußte, dessen Worte an ihm zerrten und ihn unruhig machten, das ihm das Gefühl gab, seine Organe und deren Funktionen zu spüren, das ihn zu Schweißausbrüchen trieb, ihn vor Erregung zittern und Dinge auf den Boden fallen ließ und ihn zum Lachen brachte, auch wenn es gar nichts zu lachen gab.

Das Kapitel hatte den Titel »Normale Männer – Schwule Phantasien«, und es erinnerte ihn an die erste Zeit, als er Gedichte geschrieben hatte, an jene Tage, bevor er sich mit ihrer Form herumzuplagen begann, als die Verse sich nicht reimen mußten, als er der thematischen Einheit seines Unbewußten blind vertrauen konnte. In diesem Kapitel hatte seine Geliebte Interviews mit ganz gewöhnlichen Männern zusammengestellt, die Dinge eingestanden wie: »Ich möchte mich ein einziges Mal nur richtig in den Hintern ficken lassen. Einfach so – die Folgen sind mir egal; ich würde dann nach Hause gehen und mit meiner Frau schlafen und mich fragen, ob ich dann ganz anders empfinde.« Oder: »Ich bin jetzt vierunddreißig, und ich habe jede Frau gevögelt, die mich in den letzten siebzehn Jahren an sich rangelassen hat, aber ich habe noch immer nicht diese prickelnde Erregung kennengelernt, die ich mir immer erhofft hatte. Manchmal fahre ich den Santa Monica Boulevard hinunter und sehe mir die jungen Stricher an, und ich bin ganz durcheinander, und ich denke ... und dann ... oder Scheiße (der Interviewpartner seufzt angewidert) ... und dann denke ich, daß es eine neue Frau schon bringen wird; deshalb bin ich auf die Idee gekommen, auf diese Partys zu gehen, und bevor es mir selbst richtig bewußt geworden ist, biege ich schon wieder auf den Santa Monica ein und denke an meine Frau und an die Kinder und dann ... ach, Scheiße!«

Er legte die losen Blätter aus dem Ordner zur Seite und spürte anfallartig jene körperliche Erregung, die ihn seit Julias Erlösung überkam. Sie war jetzt schon seit zwei Wochen tot, und trotzdem fiel sie ihn noch immer an, trotz seiner Unerschrockenheit und seines Mutes, den er bewiesen hatte, als er mit seinem eigenen Blut jene anonyme Zuneigung verfaßt hatte, unberührt von jener ersten sexuellen Erfahrung, damals ...

Er hatte das dritte Kapitel neben Julias Leiche gelesen, ihre Nähe genossen und wollte sie vollkommen, ganz: sowohl ihre Worte als auch ihr Fleisch.

Die Männer, die Julia ihre Geschichten erzählt hatten, waren so selbstgefällig in all ihrer Unaufrichtigkeit, daß ihm das Kotzen kam. Trotzdem ... er hatte jenen Bericht des Mannes darüber, wie er immer wieder den Santa Monica Boulevard entlanggefahren war, wieder und wieder gelesen, nur hin und wieder aufblickend, während Julia sich sacht um ihre eigene Achse drehte. Sie war mehr ein Stück von ihm gewesen als all die anderen einundzwanzig Frauen, mehr noch als Linda, die ihn auch so tief angerührt hatte. Sie hatte ihm Worte gegeben, die er bewahren konnte – greifbare Liebesbeweise, die in ihm weiterleben würden. Trotzdem ... Santa Monica Boulevard ... trotzdem ... der arme Knilch war von gesellschaftlichen Vorurteilen derart eingeschüchtert, daß er nicht ...

Er war ins Wohnzimmer gegangen und hatte den Titel »Wut im Bauch« entdeckt. Eine lesbische Dichterin schrieb darin von der »mannigfachen Einzigartigkeit der feuchten Falten« ihrer Liebsten. Bilder von muskulösen Oberkörpern, breiten Schultern und kleinen flachen Hintern standen ihm vor Augen, ihm eingegeben von Julia, die ihn überreden wollte, sich noch enger mit ihr zu vereinigen, indem er da Mut zeigte, wo der feige Knilch versagt hatte. Er hatte sich dagegen gesträubt und erregt nach Worten gesucht. Er versuchte es mit Anagrammen aus den fünf Buchstaben der zwei Namen »Julia« und »Kathy«. Er war ins Schlafzimmer zurückgegangen, um sich ihren Leib ein letztes Mal anzuschauen. Er hatte ihm Bilder von lässigen jungen Männern in Macho-Posen übermittelt. Und er hatte gehorcht; er war zum Santa Monica Boulevard gefahren.

Er hatte die Stricher ein paar Straßen westlich der LaBrea gesichtet, wo sie vor Imbißbuden, Pornobuchläden und Kneipen herumlungerten, eingetaucht in Neonlicht, das ihnen erhöhten Reiz verlieh, sie mit Heiligenscheinen umgab, einer bestimmten Aura ...

Der Gedanke kam ihm, sich ein besonders hübsches Gesicht oder eine attraktive Figur herauszugreifen, doch er verdrängte ihn sogleich wieder. Das hätte ihm nur Zeit für einen Rückzieher gegeben – aber schließlich wollte er ja Julia dadurch beeindrucken, daß er ihr widerspruchslos nachgab.

Er war an den Bürgersteig herangefahren, hatte das Fenster heruntergekurbelt und einen jungen Mann herangewinkt, der sich kokett mit vorgestreckter Hüfte an einen Zeitungsstand lehnte.

Der junge Mann war auf ihn zugekommen und hatte sich ins Fenster gebeugt. »Macht 'n Dreißiger; nur mit dem Mund; schlag ein oder hau ab!« hatte er gesagt und nur ein aufforderndes Winken aus dem Innern des Wagens zur Antwort bekommen.

Sie waren um die nächste Ecke gefahren und hatten geparkt. Sein Körper war so verkrampft, daß er fürchtete, seine angespannten Muskeln könnten ihn ersticken, dann hatte er Kathys Namen geflüstert, während der junge Mann ihm die Hosen aufknöpfte und den Kopf in seinem Schoß vergrub. Seine Krämpfe hatten angedauert, bis er explodierte und farbige Lichter vor seinen Augen zerstoben. Er hatte dem Jungen Geld in die Hand gedrückt, der sich davonmachte. Später hatte es ihm immer noch vor den Augen geflimmert, und auf der Fahrt nach Hause und in seinen unruhigen, aber wunderschönen Träumen dieser Nacht hatte er noch immer farbige Blitze gesehen.

Das rituelle Nachspiel, die Verschickung der Blumen an seine Muse, hatte den ganzen darauffolgenden Vormittag in Anspruch genommen. Als er den Blumenladen verließ, bemerkte er das Fehlen des gewohnten Abschiedsgefühls. Er hatte den Nachmittag damit verbracht, Filme zu entwickeln und Termine für die kommende Woche zu vereinbaren. Seine Gedanken an Julia jedoch verwandelten seine Alltagsgeschäfte in eine Tretmühle häßlicher Langeweile.

Die ganze Nacht aufsitzend, hatte er ihr Manuskript noch einmal gelesen, die bunten Lichter hatten ihm wieder vor Augen geflimmert, und er hatte den Kopf des jungen Mannes in seiner Leistengegend gespürt. Dann überkam ihn Schrecken. Es war, als hätte er Fremdkörper im Leib. Winzige Melanome und Karzinome bewegten sich in seinem Blut. Aber Julia forderte noch mehr. Sie verlangte, daß er ihr schriftlich seinen Tribut entrichtete; Worte, die er ihren entgegensetzen konnte. Mit einem Küchenmesser ritzte er sich eine Arterie am rechten Arm auf und drückte so lange auf die Wunde, bis sich genügend Blut gesammelt hatte, das er in einer kleinen Entwicklerschale sammelte.

Nachdem er die Wunde desinfiziert hatte, nahm er Füllfederhalter und Lineal und schrieb in sorgfältigen Druckbuchstaben seine Widmung. In dieser Nacht schlief er sehr gut.

Am nächsten Morgen hatte er das Gedicht an das Postfach geschickt, dessen Nummer er auf dem Umschlag von Julias Manuskript gelesen hatte. Er hatte regelrecht gespürt, wie sich sein Zustand normalisierte. Aber nachts war der Schrecken wiedergekehrt. Die Krebsgeschwüre hatten sich wieder eingenistet. Die Dinge entglitten ihm, fielen ihm aus der Hand. Er hatte wieder die leuchtenden Farben gesehen, diesmal sogar noch intensiver. Traumbilder der Szene vom Santa Monica Boulevard flimmerten vor seinen Augen. Ihm wurde bewußt, daß er entweder etwas unternehmen mußte oder verrückt werden würde.

Der Dichter hatte das Manuskript seit Julias Tod vor zwei Wochen in seinem Besitz. Er betrachtete es inzwischen als bösen Talisman. Das dritte Kapitel war besonders ekelhaft, seiner Selbstkontrolle abträglich, die ihn doch sein ganzes bisheriges Leben lang nie verlassen hatte. In dieser Nacht verbrannte er das Manuskript im Ausguß in der Küche. Er löschte die verkohlten Worte mit Leitungswasser und spürte, wie ihn neue Energie durchdrang. Es gab nur eine Möglichkeit, sämtliche Erinnerungen an seine zweiundzwanzigste Geliebte auszulöschen.

Er mußte eine neue Frau finden.

7

Seit der Entdeckung von Julia Niemeyers Leiche waren siebzehn Tage vergangen, und Lloyd fragte sich zum ersten Mal, ob sein irisch-protestantisches Glaubensbekenntnis ihm genügend Kraft geben würde, durchzustehen, was zu einer der quälendsten Episoden seines Lebens würde, zu einem Kreuzzug, der sehr verlustreich für ihn enden würde.

Vielleicht schon zum tausendsten Mal seit Erhalt der Computerausdrucke hatte er sämtliches ihm bekannte und greifbare Beweismaterial, das mit dem Mord an Julia Niemeyer und ungelösten Morden an Frauen im Distrikt von Los Angeles zusammenhing, rekapituliert: Das Blut, mit dem das Gedicht geschrieben worden war, hatte die Blutgruppe 0 positiv. Julia Niemeyer hatte die Blutgruppe AB gehabt. Es gab weder Fingerabdrücke auf dem Briefumschlag noch auf dem Blatt Papier. Befragungen der Bewohner des Aloha Regency hatten nichts ergeben; niemand hatte jemals Besucher bei ihr gesehen; niemand konnte sich zur Tatzeit an merkwürdige Begebenheiten in dem Gebäude erinnern. Das angrenzende Gelände war gründlich nach dem doppelschneidigen Messer, mit dem die Frau verstümmelt worden war, abgesucht worden – nichts, was annähernd als Beweisstück gelten konnte, war gefunden worden. Lloyds vage Hoffnung, daß Julias Mörder eine Verbindung zu den Sexpartys haben könnte, erwies sich als unbegründet. Erfahrene Detectives hatten alle in Joanie Pratts Rolodex-Mappe verzeichneten Personen befragt, und sie hatten nichts als Geständnisse geiler Phantasien und trübe Ehebruchsgeschichten gehört. Zwei Officer waren beauftragt worden, Buchläden zu überprüfen, die sich auf Poesie und feministische Literatur spezialisiert hatten, und dort nachzufragen, ob ein auffälliger Mann »Wut im Bauch« verlangt oder sich in irgendeiner Weise merkwürdig verhalten hätte. Die Nachforschungen gingen in alle Richtungen.

Und dann gab es noch die ungelösten Todesfälle: Innerhalb der dreiundzwanzig Polizeibezirke von Los Angeles County, die die Eingaben in den Zentralcomputer gemacht hatten, gab es insgesamt 410 Fälle, die bis zum Januar 1968 zurückreichten.

Nach Abzug der 143 Verkehrsunfälle blieben noch 267 ungelöste Morde übrig. Von diesen 267 waren 79 Frauen im Alter zwischen zwanzig und vierzig gewesen, eine Personengruppe, die nach Auffassung Lloyds den Killer am meisten gereizt haben müßte – er war sicher, daß das Monster nur die jungen bevorzugte.

Er schaute auf den Stadtplan von Los Angeles, der hinter ihm an der Wand hing. 79 Nadeln staken darin, die die Orte markierten, an denen 79 junge Frauen gewaltsam zu Tode gekommen waren. Lloyd untersuchte die in Frage kommenden Gegenden und ergänzte seine persönlichen Ortskenntnisse von L.A. und Umgebung durch seinen Instinkt. Die Stecknadeln verteilten sich über das ganze Stadtgebiet von Los Angeles, von den Tälern in San Gabriel und San Fernando bis hin zu den entlegenen Gemeinden an der Küste, die nach Süden und Westen den äußersten Rand bildeten. Das waren Hunderte und Aberhunderte von Quadratkilometern. Doch steckten von diesen 79 Nadeln insgesamt 48 in den, wie die Polizei sie nannte, »weißen Slumvierteln«, die gekennzeichnet waren durch niedriges Einkommen und hohe Kriminalität und wo Alkoholismus und Drogenabhängigkeit sich wie Seuchen ausbreiteten. Die Statistiken und sein persönlicher Polizeiinstinkt verrieten Lloyd, daß der Großteil dieser Todesfälle mit Alkohol,

Rauschgift und Eifersucht in Verbindung stand. Demnach blieben noch 31 Morde an jungen Frauen, die aus den mittleren und wohlhabenden Bevölkerungsschichten stammten, die in den vornehmeren Vororten und Gemeinden von L.A. gelebt hatten; das waren die ungelösten Mordfälle in neun Polizeidistrikten und Verwaltungsbezirken.

Lloyd hatte gestöhnt, als er zum letzten Mittel griff und diese neun Reviere um Fotokopien der vollständigen Akten zu diesen Fällen ersuchte, und ihm war klar, daß sie womöglich zwei Wochen dafür brauchen würden. Er fühlte sich machtlos und von fremden Kräften bedrängt, die er einfach nicht einordnen konnte, und ihm kam die Vision einer Totenstadt, die außerhalb der Zeit neben Los Angeles existierte, einer Stadt, in der schöne Frauen mit erschrockenen Augen ihn anflehten, ihren Mörder zu finden.

Lloyds Gefühl der Machtlosigkeit hatte vor drei Tagen seinen Höhepunkt erreicht; er hatte persönlich die höchsten Verbindungsbeamten der Dienststellen angerufen und von ihnen verlangt, die angeforderten Akten binnen achtundvierzig Stunden im Parker Center vorzulegen. Die Reaktion der neun Officer war unterschiedlich gewesen, aber zu guter Letzt hatten sie wegen Lloyds Ruf als Stardetective bei der Aufklärung von Mordfällen eingewilligt und ihm versprochen, den Papierkram innerhalb der nächsten zweiundsiebzig Stunden abzuwickeln.

Lloyd schaute auf seine Armbanduhr, eine Rolex, deren Zifferblatt nach Art der militärischen Zeitmessung eingerichtet war. Siebzig Stunden bereits, und der Countdown lief. Wenn man zwei Stunden wegen bürokratischer Verzögerungen berücksichtigte, müßten die Unterlagen bis Mittag da sein. Er stürzte aus seinem Büro und rannte die sechs Treppen bis zum Erdgeschoß hinunter. Auf der Straße sagte er sich, daß ihm vier Stunden Asphalttreterei und zielloses Herumstreifen sicherlich guttun würden und daß bewußtes Abschalten für eine optimale Aufnahmefähigkeit seines Verstandes sorgen würde – die brauchte er auch, wenn er die 31 Mordakten durchging.

Vier Stunden später, nachdem vier Runden durch das Civic Center seinen Kopf geklärt hatten, kehrte Lloyd zum Parker Center zurück und lief die Treppe zu seinem Büro hinauf. Er sah, daß die Tür zu seinem Zimmer offenstand und daß jemand Licht gemacht hatte. Ein Lieutenant in Uniform kam ihm im Flur entgegen und erklärte hastig: »Deine Unterlagen sind angekommen, Lloyd. Sie liegen in deinem Büro.«

Lloyd nickte ihm zu und warf einen Blick durch die Tür. Auf seinem Schreibtisch und auf beiden Stühlen stapelten sich Schnellhefter, die den typischen Geruch von Fotokopien verströmten. Er zählte nach, dann stellte er die Stühle, den Papierkorb und das Aktenschränkchen auf den Flur und ordnete die Akten auf dem Boden zu einem Kreis, in dessen Mitte er sich setzte.

Jeder Hefter war außen mit dem Familiennamen des Opfers, dem Vornamen und dem Todestag gekennzeichnet. Lloyd unterteilte sie zunächst nach Tatorten, dann nach Jahren, und vermied es, sich die Fotografien anzuschauen, die auf das Vorsatzblatt geheftet waren; beginnend mit Fullmer, Elaine D., Todestag 9. 3. 68, Polizeirevier Pasadena, und endend mit Deverson, Linda Holly, Todestag 14. 6. 82, Polizeirevier Santa Monica, sonderte er die gesamten Unterlagen von außerhalb des Gebiets L.A. aus und legte sie zur Seite. Er zählte insgesamt 18 Akten. Dann sah er die 13 Akten aus dem Bereich L.A. durch.

Deren Personenbeschreibungen waren ein wenig ausführlicher als die der anderen Dienststellen: Das Alter und die Hautfarbe waren direkt unter dem Namen des Opfers angegeben. Von den 13 ermordeten Frauen waren sieben Schwarze, und eine war spanischer Abstammung. Lloyd legte diese Mappe beiseite und schaltete ganz bewußt noch einmal völlig ab, indem er eine volle Minute an gar nichts dachte, bevor er sich wieder auf seine Arbeit konzentrierte. Er befand, daß er Recht behalten hatte: Sein Mörder bevorzugte weiße Frauen. Dadurch blieben noch sechs Akten vom L.A. Police Department und 18 von anderen Dienststellen übrig, insgesamt also 24. Die Augen von den Fotografien abwendend, ging Lloyd die Akten der anderen Polizeiberichte nach Hautfarbe durch. Acht Opfer waren als Nicht-Weiße aufgeführt.

Es blieben also noch 16 Mappen übrig.

Lloyd beschloß, aus den Fotos der Opfer eine Collage zusammenzustellen, bevor er die ganzen Akten durchlas. Er zwang sich wiederum dazu, an nichts zu denken, nahm die Aufnahmen aus den Mappen und legte sie umgekehrt in chronologischer Folge vor sich aus. »Sprecht zu mir«, sagte er laut, als er die Fotos umdrehte.

Als sechs der Aufnahmen zu ihm hochlächelten, spürte er, wie ihn in Wellen Schwindel überkam, als seine Vorahnungen schreckliche Gewißheit wurden. Er nahm die übrigen Fotos vor und spürte die schaurige Logik von ihm Besitz ergreifen.

Die toten Frauen waren alle einander ähnlich, ihre angelsächsischen Gesichtszüge machten ihre Verwandtschaft deutlich: Sie hatten durchweg gepflegte, weibliche Frisuren; sie sahen alle im herkömmlichen Sinne nett und gesund aus. Lloyd sprach leise das eine Wort aus, das sein Urteil über die toten Frauen zusammenfaßte: »Unschuldig, unschuldig, unschuldig.« Er betrachtete die Fotografien noch einige dutzend Male und prägte sich dabei Einzelheiten ein: Perlenketten und High-School-Ringe an Halsbändern, das Fehlen von Make-up, Schultern und Hals gekleidet in altmodische Pullover und strenggeschnittene Kleider und Blusen. Daß die unschuldigen Frauen von ein und demselben Killer getötet worden waren, stand für ihn außer Frage.

Mit zitternden Händen ging Lloyd die Akten durch und wurde Zeuge grausiger Todesarten: Erdrosselung, Erschießung, Enthauptung, erzwungene Einnahme ätzender Flüssigkeiten, Erschlagen, Gas, Drogenüberdosis, Vergiftung und Selbstmord. Alles unterschiedliche Methoden, die den Verdacht der Polizei auf das Wüten eines Massenmörders nicht aufkommen ließen. Der einzige gemeinsame Nenner war: keine greifbaren Anhaltspunkte. Frauen, die einzig wegen ihres Aussehens abgeschlachtet worden waren. Frauen wie Julia Niemeyer trugen sechzehn tödliche Wunden; und wieviel andere noch in anderen Gegenden? Schuldlosigkeit, das war die Epidemie der Jugend.

Lloyd nahm sich die Akten noch einmal vor und erwachte langsam aus seiner Trance, als ihm aufging, daß er bereits drei Stunden auf dem Boden gesessen hatte und schweißgebadet war. Als er aufstand, streckte er seine verkrampften Beine und spürte, wie ihn ein *gewaltiger* Schrecken befiel: Das Genie des Killers war offenbar unerschöpflich. Er gab keinerlei Hinweise. Die Niemeyer-Spur war eiskalt. Die anderen Spuren waren noch kälter. Er konnte überhaupt nichts unternehmen.

Bisher hatte er *immer irgend etwas* unternehmen können. Lloyd holte eine Rolle Klebestreifen aus seinem Schreibtisch und machte die Fotos an den Wänden seines Büros fest. Als die lächelnden Gesichter der toten Frauen von allen Seiten auf ihn herabsahen, sagte er zu sich selbst: »*Finis. Morte. Muerto. Tot.*«

Dann schloß er die Augen und las die Seiten mit den statistischen Angaben, wobei er sich diesmal zwang, nur nach *Regionen* vorzugehen. Als er damit fertig war, holte er Stift und Notizbuch hervor und schrieb:

Los Angeles Mitte:
1. *Elaine Marburg, Todestag 24. 11. 69*
2. *Patricia Petrelli, Todestag 20. 5. 75*
3. *Karlen La Pelley, Todestag 14. 2. 71*
4. *Caroline Werner, Todestag 9. 11. 79*
5. *Cynthia Gilroy, Todestag 5. 12. 71*

Gemeinden, Tal- und Hügelregion:
1. *Elaine Fullmer, Todestag 9. 3. 68*
2. *Jeanette Wilkie, Todestag 15. 4. 73*
3. *Mary Wardell, Todestag 6. 1. 74*

Hollywood – West-Hollywood:
1. *Laurette Powell, Todestag 10. 6. 78*
2. *Carla Castleberry, Todestag 10. 6. 80*
3. *Trudy Miller, Todestag 12. 12. 68*
4. *Angela Stimka, Todestag 10. 6. 77*
5. *Marcia Renwick, Todestag 10. 6. 81*

Beverly Hills – Santa Monica – Küstengemeinden:
1. *Monica Martin, Todestag 21. 9. 74*
2. *Jennifer Szabo, Todestag 3. 9. 72*
3. *Linda Deverson, Todestag 14. 6. 82*

Während er versuchte, nur über den *Modus operandi* nachzudenken, las sich Lloyd die Seiten mit den statistischen Angaben noch einmal durch und entdeckte dabei, daß es sich dreimal um Erschlagen, zweimal um Zerstückelung und um einen Reitunfall handelte, der als Mord klassifiziert worden war; es gab ferner zwei Todesfälle durch Erschießen, drei durch Erstechen, drei Selbstmorde mit unterschiedlichen Methoden, eine Vergiftung und eine Überdosis Rauschgift mit anschließender Vergasung, die mit der Notiz »Mord-Selbstmord?« von einem Angestellten in die Akten aufgenommen worden war.

Lloyd wandte sich dann den Zeitabständen zu und ging die Todesdaten noch einmal durch, die er auf der Liste neben den Namen der Opfer eingetragen hatte, und er bekam dabei einen ersten Eindruck von der methodischen Vorgehensweise des Killers. Mit Ausnahme einer Lücke von fünfundzwanzig Monaten zwischen der Ermordung Patricia Petrellis, Todestag 20. 5. 75, und Angela Stimkas, Todestag 10. 6. 77, und einer Lücke von siebzehn Monaten zwischen Laurette Powell, Todestag 10. 6. 78, und Caroline Werner, Todestag 9. 11. 79, führte der Täter seine Exekutionen in Intervallen von sechs bis fünfzehn Monaten durch. Deswegen, so schloß Lloyd, hatte er der Verfolgung so lange entgehen können. Die Morde wurden zweifellos perfekt ausgeführt und beruhten auf einem fundierten Wissen, das durch gründliche Beobachtung erworben worden war. Und, so schloß er weiter, in diesen längeren Zwischenphasen hatte es wahrscheinlich weitere Opfer gegeben, zu denen die Akten verlorengegangen oder die nicht in den Computer eingegeben worden waren – jedes Polizeirevier war wegen der gewaltigen Aktenberge sehr fehleranfällig.

Lloyd schloß die Augen und dachte an diese längeren Intervalle; er fragte sich, wie weit die Morde wohl zurückreichten – alle Polizeidienststellen im County Los Angeles vernichteten die Akten ihrer ungelösten Fälle nach fünfzehn Jahren; aufgrund dieser Tatsache hatte er überhaupt keine Möglichkeit, an Informationen zu kommen, die vor Januar 1968 lagen.

In diesem Augenblick schrillten Alarmglocken in seinem Kopf; so etwas wie »sieht den Wald vor Bäumen nicht«

murmelte Lloyd und schaute auf die Liste mit den Mordfällen in Hollywood – West-Hollywood. Er spürte dabei, wie seine Haut zu kribbeln anfing. Vier »Selbstmord«-Morde hatten an ein und demselben Tag stattgefunden, jeweils am 10. Juni in den Jahren 1977, '78, '80 und '81. Das war die einzige Auffälligkeit und ein Hinweis auf das krankhafte Verhalten des Killers, der sonst so eiskalt und überlegt schien. Lloyd griff nach den vier Mappen und las sie von vorn bis hinten durch, einmal, dann noch einmal. Als er damit fertig war, schaltete er das Licht aus, lehnte sich zurück und hing seinen Gedanken über das nach, was er in Erfahrung gebracht hatte.

Am Donnerstagabend, dem 10. Juni 1977, rochen Bewohner des Wohnhauses in der Larrabee Avenue Nr. 1167, West-Hollywood, daß Gas aus einer Wohnung im oberen Stockwerk strömte, die von Angela Marie Stimka, einer siebenundzwanzigjährigen Serviererin, bewohnt wurde. Die genannten Mieter holten einen Deputy Sheriff, der im selben Gebäude wohnte und der die Tür von Angela Stimkas Wohnung eintrat, den Gashahn der Wandheizung, aus der das Gas entströmte, zudrehte und Angela Stimka entdeckte, die tot und aufgedunsen auf dem Boden ihres Schlafzimmers lag. Er trug die Leiche nach draußen und rief die nächste Polizeidienststelle in West-Hollywood an, und innerhalb von Minuten hatte ein Spezialteam die Wohnung durchgekämmt und dabei einen Abschiedsbrief gefunden, in dem stand, daß das Ende einer langjährigen Liebesbeziehung Angela Stimkas Motiv gewesen wäre, aus dem Leben zu scheiden. Schriftexperten hatten Angela Stimkas Tagebuch und den Abschiedsbrief untersucht und verglichen, wobei sie feststellten, daß beide von ein und derselben Person geschrieben worden waren. Ihr Tod wurde als Selbstmord eingestuft und der Fall zu den Akten gelegt.

Am 10. Juni des darauffolgenden Jahres wurde eine Polizeistreife zu einem kleinen Haus am Westbourne Drive in West-Hollywood gerufen. Nachbarn hatten sich über ungewöhnlich laute Musik beschwert, die aus einer Stereoanlage dröhnte, und eine ältere Frau sagte den Deputies, sie sei sicher, daß irgend etwas nicht in Ordnung wäre. Als niemand auf das hartnäckige Klopfen der Officer reagierte, kletterten sie durch ein halbgeöffnetes Fenster und entdeckten die Besitzerin des Hauses, die einunddreißig Jahre alte Laurette Powell, die tot in ihrem Korbstuhl lag; die Lehnen des Stuhls, ihr Bademantel und der Boden vor ihr waren blutdurchtränkt; das Blut stammte aus tiefen Schnittwunden an ihren beiden Handgelenken. Eine leere Flasche mit verschreibungspflichtigem Nembutal stand auf einem Nachttischchen in ihrer Nähe, und ein rasiermesserscharfes Küchenmesser lag im Schoß der toten Frau. Es gab zwar keinen Abschiedsbrief, doch die Detectives vom Morddezernat, die die ungeschickt vorgenommenen Einschnitte bemerkt und die Tatsache berücksichtigt hatten, daß Laurette Powell seit langem über Rezepte für das Nembutal verfügte, entschieden prompt auf Selbstmord. Der Fall war für sie damit abgeschlossen.

Lloyd dachte nach. Er wußte, daß der Westbourne Drive und die Larrabee Avenue nur knapp zwei Straßen voneinander entfernt waren und daß das Tropicana-Motel, wo sich der »Selbstmord« von Carla Castleberry am 10. 6. 80 ereignet hatte (angeblich durch einen Schuß in den Mund), weniger als einen halben Kilometer von den ersten beiden Schauplätzen entfernt war. Ungehalten schüttelte er den Kopf. Jeder Cop mit halbwegs klarem Verstand und nur einem Quentchen Erfahrung hätte doch wissen müssen, daß sich Frauen niemals mit Schußwaffen umbringen – eine Statistik über Frauenselbstmorde durch Erschießen existierte nicht.

Der vierte »Selbstmord«, der von Marcia Renwick in der North Sycamore Street Nr. 818, war ein Ausnahmefall, mutmaßte Lloyd. Dieser letzte 10.-Juni-Mord fand sechs Kilometer östlich der ersten drei Tatorte statt, im Zuständigkeitsbereich der Polizei von Hollywood. Er geschah ein ganzes Jahr nach der Tat an Carla Castleberry, und wegen einer Tablettenüberdosis gelangte man übereinstimmend zu dem Schluß, daß es eine phantasielose Selbsttötung im Affekt gewesen sei.

Lloyd widmete jetzt seine Aufmerksamkeit der Akte mit dem letzten Opfer vor Julia Niemeyer. Er zuckte zurück, als er den Bericht des Gerichtsmediziners über Linda Deverson, Todesdatum 14. 6. 82, las: mit einer zweischneidigen Feuerwehraxt in Stücke zerhackt. Undeutliche Erinnerungen an Julia, wie sie hin und her baumelnd an der Deckenleuchte in ihrem Schlafzimmer gehangen hatte, brachten ihn in Verbindung mit seinen neugewonnenen Erkenntnissen zu der Überzeugung, daß aus irgendeinem teuflischen Grund der Größenwahn des Killers hier seinen Höhepunkt erreicht haben mußte.

Lloyd senkte den Kopf und sandte ein Gebet zum Gott aller Lippenbekenntnisse, an den er sich sonst so selten um Hilfe wandte. »Bitte, laß mich ihn erwischen. Laß mich ihn bitte erwischen, bevor er noch jemand anderem ein Leid tut.«

Gedanken an Gott fuhren Lloyd durch den Kopf, während er den Flur hinunterging und an die Tür seines direkten Vorgesetzten, Lieutenant Fred Gaffaney, klopfte. Da ihm bewußt war, daß der Lieutenant ein dickfelliger wiedergeborener Christ war, der nur Verachtung für Einzelgänger bei der Polizei hatte, die sich in Szene setzten, beschloß er auch, bei dieser Anfrage um die Genehmigung weiterer Ermittlungen Gottes Fürbitte in Anspruch zu nehmen. Gaffaney hatte ihm früher schon nur widerwillig grünes Licht bei seinen Nachforschungen gegeben, mit der ausdrücklichen Bedingung, daß er keine Sonderleistungen erwarten dürfe. Da er diesmal um Leute, Geld und Computerzeit nachsuchen wollte, hatte er die Absicht, den Lieutenant unter Hinweis auf ihre gemeinsame Gottesgläubigkeit zu überreden.

»Herein!« rief Gaffaney, als er das Klopfen hörte. Lloyd betrat das Büro und setzte sich auf einen Klappstuhl vor dem Schreibtisch seines Vorgesetzten. Gaffaney sah von seinen Papieren hoch, die er hin und her schob, und befummelte seine Anstecknadel, auf der ein Kreuz und eine Fahne abgebildet waren.

»Ja, bitte, Sergeant?«

Lloyd räusperte sich und versuchte, den Eindruck von Bescheidenheit zu erwecken. »Sir, wie Sie wissen, arbeite ich schon eine ganze Zeit an dem Niemeyer-Mord.«

»Ja, und?«

»Und, Sir, es ist eine riesige Pleite.«

»Dann bleiben Sie an der Sache dran. Ich glaube an Sie.«

»Vielen Dank, Sir. Es ist merkwürdig, daß Sie das Wort ›Glaube‹ erwähnt haben.«

Lloyd wartete darauf, daß Gaffaney ihn aufforderte, fortzufahren. Als er nur in ein schweigendes, ausdrucksloses Gesicht sah, fuhr er von sich aus fort. »Dieser Fall wird immer mehr zu einer Prüfung meines eigenen Glaubens, Sir. Ich habe noch nie sehr an Gott geglaubt, aber die Art und Weise, mit der ich hier an Beweise geraten bin, zwingt mich wohl, umzudenken. Ich ...«

Der Lieutenant schnitt ihm mit einer Handbewegung das Wort ab. »Ich gehe jeden Sonntag in die Kirche und dreimal in der Woche zur Gebetsstunde. Ich blende Gott ganz aus, sobald ich mein Pistolenhalfter anlege. Sie wollen doch was von mir. Sagen Sie mir, was es ist, und dann sehen wir weiter.«

Lloyd lief rot an und brachte stammelnd hervor: »Sir, ich ... ich ...«

Gaffaney lehnte sich in seinen Stuhl zurück und strich mit den Händen über seinen grauen Bürstenhaarschnitt. »Hopkins, seitdem Sie hier Neuling waren, haben Sie keinen Vorgesetzten mehr ›Sir‹ genannt. Sie sind der berüchtigtste Schürzenjäger aus dem Raub-/Morddezernat, und Sie geben auf Gott doch einen Dreck. Was wollen Sie?«

Lloyd lachte. »Ich soll also mit dem Drumherum aufhören?«

»Ja, bitte!«

»Also gut. Im Laufe meiner Nachforschungen beim Niemeyer-Mord bin ich auf solide, schlüssige Beweise gestoßen, die auf mindestens sechzehn ähnliche Morde an jungen Frauen hinweisen, die bis zu fünfzehn Jahre zurückliegen. Die Mordmethoden waren jedesmal unterschiedlich, aber die Opfer waren sich alle in Körperbau und Aussehen sehr ähnlich. Ich bin sämtliche Akten dieser Mordfälle durchgegangen, und die zeitlichen Übereinstimmungen und andere Faktoren haben mich davon überzeugt, daß alle sechzehn Frauen von ein und demselben Mann umgebracht worden sind, von dem Mann, der auch Julia Niemeyer umgebracht hat. Die letzten beiden Morde waren außergewöhnlich brutal. Ich glaube, wir haben es mit einem hochbegabten, psychopathischen Intellekt zu tun, und wenn wir nicht massive Anstrengungen unternehmen, um ihn zu ergreifen, wird er ungestraft weitermorden, bis er eines Tages eines gewöhnlichen Todes sterben wird. Ich will ein Dutzend erfahrener Detectives vom Morddezernat rund um die Uhr; ich will, daß Anlaufstellen in jeder Dienststelle des Countys geschaffen werden; ich will außerdem die Genehmigung, uniformierte Officer mit der Drecksarbeit beauftragen zu dürfen, und die Erlaubnis, sie unbegrenzt Überstunden machen zu lassen. Ich möchte einen umfangreichen Blitzkrieg mit Hilfe der Medien gegen ihn führen – ich habe das Gefühl, daß dieses Tier kurz vorm Explodieren ist, und ich will ihn ein wenig treiben. Ich ...«

Gaffaney unterbrach ihn mit erhobenen Händen. »Haben Sie irgendeinen *schlüssigen,* handfesten Beweis«, fragte er, »irgendwelche *Zeugen* oder konkrete Verdachtsgründe von anderen Detectives innerhalb der L.A.-Dienststellen oder von anderen Dienststellen, die Ihre Massenmörder-Theorie untermauern?«

»Nein«, sagte Lloyd.

»Wie viele von diesen sechzehn Untersuchungen wurden noch nicht zu den Akten gelegt?«

»Keine.«

»Gibt es irgendwelche anderen Officer innerhalb der Polizei von Los Angeles, die Ihre Hypothese unterstützen?«

»Nein.«

»Von anderen Dienststellen?«

»Nein.«

Gaffaney schlug mit beiden Handflächen auf den Schreibtisch und befühlte wieder seine Anstecknadel. »Nein. Bei dieser Sache traue ich Ihnen nicht. Es liegt zu weit zurück, es ist zu vage, viel zu aufwendig, und es könnte möglicherweise unsere Dienststelle in Verlegenheit bringen. Ich achte Sie als Draufgänger, als sehr guten Detective mit einer glänzenden Erfolgsstatistik ...«

»Mit der wohlgemerkt besten Statistik von Festnahmen im gesamten County!« ergänzte Lloyd laut.

Gaffaney schrie zurück: »Ich traue Ihrer Statistik, aber ich traue Ihnen nicht! Sie sind ein angeberischer, ruhmsüchtiger Weiberheld, und es muß Sie etwas gestochen haben, daß Sie mir wegen angeblich ermordeter Frauen in den Ohren liegen!« Er senkte seine Stimme und fügte hinzu: »Wenn Ihnen Gott nicht gleichgültig ist, dann bitten Sie ihn in Ihrem Privatleben um Hilfe. Gott wird Ihre

Gebete erhören, und Dinge, die sich Ihrer Kontrolle entziehen, werden Sie nicht mehr so verwirren. Sehen Sie doch nur, wie Sie zittern! Vergessen Sie die Angelegenheit, Hopkins. Verbringen Sie einige Zeit mit Ihrer Familie: Ich bin sicher, sie wird es zu schätzen wissen.«

Lloyd erhob sich wutbebend und ging zur Tür. Er war vor Erregung rot angelaufen.

Er wandte sich um und schaute Gaffaney an, der grinsend sagte: »Wenn Sie sich an die Medien wenden, kreuzige ich Sie. Ich werde dann dafür sorgen, daß Sie wieder Uniform tragen und den Pissern im Nuttenviertel ordentlich einheizen dürfen.«

Lloyd lächelte zurück und war ganz heitere Gelassenheit. »Ich werde dieses Tier erwischen, und Sie können sich Ihr Gerede in den Arsch stecken«, sagte er.

Lloyd verstaute die sechzehn Mordakten im Kofferraum seines Wagens, fuhr zur Polizeistation von Hollywood, wo er hoffte, Dutch Peltz noch rechtzeitig zu erwischen, bevor er Feierabend machte. Er hatte Glück: Dutch zog sich gerade seine Zivilkleidung im Umkleideraum für die ranghöheren Officer an, band sich den Schlips und starrte dabei geistesabwesend in einen Spiegel, der die ganze Wand bedeckte.

Lloyd ging auf ihn zu und räusperte sich. Ohne die Augen vom Spiegel abzuwenden, sagte Dutch: »Fred Gaffaney hat mich angerufen. Er meinte, er könnte sich vorstellen, daß du mich aufsuchen würdest. Ich habe mal wieder deinen Hintern aus der Scheiße ziehen müssen. Er wollte dich bei einem seiner Bosse verpfeifen, aber ich habe ihm abgeraten. Er schuldet mir noch ein paar kleine Gefälligkeiten, darum war er einverstanden. Du bist Sergeant, Lloyd. Das bedeutet, daß du nur wie ein Niemand mit anderen Sergeants und den unteren Rängen verhandeln kannst. Lieutenants und darüber sind verboten. *Comprende*, großer Denker?«

Dutch drehte sich um, und Lloyd sah, daß in seinem abwesenden Blick zugleich eine Spur von Angst war. »Hat Gaffaney dir alles erzählt?«

Dutch nickte. »Wie sicher bist du?«

»Vollkommen.«

»Sechzehn Frauen?«

»Mindestens soviel.«

»Was wirst du unternehmen?«

»Ihn irgendwie aufscheuchen. Wahrscheinlich werde ich es selbst tun. Die Dienststelle wird niemals eine Ermittlung zulassen: Sonst würden sie als unfähiger Haufen dastehen. Es war dumm von mir, zuerst zu Gaffaney zu gehen. Wenn ich ihn übergehe und Stunk mache, wird er mir den Niemeyer-Fall abnehmen und mich in irgendein blödes Raubdezernat stecken. Du weißt doch, was das für ein Gefühl ist, Dutch?«

Dutch blickte zu seinem genialen Mentor auf, dann wandte er sich wieder ab, da ihm vor lauter Stolz Tränen in die Augen traten.

»Nein, Lloyd.«

»Ich habe das Gefühl, daß ich für diese Sache wie geschaffen bin«, sagte Lloyd und hielt dabei Blickkontakt mit seinem Spiegelbild. »Daß ich nicht wissen werde, was ich bin oder was ich sein könnte, solange ich diesen Bastard nicht geschnappt habe und herausfinde, warum er so viele Unschuldige vernichtet hat.«

Dutch legte seine Hand auf Lloyds Arm. »Ich werde dir helfen«, sagte er. »Ich kann dir zwar keine Officer zur Verfügung stellen, aber ich werde dir persönlich helfen, wir können ...« Dutch verstummte, als er sah, daß Lloyd gar nicht zuhörte; daß er vom Leuchten seiner eigenen Augen oder von einem fernen, erlösenden Traumbild gefangen war.

Dutch zog die Hände zurück. Lloyd bewegte sich, wandte

seinen Blick vom Spiegel weg und sagte: »Nachdem ich zwei Jahre in diesem Job war, wurde ich dafür abgestellt, in den ersten Klassen der High-School Vorträge zu halten. Ich erzählte den Kids abenteuerliche Polizeigeschichten und warnte sie vor Rauschgift und davor, sich von Fremden mitnehmen zu lassen. Mir gefiel die Aufgabe, weil ich Kinder über alles liebe. Eines Tages berichtete mir ein Lehrer von einem Mädchen aus der siebten Klasse: Sie war zwölf und hat Männern für eine Schachtel Zigaretten einen geblasen. Der Lehrer bat mich, doch mal mit ihr zu sprechen.

Eines Tages besuchte ich sie dann nach der Schule. Sie war ein hübsches kleines Mädchen. Blond. Sie hatte schwarze Augen. Ich fragte sie, wie es dazu gekommen ist. Sie wollte es mir nicht sagen. Ich überprüfte ihre Situation zu Hause. Es war typisch: Die Mutter war Alkoholikerin und lebte von der Fürsorge, und der Vater saß auf drei oder fünf Jahre in Quentin. Kein Geld, keine Hoffnung, keine Chance. Aber das kleine Mädchen las sehr gern Bücher. Ich ging mit ihr in einen Buchladen an der Ecke Sechste und Western und stellte sie dem Besitzer vor. Ich gab dem Besitzer hundert Dollar und sagte ihm, daß das kleine Mädchen ab heute Kredit bei ihm hätte. Das gleiche tat ich in einem Schnapsladen ein paar Straßen weiter – für hundert Dollar bekommt man eine Menge Zigaretten.

Das Mädchen war mir sehr dankbar und wollte mir einen Gefallen tun. Sie erzählte mir, daß sie ein blaues Auge habe, weil ihre Zahnspange einen Kerl geritzt hätte, dem sie es mit dem Mund gemacht hatte. Dann fragte sie mich, ob sie mir nicht auch einen blasen dürfte. Ich sagte natürlich ›nein‹ und hielt ihr eine Standpauke. Aber ich begegnete ihr noch oft. Sie lebte von meiner Kohle, und ich sehe sie ständig, rauchend, und mit einem Buch in der Hand. Sie sieht glücklich aus.

Eines Tages hielt sie mich an, als ich allein im Streifenwagen durch die Gegend fuhr. Sie sagte: ›Ich mag dich wirklich, und ich möchte dir wirklich gern einen blasen.‹ Ich sagte wieder ›nein‹, und sie fing an zu weinen. Ich hab' das noch nie ertragen können, also packte ich sie mir, hielt sie fest und redete auf sie ein, wie eine Wilde zu lernen, damit sie später auch einmal selbst Geschichten erzählen kann.«

Lloyds Stimme stockte. Er wischte sich über die Lippen und versuchte, sich an den Punkt zu erinnern, auf den er eigentlich hinauswollte.

»Ach ja«, sagte er endlich. »Ich habe ganz vergessen zu erzählen, daß das Mädchen jetzt siebenundzwanzig ist und den Magister in Englisch gemacht hat. Sie wird ein gutes Leben führen können. Aber ... da gibt es diesen Kerl da draußen, der sie alle umbringen will. Und deine und meine Töchter ... und er ist sehr raffiniert ... aber ich werde es nicht zulassen, daß er irgendwem etwas antut. Das schwöre ich dir. Ich schwöre es.«

Als Dutch sah, daß Lloyds Augen von unsäglicher Traurigkeit verhangen waren, sagte er aufmunternd: »Hol ihn dir!«

Lloyd sagte: »Das werde ich auch«, und ging weg; er wußte, daß sein alter Freund ihm für alles, was er unternehmen mußte, einen Freibrief ausgestellt hatte, und auch für alle Gesetze, die er dabei brechen mußte.

8

Nach einer unruhigen Nacht, in der er alle Einzelheiten aus den sechzehn Akten verarbeitete, fuhr Lloyd am nächsten Morgen in die Stadtbücherei; unterwegs machte er sich Gedanken über die Bewältigung der Kleinarbeit, sortierte unwesentliche Details aus und dachte sich eine List aus, um von der Einsatzzentrale nicht behelligt zu werden, damit er den ersten Tag der Beinarbeit in aller Gemütsruhe erledigen konnte.

Lloyd hatte die Wagenfenster geschlossen und die Lautsprecherkabel seines Funksprechgeräts gekappt, um ungestört zu sein. Er hatte volle Rückendeckung von Fred Gaffaney und den hohen Tieren des Raub-/Morddezernats, da sie die beiden Detectives, die im Niemeyer-Fall für ihn gearbeitet hatten, zu sich zitiert und von ihnen erfahren hatten, daß ihre Befragungen in Buchläden im Zentrum von L.A. bis dato überhaupt nichts gebracht hatten. Sie wurden beauftragt, auf eigene Initiative dem Fall nachzugehen und Gaffaney zweimal wöchentlich Bericht zu erstatten. Sie hatten ferner den Jesus-Freak, den sie beide nicht leiden konnten, darüber informiert, daß Sergeant Hopkins, wie es sich für ein Genie gebührte, seiner einsamen Wege gehe und schwer beschäftigt wäre. Gaffaney akzeptierte das als Teil ihres stillschweigenden Abkommens, und sollte er sich über Lloyds Abwesenheit im Parker Center beschweren, würde Dutch Peltz sich einmischen und seine Beschwerden mit aller Entschlossenheit als blödsinnig zurückweisen. Er war also völlig gedeckt.

Was die Nachforschungen an sich anbetraf, so gab es keine konkreten Fakten, die Lloyd nicht schon von der Lektüre der Akten her kannte. Er hatte vollkommene Ruhe: Janice und die Mädchen hatten in der Wohnung des guten Freundes George am Ocean Park übernachtet, und Lloyd hatte das große, stille Haus ganz für sich, in dem er nun ungestört lesen konnte. In dem Wunsch, der Vernichtung unschuldigen Lebens durch ein mordendes Tier seine eigenen Bemühungen entgegenzustellen, sie durch seine beschwörenden Geschichten aufzuhalten, war er die grausigen Ordner noch einmal in Pennys Zimmer durchgegangen, in der Hoffnung, daß die Aura seiner jüngsten Tochter, die es erfüllte, ihm die Klarheit verleihen würde, aus diesen verschlungenen seelischen Labyrinthen Fakten zu ziehen. Neue Erkenntnisse waren dabei allerdings nicht herausgekommen, dafür hatte das Charakterprofil des Mörders durch scharfsinniges Überlegen neue, schärfere Konturen bekommen.

Obwohl er keine Zugriffsmöglichkeiten zu Informationen über ungelöste Mordfälle vor 1968 hatte, war sich Lloyd ziemlich sicher, daß die Morde nicht sehr viel weiter zurückgingen. Das ergab sich für ihn aus der Gesamteinschätzung der Täterpersönlichkeit – der Mörder mußte homosexuell sein. Die Vielfalt der Tötungsarten konnte als Versuch gelten, diese Tatsache vor sich selbst zu verbergen. Er wußte es selbst nicht. Die Bluttaten vor der Ermordung Linda Deversons und Julia Niemeyers – auch sie häufig brutal ausgeführt – sprachen für eine billige Genugtuung über eine gutgeplante, saubere Arbeit und einen beinahe subtilen Hang zur Anonymität. *Er besaß nicht die geringste Ahnung davon, wer er wirklich war.* Linda und Julia, die beide auf grausame Weise abgeschlachtet worden waren, bildeten die Trennlinie, die unwiderrufliche Grenze, und zeugten von dem Erschrecken über eine neuerwachte Sexualität, die so beschämend zwanghaft war, daß sie in Blut ertränkt werden mußte.

Lloyd verfolgte das Triebschicksal des Mörders bis in seine Vergangenheit. Der Täter mußte in Los Angeles wohnen. Er war ungewöhnlich stark, denn er war in der Lage,

Gliedmaßen mit einem einzigen Axthieb zu durchtrennen. Er war zweifellos von attraktivem Äußeren und fähig, sich lässig, ohne aufzufallen, in der Schwulenszene zu bewegen. Er suchte verzweifelt diese Befriedigung, doch die Verwundbarkeit, der er sich beim Geschlechtsverkehr aussetzte, konnte womöglich seine Mordlust abtöten. Sexualität bildet sich im Jugendalter aus. Angenommen, der Mörder befand sich sexuell noch in der Entwicklung und die Morde hatten etwa im Januar 1968 begonnen, dann würde er dem Monster noch eine fünfjährige traumatische Inkubationszeit zugestehen. So läge die Phase des Ausreifens etwa zwischen Anfang bis Mitte der sechziger Jahre; er war jetzt also Ende Dreißig, höchstens vierzig Jahre alt.

Als Lloyd den Freeway in Höhe der Sechsten und Figueroa verließ, sagte er leise »10. Juni, 10. Juni, 10. Juni« vor sich hin. Er parkte auf der falschen Straßenseite und schob ein Schild mit der Aufschrift »Polizeifahrzeug« unter den Scheibenwischer. Während er die Stufen zur Bibliothek hinauflief, erzeugten seine neugewonnenen Erkenntnisse in ihm ein Schwindelgefühl: Das Monster tötete, weil es lieben wollte.

Lloyds Abstecher in die Vergangenheit, festgehalten auf Mikrofilm, dauerte vier Stunden und deckte den Zeitraum vom 10. Juni 1960 bis zum 10. Juni 1982 ab. Er begann mit der *Los Angeles Times,* nahm sich dann den *Los Angeles Herald-Express* und zuletzt dessen Ableger, den *L.A. Examiner,* vor, überflog Schlagzeilen, Meldungen und las einzelne Berichte, die von der Baseball-Liga über Aufstände im Ausland, die Strandmode der nächsten Saison bis hin zu den Wahlergebnissen der Vorwahlen für den Präsidenten alles Erdenkliche umfaßten. Nichts an diesen Nachrichten war auffällig, nichts kam als möglicher Auslöser pathologischer Mordlust in Betracht, nichts bot seinem Denken einen Anhaltspunkt, der seine These hätte bestätigen können. Der 10. Juni war der einzige wichtige Hinweis auf den Killer – aber in den Tageszeitungen von Los Angeles schien es ein ganz gewöhnlicher Tag gewesen zu sein.

Obwohl Lloyd negative Ergebnisse erwartet hatte, war er dennoch enttäuscht, und er war jetzt froh, daß er die Filme mit den vier »Selbstmord«-Jahren '77, '78, '80 und '81 bis zuletzt aufgehoben hatte.

Seine Enttäuschung wurde immer größer. Die Todesfälle von Angela Stimka, Laurette Powell, Carla Castleberry und Marcia Renwick waren als unbedeutende Vorkommnisse nur mit einer Viertelspalte gewürdigt worden. »Tragisch« war das Adjektiv, das beide Zeitungen zur Beschreibung aller vier »Selbstmorde« benutzten. »Beerdigung findet demnächst statt ...« sowie die Namen und Adressen der nächsten Verwandten nahmen den Großteil des Gedruckten ein.

Lloyd rollte den Mikrofilm wieder zusammen, legte ihn auf den Schreibtisch der Bibliotheksangestellten und ging hinaus in die Sonne. Die Lichtreflexe auf der Straße und die Anstrengung der Augen vom stundenlangen Hinsehen verursachten ihm Schmerzen in der Nackengegend, die bis zu seinem Kopf ausstrahlten. Er versuchte den Schmerz abzuschütteln und überdachte die Möglichkeiten, die ihm noch blieben. Befragung der nächsten Verwandten? Nein, kummervolle Ablehnung wäre wohl die einhellige Reaktion. Tatortbesichtigungen? Nach Hinweisen suchen, Ahnungen nachgehen? »Beinarbeit!« sagte Lloyd laut vor sich hin. Er lief zu seinem Wagen, und mit einem Mal waren seine Kopfschmerzen verschwunden.

Lloyd fuhr nach West-Hollywood und schaute sich in der Umgebung der drei ersten 10.-Juni-Morde um.

Angela Stimka, Todestag 10. 6. 77, hatte in einem malvenfarbenen Zehnparteienmietshaus gewohnt, einem häßlichen, im Bauboom der fünfziger Jahre entstandenen und von einem Spekulanten errichteten Kasten, dessen einziger

Vorzug darin bestand, in der Nähe der Schwulenkneipen an der Santa Monica und zum bunten Nachtleben am Sunset Strip gelegen zu sein.

Lloyd saß in seinem Wagen und versuchte sich gerade an einer Beschreibung der Gegend, als er, kurz aufblickend, auf der gegenüberliegenden Seite der Larrabee Street Nr. 1167 das Schild »Nacht-Parkverbot« entdeckte. Zweimal rastete es bei ihm ein. Er befand sich im Zentrum des Schwulenghettos. Der Mörder hatte *wahrscheinlich* Angela Stimka wegen ihrer Wohngegend und wegen ihres Aussehens ausgewählt; irgendwie mußte es wohl eine Herausforderung an seine unbewußte Abneigung gewesen sein, sich ein Opfer zu suchen, das in einer überwiegend von Homosexuellen bevölkerten Gegend lebte. Und er wußte auch, daß die Verkehrspolizisten Teufel waren, was Parkvorschriften anging.

Lloyd lächelte und fuhr zwei Straßen weiter zu dem kleinen Holzhaus am Westbourne Drive, in dem Laurette Powell an einer Überdosis Nembutal und »selbst zugefügten Messerwunden« gestorben war. Noch ein »Nacht-Parkverbot«-Schild – in Lloyds Kopf machte es ein zweites Mal »Klick«, diesmal verhaltener.

Das Tropicana-Motel verursachte bei Lloyd ein Rattern im Kopf und gelegentliche Fehlzündungen, die sich für ihn wie Schüsse anhörten, die auf Unschuldige abgefeuert wurden. Carla Castleberry, Todestag 10. 6. 80, Todesursache eine Pistolenkugel aus einer .38er, die durch den Mund ins Hirn gedrungen war. Frauen schossen sich nie in den Kopf. Es war klassische Homosexuellen-Symbolik, aufgeführt in einem schmierigen Motelzimmer in Boy's Town.

Lloyd betrachtete den Bürgersteig vorm Tropicana. Zertretene Amylnitrat-Ampullen waren über den Boden verstreut, drogenabhängige Homosexuelle prostituierten sich vor der Ladenfront eines Coffee Shops. Seine These nahm endgültige Formen an. Als ihm dabei die Symbol-Bedeutungen aufgingen, schreckte er auf. Er rannte zur nächsten Telefonzelle und wählte mit fliegenden Fingern sieben ihm gut vertraute Ziffern. Als sich eine ebenso vertraute Stimme am anderen Ende der Leitung meldete und seufzte: »Polizeirevier Hollywood, Captain Peltz am Apparat«, sagte Lloyd leise: »Dutch, ich weiß, warum er tötet.«

Eine Stunde später saß Lloyd in Dutch Peltz' Büro und sichtete all die negativen Berichte, was ihn veranlaßte, vor lauter Frust auf dem Schreibtisch seines besten Freundes herumzuhämmern. Dutch stand an der Tür und beobachtete, wie sich Lloyd die Telexe durchlas, die soeben aus dem Zentral- und dem Verkehrscomputer eingegangen waren. Er wollte das Haar seines Sohnes glattstreichen oder seinen Schlips geraderichten, er hätte alles getan, um die Wut, die Lloyds Gesichtszüge verzerrte, zu mildern. Da er sich angesichts einer solch wütenden Qual fast gedemütigt fühlte, sagte Dutch beruhigend: »Es wird schon alles in Ordnung kommen, Junge.«

Lloyd schrie: »Nein, wird es nicht. Er ist vergewaltigt worden, da bin ich mir ganz sicher: Es muß an einem 10. Juni in seiner Pubertät passiert sein. Mißhandlungen von Minderjährigen werden niemals aus der Kartei gelöscht. Und wenn es nicht im Computer gespeichert ist, dann ist es eben nicht in L.A. geschehen! Es gibt in diesen verdammten Ausdrucken von der Sitte über Jugendliche nun mal nichts anderes als die Erpressung von Pädophilen und Blasen auf dem Rücksitz, und davon wird niemand gleich zum Massenmörder, nur weil er sich von einem alten Knacker im Griffith Park den Schwanz hat ablecken lassen!«

Lloyd nahm eine Buchstütze aus Quarzstein und schleuderte sie durch den Raum. Sie landete auf dem Boden neben dem Fenster, von dem aus man den Parkplatz des Reviers überblicken konnte. Dutch sah hinaus und beobachtete, wie die Officer der Nachtschicht ihre Streifenwagen abholten, und er wunderte sich, wie sehr er sie doch alle mochte, jedoch keinen so wie Lloyd. Er stellte die Buchstütze auf seinen Schreibtisch zurück und fuhr Lloyd durchs Haar.

»Fühlst du dich jetzt besser, Junge?«

Lloyd lächelte Dutch automatisch an, was aussah wie ein Zurückzucken.

»Ja, ein wenig. Ich fange an, dieses Tier kennenzulernen, und das ist immerhin ein Anfang.«

»Was ist mit dem Ausdruck der Strafmandate wegen falschen Parkens? Wurden welche zum Zeitpunkt der Ermordung ausgestellt?«

»Negativ. Kein einziges Strafmandat wurde zum jeweiligen Datum an der betreffenden Straße ausgestellt; die einzigen Strafzettel bekamen Frauen, Nutten, die auf dem Strip arbeiten. Das war ein Schuß in den Ofen, außerdem hatte unser Revier zur Zeit des Renwick-Mordes die Mandate noch gar nicht in den Computer eingegeben. Ich werde ganz von vorn beginnen müssen, rosa Fragebögen an frühere Detectives der Jugendsitte schicken und hoffen, ein paar Infos über Mißhandlungen zu bekommen, die nie in die Akten gelangt sind.«

Dutch schüttelte den Kopf. »Wenn dieser Kerl belästigt oder vergewaltigt wurde, oder was auch immer vor zwanzig Jahren geschehen sein mag, dann sind die meisten Detectives, die darüber noch etwas wissen könnten, ja schon längst pensioniert.«

»Ich weiß. Streck bitte deine Fühler aus, ja? Zieh an einigen Strippen und bitte um ein paar Gefälligkeiten. Ich will mich weiter auf der Straße umsehen, dort fühle ich mich am wohlsten.«

Dutch setzte sich in den Stuhl gegenüber von Lloyd und versuchte, den Glanz seiner Augen richtig zu deuten. »Einverstanden, Junge. Denk an die Party bei mir, Donnerstagabend, und ruh dich mal aus.«

»Kann ich nicht. Ich hab' heute abend eine Verabredung. Janice und die Mädchen sind wahrscheinlich sowieso bei ihrem unheimlichen Freund. Ich will in Bewegung bleiben.«

Lloyds Augen funkelten. Dutch sah ihn mit forschendem Blick an. »Gibt es irgendwas, das du mir erzählen möchtest, mein Junge?«

Lloyd sagte: »Ja. Ich hab' dich sehr gern. Und jetzt laß mich hier raus, bevor ich noch sentimental werde.«

Als er auf der Straße war, ohne Akten, die er studieren konnte, aber mit noch drei Stunden Zeit, bis er Joanie Pratt treffen würde, erinnerte sich Lloyd daran, daß seine Hilfstruppen noch die Buchläden im Bereich Hollywood zu überprüfen hatten.

Er fuhr zu einer Telefonzelle und blätterte das Branchenbuch durch, wo er zwei Buchläden aufgelistet fand, die beide auf feministische Literatur spezialisiert waren: »Neue Wachsamkeit – Poesie« an der Ecke LaBrea und Fountain, und »Die Bibliophile Feministin« an der Yucca und Highland.

Er beschloß, einen Umweg zu fahren, bei dem er an beiden Geschäften vorbeikommen würde, und danach wollte er dann zu Joanie nach Hollywood Hills fahren. Er fuhr zunächst zur »Neuen Wachsamkeit«, wo ein gelangweilter, gelehrt wirkender Mann in einem viel zu großen Overall ihm weitschweifig erzählte, daß ihm keine verdächtigen Neugierigen oder kräftige Käufer feministischer Prosasammlungen von Mitte bis Ende Dreißig aufgefallen wären, und zwar aus dem einfachen Grund nicht, weil er feministische Poesie nicht führte – er fände sie nicht seriös, sondern geistig eher wirr. Die meisten seiner Kunden wären langjährige Akademiker, die lieber etwas aus seinem Katalog bestellten, und das sei auch schon alles.

Lloyd bedankte sich bei dem Mann und fuhr mit seinem Matador nach Norden. Er hielt vor der »Bibliophilen Feministin« um genau sechs Uhr, in der Hoffnung, daß in dem kleinen, zu einem Laden umgebauten Erdgeschoß noch geöffnet wäre. Er trottete die Stufen hinab und hörte gerade noch, wie die Tür von innen verriegelt wurde, und als er sah, daß die Beleuchtung in den Fenstern ausgeschaltet wurde, klopfte er an die Tür und rief: »Polizei. Öffnen Sie bitte!«

Einen Augenblick später ging die Tür auf, und die Frau, die ihm öffnete, stand in leicht herausfordernder Haltung vor ihm. Lloyd war ein wenig abgeschreckt, als er sie so arrogant dastehen sah, und bevor sie noch etwas Provozierendes sagen konnte, kam er ihr zuvor: »Ich bin Detective Sergeant Hopkins vom Polizeipräsidium in L.A. Kann ich Sie bitte ganz kurz sprechen?«

Die Frau schwieg. Die Stille war zermürbend, und um keinen ungeschickten Rückzieher machen zu müssen, konzentrierte er sich auf ihre kräftige Figur und hielt dabei einen intensiven Blickkontakt aufrecht, den die Frau ohne Wimpernzucken erwiderte. Eine starre Strenge versucht über einen weichen, kräftigen Körper die Herrschaft zu gewinnen, sagte er sich; vierunddreißig bis sechsunddreißig Jahre alt; leicht aufgelegtes Make-up zeugt davon, daß sie genau weiß, wie alt sie ist; die braunen Augen, die blasse Haut und das kastanienfarbene Haar deuten auf eine vielleicht vornehme Herkunft; die strenge Latzhose aus Tweed ist ein Schutzschild. Sie ist klug, streitbar und unglücklich. Eine vollkommene Ästhetin, die sich vor jeder Leidenschaft fürchtet.

»Sind Sie vom Nachrichtendienst?«

Lloyd blickte ziemlich dumm drein, weil er weder mit einer solchen Frage noch mit einer solch kräftigen Stimme gerechnet hatte. Er wechselte seine Fußstellung und fragte: »Nein, wieso?«

Die Frau lächelte etwas verkniffen und machte ihrem Herzen Luft. »Die Polizei von L.A. versucht schon seit ewigen Zeiten einen Anlaß zu finden, um gegen mich vorzugehen, weil sie meine Arbeit für subversiv ansieht; meine Gedichte sind in feministischen Zeitschriften veröffentlicht worden, die Ihr Department für äußerst bedenklich hält. Dieser Buchladen führt eine Reihe von Titeln, die dazu auffordern, die Macho-Mentalität zu brechen und Männer-Mythen zu zerstören.«

Die Frau unterbrach sich, als sie bemerkte, daß der stattliche Cop anfing zu strahlen. In dem deutlichen Bewußtsein, daß die Verwirrung auf beiden Seiten gleich war, sagte Lloyd: »Wenn ich einen feministischen Buchladen unterwandern wollte, wäre ich doch bestimmt in Lumpen gekommen. Kann ich reinkommen, Miss …?«

»Mein Name ist Kathleen McCarthy«, sagte die Frau. »Mir wäre lieber, wenn Sie mich mit ›Mrs.‹ anredeten, und bis Sie mir nicht gesagt haben, was Sie überhaupt von mir wollen, werde ich Ihnen kaum Gelegenheit dazu geben.«

Das war die Frage, auf die Lloyd gewartet hatte.

»Ich bin der erfolgreichste Morddetective der Westküste«, sagte er leise. »Ich stelle gerade Nachforschungen über Morde an nahezu zwanzig Frauen an. Ich habe eine der Leichen gesehen. Ich will Sie nicht beunruhigen, indem ich Ihnen beschreibe, wie sehr sie verstümmelt wurde. Ich habe ein blutbeflecktes Buch am Tatort des Verbrechens gefunden, ›Wut im Bauch‹. Ich bin sicher, daß sich der Mörder für Poesie interessiert – vielleicht sogar speziell für feministische Poesie. Darum bin ich zu Ihnen gekommen.«

Kathleen McCarthy war bleich geworden, und ihre herausfordernde Haltung fiel in sich zusammen. Sie hielt sich nur noch mühsam am Türpfosten fest. Lloyd ging an ihr vorbei, zeigte ihr aber vorher noch seine Marke und seinen Ausweis.

»Rufen Sie beim Revier in Hollywood an«, sagte er.

»Fragen Sie nach Captain Peltz. Er wird bestätigen, was ich Ihnen gesagt habe.«

Kathleen McCarthy bedeutete Lloyd, einzutreten, und ließ ihn in einem großen Raum mit Bücherregalen allein. Als er das Wählgeräusch eines Telefons vernahm, zog er sich den Ehering vom Finger und begutachtete die Bücher, die alle vier Wände bedeckten und die auf Stühlen, Tischen und drehbaren Büchergestellen angeordnet waren. Sein Respekt vor der spröden Dichterin wurde immer größer – sie hatte ihre eigenen Veröffentlichungen an auffallender Stelle überall im Raum verteilt, neben Bänden von Doris Lessing, Sylvia Plath, Kate Millett und anderen feministischen Autoritäten. Eine extrovertierte Person, dachte Lloyd. Er fing an, die Frau zu mögen.

»Ich möchte mich bei Ihnen entschuldigen, daß ich Sie verurteilt habe, bevor ich Sie anhören wollte.«

Bei diesen Worten wandte sich Lloyd um. Kathleen McCarthy vergab sich offenbar durch ihre Entschuldigung nichts. Er begann sie zu *fühlen,* und antwortete in einer Form, mit der er sich *ihren* Respekt zu erringen hoffte.

»Ich kann Ihre Gefühle verstehen. Die Hüter unserer Verfassung in der Abteilung sind übereifrig, manchmal sogar paranoid.«

Kathleen grinste. »Darf ich das zitieren?«

Lloyd grinste zurück. »Nein.«

Darauf folgte verlegenes Schweigen. Da er spürte, daß die gegenseitige Anziehung immer größer wurde, zeigte er auf eine mit Büchern übersäte Couch und sagte: »Können wir uns nicht setzen? Ich erzähle Ihnen dann mehr über das Ganze.«

Mit ruhiger Stimme und bewußt ausdruckslosem Gesicht erzählte Lloyd Kathleen McCarthy, wie er Julia Lynn Niemeyers Leiche und ein Exemplar von »Wut im Bauch« entdeckt hatte und daß ein Gedicht an Julias Postfach adressiert worden war und daß das alles ihn davon überzeugt hätte, daß der angebliche Einzeltäter in Wirklichkeit ein Massenmörder wäre. Er beendete seinen Bericht mit der chronologischen Tabelle und dem von ihm erarbeiteten Profil der Täterpersönlichkeit; er sagte: »Er ist einerseits unwahrscheinlich begabt, andererseits verliert er jegliche Kontrolle über sich. Poesie ist sein Orientierungspunkt. Ich glaube, daß er unbewußt die Kontrolle verlieren *will* und daß er vielleicht Poesie als Mittel zum Zweck ansieht. Ich möchte von Ihnen gern Näheres über ›Wut im Bauch‹ wissen und darüber, ob irgendwelche auffälligen Männer – insbesondere Männer um die Dreißig – in ihren Laden gekommen sind und feministische Werke gekauft, sich abfällig oder wütend geäußert oder sonst irgendwie außergewöhnlich verhalten haben.«

Lloyd lehnte sich zurück und kostete Kathleens Reaktion, ihre kalte, harte unterdrückte Wut aus. Nachdem sie eine volle Minute lang geschwiegen hatte, wußte er, daß sie ihre Gedanken kurz zusammenfaßte und daß, falls sie reden würde, ihre Antwort in einem vollkommen gelassenen Ton, frei von rhetorischem Beiwerk und ohne Exaltiertheit vorgebracht werden würde.

Er hatte recht gehabt. »›Wut im Bauch‹ ist ein zorniges Buch«, sagte Kathleen leise. »Eine polemische Philippika gegen vieles, insbesondere gegen Gewalt gegenüber Frauen. Ich habe es seit Jahren nicht mehr auf Lager gehabt, und wenn ich es dahatte, würde ich bezweifeln, daß ich jemals ein Exemplar an einen Mann verkauft habe. Darüber hinaus sind die einzigen männlichen Kunden, die hier hereinkommen, Männer, die ihre Freundinnen oder Mitstudentinnen begleiten – junge Männer um die Zwanzig. Ich kann mich nicht entsinnen, jemals einen Mann in den Dreißigern im Laden gesehen zu haben. Der Laden gehört mir, und ich betreibe ihn auch selbst, deshalb kenne ich eigentlich alle meine Kunden. Ich ...«

Lloyd schnitt Kathleen mit einer Handbewegung das Wort ab. »Wie steht's mit Postbestellungen? Machen Sie auch Versandgeschäfte?«

»Nein, für Buchversand habe ich kein Lager. Sämtliche Geschäfte werden hier im Laden abgewickelt.«

Lloyd murmelte: »Scheiße«, und boxte in die Armlehne der Couch. Kathleen sagte: »Es tut mir leid, aber hören Sie ... Ich habe eine ganze Menge Bekannte im Buchhandel. Feministische Literatur, Poesie und andere Sparten. Private Buchverkäufer haben Sie wahrscheinlich übersehen. Ich telefoniere mal rum und werde hartnäckig sein. Ich will Ihnen in dieser Sache helfen.«

»Vielen Dank«, sagte Lloyd. »Ich kann Hilfe gut gebrauchen.« Er täuschte ein Gähnen vor und fügte hinzu: »Haben Sie wohl einen Kaffee für mich? Mir geht langsam die Puste aus.«

Kathleen sagte: »Einen Augenblick«, und verschwand im Hinterzimmer. Lloyd vernahm das Geräusch klappernder Tassen und Untertassen, begleitet vom atmosphärischen Knistern irgendeiner Radiostation und den Klängen einer Symphonie oder eines Konzerts. Als die Musik schneller wurde, rief er laut: »Würden Sie das bitte abstellen?«

Kathleen rief zurück: »In Ordnung, aber dann müssen Sie mir etwas erzählen.«

Die Musik wurde leiser und erstarb dann vollends. Lloyd rief erleichtert: »Worüber soll ich denn etwas erzählen, etwa von meiner Arbeit bei der Polizei?«

Einen Augenblick später kam Kathleen ins Wohnzimmer und trug ein Tablett mit Kaffeetassen und einer Plätzchenmischung. »Erzählen Sie mir was Nettes«, sagte sie und räumte Bücher von einem niedrigen Tisch. »Reden Sie über das, was Ihnen lieb ist.« Mit einem ganz direkten, prüfenden Blick fügte sie hinzu: »Sie sehen blaß aus. Fühlen Sie sich nicht wohl?«

Lloyd sagte: »Nein, mir geht's eigentlich ganz gut. Lauter Krach stört mich, darum habe ich Sie gebeten, das Radio abzustellen.«

Kathleen reichte ihm eine Tasse Kaffee. »Das war kein Krach. Das war Musik.« Lloyd ging auf die Bemerkung gar nicht weiter ein. »Die Dinge, die mir lieb sind, sind schwer zu beschreiben«, sagte er. »Ich wälze mich gern in der Gosse, um zu sehen, wie ich der Gerechtigkeit auf die Sprünge helfen kann, dann sehe ich zu, daß ich auch wieder rauskomme und dahin gehe, wo es gemütlich und warm ist.«

Kathleen schlürfte Kaffee. »Sie meinen, um mit Frauen zusammenzusein?«

»Ja. Kränkt Sie das?«

»Nein. Warum sollte es?«

»Dieser Buchladen. Ihre Gedichte. 1983. Suchen Sie sich einen Grund aus.«

»Sie sollten meine Tagebücher lesen, bevor Sie mich beurteilen. Ich kann gute Geschichten schreiben, aber ich kann noch viel besser Tagebuch schreiben. Werden Sie diesen Killer wohl schnappen?«

»Ja. Ihre Reaktion auf meine Anwesenheit beeindruckt mich. Ich würde gerne Ihre Tagebücher lesen, Ihre geheimen Gedanken in mich aufnehmen. Wie weit gehen sie zurück?«

Kathleen zuckte bei dem Wort »geheim« zusammen.

»Eine lange Zeit«, entgegnete sie, »seit den Tagen am Marshall Clarion College. Ich ...«

Kathleen schwieg plötzlich und starrte ihn an. Der große Polizist lachte und schüttelte vor Vergnügen den Kopf.

»Was ist los?« fragte sie.

»Nichts, außer daß wir dasselbe College besucht haben. Ich habe dich vollkommen falsch eingeschätzt, Kathleen. Ich hatte mir ausgemalt, du kommst von der Ostküste, dickes irisches Geld im Hintergrund. Und nun stellt sich heraus, daß du eine Irin aus der alten Nachbarschaft bist. Lloyd Hopkins, Marshall-Abschlußklasse '59 und Polizist mit irisch-protestantischen Großeltern, trifft Kathleen McCarthy, ehemalige Silverlake-Bewohnerin und Absolventin von Marshall, Jahrgang ...?«

Kathleens Gesichtszüge entspannten sich belustigt.

»Jahrgang '64«, ergänzte sie. »Meine Güte, so ein Zufall. Erinnerst du dich noch an den kreisrunden Hof?« Lloyd nickte. »Und an Herrn Juknavarian und seine Geschichten aus Armenien?« Lloyd nickte wieder. »Und an Frau Cuthbertson und ihren ausgestopften Hund? Wenn ich mich recht erinnere, bezeichnete sie ihn als ihre ›Muse‹, stimmt's?« Lloyd beugte sich lachend vornüber. Kathleen gab noch mehr nostalgische Erinnerungen von sich, unterbrochen von entzückten Ausrufen. »Und das Spiel Pachucos gegen Surfer, und Mr. Amster und die T-Shirts, die er entworfen hatte? ›Amster-Hamster‹? Als ich in der zehnten Klasse war, hatte jemand eine tote Ratte an seine Autoantenne gehängt und einen Zettel unter den Scheibenwischer geklemmt. Auf dem Zettel stand: ›Amsters Hamster beißt den großen Meister!‹«

Lloyds Lachen gipfelte in einem Hustenanfall, bei dem er befürchten mußte, Kaffee und halbverdaute Plätzchen durch den Raum zu spucken. »Hör auf, das reicht! Bitte! Oder ich sterbe vor Lachen«, brachte er zwischen Hustenanfällen heraus. »Ich möchte doch nicht auf diese Weise sterben.«

»Wie möchtest du denn sterben?« fragte ihn Kathleen verschmitzt.

Als er sich über sein tränennasses Gesicht wischte, erkannte Lloyd, wie absichtsvoll-neugierig ihre Frage war.

»Ich weiß selbst nicht so genau«, sagte er, »entweder alt oder auf romantische Weise. Und du?«

»Sehr alt und weise. Die herbstliche Stimmung soll schon in tiefen Winter übergegangen und meine Worte für die Nachwelt sollen vollendet sein.«

Lloyd schüttelte den Kopf. »Mein Gott, ich kann an diese Unterhaltung kaum glauben. Wo in Silverlake hast du denn gewohnt?«

»An der Ecke Tracy und Micheltorena. Und du?«

»Griffith Park und St. Elmo. Ich habe immer ›Hasenfuß‹ auf der Micheltorena gespielt, als ich noch ein Kind war. *Denn sie wissen nicht, was sie tun* war gerade herausgekommen, und das Hasenfußspiel war echt ›in‹. Da wir zu jung zum Autofahren waren, ahmten wir es mit Seifenkisten nach, unter denen wir Gummiräder angebracht hatten. Wir starteten am Hang oberhalb des Sunset, und zwar in jenem Sommer jeden Morgen um halb drei: '55 war das, glaub' ich. Ziel des Spiels war, die ganze Strecke bis über die Ampel des Sunset hinunterzufahren. Zu dieser morgendlichen Stunde gab es gerade genügend Verkehr, um die Sache ein bißchen riskant zu machen. Ich fuhr die Strecke einmal pro Nacht, den ganzen Sommer über. Ich bremste niemals mit den Füßen ab oder zog die Handbremse. Ich habe die Mutprobe immer bestanden.«

Kathleen schlürfte ihren Kaffee und fragte sich, wie offen sie ihre nächste Frage formulieren konnte. Zum Teufel damit, dachte sie sich und fragte ihn schließlich: »Was hast du damit beweisen wollen?«

»Das ist eine provozierende Frage, Kathleen«, sagte Lloyd.

»Du bist ein provokativer Mann. Aber ich bin für Gleichberechtigung. Du kannst mich alles fragen, was du willst, und ich werde dir antworten.«

Bei diesen Aussichten leuchtete sein Gesicht förmlich auf.

»Ich versuchte, dem Kaninchen in die Höhle zu folgen«, sagte er. »Ich versuchte, der Welt Feuer unterm Arsch zu machen. Ich wollte, daß man mich für einen starken Burschen hält und Ginny Skakel mir mit der Hand einen runterholen mußte. Ich wollte reines, strahlendes Licht einatmen. Gute Antwort?«

Kathleen lächelte und applaudierte Lloyd.

»Nicht schlecht, Sergeant. Warum hast du damit aufgehört?«

»Zwei Jungen wurden getötet. Sie fuhren auch mit einer dieser Kisten. Ein '53er Packard hat sie völlig zerquetscht. Einem von ihnen wurde der Kopf abgetrennt. Meine Mutter bat mich, damit aufzuhören. Sie meinte, es gäbe sicherere Mittel, um Mut zu beweisen. Sie erzählte mir Geschichten, um mich über meinen Kummer hinwegzutrösten.«

»Den Kummer? Du meinst, du wolltest weiterhin dieses verrückte Spiel spielen?«

Lloyd genoß Kathleens zweifelnden Blick und sagte: »Natürlich. Teenagerromantik ist schwer totzukriegen. Schau dich doch mal um, Kathleen.«

»Ja, natürlich.«

»Na siehst du. Bist du romantisch?«

»Ja ... In allen möglichen Beziehungen ... ich ...«

Lloyd schnitt ihr das Wort ab. »Gut. Kann ich dich dann morgen abend wiedersehen?«

»An was dachtest du? Abendessen?«

»Eigentlich nicht.«

»Ein Konzert?«

»Sehr unterhaltsam. Aber eigentlich dachte ich, wir könnten L.A. unsicher machen und ein bißchen Großstadtromantik schnuppern.«

»Ist das ein Annäherungsversuch?«

»Absolut nicht. Ich meine, daß wir etwas tun sollten, was keiner von uns je getan hat, und das schließt *das* ja aus. Bist du dabei?«

Kathleen nahm Lloyds ausgestreckte Hand. »Ich bin dabei. Hier bei mir, um sieben Uhr?«

Lloyd führte die Hand an die Lippen und küßte sie.

»Ich werde pünktlich sein«, sagte er und ging zur Tür,

bevor noch etwas passieren konnte, das dem unvergeßlichen Augenblick allen Glanz genommen hätte.

Lloyd war nicht vor sechs Uhr zu Hause, und Janice lief hin und her, um sich auf ihren Abend vorzubereiten; sie empfand in jeder Hinsicht Erleichterung. Sie war einerseits froh darüber, daß Lloyds Abwesenheit immer häufiger und berechenbarer wurde, außerdem war sie froh, daß die Mädchen so sehr mit ihren Hobbys und ihren kleinen Dingen ausgefüllt waren, daß sie ihren Vater gar nicht vermißten. Sie war außerdem mit sich zufrieden, weil ihre eigene Ablösung von dieser Beziehung immer klarer und bewußter zu werden schien, daß sie irgendwann in absehbarer Zeit in der Lage sein würde, ihrem Mann zu sagen: »Du bist *die* große Liebe in meinem Leben gewesen, aber jetzt ist es vorbei. Ich kann sowieso nicht mehr an dich heran. Ich kann dein verletzendes Verhalten einfach nicht mehr länger ertragen. Es ist vorbei.«

Als sich Janice für ihren Tanzabend anzog, erinnerte sie sich an die Episode, die ihr den ersten Anstoß gegeben hatte, ihren Mann zu verlassen. Das war jetzt zwei Wochen her. Lloyd war drei Tage lang weggewesen. Sie vermißte ihn und wollte seinen Körper, sie war sogar bereit gewesen, Zugeständnisse wegen seiner schlimmen Geschichten zu machen. Sie war nackt ins Bett gegangen und hatte die Kerze an ihrem Bett brennen lassen, in der Hoffnung, daß sie von Lloyds Händen, die ihre Brust berührten, geweckt würde. Als sie schließlich dann erwachte, sah sie ihn, wie er nackt über ihr lag und vorsichtig ihre Beine spreizte. Sie mußte einen Schrei unterdrücken, als er in sie eindrang, und ihre Augen waren vor Schreck geweitet, als sie seine diabolisch verzerrten Gesichtszüge sah. Als er kam und seine Gliedmaßen sich verkrampften, hielt sie ihn ganz fest und wußte, daß ihr endlich die Kraft gegeben war, ein neues Leben anzufangen.

Janice zog einen mit Silberlamé durchwirkten Hosenanzug an, eine Ausstattung, die hervorragend die blitzenden Scheinwerfer des Studio One widerspiegeln würde. Sie hatte wegen ihrer Unterwürfigkeit von gestern leichte Stiche im Bauch, und als Reaktion darauf beschrieb sie ihren Mann in kalter, klinischer Begrifflichkeit: Er ist ein verstörter, getriebener Mann. Ein anachronistischer Mensch. Er ist unfähig, sich zu ändern, ein Mann, der nie zuhört.

Janice rief ihre Töchter zusammen und fuhr sie zu Georges Wohnung in Ocean Park. Sein fester Freund Rob wollte sich um sie kümmern, während sie und George sich die Nacht in der Disco um die Ohren schlagen würden. Er erzählte ihnen immer nette, freundliche Geschichten und kochte ihnen ein üppiges, vegetarisches Festmahl.

Studio One war überfüllt, es war randvoll mit schicken Männern, die unter den gnädigen, sanften Brechungen der stereogesteuerten Stroboskoplichter hin und her wogten. Janice und George schnupften auf dem Parkplatz ein bißchen Koks und stellten sich ihren Einzug als eines der grandiosesten und meistbeachteten Spektakel der Geschichte vor. Als einzige Frau auf der Tanzfläche war sich Janice bewußt, daß ihr Leib der begehrteste unter all den Lichtern war – begehrt nicht im Sinne von Lust, sondern in dem eines verzweifelten Verlangens nach geschlechtlicher Vereinigung – groß, königlich, braungebrannt und anmutig wie sie war, wollte jeder Mann wie *sie* sein.

Als sie in dieser Nacht spät nach Hause kam, wartete Lloyd im Bett auf sie. Er war ausgesprochen zärtlich, und sie erwiderte seine Liebkosungen mit großer Trauer. Sie ließ vor ihren Augen zusammenhanglose Bilder ablaufen, mit denen sie sich davon abbringen mußte, seiner Liebe nachzugeben. Sie dachte an viele Dinge, aber sie wäre nie darauf gekommen, daß er vor nur zwei Stunden mit einer anderen Frau zusammengewesen war: mit einer Frau, die sich selbst als »eine Art Geschäftsfrau« bezeichnete und früher einmal anspruchslose Rock-and-Roll-Texte gesungen hatte; sie konnte auch nicht ahnen, daß seine Gedanken jetzt unablässig bei dem irischen Mädchen aus seinem ehemaligen Wohnviertel waren.

In dieser Nacht schrieb Kathleen in ihr Tagebuch:

> Heute habe ich einen Mann getroffen, einen Mann, von dem ich glaube, daß das Schicksal ihn mir aus einem ganz bestimmten Grunde geschickt hat. Für mich repräsentiert er eine Parodie und Möglichkeiten, auf die ich mich nicht einlassen darf: so groß sind seine widerstreitenden Kräfte. Physisch enorm stark und von durchdringendem Verstand – und vor allem ein Mann, der es zufrieden ist, sein Leben lang Polizist zu sein! Ich bin sicher, daß er mich will (als wir uns trafen, bemerkte ich seinen Ehering. Als später seine Zuneigung zu mir offensichtlich größer wurde, sah ich, daß er ihn weggesteckt hatte – eine naive und doch liebenswerte Irreführung). Ich glaube, daß er das Ego und den Willen eines Raubtiers hat – was auch gut zu seiner Körpergröße und zu seiner von ihm selbst so sehr betonten Intelligenz paßt. Und ich fühle – ich weiß –, daß er mich ändern will, daß er eine verwandte Seele in mir sieht, eine Seele, die tief aufgewühlt, aber auch manipuliert werden kann. Ich muß bei diesem Mann auf meine Worte und meine Taten achtgeben. Um meiner Entwicklung willen muß es ein Geben und Nehmen sein. Aber ich muß mein Innerstes von ihm freihalten, mein Herz muß unberührt bleiben.

9

Lloyd verbrachte den Vormittag im Parker Center, was mehr ein symbolischer Besuch war, mit dem er Lieutenant Gaffaney und alle anderen ranghöheren Vorgesetzten, die seine längere Anwesenheit bemerkt haben mochten, hinters Licht führen wollte. Dutch Peltz rief ihn schon sehr früh an: Er hatte bereits inoffiziell Ermittlungen über frühere Fälle homosexueller Vergewaltigung eingeleitet, indem er zwei Officer im Innendienst damit beauftragte, anhand der »vertraulichen« Personalakten des Präsidiums alle pensionierten Detectives, die sich früher mit Jugendkriminalität beschäftigt hatten, telefonisch zu befragen. Dutch erkundigte sich persönlich bei noch aktiven Detectives mit mehr als zwanzigjährigen einschlägigen Erfahrungen, und er versprach Lloyd, zurückzurufen, sobald er vielversprechende Informationen hätte. Kathleen McCarthy fragte bei den Buchläden herum, also blieb Lloyd nichts anderes zu tun, als weitere Papiere zu sichten – er las die Selbstmordakten immer und immer wieder, damit ihm beim ersten Lesen Übersehenes oder falsch Verstandenes klarer würde.

Er brauchte zwei Stunden und mußte Tausende von Wörtern verdauen, bevor er einen Zusammenhang herstellen konnte. Als dann eine Zahl, die Nummer 408, in demselben Kontext in zwei verschiedenen Berichten auftauchte, konnte Lloyd absolut noch nicht einschätzen, ob das eine Spur oder bloßer Zufall war.

Die Leiche von Angela Stimka wurde von einem Nachbarn, dem Deputy Sheriff Delbert Haines vom County Los Angeles, Polizeimarke Nummer 408, entdeckt, nachdem Nachbarn den außer Dienst befindlichen Deputy herbeigerufen hatten, weil sie ausströmendes Gas an der Wohnungstür der Frau gerochen hatten. Ein Jahr und einen Tag darauf wurden die Deputies D. Rains, Polizeimarke 408, und W. Vandervort, Polizeimarke 691, zum Schauplatz des »Selbstmords« von Lauretta Powell gerufen. Rains, Haines – ein dummer Buchstabierfehler: Die übereinstimmenden Dienstnummern wiesen eindeutig auf denselben Deputy hin.

Lloyd las sich die Akte des dritten »Selbstmords« in West-Hollywood durch – den von Carla Castleberry, Todestag 10. 6. 80, im Tropicana-Motel am Santa Monica Boulevard. Diesen Bericht hatten andere Officer erstellt, und die Namen der Motelbewohner, die am Schauplatz verhört worden waren – Duane Tucker, Lawrence Craigie und Janet Mandarano –, tauchten in keiner der anderen Unterlagen auf.

Lloyd griff zum Telefonhörer und wählte die Nummer der Sheriffstation von West-Hollywood. Eine gelangweilte Stimme antwortete.

»Hier ist das Büro des Sheriffs. Kann ich Ihnen helfen?«

Lloyd bemühte sich, grob zu sein.

»Hier spricht Detective Sergeant Hopkins vom Parker Center in L.A. Gibt es bei Ihnen einen Deputy Haines oder Rains mit der Polizeimarke 408, der bei Ihnen im Dienst ist?«

Der gelangweilte Officer stotterte: »Jawohl, Sir. Der große Haines, auch ›Whitey‹ genannt. Hat tagsüber Streifendienst.«

»Ist er heute auf Streife?«

»Ja, Sir.«

»Gut. Nehmen Sie über Funk Kontakt mit ihm auf. Sagen Sie ihm, er soll sich mit mir in einer Stunde in der Pizzeria an der Ecke Fountain und La Cienega treffen. Haben Sie das mitbekommen?«

»Ja, Sir.«

»Gut. Setzen Sie sich direkt mit ihm in Verbindung.« Lloyd hängte ein. Wahrscheinlich würde nichts dabei herauskommen, aber zumindest handelte er.

Lloyd war viel zu früh in dem Restaurant, bestellte einen Kaffee und setzte sich an einen gut vor Blicken geschützten Tisch mit Sicht auf den Parkplatz, um sich so vor dem Gespräch einen besseren Eindruck von Haines machen zu können.

Fünf Minuten später fuhr ein schwarzweißer Polizeiwagen auf den Parkplatz, und ein uniformierter Deputy stieg aus, der wie ein Kurzsichtiger die Augen zusammenkniff, als er in die Sonne blinzelte. Lloyd schätzte den Mann ab: groß, blond, kräftige Figur, die allerdings schlaff wirkte. Mitte Dreißig. Alberner Haarschnitt, die Koteletten viel zu lang bei diesem fetten Gesicht. Die Uniform umschloß seinen muskulösen Oberkörper und den weichen Bauch wie eine Wurstpelle. Lloyd beobachtete, wie er seine Piloten-Sonnenbrille aufsetzte und den Pistolengurt zurechtrückte. Nicht intelligent, aber wahrscheinlich raffiniert auf der Straße; am besten ging man mit ihm ganz locker um.

Der Deputy ging schnurstracks auf Lloyds Tisch zu.

»Sergeant?« fragte er und streckte die Hand aus. Lloyd nahm die Hand, drückte sie und wies zur anderen Seite des Tisches, während er darauf wartete, daß der Mann die Sonnenbrille abnahm. Als er sich, ohne sie abzunehmen, hinsetzte und nervös einen Pickel am Kinn auszudrücken begann, dachte Lloyd: Schneller. Geh hart mit ihm um.

Lloyds starrender Blick machte Haines unruhig.

»Was kann ich für Sie tun, Sir?« fragte er.

»Wie lange sind Sie schon bei der Polizei, Haines?«

»Neun Jahre.«

»Wie lange sind Sie schon im Sheriffbüro West-Hollywood?«

»Acht Jahre.«

»Sie wohnen auf der Larabee?«

»Das ist richtig.«

»Das überrascht mich. West-Hollywood ist doch ein Rattennest.«

Haines' Lider zuckten. »Ich glaube, ein guter Polizist sollte auch in seinem Bezirk wohnen.«

Lloyd lächelte. »Der Meinung bin ich allerdings auch. Wie werden Sie von Ihren Freunden genannt? Delbert? Del?«

Haines versuchte zu lächeln und biß sich dabei unfreiwillig auf die Lippe. »Whitey. Aber warum wollen ...?«

»Warum ich hier bin? Das werde ich Ihnen sofort erzählen. Gehört der Westbourne Drive zu Ihrem Bezirk?«

»J... ja, ja.«

»Haben Sie immer dieselbe Streifentour in Ihrem Revier gehabt?«

»J... ja, sicher. Aber, als ich mal eine Zeitlang bei der Sitte aushelfen sollte. Aber was soll ...?«

Lloyd schlug mit der Faust auf den Tisch. Haines schreckte von seinem Stuhl zurück und hob die Hände, um seine Sonnenbrille mit beiden Händen zurechtzurücken. Die Muskeln um seine Augen herum zuckten, ebenso seine Mundwinkel. Lloyd lächelte.

»Schon mal beim Rauschgiftdezernat gearbeitet?«

Haines wurde hochrot und stammelte heiser »nein«, wobei ein Netz von Adern an seinem Hals heftig pulsierte.

Lloyd fuhr fort: »Ich wollte nur mal nachfragen. Eigentlich bin ich hier, weil ich Ihnen ein paar Fragen über eine Leiche stellen wollte, die Sie im Jahre '78 gefunden haben. Die Handgelenke waren aufgeschnitten. Eine Frau, die in der Westbourne wohnte. Erinnern Sie sich noch daran?«

Haines' ganzer Körper wurde lockerer. Lloyd beobachtete, wie seine Muskeln sich immer mehr entspannten, bis er vor Erleichterung in fast bewegungsloser Ruhe sitzenblieb.

»Ja. Mein Partner und ich hatten einen Notruf von der Zentrale übermittelt bekommen. Die alte Schachtel, die nebenan wohnte, hatte wegen der voll aufgedrehten Stereoanlage der Toten angerufen. Wir fanden diese gutaussehende Biene völlig ...«

Lloyd unterbrach ihn. »Ein Jahr zuvor hatten Sie einen anderen Selbstmord in Ihrem eigenen Wohnhaus entdeckt, nicht wahr, Whitey?«

»Ja«, erwiderte Haines, »hab' ich. Ich war ganz benebelt von dem Gas, man mußte mich im Krankenhaus entgiften. Ich bekam eine Belobigung, und mein Bild hängt auf der Ehrentafel des Reviers.«

Während Lloyd sich zurücklehnte und seine Beine unterm Tisch ausstreckte, sagte er: »Beide brachten sich am 10. Juni um: Meinen Sie nicht, daß das ein merkwürdiger Zufall ist?«

Haines schüttelte den Kopf. »Vielleicht. Vielleicht auch nicht. Ich weiß es nicht.«

Lloyd lachte. »Ich weiß es auch nicht. Das ist alles, Haines. Sie können gehen.«

Nachdem Haines gegangen war, trank Lloyd noch eine Tasse Kaffee und dachte nach. Ein offensichtlich dummer Cop, vollgepumpt mit Aufputschpillen. Keine zurückgehaltenen Kenntnisse über die beiden Morde/Selbstmorde, aber zweifellos in soviel Schmalspurgaunereien verwickelt, daß ihm eine Befragung zu früheren Mordfällen wie eine Errettung vor der Guillotine vorkam – er hatte nicht einmal gefragt, warum das Gespräch überhaupt stattfand. Ein Zufall, daß er beide Leichen entdeckte? Er wohnte und patrouillierte in demselben Bezirk. Alles ganz harmlos und unverfänglich.

Aber sein Instinkt sagte ihm etwas anderes. Lloyd wägte

das Für und Wider ab, wie er es Tag und Nacht tat. Vieles sprach dafür. Er fuhr zur Larrabee Avenue Nr. 1167.

Um das malvenfarbene Wohnhaus herum war es vollkommen ruhig, die Türen der zehn Wohnungen waren verschlossen, und er nahm auf dem Weg zum Parkplatz hinter dem Haus keine Bewegung wahr. Lloyd las die Namen auf den Briefkästen an der Vorderseite des Gebäudes. Haines wohnte in Wohnung Nr. 5. Seine Augen verglichen die Zahlen an den Türen der ersten Etage, dann fand er sein Ziel – das Apartment war auf der Rückseite. Es gab keine Tür aus Fliegendraht und auch keine schweren Eisenbeschläge, die auf Sicherheitsschlösser hingedeutet hätten.

Unter Verwendung eines Taschenmessers und einer Kreditkarte aus Plastik ließ Lloyd den Verschlußmechanismus aufschnappen und schob die Tür auf. Er schaltete eine Wandlampe ein, schloß die Tür hinter sich und überflog die geschmacklose Wohnzimmereinrichtung, die genauso aussah, wie er es sich vorgestellt hatte: eine billige Kunstledercouch mit Sesseln davor, ein häßlicher Couchtisch und ein dicker, weicher Teppich, der abgenutzt war. An den Wänden hingen grünliche Landschaftsdrucke, und die eingebauten Regale enthielten keine Bücher – nur einen Stapel Sexmagazine.

Er ging in die Küche. Der eingerissene Linoleumboden war angeschimmelt, dreckiges Geschirr lag in der Spüle, und eine dicke Fettschicht bedeckte Schränke und Decke. Das Badezimmer war noch schmutziger – Rasierzeug lag auf einem Beistelltisch neben dem Waschbecken, getrockneter Rasierschaum klebte an den Wänden und auf dem Spiegel, und aus einem Wäschekorb quollen schmutzige Uniformteile. Im Schlafzimmer fand Lloyd erste Hinweise auf andere Wesenszüge als mangelnden Schönheitssinn und Faulheit. Oberhalb des ungemachten Bettes war eine

Vitrine mit einem Gewehrständer angebracht, in der sich ein halbes Dutzend Schußwaffen befanden – eine von ihnen war ein verbotenes abgesägtes Schrotgewehr mit doppeltem Lauf. Als er die Matratze anhob, entdeckte er eine 9-mm-Browning-Automatik und ein angerostetes Bajonett, an dessen Griff ein Schild hing: »Original Hinrichtungsschwert des Vietkong! Garantiert echt!« In den Schubladen neben dem Bett fand er eine große Plastiktüte mit Marihuana und eine Flasche Dexedrin.

Nachdem er die Wandschränke und die Frisierkommode durchwühlt und außer schmutziger Wäsche nichts Interessantes gefunden hatte, ging er wieder ins Wohnzimmer; er fühlte Erleichterung, weil seine Vermutungen über Haines sich bestätigt hatten, trotzdem war er unruhig, weil ihn nichts anderes angesprochen hatte. Mit leerem Kopf setzte er sich auf die Couch und ließ seine Augen im Zimmer umherschweifen, auf der Suche nach etwas, mit dem sich sein Verstand beschäftigen könnte. Ein Rundblick, der zweite Rundblick, dann noch einer. Vom Boden zur Decke, an den Wänden entlang und wieder zurück.

Bei seinem vierten Rundblick entdeckte Lloyd eine Unregelmäßigkeit in der Wandverkleidung, und zwar direkt über der Couch, wo beide Wände zusammenstießen. Er stellte sich auf einen Stuhl und untersuchte die Ecke. Die Farbe war verdünnt worden, und irgendein Ding von der Größe eines Vierteldollars war in das Holz eingelassen und dann leicht überstrichen worden. Er schaute genauer hin und spürte Erregung. In dem Ding waren winzige Perforationen, und es hatte genau die Größe eines Hochleistungs-Kondensatormikrofons. Als Lloyd mit einem Finger die untere Kante der Holzvertäfelung entlangstrich, fühlte er das Kabel. Das Wohnzimmer wurde abgehört.

Auf Zehenspitzen stehend, folgte er dem Kabel die Wände entlang bis zur Eingangstür, dann unter dem Türpfosten und einem fest verlegten Läufer hindurch bis nach draußen zu einem Busch, der genau neben der Eingangstreppe stand. Draußen war das Kabel zur Tarnung mit derselben malvenfarbigen Wandfarbe überstrichen worden. Als Lloyd unter den Busch langte, fand er das Ende des Kabels, eine harmlos aussehende Metallschachtel, die ungefähr in Bodenhöhe an der Wand angebracht war. Er umspannte die Dose mit beiden Händen und zog mit aller Kraft daran. Der Deckel löste sich. Lloyd kniete sich tiefer auf den Boden und sah zum Weg hinüber, um keine Zeugen zu haben. Es war niemand zu sehen. Er hielt den Busch und den Metalldeckel zur Seite und schaute sich seinen Fund genauer an.

Die Dose enthielt einen Kassettenrecorder neuester technischer Machart. Die Bandspule lief nicht, was bedeutete, daß, wer auch immer der Lauscher sein mochte, das Gerät selbst einschalten mußte oder, was noch wahrscheinlicher war, es gab einen Startmechanismus, den Whitey Haines ungewollt in Betrieb setzte. Lloyd blickte zur Tür, die knapp drei Schritte von seinem gegenwärtigen Standort entfernt war. Hier mußte der Auslöser sein.

Er ging zur Tür, öffnete sie von innen und schloß sie dann wieder, dann ging er zum Recorder zurück. Die Spulen bewegten sich nicht. Er wiederholte den Vorgang, nur öffnete er diesmal die Tür von außen und schloß sie dann wieder. Neben dem Gebüsch hockend bewunderte Lloyd das Ergebnis. Ein rotes Licht leuchtete auf, und die Bandspulen drehten sich geräuschlos. Whitey Haines hatte tagsüber Streifendienst. Wer auch immer an seinem Treiben interessiert war, wußte davon und wollte, daß nur abends aufgenommen wurde – der raffinierte Auslöser an der Eingangstür, der nur funktionierte, wenn man hineinging, war der Beweis dafür.

Lloyd schloß die Tür wieder zu. Sollte er den Recorder mitnehmen oder die Wohnung überwachen, bis der Lauscher käme, um das Band abzuholen? Gab es zwischen dieser Sache und seinem Fall überhaupt irgendeinen Zusammenhang? Während er den Gehweg noch einmal prüfend entlangsah, versuchte er zu einem Entschluß zu gelangen. Als seine Neugier schließlich die Oberhand gewann, waren alle Bedenken wie weggewischt, und er schnitt das Kabel mit seinem Taschenmesser durch, nahm das Aufnahmegerät und lief zu seinem Wagen.

Als er wieder im Parker Center war, zog sich Lloyd dünne Chirurgenhandschuhe über und untersuchte den Kassettenrecorder. Das Gerät war mit einem Typ identisch, den er auf einem Seminar des FBI über elektronische Abhöreinrichtungen gesehen hatte – man nannte das Modell »tiefer Teller«, und seine Besonderheit waren vier separate Zwillingsspulen, die neben den gegenüberliegenden, selbstreinigenden Tonköpfen befestigt waren und automatisch weiterliefen, wenn ein Acht-Stunden-Band verbraucht war; dadurch war es möglich, zweiunddreißig Stunden lang aufzunehmen, ohne daß man an dem Gerät herumhantieren mußte.

Bei genauer Untersuchung des Recorder-Inneren sah Lloyd, daß auf der Hauptspule und auf den drei Zusatzspulen noch Band war und daß von der Hauptspule ungefähr die Hälfte bespielt und die andere Hälfte unbespielt war, was bedeutete, daß sich in diesem Gerät nicht mehr als zirka vier Stunden bespieltes Material befand. Da er auf Nummer Sicher gehen wollte, prüfte er das Fach mit den bespielten Bändern. Es war natürlich leer.

Lloyd holte die zusätzlichen Bänder heraus und legte sie in die obere Schreibtischschublade; dabei dachte er enttäuscht, daß das kurze bespielte Band nur ein kleiner Tropfen auf dem heißen Stein wäre – einerseits würde sich wahrscheinlich nur sehr wenig Lohnendes bei vier Stunden Abhören ergeben, doch angenommen, der Lauscher kannte die Gewohnheiten von Whitey Haines sehr genau und hatte eine Art Abschaltvorrichtung in der Wohnung angebracht, durch die nur soundsoviel Stunden pro Nacht aufgenommen wurden? Dann nämlich bedeutete das unbespielte Bandmaterial einen ausreichenden Zeitvorsprung für Lloyd, um Vorkehrungen zu treffen, den Lauscher zu schnappen, sobald er zurückkehrte, um die Bänder auszuwechseln. Jemand, der so schlau ist und eine solch komplizierte elektronische Abhörvorrichtung installiert, würde auch nur ein ganz geringes Risiko beim Austausch der Bänder eingehen.

Lloyd lief den Flur hinunter zum Verhörraum, der an den Einsatzbesprechungsraum im sechsten Stock grenzte. Er nahm den vielbenutzten simplen Recorder von einem mit Zigarettenkippen übersäten Tisch und trug ihn in sein Büro. »Sei brav!« sagte er, als er das Live-Band auflegte. »Keine Musik, keine lauten Geräusche. Sei ganz brav.«

Das Band drehte sich, und aus dem eingebauten Lautsprecher zischte es, dann kam ein statisches Knacken. Man hörte das Geräusch einer Tür, die verschlossen wurde, dann ein Bariton-Grunzen, auf das ein Geräusch folgte, das Lloyd sofort erkannte: der dumpfe Aufprall eines Halfters, das auf eine Couch oder einen Sessel geworfen wird. Als nächstes vernahm man, kaum hörbar, Schritte, dann noch ein Grunzen, diesmal noch ein paar Oktaven höher. Lloyd grinste. Es waren mindestens zwei Personen in Haines' Wohnung.

Haines sprach: »Du mußt mehr an mich abdrücken, Bird. Verdünn das Koks mit ein paar Benzedrinpillen, die ich bei ein paar Dealern hab' mitgehen lassen. Erhöh die Preise! Besorg dir neue Abnehmer oder versuch etwas anderes. Wir haben neue Leute gekriegt, und wenn ich ihnen nicht ein bißchen Kohle gebe, kann auch mein ganzer Einfluß dich und die anderen Arschlöcher nicht vorm Knast bewahren. Kapierst du das, Jungchen?«

Eine hohe männliche Stimme antwortete: »Whitey, du hast doch versprochen, daß du meinen Anteil nicht erhöhen würdest. Ich geb' dir im Monat sechs Scheine plus die Hälfte vom Drogengeschäft, plus die Hälfte der Kohle von den Jungs auf der Straße. Du sagtest ...«

Lloyd hörte ein klickendes Geräusch, dann ein lautes Krachen. Es war still, dann ertönte wieder Haines' Stimme: »Wenn du mit diesem Scheiß wieder anfängst, ziele ich richtig. Hör mal zu, Bird – ohne mich bist du Dreck. Du bist deshalb die Nummer eins bei den Strichern in Boy's Town, weil ich dich hochgebracht und dir geraten habe, aus deiner Jammergestalt was zu machen, und weil ich den jungen Bullen rate, den hübschen Jungs außerhalb deines Bezirks nachzustellen, und weil ich für das Dope und den Schutz sorge, durch den du und deine Jungs aus dem Schneider sind. Solange ich mich mit der Sitte gut stehe, bist du sicher. Und dazu braucht man Geld. Da ist so ein neuer Commander, der Tagschicht macht und sich richtig freut, in unserem Verein zu sein, und wenn ich seine verfluchte Hand nicht schmiere, ende ich unten in Compton und muß Nigger fangen. Da kommen zwei neue Jungbullen zur Sitte, und ich hab' keinen blassen Schimmer, ob ich sie von deinem kleinen feisten Hintern fernhalten kann. *Meine* Ausgaben belaufen sich auf zwei Riesen im Monat, bevor ich auch nur einen Cent sehe. *Deine* Ausgaben steigen von heute an um zwanzig Prozent. Hast du mich verstanden, Bird?«

Der Mann mit der hohen Stimmte stammelte: »J... ja, sicher, Whitey.«

Haines kicherte, dann sprach er mit leiser Stimme, aber die Drohung war unüberhörbar. »Ich habe immer gut auf dich aufgepaßt. Halt dir die Nase sauber, und ich werde es auch in Zukunft tun. Du mußt mir nur mehr Moneten geben. Komm, laß uns jetzt nach hinten gehen. Ich will's dir besorgen.«

»Ich will aber nicht, Whitey.«

»Du mußt wollen, Birdy. Es gehört mit zu deinem Schutz.«

Lloyd lauschte, als sich die Schritte entfernten und es still wurde. Eine Stille, in der bemitleidenswerte Monster leben. Über Stunden blieb es ruhig. Dann war ersticktes Schluchzen zu hören und dann das Schlagen einer Tür. Dann war das Band leer.

Organisierter Strich und Schutzgelder, Bestechung von Officern bei der Sitte. Drogenhandel und ein korrupter, brutaler Cop, der unwürdig war, seine Marke zu tragen. Aber hatte das Ganze etwas mit Massenmord zu tun? Und wer hat Whitey Haines' Wohnung abgehört, und *warum?*

Lloyd führte zwei kurze Telefongespräche mit der internen Aufsichtsabteilung des Präsidiums und dem Sheriff-Department. Er nutzte seinen guten Ruf als Köder, und es gelang ihm auf Anhieb, Informationen von höchster Stelle in der Kontrollabteilung zu bekommen. Nein, Deputy Delbert Haines, Polizeimarke 408, wurde weder von der einen noch von der anderen Abteilung überwacht. Überrascht kam Lloyd eine ganze Reihe Personen in den Sinn, die an den Machenschaften von Whitey Haines Interesse haben mochten: rivalisierende Drogenbanden, rivalisierende Zuhälter, ein mißgünstiger Kollege bei der Polizei.

Das war alles eine Möglichkeit, aber bei keiner klingelte es. Gab es etwa eine homosexuelle Verbindung zu dem Mörder? Unwahrscheinlich. Es würde seine Theorie zerstören, derzufolge der Killer seit Jahren abstinent war, und Haines hatte anscheinend auch keine belastenden Erkenntnisse über beide Selbstmorde vom 10. Juni, die er selbst entdeckt hatte.

Lloyd versteckte den Kassettenrecorder in der Tasche und ging hinunter in den dritten Stock zum technischen Labor, wo er ihn einem Angestellten zeigte, von dem er wußte, daß er ganz versessen auf Abhöranlagen war. Der Mann pfiff durch die Zähne, als Lloyd das Gerät auf seinen Schreibtisch stellte, und streckte die Hand aus, um es zu streicheln.

»Noch nicht«, sagte Lloyd. »Ich möchte es auf Fingerabdrücke untersuchen lassen.« Artie ließ noch einen Pfiff hören, stieß seinen Stuhl zurück und sagte mit neckischem Augenzwinkern: »Oh, là, là. Das Ding ist großartig, Lloyd. Das ist wahre Perfektion.«

»Erzähl mir mehr darüber, Artie. Laß nichts aus.«

Der Spezialist lächelte und räusperte sich.

»Das Aufnahmegerät von Watanabe, A. F. Z. 999. Einzelhandelspreis zirka siebentausend Piepen. Nur in den besten Stereogeschäften zu bekommen. Wird in erster Linie von zwei ziemlich unterschiedlichen Bevölkerungsgruppen benutzt: Musikliebhabern, die daran interessiert sind, Popfestivals oder langgezogene Opern ohne Unterbrechung aufzunehmen, und Polizeibehörden, die an langfristigen Abhöraktionen interessiert sind. Jedes Teil an diesem Gerät ist das Erlesenste, das man für Geld bekommen und was japanische Technologie hervorbringen kann. Wir haben absolute Perfektion vor uns.«

Lloyd applaudierte Artie. »Bravo. Eine andere Frage. Gibt es verborgene Seriennummern an dem Ding? Individuelle Nummern oder Modellnummern, nach denen man den Zeitpunkt bestimmen könnte, wann das Gerät gekauft wurde?«

Artie schüttelte den Kopf. »Der A. F. Z. 999 kam Mitte der siebziger Jahre auf den Markt. Ein einziges Modell, ohne Seriennummern, ohne unterschiedliche Farben – Grundfarbe Schwarz. Die Firma Watanabe hält es mit der Tradition: Sie würde die Bauart dieser kleinen Dinger niemals ändern. Ich kann es ihnen nicht verübeln. Wer kann Perfektion schon verbessern?«

Lloyd sah sich das Aufnahmegerät an. Es befand sich in einem ausgezeichneten Zustand, nicht ein Kratzer war darauf.

»Scheiße«, sagte er, »ich hatte gehofft, die Liste der möglichen Käufer in Grenzen halten zu können. Sag mal, steht das Ding bei euch in der Einzelhändlerkartei?«

»Sicher«, entgegnete Artie. »Soll ich eine Händlerliste erstellen?«

Lloyd nickte. »Ja. Könntest du das jetzt gleich machen? Ich gehe mit dem Baby noch mal den Flur hinunter und lasse es abstauben. Ich bin gleich zurück.«

Ein Fingerabdruckexperte hatte noch Dienst im zentralen Kriminallabor der Abteilung. Lloyd reichte ihm den Kassettenrecorder und sagte: »Auf Fingerabdrücke untersuchen; falls positiv, sofort Vergleich per Telex mit allen Dateien im Lande. Ich möchte, daß Sie sie *persönlich* mit denen in Bulletin Nr. 16222 vergleichen. Das ist die Akte vom Morddezernat L.A. über Niemeyer, Julia, Todestag 3. 1. 83, mit Teilabdruck vom rechten Zeige- und Mittelfinger. Die Abdrücke waren blutig. Falls Sie hinsichtlich der Übereinstimmung Zweifel haben, machen Sie mit dem neuen Satz Abdrücke in Blut, und vergleichen Sie sie dann noch einmal. Haben Sie das mitbekommen?«

Der Techniker nickte zustimmend, dann fragte er: »Meinen Sie, daß wir Abdrücke finden werden?«

»Das ist fraglich, aber wir müssen es versuchen. Seien Sie bitte gründlich, es ist sehr wichtig.«

Der Techniker wollte gerade den Mund aufmachen, um es ihm fest zuzusichern, aber Lloyd war schon wieder gegangen.

»Achtzehn Einzelhändler«, sagte Artie, als Lloyd durch die Tür stürmte. »Das ist der aktuelle Stand. Ich sagte dir ja, daß das Ding sehr exklusiv ist, oder?« Lloyd nahm die Liste und steckte sie in die Tasche, dabei blickte er automatisch auf die Uhr über Arties Schreibtisch. 18.30 Uhr – zu spät, um mit den Anrufen bei den Stereohändlern zu beginnen. Er erinnerte sich an die Verabredung mit Kathleen McCarthy und meinte dann: »Ich muß los. Paß auf dich auf, Artie. Eines Tages erzähl' ich dir vielleicht die ganze Geschichte.«

Kathleen McCarthy schloß den Laden früher ab und ging nach hinten in die Wohnung, um zu schreiben und sich für den Abend mit dem hochgewachsenen Polizisten herzurichten. Das Geschäft war an diesem Tag frustrierend gewesen. Keine Verkäufe, dafür eine Unmenge von Herumstöbernden, die mit ihr über feministische Themen diskutieren wollten, während sie am Telefon saß und versuchte, Informationen zu bekommen, die vielleicht zur Festnahme eines psychopathischen Frauenmörders führen konnten. Dieser Widerspruch war fast etwas lächerlich, und als Nachwirkung spürte Kathleen einen Bruch in ihrem Selbstwertgefühl. Sie hatte die Polizei schon immer gehaßt, und obwohl sie ihre moralische Pflicht erfüllte, indem sie ihr jetzt half, war der Preis doch ein Stück ihres Ichs. Sie versuchte, sich mit Vernunftgründen zu beschwichtigen. Aber alle Rhetorik half nichts. Sie gab selbst etwas preis, um anderen zu helfen. Stolz. Dein unbeugsames irisches Herz. Die Rhetorik verfehlte ihre Wirkung. Kathleen lächelte über die eigentliche Ironie. Sex. Du willst den Polizisten für dich, und du kennst nicht mal seinen Vornamen.

Kathleen ging ins Badezimmer und zog sich vor einem riesigen Wandspiegel aus. Festes Fleisch, zufriedenstellend schlank; straffe Brüste, gutgeformte Beine. Eine große, ansehnliche Frau. Sechsunddreißig Jahre alt, und noch immer auf der Suche ... Kathleens Augen füllten sich mit Tränen, und sie versuchte sich zusammenzureißen, indem sie den Blickkontakt mit ihrem Spiegelbild aufrechterhielt. Es funktionierte – die Tränen versiegten.

Sie zog einen Bademantel über, ging in ihr Wohn-/Arbeitszimmer und legte Füllfederhalter, Papier und Thesaurus vor sich auf den Schreibtisch. Dann vollzog sie ihr Ritual vor dem Akt des Schreibens, das darin bestand, zufällig erinnerte Prosafetzen mit Gedanken an den Liebhaber ihrer Träume um die Vormacht in ihrem Inneren kämpfen zu lassen. Wie gewöhnlich siegte auch diesmal der Traumgeliebte, und geistesabwesend legte Kathleen ihre Hand zwischen ihre Schenkel und gab sich träumerisch dem Blumenduft hin; diese Blumen kamen immer dann, wenn sie sie am nötigsten brauchte, wenn ihr Leben fast auf der Kippe stand. Dann lagen die Blumen, anonym verschickt und im Gleichklang mit ihrer seelischen Verfassung, vor ihrer Haustür, und sie war immer überwältigt und fragte sich, wer sie wohl geschickt haben könnte, und sie suchte in den Gesichtern aller möglichen Männer nach einem Wink, einem Zeichen, die auf Seelenverwandtschaft, die gleiche Sehnsucht oder ein *bestimmtes* Interesse hindeuteten.

Sie wußte genau, daß er groß und intelligent und ungefähr in ihrem Alter sein mußte – seit achtzehn Jahren bekam sie diese Blumensendungen, ohne den geringsten Hinweis auf seine Identität. Allerdings wußte sie, daß er aus ihrer früheren Nachbarschaft stammen mußte, daß er sie auf dem Weg zur Schule gesehen hatte, umgeben von ihrer Kamarilla ...

Gedanken an ihren ehemaligen kleinen Hofstaat waren für Kathleen der Auslöser. Sie nahm ihren Füllfederhalter und schrieb:

Bring mir zurück die Toten,
Den Kopf setz ihnen wieder auf.
– Gedenk der Lieder, die sie sangen,
– der Worte, die sie einst gesagt.
Vom Jugendalter, endlos aufgeschoben,

Bis zu verfrühtem Greisentum –
Werd' ich bereu'n:
Bilder des Lebens, ungesehen
Und Freuden, ungelebt.

Seufzend lehnte sich Kathleen in ihren Stuhl zurück. Sie seufzte noch einmal, holte ihr Tagebuch hervor und schrieb:

Gute Prosa geht mir flüssig von der Hand, darum werde ich ein kleines Pasquill schreiben, mich zurücklehnen und mein Gegenwärtiges noch einmal sammeln, betrachtet von der hohen Warte meines ungefähr neuntausendsten »Ausbruchs guter Prosa«. Die Zeiten sind schon vertrackt. Sogar gute brauchbare Prosa scheint erfunden, erdacht. Dieses Tagebuch (das wahrscheinlich nie veröffentlicht wird!) scheint sehr viel realer zu sein. Ich bin anscheinend in einer Phase angelangt, in der ich mich einfach zurücklehne und die Dinge geschehen lasse, wobei ich mir ausmale, wie sie geschehen, dann schalte ich, was immer auch geschieht, ganz ab, setze mich hin und feile an einem neuen Buch. Der Cop scheint der Beweis dafür. Na gut, er ist unwiderstehlich und anziehend, aber selbst wenn er es nicht wäre, würde ich ihn auf mich aufmerksam machen wollen. Noch vertrackter ist folgendes: Entsteht diese »Laß-es-doch-geschehen«-Haltung aus dem Wunsch nach Gestaltung oder aus Einsamkeit, vielleicht aus Geilheit und dem Wunsch, letztendlich doch dieses schreckliche Teil von mir abzustoßen, das sich abseits der ganzen Menschenrasse halten und einzig kraft meiner Worte existieren will? Empirisch gesprochen, wer weiß das schon? Meine Einsamkeit gab mir funkelnde Worte ein, genau wie meine abgründigen Männerbeziehungen. Noch eine (vielleicht die neunmillionste?) Meditation über seine Identität? Heute nicht, heute bleiben wir strikt im Reich des Möglichen. Plötzlich bin ich der Worte müde. Ich hoffe, daß der Cop nicht zu sehr rechts eingestellt ist. Ich hoffe auch, daß er ein wenig biegsam ist.

Kathleen legte den Füller quer über ihre geschriebenen Worte, überrascht, daß die Verbindung ihres Traumgeliebten mit dem Cop sie in so ernste Stimmung versetzt hatte. Während sie noch über die Unberechenbarkeit der Musen lächeln mußte, schaute sie auf ihre Armbanduhr. Es war 18.30 Uhr. Unter der Dusche fragte sie sich, wohin diese ersten Stanzen sie wohl führen würden und wie sie reagierte, wenn es um sieben Uhr klingelte.

Es klingelte Punkt sieben Uhr. Als Kathleen die Tür öffnete, stand Lloyd in abgetragener Cordhose und Rollkragenpullover vor ihr. Sie sah den Umriß eines Revolvers an seiner linken Hüfte und verwünschte sich selbst: Ihr Hosenanzug aus Harris-Tweed war zweifellos viel zu elegant. Um ihren Fehler gutzumachen, sagte sie: »Hi, Sergeant«, packte ihn da, wo seine Pistole sich ausbeulte, und zog ihn ins Haus. Er ließ sich von ihr führen, und Kathleen verwünschte sich noch einmal, als sie bemerkte, daß er ihre Geste belächelte.

Lloyd saß auf dem Sofa und streckte seine Arme in einer komischen Kreuzigungspose zur Seite. Kathleen stand sehr selbstsicher vor ihm. »Ich habe diese Telefonanrufe gemacht«, sagte sie. »Mehr als ein Dutzend Buchhändler konnte ich anrufen. Nichts. Keiner meiner Freunde konnte sich erinnern, einen Mann, wie du ihn beschrieben hast, gesehen oder gesprochen zu haben. Es war seltsam. Ich war dabei, der Polizei zu helfen, einen wahnsinnigen Frauenmörder zu fassen, und irgendwelche Frauen unterbrachen mich ständig, um Fragen zum Thema Gleichberechtigung zu erörtern.«

»Vielen Dank«, sagte Lloyd. »Ich habe, ehrlich gesagt, nicht mehr erwartet. Im Augenblick fische ich noch im Trüben. Polizeimarke 1114, Greifer vom Morddezernat bei der Arbeit.«

Kathleen setzte sich. »Leitest du diese Ermittlungen?« fragte sie.

Lloyd schüttelte den Kopf. »Nein, zur Zeit *bin* ich diese Ermittlung. Keiner meiner Vorgesetzten würde mir gestatten, Officer dafür abzustellen, die für mich arbeiten, weil der Gedanke an einen Massenmörder, der ungestraft mordet, ihnen aus Karrieregründen und weil sie um das Ansehen der Abteilung fürchten, angst macht. Ich habe Morduntersuchungen geleitet, Aufgaben, die normalerweise Lieutenants oder Captains zustehen, aber ich bin ...«

»Aber du bist so gut.« Kathleen ließ es wie eine einfache Feststellung klingen.

Lloyd lächelte. »Ich bin noch besser.«

»Kannst du Gedanken lesen, Sergeant?«

»Nenn mich Lloyd.«

»Also gut, Lloyd.«

»Die Antwort lautet: manchmal.«

»Weißt du, was ich gerade denke?«

Lloyd legte seinen Arm um Kathleens Schulter. Sie versteifte sich etwas, entzog sich ihm aber auch nicht. »Ich hab' eine Idee«, sagte er. »Wie wär's zum Anfang damit? ›Was ist das eigentlich für ein Typ? Ist er ein rechtsradikaler Irrer, wie die meisten Bullen? Erzählt er stundenlang Negerwitze, und redet er mit seinen Kumpeln bei der Polizei nur über Fotzen? Mag er es, Leuten weh zu tun? Menschen umzubringen? Glaubt er an eine Juden-Kommunisten-Nigger-Schwulen-Verschwörung, die die Weltmacht an sich reißen will? Hat er ...‹« Kathleen legte ihre Hand sanft auf Lloyds Knie und sagte, ihn unterbrechend: »Getroffen. Der Grundtenor war in allen Punkten völlig richtig.« Sie lächelte unfreiwillig und zog langsam die Hand zurück. Lloyd spürte, daß mit dem Tempo, das ihr Geplänkel bekam, sein Blut in Wallung geriet.

»Willst du meine Antwort darauf?« fragte er sie.

»Nein. Die hast du damit bereits gegeben.«

»Hast du noch weitere Fragen?«

»Ja. Zwei. Betrügst du deine Frau?«

Lloyd lachte und suchte in seiner Hosentasche nach seinem Ehering. Er streifte ihn über seinen Finger und sagte: »Ja.«

Kathleens Gesicht war ausdruckslos. »Hast du schon mal jemanden umgebracht?« fragte sie.

Kathleen zog eine Grimasse. »Das hätte ich nicht fragen sollen. Laß uns bitte nicht mehr über Tod und Frauenmörder reden. Wollen wir gehen?«

Lloyd nickte und nahm sie bei der Hand, als sie die Tür hinter sich zumachten.

Sie fuhren ziellos durch die Gegend und dann schließlich kreuz und quer durch die terrassierte Hügellandschaft ihrer alten Heimat. Lloyd lenkte den Matador durch die Gegend, in der sie beide aufgewachsen waren, und er fragte sich, woran Kathleen wohl gerade dachte.

»Meine Eltern sind schon lange tot«, sagte sie schließlich. »Sie waren beide schon ziemlich alt, als ich geboren wurde, und sie waren sehr in mich vernarrt, weil ihnen schon klar war, daß sie kaum zwanzig Jahre oder so etwas von mir haben würden. Mein Vater hat mir mal erzählt, daß sie nach Silverlake gezogen wären, weil die Hügel ihn an Dublin erinnerten.« Sie sah Lloyd an, der spürte, daß sie mit ihren übermütigen Spielchen aufhören und liebenswürdig zu ihm sein wollte. An der Kreuzung Vendome und Hyperion hielt er am Bordstein, da er hoffte, daß der herrliche Ausblick sie dazu bewegen könnte, ganz intime Dinge auszusprechen. Dinge, die seine Zuneigung noch größer machen würden.

»Hast du etwas dagegen, wenn wir anhalten?« fragte er sie.

»Nein«, sagte Kathleen, »ich mag diesen Ort. Ich bin immer mit meiner Kamarilla hierhergekommen. Wir lasen hier Gedenkgedichte auf John F. Kennedy an dem Abend, an dem er erschossen wurde.«

»Mit deiner Kamarilla?«

»Ja. Mit meinem Hofstaat. Die ›Kamarilla von Kathy‹ wurde sie genannt. Ich hatte meine eigene kleine Gruppe Untergebener auf der High-School. Wir waren alle Dichter und trugen buntkarierte Hemden und Kaschmirpullover, und wir hatten nie Verabredungen, weil es an der John Marshall High-School keinen einzigen Jungen gab, der unserer würdig gewesen wäre. Wir verabredeten uns nicht, und wir knutschten nicht herum. Wir wollten uns das für den ›Richtigen‹ aufheben, für den, so hatten wir uns erträumt, der um uns werben würde, wenn wir bekannte Dichterinnen wären, deren Gedichte überall veröffentlicht sind. Wir waren einzigartig. Ich war die Schlaueste und die Bestaussehende. Ich war von der Konfessionsschule übergewechselt, weil die Oberin mich ständig zu überreden versuchte, ihr meine Brüste zu zeigen. Ich hatte darüber im Hygienekurs geredet und damit eine Gefolgschaft einsamer, belesener Mädchen an mich gezogen. Sie wurden zu meiner Hofschar. Ich gab ihnen eine Identität. Durch mich sind sie *Frauen* geworden. Wir wurden von allen anderen in Ruhe gelassen; trotzdem gab es eine Gefolgschaft gleicherweise einsamer wie belesener Jungen – ›Kathys Clowns‹ wurden sie genannt, weil wir uns nie dazu herabließen, mit ihnen zu reden. Wir ... wir ...« Kathleens Stimme bebte leicht, und sie schüttelte Lloyds Hand ab, die er ihr zaghaft auf die Schulter gelegt hatte. »Wir ...

wir ... liebten uns und sorgten füreinander, und ich weiß, daß es sehr pathetisch klingt, aber wir waren stark. Stark! Stark ...«

Lloyd blieb eine Weile still und fragte dann: »Was ist aus deiner Kamarilla geworden?«

Kathleen seufzte, da sie wußte, daß ihre Antwort eine Antiklimax sein würde. »Ach, in alle Winde verstreut. Sie haben ihre festen Freunde gefunden. Sie beschlossen eben, doch nicht auf den ›Richtigen‹ zu warten, außerdem wurden sie immer attraktiver und wollten keine Poeten mehr sein. Sie ... sie brauchten mich eben nicht mehr.«

»Und du?«

»Ich starb damals, mein Herz ging in den Untergrund, und dann tauchte es wieder auf, um auf billige Vergnügungen und die wahre Liebe Jagd zu machen. Ich habe mit einer Menge Frauen geschlafen, weil ich hoffte, dadurch eine neue Gefolgschaft zu finden. Es klappte nicht. Ich ging mit einem Haufen Männer ins Bett – das gab mir zwar ein Gefolge, na gut, aber es waren alles Duckmäuser. Und ich schrieb und schrieb und schrieb, und es wurde veröffentlicht, dann kaufte ich einen Buchladen, und da stehe ich jetzt.«

Lloyd schüttelte den Kopf. »Und was geht wirklich in dir vor?«

Kathleen rief wütend aus: »Ich bin eine verdammt gute Dichterin und eine noch bessere Tagebuchschreiberin! Und wer zum Teufel bist du eigentlich, mir solche Fragen zu stellen? Und? Und? Und überhaupt?«

Lloyd berührte sie zärtlich mit den Fingerspitzen am Hals und sagte: »Und du führst ein Leben aus dem Kopf, und bist jetzt Dreißig-und-noch-etwas, und du fragst dich ständig, ob es jemals besser werden wird. Sag bitte ja, Kathleen, oder schüttele nur den Kopf.«

Kathleen schüttelte den Kopf. Lloyd sagte: »Gut. Darum

bin ich ja hier, weil ich möchte, daß es dir besser gehen soll. Glaubst du mir das?«

Kathleen bewegte ruckartig den Kopf auf und ab, starrte in ihren Schoß und hielt die Hände zusammengepreßt.

»Ich habe eine Frage«, sagte Lloyd, »eine rhetorische Frage. Wußtest du, daß die Polizei von L.A. den Unterboden ihrer sämtlichen zivilen Einsatzfahrzeuge mit einem besonderen stoß- und kratzfesten Überzug behandelt?«

Kathleen lachte höflich über die unerwartete Frage und sagte: »Nein.«

Lloyd beugte sich zu ihr hinüber und legte ihr den Sicherheitsgurt um die Schultern. Da ihr Gesichtsausdruck unbewegt blieb, zog er die Augenbrauen hoch und sagte: »Halt dich jetzt gut fest.« Dann startete er den Wagen und legte einen niedrigen Gang ein; er löste die Handbremse und trat dann das Gaspedal gleichzeitig voll durch, wodurch das Fahrzeug fast steil vom Boden abhob und nach vorn schoß. Kathleen schrie auf. Lloyd wartete, bis der Wagen krachend wieder gelandet war, dann tippte er leicht ein halbes Dutzend Mal auf das Gaspedal, bis die Hinterräder durchdrehten und der Wagen mit der Schnauze halb in der Luft blieb. Bocksprünge machte. Kathleen schrie noch einmal ängstlich auf. Lloyd spürte, wie Schwerkraft gegen Maschinenkraft kämpfte und die Kraft der Maschine die Oberhand behielt. Als die Haube des Matadors runterging, trat er wieder aufs Gaspedal, und die Schnauze hob wieder vom Boden ab; auf diese Weise fuhr er, bis er sah, daß eine Kreuzung kam und er auf die Bremsen treten mußte, was den Wagen mit quietschenden Reifen ins Schleudern brachte. Das Fahrzeug drohte vor einer Baumgruppe auszubrechen, doch kam es schließlich noch knapp auf der Fahrbahn zum Stehen.

Lloyd und Kathleen wurden in ihren Sitzen wie Versuchspuppen hin- und hergerissen. Schweißgebadet von der nervlichen Anspannung, drehte Lloyd das Fenster herunter und sah, daß eine Gruppe junger Chicanos ihm wild applaudierte, mit den Füßen auf den Boden stampfend und den Wagen mit ihren erhobenen Bierflaschen begrüßend.

Er warf ihnen eine Kußhand zu und wandte sich zu Kathleen. Sie weinte, und er konnte nicht unterscheiden, ob aus Furcht oder vor Freude. Er löste ihren Sicherheitsgurt und nahm sie in die Arme. Er ließ sie weiterheulen und spürte, wie die Tränen sich allmählich in Lachen verwandelten. Als Kathleen schließlich ihren Kopf von seiner Brust nahm, sah Lloyd das Gesicht eines entzückten Kindes. Er küßte dieses Gesicht mit derselben Inbrunst, mit der er die Gesichter seiner Töchter küßte.

»Großstadtromantik«, sagte Kathleen. »Du liebe Güte. Und was kommt jetzt?«

Lloyd dachte darüber nach und sagte: »Ich weiß noch nicht. Laß uns weiter herumfahren. Einverstanden?«

»Wirst du auch alle Verkehrsregeln beachten?«

Lloyd sagte: »Pfadfinderehrenwort«, machte mit dem Wagen einen Blitzstart und wackelte so lange mit den Augenbrauen, bis Kathleen lachen mußte und ihn bat, damit aufzuhören. Die jungen Leute gaben ihm erneut Applaus, als er losfuhr.

Sie fuhren über den Sunset Boulevard, die Hauptverkehrsstraße ihres alten Viertels. Lloyd kommentierte die Rundfahrt wie ein Fremdenführer, indem er auf unvergessene Orte seiner Vergangenheit hinwies: »Da ist Myrons Gebrauchtwagenladen. Myron ist ein genialer Chemiker, der auf die schiefe Bahn geraten ist. Er fing mit Heroin an und flog von der Uni, wo er einen Lehrauftrag gehabt hatte. Er entwickelte eine Korrosionsflüssigkeit, mit der man die Seriennummern von Motorblöcken wegätzen kann. Er klaute Hunderte von Autos, ließ die Blöcke in einen Bottich mit seiner Lösung tauchen und machte sich zum Gebrauchtwagenkönig von Silverlake. Er war eigentlich immer ein netter Kerl gewesen. Er war ein fanatischer Anhänger des Marshall-Football-Teams, und darum lieh er den besten Spielern auch seine Autos für ihre Rendezvous. Als er dann eines Tages schwer mit Heroin vollgepumpt war, fiel er selbst in den Bottich. Die Lösung fraß seine Beine bis zu den Knien weg. Jetzt ist er ein Krüppel und das menschenfeindlichste Individuum, das ich je gekannt habe.«

Kathleen schloß sich diesen Ausführungen an, deutete auf die andere Straßenseite und sagte: »Die Cathcart-Drogerie. Da habe ich immer das Briefpapier für meine Kamarilla geklaut. Duftendes lila Briefpapier. Eines Tages wurde ich erwischt. Der alte Cathcart hielt mich fest und wühlte in meiner Handtasche herum. Er fand ein paar Gedichte, die ich auf dem gleichen Papier geschrieben hatte. Er behielt mich da und las die Gedichte laut vor, damit sie jeder im Laden hören konnte. Es waren ganz intime Gedichte. Ich bin fast in den Erdboden versunken.«

Lloyd spürte, daß sich eine gewisse Traurigkeit in ihren ersten gemeinsamen Abend zu schleichen begann. Der Sunset Boulevard war zu laut und die Neonlichter waren zu grell. Ohne ein Wort bog er nach Norden in den Echo Park Boulevard ab, und sie kamen am Wasserturm von Silverlake vorbei. Bald schon befanden sie sich hinter dem Kraftwerk. Er bog ab und blickte zu Kathleen hin, um sich ihrer Zustimmung zu vergewissern.

»Ja«, sagte sie, »das ist eine ausgezeichnete Idee.«

Schweigend und sich an den Händen haltend spazierten sie den Hügel hinauf. Sie traten auf glitschige Dreckklumpen, und zweimal mußte Lloyd Kathleen vorwärtsziehen. Als sie den Gipfel erreicht hatten, setzten sie sich auf die Erde, ohne auf ihre Kleidung zu achten, und lehnten sich an den Drahtzaun, der die Anlage umzäunte. Lloyd fühlte, wie Kathleen sich von ihm entfernte, da sie gegen ihre Tränen ankämpfen mußte. Um den Abstand wieder zu verringern, sagte er: »Ich mag dich, Kathleen.«

»Ich mag dich auch. Und es gefällt mir hier.«

»Es ist still hier.«

»Du liebst die Ruhe, und du verabscheust Musik. Was glaubt wohl deine Frau, wo du dich im Augenblick aufhältst?«

»Keine Ahnung. In letzter Zeit geht sie immer mit diesem Halbseidenen, mit dem sie befreundet ist, tanzen. Er ist ihr Guru. Sie schnupfen Kokain und gehen in eine Schwulendisco. Sie mag auch Musik.«

»Und es stört dich nicht?« fragte Kathleen.

»Na ... das Schlimmste ist nur, daß ich es nicht verstehen kann. Ich kann verstehen, daß Leute Banken ausrauben und Diebe werden, daß sie Drogen und dem Sex verfallen und daß sie Polizisten, Dichter und Mörder werden, aber ich kann einfach nicht begreifen, warum sich Leute in Discotheken herumtreiben und Musik hören, wo sie doch mit einem kleinen elektrischen Viehtreiberstab die ganze Welt in Trab halten könnten. Ich kann dich und deine Kamarilla verstehen und deine Herumbumserei mit all diesen Lesben und Kriechern. Ich verstehe unschuldige kleine Kinder und ihre Liebe und ihr Trauma, wenn sie entdecken, wie eisig es um sie werden kann, aber ich kann nicht verstehen, daß sie nicht dagegen ankämpfen wollen. Ich erzähle meinen Töchtern Geschichten, damit sie lernen, dagegen anzukämpfen. Meine Jüngste, Penny, ist ein Genie. Sie ist eine Kämpfernatur. Bei den beiden Älteren bin ich mir nicht so sicher. Janice, meine Frau, ist keine Kämpfernatur. Ich glaube auch nicht, daß sie jemals unschuldig war. Sie wurde praktisch denkend und grundsolide geboren und ist so geblieben. Ich glaube ... ich glaube sogar ... daß ich sie deswegen geheiratet habe. Ich denke ... ich habe gewußt, daß ich nicht mehr schuldlos war, und ich war mir nicht ganz sicher, ob *ich* ein Kämpfer bin. Dann fand ich heraus, daß ich doch einer bin, bekam Angst wegen der Konsequenzen und heiratete Janice.«

Lloyds Stimme klang fast geisterhaft monoton. Kathleen kam für einen Moment der Gedanke, daß er die Marionette eines Bauchredners sein könnte und daß derjenige, der an seinen Fäden zog, in Wirklichkeit versuchte, *sie* zu bekommen; sie versuchte, das eben gehörte Bekenntnis zu entschlüsseln. Zwei Worte fielen ihr auf: »Mörder« und »Konsequenzen«, und während sie versuchte, sich einen Reim darauf zu machen, sagte sie: »Und darum bist du Polizist geworden. Um zu beweisen, daß du ein Kämpfer bist. Und dann hast du in Ausübung deiner Pflicht jemanden getötet und wußtest Bescheid.«

Lloyd schüttelte den Kopf. »Nein, ich habe zuerst einen Mann umgebracht, einen sehr gemeinen Mann. Danach wurde ich Polizist und heiratete Janice. Manchmal komme ich mit der Reihenfolge durcheinander. Manchmal ... nicht oft ... wenn ich versuche, mir über meine Vergangenheit Klarheit zu verschaffen, höre ich Getöse ... Musik ... schrecklichen Lärm ... und dann muß ich aufhören, weiter darüber nachzudenken.«

Kathleen merkte, daß Lloyd zwischendrin ab und zu die Fassung und den Faden verlor, und war sich bewußt, daß sie bis zu seinem Inneren durchgedrungen war. Sie sagte: »Ich will dir eine Geschichte erzählen. Es ist eine wahre, romantische Geschichte.«

Lloyd legte seinen Kopf in ihren Schoß und sagte: »Ja, erzähl.«

»Gut. Es war einmal ein stilles, belesenes Mädchen, das Gedichte schrieb. Sie glaubte weder an Gott noch an ihre Eltern, noch an die anderen Mädchen, die ihr folgten. Sie versuchte mit allen Mitteln, an sich selbst zu glauben. Eine Zeitlang war das einfach. Dann verließen ihre Anhängerinnen sie. Sie war ganz allein. Aber irgend jemand liebte sie.

Irgendein zärtlicher Mann sandte ihr regelmäßig Blumen. Beim ersten Mal war auch anonym ein Gedicht beigelegt. Ein trauriges Gedicht. Beim zweiten Mal einfach nur Blumen. Der Traumliebhaber schickte ihr weiterhin Blumen, viele Jahre lang und immer anonym. Über achtzehn Jahre lang. Immer dann, wenn die einsame Frau es am dringendsten brauchte. Die Frau wurde eine immer bessere Dichterin und Tagebuchschreiberin, und sie bewahrte die Blumen auf, mit Datum und unter Glas gepreßt. Sie stellte Spekulationen über diesen Mann an, aber sie hat nie versucht, seine wahre Identität in Erfahrung zu bringen. Sie nahm seinen anonymen Tribut mit ganzem Herzen an und beschloß, ihm seine Anonymität mit gleichem zu vergelten, indem sie ihre Tagebücher bis zu ihrem Tod nicht veröffentlichte. Und so lebte sie ihr Leben, schrieb und lauschte der Musik. Das alles könnte einen fast dazu bringen, an Gott zu glauben, nicht wahr, Lloyd?«

Lloyd hob seinen Kopf von seinem weichen Ruheplatz aus und schüttelte ihn leicht, um die traurige Geschichte besser begreifen zu können. Dann erhob er sich und zog Kathleen zu sich hoch.

»Ich glaube, dein Traumgeliebter ist eine sehr seltsame Kämpfernatur«, sagte er, »und ich glaube, er will dich besitzen, nicht inspirieren. Ich glaube, er weiß gar nicht, wie stark du bist. Komm, ich fahr dich nach Hause.«

Sie standen im Eingang zu Kathleens Buchladen und Wohnung und hielten sich zärtlich an den Händen. Kathleen vergrub ihren Kopf an Lloyds Schulter, und als sie ihn wieder hob, glaubte er, daß sie geküßt werden wollte. Als er sich zu ihr hinüberbeugte, schob Kathleen ihn sanft zurück.

»Nein. Noch nicht. Bitte erzwinge nichts, Lloyd.«

»Ja, gut.«

»Es ist nur, weil die ganze Sache so unerwartet kommt. Du bist so außergewöhnlich, und es ist ...«

»Du bist auch außergewöhnlich.«

»Ich weiß, aber ich habe keinen Schimmer, wer du wirklich bist. Die kleinen Dinge im Leben, verstehst du?«

Lloyd überlegte. »Ich glaub' schon. Sag mal, hättest du nicht Lust, mich morgen abend auf eine kleine Party zu begleiten? Polizisten mit ihren Ehefrauen. Es wird wahrscheinlich stumpfsinnig werden, aber für dich vielleicht ganz lehrreich.«

Kathleen lächelte. Sein Vorschlag war fast schon eine Kapitulation: Er war gewillt, sich langweilen zu lassen, um ihr zu gefallen.

»Ja. Sei um sieben Uhr hier.«

Sie zog sich in den dunklen Vorraum zurück und machte die Tür hinter sich zu. Als sie Lloyds sich entfernende Schritte hörte, machte sie Licht und holte ihr Tagebuch hervor. Allerlei krauser Tiefsinn fuhr ihr durch den Kopf, bis sie schließlich ungeduldig »Ach, Scheiße«, murmelte und niederschrieb:

> Er ist in der Lage, sich zu ändern. Ich werde seine Musik sein.

Lloyd fuhr nach Hause. Als er in die Zufahrt einbog, sah er, daß der Wagen von Janice nicht da war und daß sämtliche Lampen im Haus brannten. Er schloß die Tür auf, ging hinein und entdeckte sofort ihre Nachricht:

> Lloyd, mein Schatz,
> das ist das Adieu, zumindest für eine Weile. Die Mädchen und ich sind nach San Francisco gefahren und bleiben bei einem Freund von George. Es ist das Beste, ich weiß es, weil mir klargeworden ist, daß Du und ich uns seit langer, langer Zeit nichts mehr zu sagen haben und weil unsere Wertvorstellungen grundsätzlich verschieden sind. Dein Verhalten den Mädchen gegenüber war

das I-Tüpfelchen. Ich habe fast von Beginn unserer Ehe an von einer tiefen Verstörtheit in Dir gewußt – eine Unruhe, die Du meistens sehr gut zu tarnen wußtest. Was ich nicht zu dulden bereit bin, ist, daß Du Deine Unruhe auf die Kinder überträgst. Deine Geschichten sind in ihrer Wirkung wie Krebserreger, und Anna, Caroline und Penny sollen frei davon sein. Eine Bemerkung noch wegen der Mädchen: Sie werden eine Montessori-Schule in San Francisco besuchen, und sie werden Dich mindestens einmal in der Woche anrufen. Rob, der bei George wohnt, wird sich während meiner Abwesenheit um den Laden kümmern. Ich werde mir in den kommenden Monaten überlegen, ob ich mich scheiden lassen will oder nicht. Ich mag Dich wirklich sehr, aber ich kann nicht mehr mit Dir zusammenleben. Ich werde Dir so lange unsere Anschrift in San Francisco vorenthalten, bis ich sicher bin, daß Du nicht übereilt reagierst. Wenn ich mich eingelebt habe, werde ich Dich anrufen. Paß bis dahin auf Dich auf, und mach mir keine Sorgen.

Janice

Lloyd legte den Brief nieder und strich durch das leere Haus. Alles Weibliche war ausgeräumt worden. Aus den Zimmern der Mädchen waren sämtliche persönlichen Sachen entfernt; das Schlafzimmer, das er sich mit Janice geteilt hatte, strahlte trostlose Verlassenheit aus, und der marineblaue Überwurf aus Kaschmirwolle, den Penny ihm zu seinem siebenunddreißigsten Geburtstag gestrickt hatte, lag auf dem Bett.

Lloyd legte sich die Decke um die Schultern und ging nach draußen. Er blickte zum Himmel hinauf und wünschte sich einen heftigen Regenguß, der alles ungeschehen machen würde. Als ihm klar wurde, daß er über Donner und Blitz nicht befehlen konnte, fiel er auf die Knie und weinte.

10

Als der Dichter die leere Metalldose sah, fing er an zu schreien. Überdimensionale Krebszellen nahmen in der Morgendämmerung feste Form an und verfolgten ihn. Er warf sich aufs Straßenpflaster. Er schlang die Arme um den Kopf und rollte sich zu einer Kugel zusammen, um die Krebserreger von seiner Kehle fernzuhalten, dann wiegte er sich vor und zurück, bis seine Empfindungen abstumpften und sein Körper sich erst krampfhaft spannte, dann schlaff wurde. Als er spürte, daß er beinahe erstickte, atmete er aus, und die vertraute Larrabee Avenue rückte in sein Blickfeld. Es waren keine Krebszellen mehr in der Luft. Sein prachtvolles Tonbandgerät war verschwunden, aber Officer Pig schlief ja noch, und die frühmorgendliche Straßenszene schien ganz normal. Keine Streifenwagen, keine verdächtigen Fahrzeuge, keine Gestalten in Regenmänteln, die sich hinter Zeitungen versteckten. Er hatte das Band vor achtundvierzig Stunden ausgewechselt, deshalb war das Gerät höchstwahrscheinlich am selben Tag entdeckt worden, als es leer war oder gerade lief, oder aber gestern, als es angefangen hatte aufzunehmen. Wenn er es nicht so nötig gehabt hätte, sich zu befriedigen, hätte er niemals so ein frühes Auswechseln der Bänder riskiert, aber er brauchte den Kitzel, Officer Pig und seine Lakaien zu belauschen, die seit Wochen Dinge auf der Couch trieben, Dinge, über die Julia in ihrem gräßlichen Manuskript geschrieben hatte ...

Er konnte den Gedanken nicht zu Ende denken; er war zu unanständig.

Er stand auf und blickte in alle Richtungen. Niemand hatte ihn gesehen. Er biß sich in die Haut seines Unterarms. Das Blut, das heraustropfte, war rot und sah gesund aus. Er öffnete den Mund, um zu sprechen, da er sichergehen wollte, daß die Krebszellen nicht seine Stimmbänder angegriffen hatten. Das Wort, das herauskam, war »gerettet«. Er sagte es ein Dutzend Mal, jedesmal mit einer ehrfürchtigen Betonung. Schließlich rief er es laut heraus und rannte zu seinem Wagen.

Dreißig Minuten später war er auf das Dach des Buchladens geklettert, mit einer schallgedämpften .32er Automatik in der Tasche seiner Wildlederjacke, und er lächelte befriedigt, als er sah, daß sein Sanyo 6000 noch immer unter der äußeren, mit Teer überzogenen Rohrisolierung festklemmte. Er nahm die beiden Spulen mit bespieltem Band aus dem Gerätefach. Gerettet. Gerettet. Gerettet. Er sagte das Wort immer und immer wieder auf der Fahrt nach Hause vor sich hin, und er sagte es auch noch, als er die erste Spule in sein altes Gerät im Wohnzimmer einlegte, sich dann zurücklehnte und zuhörte, während seine Augen über die Rosenzweige und die Bilder an der Wand schweiften.

Das Klicken eines Schalters; das Licht auf der Veranda wurde eingeschaltet; das ist der Auslöser, der das Band in Bewegung setzt. Seine wahre Liebe murmelt etwas in sich hinein, dann tiefes Schweigen. Er lächelte und strich sich über die Lenden. Sie schreibt gerade. Die Stille hält an. Eine Stunde. Zwei Stunden. Drei. Vier. Dann ein Gähnen, und der Schalter wird wieder betätigt.

Er stand auf, reckte sich und wechselte die Spulen. Wieder das Klicken von der Veranda her – was für ein pünktlicher Schatz, 18.55 Uhr, wie ein Uhrwerk.

Er setzte sich wieder hin und fragte sich, ob er es sich jetzt besorgen sollte, während er die Schritte hörte, oder ob er abwarten und die Gelegenheit abpassen sollte, bis seine einzig wahre Geliebte Selbstgespräche zu führen begann. Jetzt geht die Türglocke. Ihre Stimme: »Hi, Sergeant.«

Dann Schritte. Wieder ihre Stimme: »Ich habe diese Anrufe gemacht. Mehr als ein Dutzend Buchhändler habe ich angerufen. Nichts. Keiner meiner Freunde konnte sich erinnern, einen Mann, wie du ihn beschrieben hast, gesehen oder gesprochen zu haben. Es war seltsam. Ich war dabei, der Polizei dabei zu helfen, einen übergeschnappten Frauenmörder zu fassen, und irgendwelche Frauen ...«

Bei den letzten Worten begann er zu zittern. Seine Haut wurde eiskalt, dann glühend heiß. Er drückte auf die Stop-Taste und fiel auf die Knie. Er kratzte in seinem Gesicht herum, bis Blut kam, und wimmerte »gerettet, gerettet, gerettet«. Er kroch zum Fenster und schaute auf eine vorbeiziehende Parade auf der Alvarado. Bei jedem neuen Indiz dafür, daß alles seinen gewohnten Gang ging, schöpfte er neue Hoffnung: Straßenlärm, Mexikanerinnen mit Kindern im Schlepptau und wartende Fixer vor der Pizzabude. Er fing wieder an, »gerettet« vor sich hinzumurmeln, dann zögerte er und sagte leise »vielleicht«. Das »Vielleicht« gewann die Oberhand, bis er es schrie und zum Abspielgerät zurücktaumelte.

Er drückte auf die Abspiel-Taste. Seine wahre Liebe sagte etwas über Frauen, die sie abgelenkt hätten. Dann eine Männerstimme: »Vielen Dank. Ich habe, ehrlich gesagt, auch nicht viel erwartet. Im Augenblick fische ich im trüben. Polizeimarke 1114, Greifer vom Morddezernat bei der Arbeit.«

Er zwang sich zuzuhören, während er seine Genitalien mit beiden Händen festhielt, damit er nicht laut aufschreien mußte. Die schreckliche Unterhaltung ging weiter, und Worte wurden gesagt, die ihn veranlaßten, noch fester zuzugreifen. »Der Gedanke an einen Massenmörder, der ungestraft mordet, flößt ihnen Angst ein ... Ich habe Morduntersuchungen geführt ... Nenn mich Lloyd.«

Als die Tür zugeschlagen wurde und das Band sich in

wohltuender Stille weiterdrehte, nahm er die Hände aus seinem Schoß. Er spürte, wie Blut seine Beine hinunterfloß, und das erinnerte ihn an die High-School und an Poesie und an die Heiligung seines Zwecks. Mrs. Cuthbertsons elfte Klasse mit Auszeichnung abgeschlossen. Logische Trugschlüsse: *post hoc, propter ergo hoc* – Kenntnisse über Verbrechen bedeuten nicht Kenntnisse über den Täter. Die Polizei stand noch nicht vor seiner Tür.

»Lloyd«, Polizeimarke 1114, Greifer vom Morddezernat, hatte ja keine Ahnung, daß das Haus seiner einzig Geliebten abgehört wurde, und vielleicht hatte es auch gar nichts mit dem Diebstahl des anderen Kassettenrecorders zu tun. »Lloyd« »fischte« in von Haien verseuchten Gewässern, und falls er sich ihm nähern sollte, würde er den Cop bei lebendigem Leibe fressen. Schlußfolgerung: Sie hatten überhaupt keine Ahnung, wer er war, und alles ging wie gewöhnlich seinen Gang.

An diesem Abend wollte er seine dreiundzwanzigste, so hastig umworbene Geliebte für sich haben. Es gab kein »vielleicht«. Es gab nur ein klares »ja«, das mit aller Macht von seiner Meditationskassette und von jeder seiner Geliebten, angefangen mit Jane Wilhelm, bekräftigt wurde. Ja. Ja. Der Dichter ging zum Fenster und rief es in die Welt hinaus.

11

Lloyds schlaflose Nacht in dem leeren Haus war der Vorbote für einen Tag voller Frustration im Büro, und jede negative Rückmeldung schien wie ein Stopsignal, das ihm ein Ende seiner Entscheidungsfähigkeit und Kompetenz ankündigte. Janice und die Mädchen hatten ihn verlassen, und bis sein genialer Killer hinter Schloß und Riegel saß, war er machtlos. Als aus dem Tag allmählich früher Abend wurde, überdachte Lloyd seine immer geringeren Möglichkeiten, wobei er sich fragte, was er bloß tun sollte, falls sie gleich Null wären und er nur mit seinen Sinnen und seinem Willen allein wäre.

Er hatte sechs Stunden gebraucht, um die achtzehn Hifi-Läden anzurufen und eine Liste mit fünfundfünfzig Namen zu erstellen, die innerhalb der letzten acht Jahre einen Watanabe A. F. Z. 999 Recorder erworben hatten. Vierundzwanzig davon waren Frauen; somit blieben einunddreißig männliche Verdächtige übrig, und Lloyd wußte aus Erfahrung, daß Befragungen per Telefon sinnlos sein würden – erfahrene Detectives müßten die Käufer persönlich ansprechen und anhand der Antworten der Befragten entscheiden, ob sie unschuldig waren oder verdächtig wirkten. Und was wäre, wenn der Recorder außerhalb von L.A.-County gekauft worden war ... oder wenn die ganze Haines-Geschichte überhaupt nichts mit den Morden zu tun hatte ... und wenn er Leute für die Vernehmungen brauchte ... und falls Dutch heute abend auf der Party seine Vorschläge ablehnte ... Er erhielt immer mehr negatives Feedback, gelegentlich durchzogen von Erinnerungen an Penny und ihre selbstgestrickte Decke und Bildern von Caroline und Anne, die vor Entzücken über seine Geschichten kreischten.

Dutch hatte auch nichts Positives durch seine Umfragen bei pensionierten und langgedienten Detectives des Jugendreferats in Erfahrung bringen können, und die Kartei, in der die Pseudonyme von Tätern erfaßt waren, hatte unter »Bird« oder »Birdy« nur ein Dutzend Namen von Schwarzen aus dem Armenviertel zu bieten. Es war zwecklos – die hohe Stimme in Whitey Haines' Wohnzimmer gehörte zweifellos einem Weißen.

Aber die größte Enttäuschung war, daß er keine Informationen über die Fingerabdrücke auf dem Kassettenrecorder bekommen konnte. Lloyd hatte sich wiederholt an das Labor gewandt und nach dem Techniker gefragt, dem er den Apparat anvertraut hatte; er rief bei ihm zu Hause an und erfuhr, daß dessen Vater einen Herzinfarkt erlitten hatte, und daß er nach San Bernardino gefahren wäre und den Recorder mitgenommen hätte, in der Absicht, die Einrichtungen des dortigen Polizeireviers für die Tests zu nutzen. »Er sagte, daß Sie von ihm verlangt hätten, die Tests *persönlich* durchzuführen, Sergeant«, hatte die Ehefrau des Technikers ihm am Telefon gesagt. »Er wird Sie wohl am Vormittag aus San Bernardino anrufen und Ihnen die Ergebnisse mitteilen.« Lloyd hatte den Hörer aufgelegt und sich über das Wortwörtlich-Nehmen sowie sein eigenes autoritäres Gehabe geärgert.

Das alles ließ nur eine Alternative zu, die jene Personen betraf: Entweder mußte er die einunddreißig Käufer selbst befragen oder Speed schlucken und die Wohnung von Whitey Haines beobachten, bis der Lauscher irgendwann auftauchte. Das waren pure Verzweiflungstaktiken – und dennoch die einzigen Möglichkeiten, die ihm blieben.

Lloyd stieg in seinen Wagen und fuhr in Richtung Westen zu Kathleens Buchladen. Als er von der Autobahn abfuhr, stellte er fest, daß seine Knochen müde und seine Gelüste stark waren, deshalb lenkte er den Wagen nach Norden, in die Richtung von Joanie Pratts Haus in den Hollywood Hills. Sie könnten miteinander schlafen und reden, und vielleicht würde Joanies Körper ihm das Gefühl nehmen, der letzte Überlebende des Jüngsten Gerichts zu sein.

Joanie fiel Lloyd um den Hals, als er durch die geöffnete Eingangstür kam, und rief: »*Willkommen,* Sarge! Romantik im Sinn? Wenn das der Fall ist, das Schlafzimmer ist direkt zu deiner Rechten.« Lloyd lachte. Joanies großes sinnliches Herz war die ideale Zuflucht für sein Zärtlichkeitsbedürfnis.

»Zeig mir lieber den Weg.«

Nachdem sie miteinander geschlafen und gespielt und den Sonnenuntergang vom Balkon des Schlafzimmers aus betrachtet hatten, erzählte Lloyd ihr, daß ihn seine Frau und die Kinder verlassen hätten, und daß es in all seiner trostlosen Verlassenheit nur noch ihn und den Killer gäbe. »Ich gebe mir für meine Nachforschungen noch zwei Tage«, sagte er, »dann werde ich an die Öffentlichkeit gehen. Ich will sämtliche Möglichkeiten ausschöpfen, in die Nachrichten von Kanal sieben zu kommen, und meine Karriere ist mir dabei scheißegal. Die Idee dazu ist mir gekommen, als wir im Bett lagen. Wenn die Spuren, die ich verfolge, zu nichts führen, werde ich so gewaltigen Stunk in der Öffentlichkeit machen, daß jedes Polizeirevier im County Los Angeles hinter dieser Bestie herjagen *muß.* Falls das, was ich über ihn in Erfahrung gebracht habe, richtig ist, wird ihn die Enthüllung so in die Enge treiben, daß er etwas Unüberlegtes tut, wodurch er sich verraten wird. Ich glaube, er hat ein unglaublich starkes Ego, das danach giert, Anerkennung zu finden, und wenn er dann alles in die Welt hinausschreit, werde ich dasein und ihn mir schnappen.«

Joanie lief es kalt den Rücken hinunter, dann legte sie ihre Hand besänftigend auf Lloyds Schulter.

»Du wirst ihn schon kriegen, Sarge. Du wirst ihm da einen Schlag versetzen, wo ...«

Lloyd lächelte angesichts dieser Vorstellung. »Meine Möglichkeiten werden immer geringer«, sagte er. »Es tut mir sehr gut.« Ihm fiel Kathleen ein, und er fügte noch hinzu: »Ich muß jetzt gehen.«

»Heiße Verabredung?« fragte Joanie.

»Ja. Mit einer Dichterin.«

»Tust du mir noch einen Gefallen, bevor du gehst?«

»Ja, sicher. Was denn?«

»Ich möchte ein Foto von uns beiden in glücklicher Zweisamkeit haben.«

»Wer soll es denn aufnehmen?«

»Ich. Meine Polaroid-Kamera hat einen Zehn-Sekunden-Selbstauslöser. Komm schon, steh auf.«

»Aber ich bin nackt, Joanie!«

»Ich auch. Komm jetzt.«

Joanie ging ins Wohnzimmer und kam mit einem Fotoapparat zurück, der auf einem Stativ befestigt war. Sie betätigte einige Knöpfe und eilte dann an Lloyds Seite. Schamrot umfaßte er ihre Hüfte und spürte dabei, wie er ihm wieder steif wurde. Das Blitzlicht funktionierte. Joanie zählte die Sekunden und zog das Foto aus der Kamera. Die Aufnahme war ausgezeichnet: Lloyd und Joanie nackt, beide lüstern lächelnd, er mit hochrotem Kopf und Halbsteifem. Er merkte, wie das Gefühl der Zärtlichkeit in ihm stärker wurde, als er sie eingehend betrachtete. Er nahm Joanies Gesicht zwischen seine Hände und sagte: »Ich liebe dich.«

Joanie drängte: »Ich liebe dich auch, Sarge. Und jetzt zieh dich an. Wir haben beide heute abend Verabredungen, und ich bin bei meiner schon viel zu spät dran.«

Kathleen hatte den ganzen Tag damit verbracht, sich auf den Abend vorzubereiten. Sie hatte Stunden in den Damenabteilungen der Bekleidungsläden Brooks Brothers und Boshard-Doughty zugebracht, um sich *die* romantische

Staffage auszusuchen, die beredt von ihrer Vergangenheit sprechen und zugleich mit der Gegenwart harmonisieren sollte. Sie hatte Stunden gebraucht, aber endlich genau das Richtige gefunden: Eine rosa Button-Down-Bluse aus Oxfordtuch, marineblaue Söckchen, eine Freizeithose aus Korduanleder und ein absolut unwiderstehliches Stück – einen knielangen, plissierten roten Schottenrock. Zufrieden und erwartungsvoll fuhr Kathleen nach Hause und genoß die Wartezeit bis zur Ankunft ihres romantischen Verehrers. Sie mußte noch fünf Stunden herumbringen, daher nahm sie sich vor, stoned zu werden und Musik zu hören, bis er zu ihr käme. Da sie an diesem Abend auf spektakuläre Weise mit einer Ansammlung seriöser Polizisten mitsamt Ehefrauen konfrontiert werden sollte, legte sie eine sorgfältig ausgewählte Platte aus der Ära der Flower-Power-Revolution auf den Plattenteller. Im Bademantel lehnte sie sich zum Marihuanarauchen bequem zurück und lauschte der Musik, erfüllt von der Vorfreude, den schmucken Polizisten an diesem Abend in ihre Geheimnisse einzuweihen – sie würde ihn mit ihrer Poesie hinreißen, klassische Auszüge aus ihrem Tagebuch vorlesen, und vielleicht würde sie sich von ihm sogar die Brüste küssen lassen.

Nachdem das kolumbianische Gras sie vollends benommen gemacht hatte, ertappte sie sich dabei, wie sie sich einer neuen Phantasie hingab: Lloyd war *in Wirklichkeit* ihr heimlicher Verehrer! Er war derjenige, der die ganzen Jahre über die Blumen an sie geschickt hatte; er hatte all die Jahre nur auf diesen gräßlichen Anlaß, die Suche nach diesem Mörder, gewartet, um mit ihr zusammenzukommen – ein zufälliges Treffen war für ihn nicht romantisch genug gewesen. Der Ursprung seiner Anziehungskraft mußte Silverlake gewesen sein – sie waren nur knapp sechs Straßen voneinander entfernt aufgewachsen.

Kathleen konnte spüren, wie ihre Phantasiewelt sich auflöste, je mehr die Wirkung des Marihuanas nachließ. Um ihren Zustand zu intensivieren, rauchte sie noch einen letzten Thai-Stick. Innerhalb von Minuten war sie mit der Musik verschmolzen, und Lloyd stand nackt vor ihr; er gestand ihr seine seit zwei Jahrzehnten schmachtende Liebe und war atemlos vor Begierde, weil er sie unbedingt nehmen wollte. In ihrem Edelmut willigte Kathleen großzügig ein und sah, wie er ihm größer und steifer wurde, bis sie, Lloyd und die tiefe Baßgitarre der *Jefferson Airplane*, zusammen explodierten. Sie nahm ihre Hand zwischen den Beinen weg, schaute automatisch auf die Uhr und erkannte, daß es bereits zehn vor sieben war.

Kathleen ging ins Badezimmer und drehte die Dusche auf, dann ließ sie ihren Bademantel auf den Boden fallen und den abwechselnd heißen und kalten Wasserstrahl auf ihren Körper prasseln, bis sie allmählich Ernüchterung spürte. Sie zog sich an und fand Gefallen an ihrem lebensgroßen Spiegelbild: Sie sah wundervoll aus, und sie nahm mit Genugtuung zur Kenntnis, daß sie keine Gewissensbisse hatte, so schamlos nostalgische Kleider anzuziehen.

Um sieben Uhr ging die Türklingel. Kathleen stellte die Stereoanlage ab und öffnete atemlos die Tür. Als sie Lloyd davorstehen sah, groß und irgendwie graziös, fiel sie für Augenblicke in ihre Traumwelt zurück. Als er lächelte und sagte: »Mein Gott, bist du stoned«, kam sie wieder in die Gegenwart zurück, lachte schuldbewußt und sagte: »Tut mir leid. Schnurrige Gedanken. Gefällt dir, was ich anhabe?«

Lloyd erwiderte: »Du siehst wunderbar aus. Altmodische Kleider stehen dir gut. Ich hätte nicht gedacht, daß du Dope rauchst. Komm jetzt. Laß uns bitte gehen.«

Dutch Peltz und seine Frau Estelle wohnten in Glendale auf einem ranchartigen Anwesen neben dem Golfplatz. Lloyd und Kathleen fuhren in angespanntem Schweigen dahin.

Lloyd dachte über verzweifelte Aktionen und Mörderjagden nach, während Kathleen grübelte, wie sie wohl das Gleichgewicht wiederherstellen könnte, das sie verloren hatte, weil sie high gewesen war.

Dutch begrüßte die beiden an der Eingangstür und machte einen richtigen Diener vor Kathleen. Lloyd stellte sie einander vor.

»Dutch Peltz – Kathleen McCarthy.«

Dutch nahm Kathleens Hand. »Es ist mir ein Vergnügen, Miss McCarthy.«

Kathleen erwiderte die Verbeugung mit einer ironischen Geste.

»Soll ich Sie mit Ihrem Dienstgrad anreden, Mr. Peltz?«

»Nennen Sie mich Arthur oder Dutch, wie alle meine Freunde.« Er wandte sich Lloyd zu und sagte: »Geh ein wenig spazieren, mein Junge. Ich werde Kathleen herumführen. Wir sollten miteinander reden, bevor du gehst.«

Lloyd verstand den Tonfall in Dutchs Stimme und sagte: »Wir sollten sogar schon früher miteinander reden. Ich werde mir erst mal einen Schluck zu trinken holen. Kathleen, wenn Dutch zu langweilig ist, bitte ihn darum, dir seinen Schuhtrick zu zeigen.«

Kathleen blickte auf Dutchs Füße. Obwohl er einen Abendanzug anhatte, trug er schwarze Kampfstiefel mit dicken Sohlen. Dutch lachte und trat mit der Hinterkante seines rechten Absatzes auf den Fußboden. Ein langes Stilett sprang aus einer Seite des Stiefels heraus. »Mein Markenzeichen«, sagte er. »Ich war bei einem Kommandounternehmen in Korea.« Vorsichtig stieß er mit der Messerspitze in den Teppich, und die Klinge schnappte zurück.

Kathleen rang sich ein Grinsen ab. »Macho.«

Dutch lächelte. »Getroffen. Komm, Kathleen, ich führe dich herum.«

Dutch geleitete Kathleen an das Buffet im Eßzimmer; die

Frauen stellten dort Salatteller zusammen, setzten sie neben dampfenden Platten mit Corned beef und Kohl ab, lachten laut und lobten das Essen sowie die Partyvorbereitungen. Lloyd sah zu, wie die beiden fortgingen, dann schlenderte er zurück ins Wohnzimmer und pfiff durch die Zähne. Dichtgedrängt standen hier hohe Dienstgrade beisammen: Commander, Inspektoren, sogar noch höhere Chargen. Er zählte sieben Commander, fünf Inspektoren und vier Deputy Chiefs. Den niedrigsten Dienstgrad hatte in diesem Raum Lieutenant Fred Gaffaney, der neben zwei hochdekorierten Inspektoren am Kamin lehnte. Gaffaney blickte zu Lloyd hinüber, sah ihm in die Augen und wandte seinen Blick schnell wieder ab. Ebenso die beiden Inspektoren. Ihre Augen wichen ihm aus, wenn er direkt in ihre Richtung starrte. Irgend etwas war faul.

Lloyd traf Dutch in der Küche wieder, wo er Kathleen und einen Deputy Chief mit einem seiner Mundartwitze glänzend unterhielt. Als der Chief kopfschüttelnd und lachend den Raum verließ, meinte Lloyd: »Hast du mir vielleicht irgend etwas verschwiegen, Dutchman? Irgendwas muß doch los sein, ich habe in meiner gesamten Laufbahn noch nie so viele hochkarätige Typen auf einer Stelle gesehen.«

Dutch schluckte. »Ich habe die Commanderprüfung abgelegt und mit Auszeichnung bestanden. Ich hab's dir nur noch nicht gesagt, weil ich ...« Er nickte in Kathleens Richtung.

»Nein«, sagte Lloyd, »sie bleibt hier. Warum hast du es mir nicht erzählt, Dutch?«

»Du möchtest doch bestimmt nicht, daß Kathleen das erfährt«, sagte Dutch.

»Mir ist das gleichgültig. Sag es mir, verdammt noch mal!«

Dutch rückte mit der Sprache raus: »Ich habe es dir nicht

erzählt, denn wenn ich erst einmal auf der Commanderliste stehe, gäbe es überhaupt kein Ende der Gefälligkeiten mehr, um die du mich bitten würdest. Ich wollte es dir erst erzählen, wenn ich bestanden habe, und falls ich dann auch berufen werde. Dann ließ Fred Gaffaney durchblicken – na ja, daß man mir die Leitung der Sicherheitsbehörde, des IAD, anbieten will, sobald Inspektor Eisler pensioniert wird. Gaffaney steht auf der Captainliste, und es ist fast sicher, daß er meine rechte Hand wird. Dann hast du *ihn* aufgescheucht – und *ich* hab' mein Gesicht verloren! Ich hab's wieder ausgebügelt, der alte Dutch paßt ja immer auf sein temperamentvolles Genie auf! Tja, Lloyd, die Dinge ändern sich nun mal. Die Presse hat unserer Abteilung einen schweren Schlag versetzt: Schwarze werden erschossen, es gab Willkür seitens der Polizei und zwei Cops hat man wegen Kokainbesitzes verhaftet. Es wird eine Säuberungsaktion auf uns zukommen. Das IAD ist voller ›Ehemaliger‹ aus der Versenkung, und der Chef will höchstpersönlich, daß scharf durchgegriffen wird gegen jene Officer, die ständig den Partner wechseln, sich mit Nutten im Puff herumtreiben und nur hinter Weiberröcken her sind. Ich möchte mit dir auskommen, und ich will nicht, daß dir etwas geschieht! Deshalb habe ich Gaffaney gesagt, daß du dich bei ihm entschuldigen wirst. Ich hatte erwartet, du erscheinst hier mit deiner Frau und nicht mit einer deiner Freundinnen!«

»Aber Janice hat mich doch verlassen!« schrie Lloyd. »Sie hat sogar die Mädchen mitgenommen, und bei diesem scheinheiligen Schwanzlutscher werde ich mich niemals entschuldigen, nur um meinen Kopf zu retten!«

Lloyd sah sich um. Kathleen lehnte, vor Schreck erstarrt, mit geballten Fäusten an der Wand. Eine Gruppe von Officern und Ehefrauen hatte sich an der Tür zum Eßzimmer versammelt. Er las in ihren Augen nichts als Furcht, gepaart mit selbstherrlichem Urteilsvermögen. Lloyd sprach mit gedämpfter Stimme: »Ich brauche fünf Leute, Dutch. Nur ein paar Tage für die Befragung von 31 Verdächtigen. Das ist der letzte Gefallen, um den ich dich jemals bitten werde. Ich fürchte, allein kann ich ihn sonst nicht fassen.«

Dutch schüttelte den Kopf. »Nein, Lloyd.«

Lloyds Stimme wurde sehr eindringlich. »Bitte!«

»Nein. Jetzt nicht. Laß eine Zeitlang die Finger von der Sache. Mach mal eine Pause. Du hast in letzter Zeit zu schwer gearbeitet.«

Die Menge der Neugierigen hatte sich in der ganzen Küche verteilt. Lloyd ließ seine Augen über die Versammlung schweifen, dann drohte er unvermittelt: »Noch zwei Tage, Dutch. Dann werde ich die Sache ins Fernsehen bringen. Achte bei den Sechs-Uhr-Nachrichten auf mich.«

Lloyd drehte sich um, wollte weggehen, dann zögerte er noch einen Moment. Er machte eine Kehrtwendung und schlug Dutch mit der rechten offenen Hand ins Gesicht. Das Klatschen von Haut auf Haut ging in einem lauten, allgemeinen Raunen unter. »Judas«, zischte Lloyd.

Im Wagen schmiegte sich Kathleen an Lloyd. Selbstvergessen genoß sie seine Stärke. Sie hatte Angst, etwas Falsches zu sagen, daher schwieg sie und versuchte nicht erst zu erraten, woran er wohl im Augenblick dachte.

»Was verabscheust du eigentlich am meisten?« fragte Lloyd sie. »Sei bitte konkret.«

Kathleen dachte einen Moment lang nach. »Ich hasse die Klondike Bar«, sagte sie. »Das ist eine Lederkneipe, Ecke Virgil und Santa Monica. Ein Treffpunkt für Sadisten. Die Männer, die ihre Motorräder davor aufbocken, flößen mir echt Angst ein. Ich weiß, daß ich etwas über Mörder hätte sagen sollen, aber ich fühle mich irgendwie nicht danach.«

»Du brauchst dich nicht zu entschuldigen. Das war wirklich eine gute Antwort.«

Lloyd machte mit dem Wagen eine Kehrtwendung und schleuderte Kathleen damit auf die andere Seite des Sitzes. Ein paar Minuten später parkten sie vor der Klondike Bar und sahen einer Gruppe kurzhaariger, mit Lederjacken bekleideter Männer zu. Sie schnupften Amphetamin, umschlangen sich dann mit ihren starken Armen und gingen in die Bar.

»Eine andere Frage«, sagte Lloyd. »Willst du wirklich den Rest deines Lebens damit verbringen, ein Abklatsch von Emily Dickinson zu sein, oder willst du nach dem reinen weißen Licht streben?«

Kathleen schluckte. »Nach dem reinen weißen Licht streben natürlich«, entgegnete sie.

Lloyd deutete auf das Neonlicht oberhalb der Pendeltüren zur Bar. Ein muskulöser Abenteurer vom Yukon, der nur einen Mountie-Hut auf dem Kopf und Strapse anhatte, glotzte auf sie herab. Lloyd griff in das Handschuhfach und reichte Kathleen seinen außerdienstlichen .38er.

»Schieß ihn ab«, forderte er sie auf.

Kathleen schloß die Augen und feuerte blind aus dem Fenster, bis das Magazin leer war. Der Abenteurer vom Yukon explodierte bei den letzten drei Schüssen, und mit einemmal sog Kathleen Kordit und reines weißes Licht in sich ein. Lloyd machte einen Blitzstart und fuhr zwei Straßen weit mit quietschenden Reifen, wobei er eine Hand am Lenkrad hatte und die andere im Schoß der kreischenden Kathleen.

Als sie an ihrem Buchladen vorbeifuhren, sagte er: »Willkommen im Herzen meines irisch-protestantischen Verantwortungsgefühls.«

Kathleen wischte sich die Tränen des Lachens aus den Augen und sagte: »Aber ich bin irisch-katholisch.«

»Das macht nichts. Du bist voll Herz und Liebe, und darauf kommt es an.«

»Bleibst du bei mir?«

»Nein. Ich muß allein sein und mir überlegen, was ich tun werde.«

»Aber du wirst bald vorbeikommen?«

»Ja. In ein paar Tagen.«

»Und wirst du dann mit mir schlafen?«

»Ja.«

Kathleen schloß die Augen, und Lloyd beugte sich zu ihr; er küßte sie abwechselnd mal weich und mal fest, bis ihre Tränen zu den Lippen heruntergelaufen waren, dann löste sie sich aus der Umarmung und lief weg.

Zu Hause versuchte Lloyd nachzudenken. Nichts passierte. Immer wenn seine Pläne, Theorien oder möglichen Strategien in seinem Kopf nicht zusammenpaßten, wurde er einen Augenblick von Panik ergriffen. Dann erfüllte ihn wieder eine klassische Einfalt. Sein ganzes bisheriges Leben war der Auftakt für diese atemberaubende Pause vor dem Irrflug gewesen. Es gab kein Zurück mehr. Sein göttlicher Instinkt für die Dunkelheit würde ihn schon zu dem Mörder führen. Das Kaninchen war in den Kaninchenbau hinabgestiegen und sollte nie mehr das Tageslicht erblicken.

IV.

Monduntergang

12

Seine Auserwählte hieß Peggy Morton, und sie war sowohl ihrer herausfordernden Persönlichkeit als auch ihrer äußeren Erscheinung wegen erwählt worden.

Seit Julia Niemeyer, ihrem Manuskript und seinem Stelldichein am Bordstein, war er an allen Fronten ins Schleudern geraten. Sein schlanker, kräftiger Körper sah zwar noch genauso aus wie früher, aber er *fühlte* sich kraftlos und träge; seine normalerweise klaren blauen Augen waren ausweichend und von Furcht geprägt, wenn er sich selbst im Spiegel betrachtete. Um gegen diesen allmählichen Zerfall anzukämpfen, hatte der Dichter verschiedene Sportarten aus der Zeit vor Jane Wilhelm wieder aufgenommen. Er verbrachte Stunden mit Judo- und Karatetraining und feuerte auf dem Schießplatz mit seinen Handfeuerwaffen; er machte Liegestütze, Kniebeugen und Muskeltraining, bis er nur noch unbewußten Schmerz fühlte. Das Ganze war nichts weiter als eine billige Verdrängungstaktik, denn nachts nagten die Alpträume immer noch an ihm. Jungen Männern auf der Straße nachzustellen kam ihm wie ein pantomimisches, obszönes Vorspiel vor; Wolkenformationen drehten sich in bizarren Mustern, die seinen Namen buchstabierten, damit ganz Los Angeles ihn lesen konnte.

Dann wurde ihm sein Kassettenrecorder gestohlen, und er gewahrte einen gesichtslosen Racheengel: Sergeant Lloyd, der Greifer vom Morddezernat. In den elf Stunden, seit er die Stimme des Mannes auf dem Band zum erstenmal gehört hatte, war er viermal gekommen. Immer anschaulichere Phantasien vom Knabenstrich trieben ihn in einen beinahe benommenen Zustand, der innerhalb von

Sekunden wieder verfliegen konnte und ihn erneut an den Rand der Entladung brachte. Doch er fürchtete den Preis. Die Andenken an den Wänden halfen ihm auch nicht; nur die Stimme erregte ihn wirklich. Dann dachte er an Peggy Morton, die nur ein paar Blocks weiter weg von jener Straße voll käuflicher junger Männer wohnte, junger Männer, die man der schameinflößenden Stimme auf dem Band entgegenhalten konnte, die denselben scheußlichen Lebensstil wie »Officer Pig« und sein Lakai führten. Zum Abreagieren fuhr er nach West-Hollywood.

Peggy Morton wohnte in einem »Sicherheitsgebäude« an der Flores Avenue, zwei Straßen südlich des Sunset Strip. Er war ihr eines Morgens von einem die ganze Nacht geöffneten Supermarkt an der Ecke Santa Monica und Sweetzer nach Hause gefolgt, hatte sich immer auf dem von Bäumen gesäumten Bürgersteig gehalten und zugehört, wie sie französische Verben konjugierte. Sie hatte etwas Einfaches und doch Vollkommenes an sich, und in der traumatischen Zeit nach Julia hatte er diese Schlichtheit zur Grundlage seines Verlangens erhöht.

Er hatte eine knappe Woche gebraucht, um die hübsche, rothaarige junge Frau als eine außergewöhnlich ihren Gewohnheiten verpflichtete Person einstufen zu können: Sie verließ ihre Arbeitsstelle als Kassiererin im Tower-Records-Schallplattenladen genau um Mitternacht, und Phil, ihr Liebhaber und abends Geschäftsführer des Ladens, begleitete sie dann immer zum Supermarkt, wo sie Lebensmittel einkaufte, und schließlich nach Hause. Phil schlief nur dienstags und freitags bei ihr.

»Das ist nun mal unsere Abmachung, Sweetie«, hatte er Peggy ein halbes dutzendmal sagen hören. »Ich muß Französisch lernen. Und du hast versprochen, mich nicht zu drängen.«

Der gutmütige, tölpelhafte Phil protestierte immer ein

wenig, umarmte atemlos Peggy und ihre Einkaufstüte und ging kopfschüttelnd davon. Peggy schüttelte daraufhin ihrerseits den Kopf, als wollte sie sagen »Männer«, und kramte aus ihrer Handtasche ein Schlüsselbund hervor, mit dem sie die erste der zahlreichen Türen aufschloß, die zu ihrer Wohnung im vierten Stock führten.

Das Gebäude faszinierte und forderte ihn heraus. Sieben Stockwerke aus Glas, Stahl und Beton, die im Foyer mit einem Schild als »24 Stunden totale elektronische Sicherheitsüberwachung« angepriesen wurden. Er schüttelte den Kopf über das Elend der Menschen, die einen solchen Schutz brauchten, und nahm die Herausforderung an. Er wußte, daß an Peggys Schlüsselbund vier Schlüssel waren, und daß sie alle notwendig waren, um sich Zutritt zu ihrer Wohnung zu verschaffen – er hatte gehört, wie Phil sich darüber lustig machte. Er wußte auch, daß an den Wänden installierte elektronische Filmkameras das Foyer ständig überwachten. Der erste Schritt würde sein, an die Schlüssel zu kommen ...

Das war leicht zu bewerkstelligen, brachte ihm allerdings nur teilweisen Zutritt. Nachdem er drei Tage lang Peggys Routine studiert hatte, wußte er, daß sie, wenn sie um vier Uhr zur Arbeit erschien, erst einmal in den Pausenraum für Angestellte an der Rückseite des Ladens ging. Sie ließ ihre Handtasche immer auf dem Tisch neben dem Coke-Automaten liegen und sah im benachbarten Lagerraum nach den neu angekommenen Platten. Er beobachtete dies drei Tage lang durch eine Schiebetür aus Glas. Am vierten Tag schlug er zu – und verpatzte es, weil Peggys zurückkehrende Schritte ihn zwangen, mit nur einem Schlüssel in der Hand in den eigentlichen Laden zurückzueilen.

Aber es war der Schlüssel zur Eingangshalle, und noch am selben Abend öffnete er, als Frau verkleidet und zur Tarnung eine Tüte mit Lebensmitteln tragend, frech die

Tür und ging direkt auf die Reihe der Briefkästen zu, wo Peggys Wohnung als Nummer 423 angegeben war. Von dort aus machte er eine Runde durchs Foyer und stellte fest, daß für die Aufzugstür ein extra Schlüssel nötig war. Unerschrocken sah er eine Tür links von ihm. Sie war unverschlossen. Er öffnete sie und ging über einen schmutzigen Flur in eine Waschküche, in der münzbetriebene Waschmaschinen und Trockner standen. Er suchte den Raum ab und entdeckte einen breiten Entlüftungsschacht an der Decke. Er vernahm Geräusche aus den Wohnungen darüber, und in seinem Kopf begann es zu arbeiten ...

Wieder als Frau verkleidet, aber diesmal mit einem enganliegenden baumwollenen Trainingsanzug unter der weiblichen Aufmachung, parkte er den Wagen auf der gegenüberliegenden Straßenseite und wartete darauf, daß Peggy nach Hause kam. Er zitterte derart vor Spannung, daß er keinen Gedanken an die Stimme des Greifers vom Morddezernat verschwendete.

Peggy erschien um 0.35 Uhr. Sie verlagerte die Einkaufstüte von einem Arm in den anderen, fummelte mit ihrem neuen Schlüssel im Schloß herum und verschaffte sich Einlaß. Er wartete eine halbe Stunde, dann ging er gelassen auf die andere Straßenseite und tat dasselbe wie sie, wobei er sein Gesicht teilweise hinter seiner Einkaufstüte verbarg. Er ging durch das Foyer zum Waschraum, befestigte ein handgeschriebenes »Außer Betrieb«-Schild an der Tür und verriegelte sie dann von innen. Flach atmend, zog er das locker sitzende gestreifte Kleid aus und holte sein Werkzeug aus der Tüte: Schraubenzieher, Meißel, einen Zimmermannshammer, eine Metallsäge und eine .32er Automatik mit aufgesetztem Schalldämpfer. Er steckte sie in die Fächer eines Waffengurtes aus dem Militärladen, dann schnallte er den Gurt um seine Hüften und zog die Operationshandschuhe über.

Während er sich einige liebevolle Erinnerungen an Peggy ins Gedächtnis rief, stellte er sich auf eine der Waschmaschinen direkt unter dem Abzugsschacht und blickte in die Dunkelheit. Dann holte er tief Luft und streckte seine Hände in Taucherpose über seinem Kopf aus und sprang hoch, bis seine Finger die gewellte Metallverkleidung im Inneren des Schachts zu fassen bekamen. Mit großer, seine Lungen strapazierender Anstrengung zog er sich den Schacht hinauf, flachte sein Arme, Schultern und Beine ab, um so eine Hebelwirkung zu erzielen, die ihn langsam nach oben beförderte. Er fühlte sich wie ein in der Hölle büßender Wurm, während er sich zentimeterweise vorwärtsarbeitete, einen Fuß nach dem anderen setzte, während er seine Atmung der Bewegung anpaßte.

Der Schacht war erstickend heiß, und das Metall stach durch seinen Trainingsanzug in die Haut.

Er erreichte den Schacht, der zur zweiten Etage führte, und sah, daß auch dieser breit genug war, um durchzukriechen. Er schob sich hinein und genoß das Gefühl, wieder in der Horizontalen zu sein. Der Durchgang endete an einer Metallabdeckung mit kleinen Löchern. Kühle Luft strömte nach innen, und als er hindurchblinzelte, sah er, daß er sich in Höhe der Flurdecke gegenüber den Wohnungen 212 und 214 befand. Er rollte sich auf den Rücken und holte Hammer und Meißel aus dem Waffengurt, dann drehte er sich wieder auf den Bauch, klemmte die Spitze des Meißels unter den Rand der Metallplatte und löste sie mit einem einzigen kräftigen Hammerschlag. Die Platte fiel in den mit blauem Teppichboden ausgelegten Gang, er kroch durch die Öffnung und ließ sich im Handstand auf den Boden fallen. Er holte tief Luft, setzte die Platte wieder lose auf die Schachtöffnung und ging den Flur entlang, wobei er sich ständig nach versteckten Sicherheitsvorrichtungen umsah. Als er keine entdeckte, ging er durch zwei Verbindungstüren und stieg zwei Absätze einer Nottreppe aus Beton hinauf, wobei er fühlte, wie sein Herzschlag mit jeder Stufe rasender wurde.

Der Korridor der vierten Etage war leer. Er ging zur Tür von Wohnung 423 und hielt ein Ohr daran. Stille. Er nahm die .32er Automatik aus seinem Gurt und prüfte, ob der Schalldämpfer fest auf den Lauf geschraubt war. Während er sich auf die Klangfarbe von Dumm-Phils Stimme konzentrierte, klopfte er an die Tür und sagte: »Peg? Ich bin es, Liebling.«

Aus der Wohnung drang ein Schlurfen von Füßen, gefolgt von überrascht gestammelten Worten: »Du verrückter ...« Einen Augenblick später ging die Tür auf. Als Peggy Morton den Mann im schwarzen Trainingsanzug sah, hielt sie sich vor Schreck die Hand vor den Mund. Sie schaute in seine hellblauen Augen und sah das Verlangen. Als sie die Pistole in seiner Hand sah, versuchte sie zu schreien, aber nichts kam heraus.

»Denk an mich«, sagte er und feuerte ihr in den Bauch. Es gab ein weiches ›Plopp‹, und Peggy sank in die Knie, ihr erschrockener Mund hatte noch das Wort »Nein« zu formen versucht. Er setzte ihr den Pistolenlauf an die Brust und drückte den Abzug. Sie fiel rückwärts auf den Boden ihres Wohnzimmers und gab ein leises »Nein« zusammen mit einem Mundvoll Blut von sich. Er ging hinein und schloß die Tür hinter sich. Peggys Augenlider flackerten, und sie schnappte keuchend nach Luft. Er beugte sich hinunter und öffnete ihren Bademantel. Sie war darunter nackt. Er setzte ihr den Lauf aufs Herz und feuerte. Ihr Körper zuckte zusammen und ihr Kopf ging ruckartig hoch. Blut lief ihr aus Mund und Nase. Ihre Augenlider flackerten zum letzten Mal, dann schlossen sie sich für immer.

Er ging ins Schlafzimmer und fand einen übergroßen Kittel, der aussah, als würde er ihm passen, dann wühlte er im Garderobenschrank herum, bis er eine braune Perücke und einen großen Strohhut entdeckte. Er zog sich die Sachen über, prüfte seine Fluchtkleidung im Spiegel und fand, daß er schön war.

Bei einer Runde durch die Küche stieß er auf eine große, solide Einkaufstüte und einen Stapel Zeitungen. Er trug sie ins Wohnzimmer und legte sie neben dem Körper seiner neuen Geliebten auf den Boden. Er zog Peggy den blutgetränkten Bademantel aus und nahm die Metallsäge. Er setzte sie an, schloß die Augen und spürte, wie spitze Blutspritzer die Luft durchschnitten. In Minutenfrist waren Gewebe, Knochen und Fleisch durchtrennt, und der hellgelbe Teppich hatte sich dunkelrot gefärbt.

Er ging auf den Balkon und blickte auf den ruhig dahinziehenden Strom von Autos auf dem Sunset Boulevard. Er fragte sich einen Moment lang, wohin die Leute wohl alle fahren würden, ging dann zu seiner dreiundzwanzigsten Geliebten zurück und hob ihre abgetrennten Arme und Beine auf. Er trug sie zum Rand des Balkons und schleuderte sie in die Welt hinaus; er sah ihnen noch nach, wie sie, beladen mit seiner Macht, verschwanden.

Nun blieben nur noch Kopf und Rumpf. Er ließ den Torso liegen, wickelte den Kopf in Zeitungspapier und verstaute ihn in der Tüte vom Supermarkt. Seufzend ging er durch die Wohnungstür und schritt durch das ruhige Sicherheitsgebäude hinaus auf die Straße. Am Bordstein zog er Peggy Mortons Kittel aus, nahm ihre Perücke und den Strohhut vom Kopf und warf die Sachen in die Rinne; er wußte, daß er genau das erfahren hatte, was ein Mensch im Krieg erlebt, und daß er daraus als Sieger hervorgegangen war.

Er nahm seine Trophäe aus der Einkaufstüte und ging den Bürgersteig entlang. An der Ecke sah er einen alten, bildhübschen weißen Cadillac. Er legte den Kopf von Peggy

Morton auf die Haube. Das war eine Kriegserklärung. Schlachtrufe gingen ihm durch den Kopf. »Dem Sieger gehört die Beute« gefiel ihm am besten. Er holte sein Auto und ging auf die Suche nach einem Kriegergelage.

Wohlwollende Stimmen begleiteten ihn den Santa Monica Boulevard hinunter. Er fuhr gemächlich auf der rechten Spur, die engen Gummihandschuhe ließen seine Hände am Lenkrad haften. Es herrschte kaum Verkehr, und das Fehlen von Verkehrslärm gab ihm die Möglichkeit zu *lauschen;* die Gedanken junger Männer zu *hören,* die sich vor Stoppschildern und auf den Bänken der Bushaltestellen räkelten. Blickkontakte aufrechtzuerhalten war schwierig, und es würde sogar noch schwieriger sein, anhand von Blicken allein eine Wahl zu treffen, deshalb starrte er geradeaus und überließ eine Zusammenkunft der Stimme des Schicksals.

In der Nähe des Plummer Parks wurde er von den Hochrufen und der Anmache rüder Aufreißer bedrängt. Er fuhr weiter; lieber *nichts* als einen Dreck.

Er überquerte den Fairfax und verließ den Knabenstrich, erleichtert und erschrocken zugleich, daß seine Versuchung ein Ende fand. Dann stieß er auf eine rote Ampel an der Crescent Heights, und Stimmen hämmerten wie Schrapnells auf ihn ein. »Gutes Gras, Birdy. Nimm 'n Grämmchen zu dein' Freundchen, und du räumst mächtig auf.«

»Hab' schon aufgeräumt, was glaubst du, was ich bin, ein beschissener Hausmeister?«

»Wäre gar keine schlechte Idee, Schöner. Hausmeister kriegen Sozialhilfe, Zuhälter kriegen was vors Maul.«

Alle drei Stimmen gingen in Gelächter auf. Er sah in ihre Richtung: zwei junge Blonde und der Lakai. Er hielt das Lenkrad so fest, daß seine steifen Hände wieder zu Leben erwachten und wie zwanghaft zitterten, wobei sie versehentlich die Hupe berührten. Die Stimmen verstummten bei dem Geräusch. Er konnte ihre vernichtenden Blicke fühlen. Die Ampel wurde grün; die Farbe erinnerte ihn an das in seinem Traum durch blutige Öffnungen gleitende Band. Er wollte seinen Mann stehen; jetzt wegzulaufen wäre feige. Krebszellen krochen über die Windschutzscheibe, dann nahm er eine weiche Stimme am Seitenfenster wahr.

»Willst du Gesellschaft?«

Es war der Lakai. Während er auf die grüne Ampel starrte, ging er in Gedanken die Galerie seiner dreiundzwanzig Geliebten durch. Ihre Bilder beruhigten ihn; sie *wollten,* daß er es tat.

»Ich *sagte:* ›Willst du Gesellschaft?‹«

Er nickte zurück. Die Krebszellen verschwanden nach dieser mutigen Geste. Er zwang sich, vorbeizusehen, öffnete die Tür und lächelte. Der Lakai lächelte zurück; er schien ihn nicht wiederzuerkennen.

»Der stille Typ, was? Los, glotz weiter. Ich weiß, daß ich Klasse bin. Ich hab' 'ne Bude unten bei der La Cienega. Noch fünf Minuten, und Larry der Vogel fliegt dich direkt in den Himmel.«

Die fünf Minuten dehnten sich zu dreiundzwanzig Ewigkeiten; dreiundzwanzig Frauenstimmen sagten »Ja«. Er nickte jedesmal und spürte, wie ihm über und über warm wurde.

Sie fuhren auf den Parkplatz des Motels, Larry führte ihn in sein Zimmer hinauf, schloß die Tür hinter ihnen ab und sagte leise: »Macht fünfzig. Im voraus.«

Der Dichter griff in den Trainingsanzug und holte zwei Zwanziger und einen Zehner aus der Tasche. Er gab sie Larry, der sie in eine Zigarrenkiste auf dem Nachttisch legte und sagte: »Wie soll's sein?«

»Griechisch«, sagte der Mann.

Larry lachte. »Wird dir gefallen, Püppi. Du bist nicht

richtig gefickt worden, bis du von Larry dem Vogel gefickt worden bist.«

Der Mann schüttelte den Kopf. »Nein. Du hast was verwechselt. Ich will dich ficken.«

Larry atmete ärgerlich aus. »Mann, *du* hast was falsch verstanden. Ich halt' den Arsch nicht hin, ich geb's dem Arsch. Ich reiß die Löcher seit der High-School auf. Ich bin Larry der ...«

Der erste Schuß traf Larry in die Weichen. Er fiel auf den Garderobenschrank und glitt dann zu Boden. Der Mann stand über ihm und sang: »Vorwärts, edler Feldmarschall, walz das Schlachtfeld nieder; weht Euer Banner über uns, singen wir Siegeslieder.«

Larrys Augen erwachten zum Leben. Er öffnete den Mund, und der Mann steckte den schallgedämpften Lauf hinein und drückte sechsmal ab. Larrys Hinterkopf und der Schrank dahinter zerbarsten. Er zog das leere Magazin heraus und lud neu, dann legte er den toten Aufreißer auf den Rücken und zog ihm Hose und Unterhose aus. Er spreizte Larrys Beine, hielt den Pistolenlauf auf sein Rektum und zog den Drücker siebenmal durch. Die beiden letzten Kugeln prallten an der Wirbelsäule ab und zerrissen die Schlagader, wobei Blutstrahlen kreuz und quer in die von Kordit verpestete Luft schossen.

Der Dichter stand auf und war erstaunt, daß er aufrecht stehen konnte. Er hielt sich beide Hände vors Gesicht und stellte fest, daß auch sie ruhig waren. Er streifte die Gummihandschuhe ab und spürte, wie seine Hände buchstäblich wieder zu Leben erwachten. Er hatte jetzt dreiundzwanzigmal aus Liebe getötet und einmal aus Rache. Er war fähig, Mann und Frau, Liebhabern und Schändern den Tod zu bringen. Er kniete neben der Leiche, griff mit einer Hand in einen Haufen toten Fleischs und tauchte es in Blut, dann schaltete er sämtliche Lampen im Zimmer an und schrieb mit blutigen Fingerstrichen an die Wand: »Ich bin nicht Kathys Clown.«

Nun, da er es selbst wußte, überlegte er sich die beste Art, wie er die Nachricht der Welt mitteilen sollte. Er sah das Telefon, wählte die Vermittlung und erkundigte sich nach der Nummer des Morddezernats im Los Angeles Police Department. Die Vermittlung gab sie ihm, und er wählte; mit seinen blutigen Fingern trommelte er auf dem Nachtschränkchen, während er das Freizeichen hörte. Schließlich antwortete eine rauhe Stimme: »Raub- und Morddezernat, Officer Huttner am Apparat. Kann ich Ihnen helfen?«

»Ja«, sagte der Mann und begann zu erzählen, daß ein netter Detective Sergeant seinen Hund gerettet hätte. Seine Tochter wollte dem freundlichen Polizisten ein Dankeschön schicken. Sie hätte seinen Namen vergessen, könnte sich aber an die Nummer seiner Polizeimarke erinnern – 1114. Würde Officer Huttner dem netten Polizisten einen Gruß übermitteln?

Officer Huttner sagte »Scheiße« zu sich selbst und »Jawohl, Sir. Wie lautet die Mitteilung?« in den Hörer.

Der Mann sagte: »Der Krieg kann beginnen«, dann riß er die Schnur aus der Wand und schleuderte das Telefon durch das blutige Motelzimmer.

13

Lloyd fuhr im Morgengrauen zum Parker Center, die möglichen Konsequenzen für seinen Wutausbruch bei der Party hämmerten wie verrücktgewordene Becken in seinem Kopf. Wie immer es ausgehen mochte, ob eine Anzeige wegen tätlichen Angriffs oder intern totgeschwiegen, er würde auf jeden Fall Gegenstand einer internen Sicherheitsüberprüfung durch das IAD sein, was zur Folge hätte, daß er sofort eine ihn vollkommen beschäftigende Sonderaufgabe zugewiesen bekäme, die weitere Ermittlungen über die Morde ausschlösse. Es war an der Zeit, heimlich weiterzubohren und sich rar zu machen, bei der Truppe im allgemeinen und besonders bei den Hexenjägern des IAD, die Angelegenheit mit Dutch später wiedergutzumachen und den Killer zu fassen. Egal, was das für seine Karriere bedeutete.

Lloyd rannte die sechs Treppenabsätze zu seinem Büro hinauf. Auf seinem Schreibtisch lag ein Zettel vom diensthabenden Beamten der Nachtschicht: »Polizeimarke 1114. Der Krieg kann beginnen? Wahrscheinlich ein Irrer – Huttner.«

Psychologische Kriegsführung des IAD, dachte Lloyd, religiöse Fanatiker sind nie so spitzfindig.

Lloyd ging den Flur entlang zum Aufenthaltsraum der unteren Dienstgrade und hoffte, daß dort keine Detectives vom Nachtdienst herumlungerten. Er würde für eine sehr lange Zeit auf die Straße müssen, und Kaffee allein würde nicht reichen.

Der Aufenthaltsraum war leer. Lloyd prüfte die Unterseite der Eßtische, das klassische Versteck der Cops, die »Dauerstreife« schoben. Beim vierten Versuch wurde er fündig: eine Plastiktüte voller Benzedrin-Tabletten. Er griff den ganzen Beutel. Einunddreißig Namen standen auf der Liste der Stereohändler, *und* eine Ein-Mann-Überwachung von Whitey Haines' Wohnung war auch erforderlich. Lieber zuviel Speed als zuwenig.

Die Korridore im Parker Center erwachten mit den früh eintreffenden Beamten allmählich zum Leben. Lloyd bemerkte, daß ihn mehrere ihm unbekannte Männer mit Bürstenschnitt und finsteren Augen schief ansahen, und er hielt sie sofort für Detectives des IAD. Als er wieder in seinem Büro war, sah er, daß die Papiere auf seinem Schreibtisch durcheinandergebracht worden waren. Er hatte eben die Faust gehoben, um auf den Schreibtisch zu schlagen, als das Telefon klingelte.

»Lloyd Hopkins«, sagte er in die Sprechmuschel. »Wer ist dran?«

Eine gequälte männliche Stimme antwortete: »Sergeant, hier ist Captain Magruder, Sheriff-Büro West-Hollywood. Wir haben hier draußen zwei Morde an unterschiedlichen Stellen. Wir haben ein paar Fingerabdrücke, und ich bin sicher, die stimmen mit den von euch übermittelten vom Niemeyer-Mord überein. Können Sie ...«

Lloyd lief es kalt den Rücken hinunter. »Ich bin in zwanzig Minuten bei Ihnen im Büro«, sagte er.

Er brauchte fünfundzwanzig, obwohl er auf der ganzen Strecke Blinklicht und Sirene eingeschaltet hatte. Er traf Magruder in Uniform am Informationsschalter an, über einen Stapel Akten gebeugt. Nachdem er sein Namensschild gesehen hatte, sagte Lloyd: »Captain, ich bin Lloyd Hopkins.«

Magruder schreckte zurück, als wäre er von einem Schwarm Bienen gestochen worden.

»Gott sei Dank«, sagte er und reichte ihm die zitternde Hand. »Gehen wir in mein Büro.«

Sie gingen einen Gang entlang, in dem es von angeregt tuschelnden Polizisten in Uniform wimmelte. Magruder öffnete die Tür zu seinem Büro und wies Lloyd einen Stuhl zu, dann setzte er sich hinter seinen Schreibtisch und berichtete: »Zwei Morde. Beide letzte Nacht. Eine Frau, ein Mann. Schauplätze der Morde einen Kilometer voneinander entfernt. Beide Opfer wurden mit einer .32er Automatik ins Jenseits befördert. Übereinstimmende Patronenhülsen an beiden Schauplätzen. Die Frau wurde zerstückelt, wahrscheinlich mit einer Säge. Ihre Arme und Beine wurden im Swimmingpool eines benachbarten Wohnhauses gefunden. Ihr Kopf war in Zeitungspapier eingewickelt und wurde auf die Motorhaube eines Fahrzeuges direkt vor ihrem Haus gelegt. Ein hübsches Mädchen, achtundzwanzig Jahre alt. Das zweite Opfer ist ein homosexueller Aufreißer. Arbeitete in einem Motel ein paar Blocks von hier aus. Der Killer hat ihm seine .32er in den Mund und in den Hintern gesteckt und ihn zu Matsch geschossen. Die Geschäftsführerin, die direkt darunter wohnt, hat keinen Ton gehört. Sie rief uns an, als Blut durch die Decke in ihr Zimmer tropfte.«

Lloyd, wie gelähmt über die Nachricht von einem männlichen Opfer, beobachtete Magruder, wie er in seine Schreibtischschublade griff und einen Flachmann mit Bourbon herausnahm. Er goß einen großen Schluck in eine Kaffeetasse und spülte ihn mit einem Zug runter. »Mein Gott, Hopkins«, sagte er. »Gottogottogott.«

Lloyd lehnte die ihm angebotene Flasche ab. »Wo wurden die Abdrücke gefunden?« fragte er.

»Im Motelzimmer des schwulen Aufreißers«, sagte Magruder. »Am Telefon auf dem Nachttisch und neben einer blutigen Schrift an der Wand.«

»Kein sexueller Angriff?«

»Kann man nicht sagen. Das Rektum des Kerls war weggepustet. Der Gerichtsmediziner sagte mir, er habe so was noch nie ...«

Lloyd hob die Hand und unterbrach ihn: »Wissen die Zeitungen schon was darüber?«

»Ich glaub' schon ... aber wir haben noch keine Informationen herausgegeben. Was haben Sie über den Niemeyer-Mord herausgefunden? Irgendwelche Spuren, die Sie meinen Leuten mitteilen könnten?«

»Ich habe nichts!« schrie Lloyd. Mit gesenkter Stimme sagte er dann: »Erzählen Sie mir was über den schwulen Aufreißer.«

»Sein Name ist Lawrence Craigie, alias Larry ›der Vogel‹ alias ›Birdman‹. Mitte Dreißig, blond, muskulös. Ich glaube, er klapperte die Straßen am Plummer Park ab.«

Lloyds Verstand barst förmlich, dann schnappte eine unglaubliche Reihe von Verbindungsgliedern ineinander: Craigie, Zeuge des Selbstmords vom 10. 6. 80; der »Bird« in Whitey Haines' verwanzter Wohnung. Alles paßte zusammen.

»*Meinen* Sie?« rief Lloyd. »Wie sieht sein Vorstrafenregister aus?«

Magruder stammelte: »Wir ... wir haben einen Abzug machen lassen. Alles, was dabei herauskam, waren nichtbezahlte Strafmandate. Wir ...«

»Und dieser Kerl war als männlicher Prostituierter bekannt? *Ohne jede* Vorstrafe?«

»Na ja ... vielleicht hat er einen Anwalt bezahlt, damit der sein Register löscht.«

Lloyd schüttelte den Kopf. »Wie steht's mit den Akten von der Sitte über ihn? Was sagen Ihre Beamten von der Sitte über ihn?«

Magruder goß sich noch einen Drink ein und kippte ihn. »Die Sitte kommt nicht vor der Nachtschicht«, sagte er, »aber ich habe schon ihre Akten überprüft. Da steht nichts über Craigie.«

Lloyd spürte, wie die immer besser passenden Bindeglieder seinen Nacken erfaßten. »Das Tropicana-Motel?«

»Ja«, sagte Magruder. »Woher wußten Sie das?«

»Leichnam entfernt? Räume versiegelt?«

»Ja.«

»Ich fahr' rüber. Haben Sie dort Beamte postiert?«

»Ja.«

»Schön. Rufen Sie im Motel an, und sagen Sie ihnen, daß ich komme.«

Lloyd brachte das Dröhnen in seinem Kopf zur Ruhe und rannte aus Magruders Büro. Er fuhr die drei Blocks bis zum Tropicana-Motel, wobei er seltene Einblicke in die Hölle und sein eigenes Schicksal erwartete.

Er fand ein möbliertes Schlachthaus, das nach Blut und zerrissenem Fleisch stank. Der junge Deputy, der die Tür bewachte, fügte noch einige blutige Details hinzu: »Sie halten das für schlimm, Sergeant? Da hätten Sie mal früher hier sein sollen! Das Hirn von dem Typen war über den ganzen Schrank verteilt. Der Coroner mußte die Teile in eine Plastiktüte schaufeln. Sie konnten nicht einmal den Umriß der Leiche mit Kreide markieren, sie mußten Klebeband nehmen. Himmel.«

Lloyd ging zum Garderobenschrank. Der hellblaue Teppich daneben war noch tropfnaß vom Blut. In der Mitte des dunkelroten Flecks war der Umriß eines mit gespreizten Armen und Beinen liegenden toten Mannes mit Metallklebeband markiert. Er ließ seine Blicke durch den übrigen Raum gleiten: Ein großes Bett mit einer rosa Überdecke aus Velour, kleine Figuren von Jungen mit muskulösen Körpern, ein Pappkarton voller Ketten, Peitschen und Dildos.

Als er noch einmal den Raum betrachtete, bemerkte er, daß ein großer Teil der Wand über dem Bett mit braunem Packpapier verkleidet war. Er rief dem Deputy zu: »Was ist denn mit dem Papier an der Wand?«

Der Deputy sagte: »Ach, ich habe vergessen, es Ihnen zu sagen. Da ist was Geschriebenes drunter. Mit Blut. Die Kripoleute haben es abgedeckt, damit es die Typen vom Fernsehen und von der Zeitung nicht sehen können. Sie meinen, es könnte ein Indiz sein.«

Lloyd griff eine Ecke des Packpapiers und zog es weg.

»Ich bin nicht Kathys Clown«, starrte in kühnen, blutverschmierten Buchstaben auf ihn herab. Eine knappe Sekunde lang klemmte sein Denkzentrum, drehte durch und quietschte. Dann gingen alle Sicherungen durch, und die Worte verzerrten und verwandelten sich in Lärm, gefolgt von vollkommener Stille.

Kathleen McCarthy und ihre Kamarilla – »Wir hatten eine Gefolgschaft von ebenso einsamen wie belesenen Jungen. ›Kathys Clowns‹ wurden sie genannt.« Tote Frauen, die stattlichen High-School-Schülerinnen der frühen sechziger Jahre ähnelten. Und ein toter homosexueller Aufreißer und sein perverser korrupter Cop-Kumpan, und ... und ...

Lloyd merkte, wie der junge Deputy an seinem Ärmel zog. Seine innere Stille verwandelte sich in satanischen Lärm. Er packte den Deputy an den Schultern und drückte ihn gegen die Wand. »Was wissen Sie über Haines?« flüsterte er.

Der junge Beamte bebte und stammelte: »Wa... Was?«

»Deputy Haines«, wiederholte Lloyd langsam. »Was wissen Sie über ihn?«

»Whitey Haines? Er ist ein Einzelgänger, zieht sich immer zurück. Ich hab' Gerüchte gehört, daß er Dope nimmt. Da ... das ist alles, was ich weiß.«

Lloyd ließ die Schultern des Polizisten los. »Schau nicht so ängstlich, mein Sohn«, sagte er.

Der Deputy schluckte und rückte seinen Schlips gerade. »Ich hab' keine Angst«, sagte er.

»Gut. Du behältst unser Gespräch für dich.«

»Jawohl ... Sir.«

Das Telefon klingelte. Der junge Polizist nahm den Hörer ab, reichte ihn dann Lloyd. »Sergeant, hier ist Officer Nagler von der Spurensicherung«, drang eine aufgeregte Stimme heraus. »Ich versuche Sie schon seit Stunden zu erreichen. Die Zentrale sagte mir ...«

Lloyd schnitt ihm das Wort ab. »Worum *geht's,* Nagler?«

»Sergeant, sie passen. Die Zeige- und Mittelfinger vom Fall Niemeyer sind mit den Zeige- und Mittelfingerabdrücken, die ich auf dem Kassettenrecorder gefunden habe, völlig identisch.«

Lloyd ließ den Hörer fallen und ging auf den Balkon hinaus. Er schaute auf den Parkplatz, auf dem es vor sensations- und schaulustigen Leichenfledderern nur so wimmelte, dann betrachtete er die Szene auf der Straße. Was er sah, war so ehrfurchtgebietend wie der erste Eindruck eines Säuglings vom Leben: aus dem Mutterleib geradewegs in die Gefahr.

14

Die Gewißheit um die miteinander verflochtenen Schicksale trieb Lloyd wie ein Wirbelsturm in Kathleen McCarthys Haus. An der Eingangstür fand er eine Notiz: »Bin Bücher kaufen – werde gegen Mittag zurück sein – P.S.: Legen Sie die Pakete auf die Stufen.«

Mit einem knappen, flachen Stoß ließ Lloyd das Türschloß aufschnappen. Die Tür sprang auf, er machte sie hinter sich zu und ging direkt ins Schlafzimmer. Zuerst durchsuchte er den Kleiderschrank: Er fand Unterwäsche, Räucherkerzen und einen Beutel Marihuana. Dann sah er sich in der Abstellkammer um. Kartonweise Bücher und Schallplatten bedeckten alle vorhandenen Flächen auf Wand und Boden. Er entdeckte ein Regal im hinteren Teil, das teilweise von einem Bügelbrett und einem aufgerollten Teppich verdeckt war. Lloyd fuhr mit einer Hand darüber und berührte glattgeschliffenes Holz, das sich bei seinem Zugriff bewegte. Er langte mit beiden Händen hinauf und holte den Gegenstand herunter. Es war eine größere Kiste aus kunstvoll verziertem Eichenholz mit Scharnieren aus Messing. Sie war schwer. Lloyd mußte sich anstrengen, als er sie erst auf seine Schultern, dann auf den Boden herabließ.

Er zog die Kiste zum Bett hinüber, kniete sich daneben und brach das verzierte und vergoldete Schloß mit dem Handschellenhalter auf.

Die Kiste enthielt schmale, goldumrahmte Bilderrahmen, die längs der Seiten angeordnet waren. Lloyd zog einen heraus. Unter dem Glas waren verdorrte Blütenblätter von rosa Rosen auf Pergament gepreßt. Darunter befand sich eine kurze Notiz. Er hielt den Rahmen unter eine

Flurlampe, schaltete das Licht ein und versuchte, die Worte zu lesen. Unter dem ersten Blatt stand auf der linken Seite: »13. 12. 68: Weiß er, daß ich mit Fritz Schluß gemacht habe? Haßt er mich wegen meiner kurzen Abenteuer? War er vielleicht dieser große Mann im Gartencenter? Weiß er, wie sehr ich ihn brauche?«

Lloyd folgte den blumigen Widmungen quer durch Bild und Zeit. »24. 11. 69: O Liebling, kannst Du meine Gedanken lesen? Weißt Du, wie ich Deine Huldigung in meinem Tagebuch erwidere? Wie sehr das alles doch nur für Dich ist! Daß ich für immer auf jegliche Berühmtheit verzichten würde, nur um die Größe unserer anonymen Beziehung weiter wachsen zu lassen.« – »15. 12. 71: Ich bin nackt, während ich dies schreibe, mein Schatz, weil ich weiß, daß Du so die Blumen pflückst, die Du mir schickst. Spürst Du meine telepathische Poesie? Sie kommt aus meinem *Körper.*«

Lloyd legte den Rahmen hin. Er wußte, daß etwas falsch war – er müßte von Kathleens Worten viel bewegter sein. Er stand ganz ruhig, denn er wußte, daß er nicht darauf kommen würde, wenn er sich zwänge. Er schloß die Augen, um die tiefe Stille zu verstärken, und dann ...

Selbst als ihm der Gedanke kam, schüttelte er verneinend den Kopf. Es konnte nicht sein, es wäre zu unglaublich.

Lloyd leerte die Eichenkiste auf das Bett. Einen Bilderrahmen nach dem anderen hielt er unters Licht und las die Daten neben den vertrockneten Blütenblättern. Die Datumsangaben stimmten mit den Daten der Frauenmorde in seinem Computerausdruck überein; entweder waren die Daten identisch oder sie wichen um höchstens zwei Tage voneinander ab. Aber er zählte mehr als sechzehn Rosenblüten – es waren dreiundzwanzig, die bis Sommer 1964 zurückreichten.

Lloyd fielen Kathleens Worte ein, die sie beim Kraftwerk gesagt hatte. »Beim ersten Mal war es ein Gedicht, beim zweiten Mal nur Blumen. Und die kamen über achtzehn

Jahre lang.« Er ging die Glasrahmen noch einmal durch. Die ältesten Rosenblätter waren mit dem Datum 10. 6. 64 versehen – vor über achtzehn Jahren. Das nächstälteste Datum war der 29. 8. 67, mehr als drei Jahre später. Was hatte das Ungeheuer in diesen drei Jahren gemacht? Wieviel andere hatte er getötet, und *warum? Warum? Warum?*

Lloyd las Kathleens Worte und dachte dabei an die dazugehörigen Gesichter der Toten. Jeanette Wilkie, Todestag 15. 4. 73, Vergiftung durch Ätzmittel; Blumen datiert am 16. 4. 73: »Liebling, bist Du meinetwegen keusch geblieben? Ich lebe Deinetwegen nun schon seit Monaten enthaltsam.« Mary Wardell, Todestag 6. 1. 74, Tod durch Erdrosseln; Blumen datiert am 8. 1. 74: »Vielen Dank für die Blumen, Liebling. Hast Du mich letzte Nacht am Fenster stehen sehen? Ich war nackt, nur für Dich.« Und weiter und immer weiter bis hin zu Julia Niemeyer, Todestag 2. 1. 83, Überdosis Heroin, nach Eintreten des Todes verstümmelt; unter den Blumenblättern stand als Datum der 3. 1. 83: »Meine Tränen fallen auf dieses Pergament, o meine große Liebe. Ich möchte Dich so gern in mir spüren.«

Lloyd setzte sich auf die Bettkante und versuchte, seine rasenden Gedanken zu zügeln. Die unschuldige, romantische Kathleen war Objekt der besessenen Liebe eines Massenmörders. »*Wir hatten eine Gefolgschaft von ebenso einsamen wie belesenen Jungen.*«

Lloyds Geist ließ seinen Körper hochschnellen. Jahrbücher – die Jahrbücher des *Marshall Baristonian.* Er wühlte Schubladen, Regale, Kommoden und Bücherkisten durch, bis er sie schließlich hinter einem nicht angeschlossenen Fernsehgerät entdeckte. 1962, 1963 und 1964; gebunden in pastellfarbenem Wildleder. Er überflog die '62er und '63er Jahrgänge – keine Kathleen, keine Kathy – Kamarilla oder Kathys Clowns.

Er hatte 1964 halb durch, als er fündig wurde: Delbert

»Whitey« Haines, für die Nachwelt abgelichtet, wie er die Zunge herausstreckte. Auf derselben Seite war das Bild eines dünnen Jungen mit Pickelgesicht, namens Lawrence »Birdman« Craigie; es war kommentiert mit »Schlechte Nachricht für Präsident Johnsons Große Gesellschaft«. Lloyd blätterte noch einige Dutzend Seiten voll grenzenloser Unschuld durch, bis er die Kathy-Kamarilla fand: vier schlichte, hübsche Mädchen mit Tweedröcken und Wollpullovern, die ehrfurchtsvoll zu der ähnlich angezogenen, sehr jung aussehenden Kathleen McCarthy aufblickten. Als er sah, was das bedeutete, fing Lloyd an zu zittern. Die getöteten Frauen glichen sämtlich den Mädchen von Kathys Kamarilla. Dieselben gesunden Gesichtszüge, dieselbe einfältige Unschuld und dieselbe unterschwellige Erkenntnis der eigenen Niederlage!

Lloyds Zittern ging in ein den ganzen Körper erfassendes Schütteln über. Er flüsterte: »Der Hase ist im Bau«, zog die Liste mit den Käufern von Bandgeräten aus seiner Tasche und verglich sie mit den Daten im *Baristonian.* Sekunden später stand die letzte Verbindung: Verplanck, Theodore J., Angehöriger der Marshall-High-School-Klasse von 1964; Verplanck, Theodore, 1976 Käufer eines Watanabe A. F. Z. 999 Bandgerätes.

Lloyd betrachtete das Foto, das den genialen Killer als lächelnden Teenager zeigte. Intelligenz prägte das Gesicht; eine fürchterliche Arroganz wandelte sein Lächeln in Eiseskälte. Theodore Verplanck wirkte wie ein Junge, der ganz auf sich konzentriert war, der sich seine eigene Welt geschaffen und sie bis an die Zähne mit hochentwickelter jugendlicher Eitelkeit ausgestattet hatte. Schaudernd stellte sich Lloyd die Kälte in den jungen Augen vor, vervielfacht durch beinahe zwanzig Jahre voller Morde. Der Gedanke daran erfüllte ihn mit Schrecken.

Lloyd nahm das Telefon und wählte die Kraftfahrzeugzulassungsstelle von Kalifornien in Sacramento, wo er eine umfassende Auskunft über Theodore J. Verplanck anforderte. Der Sachbearbeiter brauchte fünf Minuten, bis er mit der Auskunft zurückkam: Theodore J. Verplanck, geboren am 21. 4. 1946 in Los Angeles. Haare braun, Augen blau, 1,83 Meter groß, 144 Pfund schwer. Keine Vorstrafen, keine Strafmandate anhängig, keine Eintragungen ins Verkehrszentralregister. Zwei Fahrzeuge: ein 1978er Dodge Fiesta-Kombi, Kennzeichen P-O-E-T, ein 1980er Datsun 280 Z, Kennzeichen DLX-191, gleiche Wohn- und Geschäftsanschrift: Teddy's Silverlake Camera, 1893 North Alvarado, Los Angeles 90048, Telefon (213) 663-2819.

Lloyd warf den Hörer auf die Gabel und schrieb die Auskunft in sein Notizbuch. Seine Furcht verwandelte sich in ein Gefühl der Ironie: Der dichtende Killer lebte noch immer im alten Revier. Er holte tief Luft und wählte die Nummer 663-2819. Nach drei Klingelzeichen kam eine Nachricht vom Anrufbeantworter: »Hallo, hier spricht Teddy Verplanck; danke, daß Sie Teddy's Silverlake Camera angerufen haben. Ich bin im Moment nicht zu Hause, aber wenn Sie mit mir über Fotozubehör, Bildentwicklung oder meine erstklassigen Porträtaufnahmen und die schnuckeligen Gruppenbilder reden wollen, hinterlassen Sie eine Nachricht nach dem Piepton. Tschüs.«

Nachdem er den Hörer aufgelegt hatte, setzte Lloyd sich aufs Bett und verinnerlichte die Stimme des Mörders. Dann versuchte er wieder einen klaren Kopf für die letzte Entscheidung zu bekommen: Sollte er sich Teddy Verplanck allein schnappen oder eine Einheit vom Parker Center zu seiner Unterstützung anfordern? Eine Weile zögerte er, dann wählte er seine Privatnummer im Büro. Wenn er es lange genug klingeln ließe, würde irgend jemand den Hörer abnehmen, und er konnte sich ein Bild darüber machen, ob zuverlässige Beamte zur Verfügung standen.

Der Hörer wurde schon beim ersten Klingeln abgenommen. Lloyd verzog das Gesicht; irgendwas stimmte nicht, er hatte seinen Anrufbeantworter nie eingeschaltet. Eine unbekannte Stimme sprach: »Hier spricht Lieutenant Whelan von der Inneren Abteilung. Sergeant Hopkins, diese Mitteilung wurde aufgenommen, um Sie davon in Kenntnis zu setzen, daß Sie wegen eines schwebenden IAD-Untersuchungsverfahrens vom Dienst suspendiert sind. Die reguläre Telefonleitung zu Ihrem Büro steht Ihnen zur Verfügung. Rufen Sie an, und ein Beamter des IAD wird mit Ihnen einen ersten Verhörtermin abmachen. Sie können einen Anwalt verpflichten, und Sie werden Ihr volles Gehalt bis zum Abschluß der Ermittlungen erhalten.«

Lloyd ließ den Hörer aufs Bett fallen. So endet es also, dachte er. Die letzte Entscheidung: Sie konnten und sie wollten ihm nicht glauben, also mußten sie ihn zum Schweigen bringen. Die letzte Ironie: Sie liebten ihn nicht so, wie er sie geliebt hatte. Die Erfüllung seines irisch-protestantischen Ethos würde ihn die Marke kosten.

Als er durch das Schlafzimmerfenster einen kleinen Hinterhof bemerkte, ging Lloyd hinaus. Reihenweise aus dem locker angehäuften Matsch wachsende Gänseblümchen und eine behelfsmäßig angebrachte Wäscheleine empfingen ihn. Er kniete sich nieder und pflückte ein Blümchen, roch daran und zerquetschte es unter seinem Absatz. Teddy Verplanck würde vermutlich nicht kampflos aufgeben. Er würde ihn töten müssen, was wiederum bedeutete, daß er nie das *Warum* erfahren würde. Als nächsten Schritt würde er sich eine Erklärung von Whitey Haines holen, und falls Verplanck auf den Gedanken kommen sollte, erneut zu töten oder zu fliehen, während er aus Haines ein Geständnis prügelte, würde er ...

Ein weinerlicher Laut unterbrach seine Gedanken. Er ging ins Schlafzimmer zurück. Kathleen stand vor ihrem

Bett und verstaute die mit Glas umrahmten Blumen in der Eichenholzkiste. Dabei wischte sie sich die Tränen aus den Augen und bemerkte nicht einmal seine Gegenwart. Lloyd sah ihr fest ins Gesicht; es war das traurigste Gesicht, das er je gesehen hatte.

Er ging auf sie zu. Kathleen schrie auf, als sein Schatten sich näherte. Ihre Hände schnellten zum Gesicht, und sie wich zurück, dann erkannte sie ihn und warf sich in Lloyds Arme. »Es waren Einbrecher hier«, wimmerte sie. »Sie wollten meinen Schatz zerstören.«

Lloyd hielt Kathleen fest; es fühlte sich an, als faßte er das lose Ende eines Alptraums an. Er schüttelte ihren Kopf vor und zurück, bis sie stammelte: »Meine *Baristonier*«, und sie befreite sich aus seiner Umarmung und griff nach ihren Jahrbüchern, die auf dem Boden herumlagen. Ihr verzweifeltes Umblättern der Seiten nervte ihn, und er sagte: »Du hättest dir Duplikate besorgen sollen. Es wäre kein großer Aufwand gewesen. Aber du wirst sie bald loswerden müssen. Sie werden dich umbringen. Merkst du das nicht?«

Kathleen erwachte aus ihrer Betäubung. »Wovon redest du?« fragte sie und blickte zu ihm auf. »Bist ... bist du derjenige gewesen, der eingebrochen ist und meine Sachen beschädigt hat? Meine Blumen? Warst du das?«

Lloyd griff nach ihren Händen, aber sie zog sie weg.

»Sag es mir, verdammt noch mal!«

»Ja«, sagte Lloyd.

Kathleen blickte zu ihren Jahrbüchern, dann zu Lloyd. »Du Tier«, zischte sie. »Du willst mich mit meinen Schätzen verletzen.« Sie ballte die Fäuste und schlug auf ihn ein. Lloyd ließ die unwirksamen Schläge auf Brust und Schultern über sich ergehen. Als sie merkte, daß sie damit nichts ausrichten konnte, griff Kathleen zu einem Ziegelstein, der als Buchstütze diente, und schleuderte ihn gegen seinen Kopf.

Eine Ecke traf Lloyds Hals. Kathleen stockte der Atem, sie schreckte angesichts ihrer Tat zurück. Lloyd wischte sich das Blut ab und hielt die Hand hoch, damit sie es sehen konnte. »Ich bin stolz auf dich«, sagte er. »Willst du mit mir schlafen?«

Kathleen blickte ihm in die Augen und sah Irrsinn, Kraft und ein schreckliches Verlangen. Ohne zu wissen, was sie sagen sollte, nahm sie seine Hand. Sie schmiegte sich an ihn, schloß die Tür und schaltete das Licht aus. Sie zogen sich im Halbdunkel aus. Kathleen wandte ihm den Rücken zu. Sie zog ihr Kleid aus und stieg aus dem Slip, als befürchtete sie, daß sie ein weiterer Blick in seine Augen vom Vollzug dieser rituellen Vereinigung abhalten könnte. Als sie nackt waren, ließen sie sich aufs Bett fallen und umarmten sich. Ihre Berührungen waren sehr heftig, und sie trafen sich an ungewöhnlichen Stellen; ihr Kinn begegnete seinem Brustbein, seine Füße ihren Kniekehlen, ihre Handgelenke seinem Hals. Schon bald waren sie zu einer Einheit verschmolzen, und der Druck ihrer vereinten Körperteile zwang sie wieder auseinander, als ihre Glieder taub und ihr Kopf schwindelig wurden. In vollkommener Übereinstimmung schufen sie einen Raum zwischen sich, der zu einem zärtlichen Vorspiel einlud, auf daß die Lücke durch pulsierende Arme, Schulterblätter und Bäuche wieder geschlossen würde. Ihre Liebkosungen wurden so sanft, daß sich ihre Haut schon bald nicht mehr berührte und der Raum zwischen ihnen Gegenstand ihrer Liebe wurde.

Lloyd begann, in diesem Raum reines, weißes Licht zu sehen, das in und aus Kathleen wuchs. Er trieb auf diese Lichtquelle zu, deren sämtliche Formen Freude und Güte vermittelten. Er wurde noch immer getrieben, als er Kathleens Hand zwischen seinen Beinen spürte, die ihn drängte, hart zu werden und den lichten Raum zwischen ihren Körpern zu überbrücken. Kurze Panik überkam ihn, aber als sie leise »Bitte, ich *brauche* dich« zu ihm sagte, folgte er ihrer Führung, bezwang das Licht, drang in sie ein und bewegte sich in ihr, bis sich das Licht vollends auflöste. Und sie vereinigten sich und erreichten gemeinsam den Höhepunkt, und er wußte, daß es Blut war, das er ausstieß; und dann trennte ihn der furchtbare Lärm von ihr, und als er sich in der Bettdecke vergrub, sagte sie ganz sanft zu ihm: »Ruhig, Liebling. Ruhig. Das ist nur die Stereoanlage vom Nachbarn. Das ist nicht *hier. Ich* bin hier.«

Lloyd steckte den Kopf unter die Kissen, bis er Ruhe gefunden hatte. Er spürte Kathleens Hand, die seinen Rükken streichelte, und er drehte sich um, um sie anzusehen. Ihr Kopf war von kreisenden gelben Lichtern umgeben. Er faßte sie an, um ihr Haar zu streicheln, und die Aura verwandelte sich in Licht. Er beobachtete, wie es verlosch, und sagte: »Ich glaube, ich ... mir ist Blut gekommen.«

Kathleen lachte. »Nein, ich habe nur meine Tage. Stört dich das?«

Nicht richtig überzeugt, antwortete Lloyd: »Nein«, und rutschte zur Mitte des Bettes. Er untersuchte kurz seinen Körper, indem er vereinzelte Stellen nach Wunden und Kratzern abtastete. Als er nichts außer Kathleens Ausscheidung fand, sagte er: »Ich denke, bei mir ist alles in Ordnung. Ich glaub' schon.«

Kathleen lachte. »Du *glaubst* schon? Na, ich fühle mich hervorragend. Weil ich jetzt nach all den Jahren weiß, daß du es warst. Achtzehn lange Jahre, und jetzt weiß ich es. Oh, Liebling!« Sie beugte sich hinunter, küßte ihm die Brust, ging mit den Fingern über seine Rippen und zählte sie.

Als ihre Hände die Leiste erreichten, schob Lloyd sie von sich. »Ich bin nicht dein Traumliebhaber«, sagte er, »aber ich weiß, wer es ist. Es ist der Mörder, Kathleen. Ich bin sicher, daß er aus einer Art verquerer Liebe zu dir tötet. Er hat seit Mitte der sechziger Jahre zwanzig Frauen umgebracht. Junge Frauen, die alle aussahen wie die Mädchen deiner Kamarilla. Er schickt dir nach jedem Mord Blumen. Ich weiß, daß es unglaublich klingt, aber es ist wahr.«

Kathleen hörte jedes Wort und nickte im Rhythmus seiner Sätze. Als Lloyd geendet hatte, langte sie über ihn und knipste die Lampe neben dem Bett an. Sie sah, daß er es völlig ernst meinte; er mußte verrückt geworden sein, übergeschnappt vor Erschrecken, weil er nach zwei Jahrzehnten heimlichen Werbens um sie seine Anonymität preisgegeben hatte.

Sie beschloß, alles aus ihm herauszuholen, so wie eine Mutter alles aus ihrem hochbegabten, aber verstörten Kind herausholte. Sie legte ihren Kopf auf seine Brust und tat so, als wollte sie Zärtlichkeit, während in ihrem Kopf die Gedanken kreisten und sie nach einem Mittel suchte, mit dem sie seine Furcht durchbrechen und Zugang zu seinem Ich finden könnte. Sie dachte an Gegensätze: Yin-Yang, Hell-Dunkel, Wahrheit-Illusion. Nach einem Augenblick hatte sie es: Phantasie-Realität. Ich muß seine *wahre* Geschichte fälschen, die Geschichte, die mich seine Phantasie durchstoßen und unsere Vereinigung Wirklichkeit werden läßt. Er haßt Musik und fürchtet sich vor ihr. Wenn ich seine Musik werden will, muß ich herausfinden, *warum.*

Lloyd streckte einen Arm aus und zog Kathleen an sich.

»Bist du traurig?« fragte er. »Bist du traurig, weil es so zu Ende gehen mußte? Fürchtest du dich?«

Kathleen schmiegte sich an seine Brust. »Nein, ich fühle mich sicher.«

»Wegen mir?«

»Ja.«

»Weil du jetzt einen richtigen Liebhaber hast.«

Er streichelte wie abwesend ihr Haar. »Wir müssen uns darüber unterhalten«, sagte er. »Wir müssen die Marshall

High-School um '64 aus dem Weg räumen, bevor wir zusammensein können. Ich brauche eine Handhabe gegen diesen Killer, bevor ich ihn kriege. Ich muß alles über ihn in Erfahrung bringen, um die Sache in meinem Kopf klar zu bekommen, bevor ich handle. Verstehst du?«

Kathleen nickte und verdeckte ihre Augen. »Ich verstehe«, sagte sie. »Du willst, daß ich für dich in meiner Vergangenheit herumwühle. Dadurch kannst du dein Rätsel lösen, und wir können uns lieben. Richtig?«

Lloyd lächelte. »Richtig.«

»Aber meine Vergangenheit schmerzt, Liebling. Es schmerzt, sie wieder aufzuwärmen. Besonders, wenn du selbst so ein Rätsel bist.«

»Ich werde weniger rätselhaft sein, je weiter wir kommen.«

Verärgert über den herablassenden Ton, hob Kathleen den Kopf. »Nein, das ist nicht wahr. Ich muß dich *kennen*, verstehst du. Niemand kennt dich. Aber ich *muß* es.«

»Sieh mal, mein Schatz ...«

Kathleen schlug seine besänftigende Hand beiseite. »Ich muß wissen, was mit dir geschehen ist«, sagte sie. »Ich muß wissen, warum du dich vor Musik fürchtest.«

Lloyd fing an zu zittern, und Kathleen beobachtete, wie sich seine grauen Augen nach innen kehrten und mit Entsetzen füllten. Sie nahm seine Hand. »Erzähl es mir«, sagte sie.

Lloyds Gedanken streiften zurück durch die Zeit. Er griff freudige Augenblicke auf und verglich sie gleichsam als Gegengewicht mit jener Horrorstory, die nur er, seine Mutter und sein Bruder kannten. Mit jeder Erinnerung schöpfte er neue Kraft, und als die Zeitmaschine in seinem Verstand im Frühling des Jahres 1950 zum Stillstand kam, wußte er, daß er den Mut hatte, die Geschichte zu erzählen. Er holte tief Atem und begann.

»Im Jahre 1950, etwa an meinem achten Geburtstag, war mein Großvater mütterlicherseits zum Sterben nach Los Angeles gekommen. Er war Ire, ein presbyterianischer Pfarrer. Er war Witwer, hatte außer meiner Mutter keine Angehörigen und wollte bei ihr sein, während der Krebs ihn auffraß. Im April zog er bei uns ein, und er brachte alles mit, was er besaß. Das meiste von dem Zeug war Ramsch: Steinsammlungen, religiöser Krimskrams, ausgestopfte Tierköpfe, all so 'n Zeug. Aber er brachte auch eine sagenhafte Sammlung antiker Möbel mit – Schreibtische, Kommoden, Kleiderschränke –, alles war aus Rosenholz und so gut poliert, daß man sich darin spiegeln konnte. Großvater war ein verbitterter, haßerfüllter Mann, ein fanatischer Antikatholik. Er war auch ein hervorragender Geschichtenerzähler. Er nahm meinen Bruder Tom und mich immer mit auf sein Zimmer und erzählte uns Geschichten über die irische Revolution und wie die edlen britischen Truppen den katholischen Pöbel vernichtet hätten. Ich mochte diese Geschichten sehr, aber ich war auch intelligent genug, um zu verstehen, daß Großvater voller Haß war und daß ich mir das, was er erzählte, nicht zu Herzen nehmen durfte. Bei Tom war das anders. Er war sechs Jahre älter als ich und selbst schon voller Haß. Er nahm Großvater ernst, und die Geschichten gaben seinem Haß Form: Er begann Großvaters Beschimpfungen von Juden und Katholiken nachzuäffen.

Tom war damals vierzehn, und er hatte keinen Freund auf der Welt. Ich mußte immer mit ihm spielen. Er war eben größer als ich, also mußte ich mitmachen, oder er schlug mich. Daddy war Elektriker. Er war besessen vom Fernsehen. Es war neu damals, und er war der Überzeugung, es sei Gottes großartiges Geschenk für die Menschheit. Er hatte hinter dem Haus eine Werkstatt. Sie war bis unters Dach mit Fernseh- und Radiogeräten vollgepackt. Er verbrachte Tage darin, justierte und paßte Röhren an und verlötete elektrische Relais. Er sah niemals aus Freude fern; er war nur als Elektriker davon fasziniert. Tom dagegen liebte die Fernsehprogramme. Er glaubte alles, was er sah oder in diesen alten Radiohörspielen mitbekam. Aber er war nicht gern allein, wenn er zuschaute oder zuhörte. Da er keine Freunde hatte, mußte ich bei ihm in der Werkstatt sitzen und Sendungen wie *Hopalong Cassidy, Martin Kane, Private Detective* und all das andere mit ansehen. Ich haßte es; ich wollte draußen mit meinem Hund spielen oder lesen. Manchmal versuchte ich wegzulaufen; Tom fesselte mich dann und zwang mich, zuzusehen. Er ... er ...«

Lloyd stammelte, und Kathleen sah, wie sich die Schärfe seiner Augen veränderte, als wäre er nicht sicher, auf welche Zeit er zurückblickte. Sie legte ihm sanft die Hand aufs Knie und sagte: »Erzähl bitte weiter.«

Lloyd holte erneut tief Luft, um über seine Vergangenheit zu berichten.

»Großvaters Gesundheitszustand wurde immer schlechter. Er fing an, Blut zu husten. Ich konnte ihm einfach nicht dabei zusehen, daher entschied ich mich, wegzulaufen; ich schwänzte die Schule und versteckte mich tagelang. Ich war mit einem Pennbruder befreundet, der in einem Zelt auf einem leerstehenden Grundstück nahe dem Kraftwerk von Silverlake wohnte. Sein Name war Dave. Er hatte aus dem Ersten Weltkrieg ein Fronttrauma zurückbehalten, und die Händler in der Nachbarschaft kümmerten sich um ihn, indem sie ihm trockenes Brot und beschädigte Dosen mit Bohnen und Suppe gaben, die sie nicht mehr verkaufen konnten. Jeder glaubte, daß Dave geistig zurückgeblieben wäre, aber er war es nicht; manchmal war er absolut durchschaubar, ein andermal nicht. Ich mochte ihn, er war ein ruhiger Typ, und er ließ mich in seinem Zelt lesen, nachdem ich weggelaufen war.«

Lloyd zögerte ein wenig, dann erzählte er weiter, und seine Stimme nahm einen Klang an, den Kathleen noch nie gehört hatte.

»Meine Eltern beschlossen, Großvater über Weihnachten mit zum Lake Arrowhead zu nehmen. Es sollte ein letzter Familienausflug vor seinem Tod sein. An dem Tag, an dem wir losfahren wollten, hatte ich Streit mit Tom. Er wollte wieder, daß ich mit ihm fernsah. Ich weigerte mich, und er schlug mich, dann fesselte er mich an einen Stuhl in Daddys Werkstatt. Er klebte mir sogar den Mund zu. Als der Zeitpunkt gekommen war, in Richtung See aufzubrechen, ließ mich Tom einfach sitzen. Ich hörte, wie er hinterm Haus Mutter und Vater erzählte, ich wäre weggelaufen. Sie glaubten ihm und fuhren los; mich ließen sie allein in der Hütte zurück. Ich hatte keine Möglichkeit, meine Muskeln zu bewegen oder einen Ton von mir zu geben. Ich saß ein oder zwei Tage so da, mittlerweile vor Schmerzen völlig verkrampft, als ich hörte, wie jemand versuchte, in die Hütte einzubrechen. Zunächst bekam ich Angst, aber als sich die Tür öffnete, sah ich, daß es Dave war. Doch er machte mich nicht los. Er schaltete jeden Fernseher und jedes Radio in der Hütte ein, hielt ein Messer an meine Kehle, und ich mußte ihn anfassen und in den Mund nehmen. Er brachte mir Brandwunden mit glühendheißen Röhren bei, schloß Stromkabel zusammen und steckte sie mir in den Hintern. Dann vergewaltigte er mich, schlug mich und verbrannte mich immer und immer wieder, während die Fernseher und Radios die ganze Zeit über mit voller Lautstärke liefen. Nachdem er mich zwei Tage lang gepeinigt hatte, ging er fort. Aber die Geräte lärmten weiter. Es wurde lauter und lauter und immer lauter ... Schließlich kam meine Familie wieder nach Hause. Mutter lief sofort in die Hütte. Sie entfernte das Klebeband von meinem Mund, band mich los, hielt mich ganz fest und fragte mich, was geschehen sei. Aber ich konnte nicht sprechen. Ich hatte so lange Zeit geschrien, daß meine Stimmbänder gerissen waren. Mutter ließ mich aufschreiben, was passiert war. Danach sagte sie: ›Sag niemandem was darüber. Ich werde mich darum kümmern.‹

Mutter rief einen Arzt an. Er kam zu uns, reinigte meine Wunden und gab mir Beruhigungsmittel. Viel später wurde ich in meinem Bett wach. Ich hörte, wie Tom in seinem Schlafzimmer schrie. Ich schlich mich rüber. Mutter schlug ihn mit einem mit Messing beschlagenen Gürtel. Ich hörte, wie Vater wissen wollte, was passiert sei, und Mutter ihm nur antwortete, er solle den Mund halten. Ich schlich mich die Treppe runter. Ungefähr eine Stunde später verließ Mutter zu Fuß das Haus. Ich folgte ihr in sicherer Entfernung. Ich ging ihr den ganzen Weg bis zum Kraftwerk von Silverlake nach. Sie ging schnurstracks auf das Zelt von Dave zu. Er saß auf dem Boden und las einen Comic. Mutter nahm eine Pistole aus ihrer Handtasche und schoß ihm sechsmal in den Kopf, dann drehte sie sich um. Nachdem ich gesehen hatte, was sie getan hatte, lief ich zu ihr; sie umarmte mich, und wir gingen zusammen nach Hause. Sie nahm mich an diesem Abend mit in ihr Bett und gab mir die Brust, und später, als meine Stimme wiederkehrte, brachte sie mir das Sprechen bei und tröstete mich mit vielen Geschichten. Nach Großvaters Tod nahm sie mich oft mit in ihr Mansardenzimmer, und wir unterhielten uns, umgeben von den Antiquitäten.«

Starr vor Entsetzen und Mitleid und mit Tränen im Gesicht hauchte Kathleen: »Und?«

»Und«, sagte Lloyd, »meine Mutter gab mir das irisch-protestantische Ethos mit auf den Weg, und ich mußte ihr versprechen, Unschuld zu schützen und Mut zu zeigen. Sie erzählte mir Geschichten und gab mir dadurch die nötige Kraft. Jetzt ist sie stumm, sie hatte vor Jahren einen Schlaganfall und kann nicht mehr sprechen; aus diesem Grunde rede ich mit ihr. Sie kann zwar nicht antworten, aber ich weiß, daß sie versteht, was ich sage. Und ich zeige Mut und schütze die Unschuld. Bei den Unruhen von Watts habe ich einen Mann getötet. Es war ein übler Kerl. Ich habe ihn erst gejagt und dann getötet. Mutter wurde nie verdächtigt, Dave umgebracht zu haben, und niemand hat mich jemals verdächtigt, Richard Beller getötet zu haben, und niemand wird mich verdächtigen, wenn ich die Welt von Teddy Verplanck befreie.«

Bei den Worten »Teddy Verplanck« wurde Kathleen still vor Entsetzen. Gefangen in einem Netz guter Erinnerungen, sagte sie: »Teddy Verplanck? Ich habe ihn in der High-School gekannt. Er war ein schwächlicher, lebensuntüchtiger Junge. Ein sehr netter Junge. Er ...«

Lloyd bedeutete ihr, zu schweigen. »Er ist dein Traumliebhaber. Er war einer von Kathys Clowns, damals in der High-School-Zeit; du hast es nur nie gewußt. Zwei weitere deiner ehemaligen Klassenkameraden sind in die Morde verwickelt. Ein Mann namens Delbert Haines und ein Mann, der letzte Nacht getötet wurde – Lawrence Craigie. Ich habe eine Wanze in der Wohnung von Haines entdeckt – einen Recorder –, das hat mich auf Verplanck gebracht. So, und jetzt hör mir mal gut zu ... Teddy hat mehr als zwanzig Frauen umgebracht. Ich brauche von dir Informationen über ihn. Ich brauche deine Eindrücke, deine ...«

Kathleen sprang vom Bett. »Du bist verrückt«, sagte sie mit gedämpfter Stimme. »Mußt du nach all den Jahren ein solches Polizistengarn spinnen, um dich selbst zu schützen? Nach all den Jahren ...«

»Ich bin nicht dein Traumliebhaber, Kathleen. Ich bin Polizeibeamter. Ich habe eine Aufgabe zu erfüllen.«

Kathleen schüttelte wütend den Kopf. »Ich werde es *dich* beweisen lassen. Ich habe noch immer das Gedicht von

1964. Du wirst es abschreiben, und wir vergleichen die Handschriften.«

Sie lief nackt in den Vorraum. Lloyd hörte, wie sie Selbstgespräche führte, und plötzlich wurde ihm bewußt, daß sie den Tatsachen niemals würde ins Auge sehen können. Er stand auf, zog seine Sachen an und bemerkte, daß sich sein Körper nach dem Bekenntnis entspannt und quicklebendig fühlte. Kathleen kam einen Augenblick später mit einer abgegriffenen Visitenkarte zurück. Sie gab sie Lloyd. Er las:

»10. 6. 64
Meine Liebe zu Dir,
  nun in Blut geritzt;
Die Tränen gesammelt in
  entschiedener Leidenschaft;
Der Haß, der mich trifft,
  wird
sich verwandeln in
  Liebe.
Heimlich wirst Du
  mein werden.«

Lloyd gab ihr die Karte zurück. »Teddy, du armer, verstörter Schweinehund!« Er beugte sich nieder und küßte Kathleens Wange. »Ich muß jetzt gehen«, sagte er, »aber ich werde wiederkommen, wenn das alles in Ordnung gebracht ist.«

Kathleen beobachtete ihn, wie er zur Tür hinausging und ihre gesamte Vergangenheit und ihre gerade erst gefaßte Hoffnung für die Zukunft hinter sich schloß. Sie griff zum Telefon, rief die Auskunft an und erkundigte sich nach zwei Telefonnummern. Atemlos wählte sie die erste, und als sie eine Männerstimme am anderen Ende der Leitung vernahm, fragte sie: »Captain Peltz?«

»Ja.«

»Captain, hier ist Kathleen McCarthy. Erinnern Sie sich an mich? Ich traf Sie gestern abend auf der Party.«

»Sicher, Lloyds Freundin. Wie geht es Ihnen, Miss McCarthy?«

»Ich ... ich ... ich glaube, Lloyd ist übergeschnappt, Captain. Er hat mir erzählt, daß er einen Mann bei den Unruhen von Watts getötet hat und daß seine Mutter einen Mann umgebracht hat und daß ...«

Dutch fiel ihr ins Wort: »Miss McCarthy, bitte beruhigen Sie sich. Lloyd hat etwas Ärger in der Abteilung, und ich bin sicher, daß er sich zur Zeit ungewöhnlich verhält.«

»Aber Sie verstehen nicht! Er spricht davon, Leute umzubringen!«

Peltz lachte. »Polizisten reden nun mal über solche Dinge. Sagen Sie ihm bitte, er soll mich anrufen. Richten Sie ihm aus, daß es sehr dringend ist. Und machen Sie sich keine Sorgen!«

Nachdem sie ein Klicken im Hörer vernommen hatte, wappnete sich Kathleen für den nächsten Anruf. Dann wählte sie. Nach sechsmaligem Klingeln sagte eine weiche Tenorstimme: »Teddy's Silverlake Camera, kann ich Ihnen helfen?«

»J ... ja ... Ist dort Teddy Verplanck?«

»Ja, der bin ich.«

»Gott sei Dank! Weißt du, du kannst dich wahrscheinlich nicht mehr an mich erinnern, aber mein Name ist Kathleen McCarthy, und ich ...«

Die weiche Stimme wurde noch weicher. »Ich erinnere mich gut an dich.«

»Gut ... Ich weiß, du glaubst mir vielleicht nicht, aber da ist ein verrückter Polizist unterwegs, um dich zu schnappen. Ich ...«

Die weiche Stimme unterbrach sie. »Wer ist er?«

»Sein Name ist Lloyd Hopkins. Er ist ungefähr vierzig, groß und kräftig. Er fährt einen braunen zivilen Polizeiwagen. Er will dir was antun.«

Die weiche Stimme sagte: »Das weiß ich. Aber ich werde es nicht zulassen. Niemand kann mir etwas antun. Vielen Dank, Kathleen. Ich erinnere mich gern an dich. Wiederhören.«

»W ... Wiederhören.«

Kathleen legte den Hörer auf und setzte sich aufs Bett, überrascht, daß sie noch immer nackt war. Sie ging ins Badezimmer und betrachtete ihren Körper in dem großen Spiegel. Er sah noch genauso aus wie vorher, aber sie wußte genau, daß er sich irgendwie verändert hatte und daß er niemals mehr völlig ihr gehören würde.

15

Mit heulenden Sirenen und rote Ampeln ignorierend raste Lloyd Richtung Downtown. Er ließ den Wagen in einer Seitenstraße stehen und ging die vier Blocks zum Parker Center zu Fuß, wo er mit dem Lieferantenfahrstuhl in den dritten Stock zu den Büros des Erkennungsdienstes fuhr; insgeheim betete er, Artie Cranfield möge der einzige Datenexperte sein, der Dienst tat. Als er eine Tür mit dem Schild »Daten-Identifikation« öffnete, sah er, daß sein Gebet erhört worden war – Cranfield war, über ein Mikroskop gebeugt, allein im Büro.

Der Spezialist blickte auf, als Lloyd die Tür hinter sich schloß. »Du hast Ärger, Lloyd«, sagte er. »Zwei Bullen vom IAD waren heute morgen hier. Sie sagten, du hättest davon geredet, Fernsehstar werden zu wollen. Sie wollten wissen, ob du in letzter Zeit irgendwelche Beweismittel beigebracht hättest.«

»Was hast du ihnen erzählt?« fragte Lloyd.

Artie lachte. »Daß du mir noch zehn Bier von der Football-Meisterschaft letztes Jahr schuldest. Stimmt doch, oder?«

Lloyd zwang sich, ebenfalls zu lachen. »Du kriegst viel mehr. Was würdest du von einem Watanabe A. F. Z. 999 halten?«

»*Was?*«

»Du hast richtig gehört. Nagler vom Labor hat ihn wegen der Fingerabdrücke. Er ist zur Zeit im Haus seines Vaters in San Bernardino. Ruf die Polizeidienststelle von San Bernardino an, die geben dir seine Telefonnummer.«

»Also Lloyd, was *willst* du von mir?«

»Ich möchte, daß du mich mit einem Körperabhörgerät

ausrüstest, und ich möchte sechs leere Patronen vom Kaliber .38.«

Arties Gesicht wurde düster. »Wann, Lloyd?« fragte er.

»Sofort«, sagte Lloyd.

Das Ausrüsten dauerte eine halbe Stunde. Als Artie mit Versteck und Probelauf zufrieden war, sagte er: »Du siehst ängstlich aus, Lloyd.«

Diesmal war Lloyds Lachen echt. »Ich bin ängstlich«, sagte er.

Lloyd fuhr nach West-Hollywood. Der Recorder drückte gegen seine Brust, und jeder seiner rasenden Herzschläge fühlte sich an, als würde er ihn näher an den Infarkt bringen.

In Whitey Haines' Wohnung waren keine Lichter an. Lloyd schaute auf die Armbanduhr, als er mit einer Kreditkarte das Schloß knackte. Es war 17.10 Uhr, und falls Haines direkt nach Dienstschluß nach Hause käme, müßte er innerhalb einer halben Stunde auftauchen.

Die Wohnung war seit seinem letzten Eindringen unverändert. Lloyd spülte drei Benzedrin-Tabletten mit Leitungswasser runter, postierte sich neben der Tür und versuchte, sich an die Dunkelheit zu gewöhnen. Nach ein paar Minuten begann das Speed zu wirken. Es schoß ihm direkt in den Kopf und löste das drückende Gefühl in seiner Brust. Wenn es ihn nicht zu sehr abheben ließ, hätte er genug Kraft für eine tagelange Menschenjagd.

Lloyds innere Ruhe nahm zu, verflog aber jäh, als er hörte, wie ein Schlüssel ins Schloß gesteckt wurde. Die Tür flog eine Sekunde später auf, und blendendes Licht zwang ihn, eine Hand schützend vor seine Augen zu halten. Bevor er sich bewegen konnte, prallte ein knapper Karateschlag von seinem Hals ab, und lange Fingernägel streiften sein Schlüsselbein. Lloyd fiel auf die Knie, als Whitey Haines einen schrillen Schrei ausstieß und mit dem Schlagstock nach seinem Kopf zielte. Der Polizeiknüppel traf die dünne Wand und blieb darin stecken, und als Haines versuchte, ihn herauszuziehen, ließ Lloyd sich auf den Rücken fallen und trat mit beiden Füßen in Haines' Weichteile. Er traf ihn mit voller Wucht und warf ihn zu Boden.

Haines schnappte nach Luft und griff nach seinem Revolver; er riß ihn in dem Moment aus dem Halfter, in dem Lloyd wieder auf die Beine kam. Er riß den Lauf nach oben, als Lloyd einen Schritt zur Seite wich, den Knüppel aus der Wand zerrte und ihn gegen seine Brust wirbelte. Haines schrie auf und ließ die Waffe fallen. Lloyd kickte sie beiseite und zog seinen eigenen .38er aus dem Hosenbund. Er hielt ihn Haines unter die Nase und keuchte: »Steh auf! An die Wand! Und ganz langsam.«

Haines richtete sich langsam auf, massierte dabei seine Brust und lehnte sich mit gespreizten Armen und Beinen an die Wand, die Hände über dem Kopf. Lloyd zog den auf dem Boden liegenden .38er so weit zu sich heran, daß er ihn aufheben konnte, ohne Haines aus dem Visier zu nehmen. Nachdem er die Waffe sicher in seinem Hosenbund verstaut hatte, tastete er mit seiner freien Hand über Haines' Uniform. Was er suchte, fand er im Futter seiner Eisenhower-Jacke – eine schlichte Mappe, die mit Papieren vollgestopft war; Craigie, Lawrence D., alias Bird, Birdy, Birdman, geb. 29. 1. 46, stand mit Schreibmaschine geschrieben auf dem Umschlag.

Haines fing an zu plappern, als er sah, wie Lloyd die Mappe musterte. »Ich ... ich ... ich habe ihn nicht umgebracht. Es ... es ... war bestimmt irgendein verrückter Schwuler. Sie müssen es mir glauben. Sie müssen ...«

Lloyd trat Haines die Beine weg. Er stürzte auf den Boden und unterdrückte einen Schrei. Lloyd hockte sich neben ihn und sagte: »Erzähl keinen Scheiß, Haines. Sonst nehme ich dich in die Mangel. Ich will, daß du dich auf die Couch setzt, während ich dir etwas vorlese. Dann werden wir uns über die guten alten Zeiten in Silverlake unterhalten. Ich bin selbst aus Silverlake, und wir beide werden ein paar Erinnerungen durchgehen. Auf die Beine!«

Haines taumelte zum Kunstledersofa und setzte sich hin, wobei er die Hände abwechselnd ballte und wieder ausstreckte und auf die schmerzenden Zehen in seinen Stiefeln starrte. Lloyd ließ sich auf einem Stuhl ihm gegenüber nieder, die Mappe in der einen und seinen .38er in der anderen Hand. Ein Auge auf Haines gerichtet, las er sich durch die Seiten des Reports der Sitte.

Die Aufzeichnungen reichten zehn Jahre zurück. In den frühen Siebzigern war Lawrence Craigie wegen Anstiftung zu homosexuellen Handlungen verhaftet worden, und er wurde laufend verhört, nachdem man ihn beim Herumlungern in der Nähe öffentlicher Toiletten aufgegriffen hatte. Diese ersten Berichte waren mit den Unterschriften aller acht Mann der Sittenpolizei versehen. Nach 1976 waren alle Eintragungen, die sich auf Lawrence Craigie bezogen, von Deputy Delbert W. Haines, Polizeimarke Nr. 408, gemacht worden. Die Berichte wiederholten sich in stümperhafter Weise, und seltsame Fragezeichen fanden sich in den späteren. Als Lloyd den Bericht vom 29. 6. 78 las, mußte er laut lachen. »Heute habe ich Lawrence Craigie als meinen Informanten eingesetzt. Ich habe die Kollegen der Abteilung gebeten, ihn nicht auffliegen zu lassen. Er ist ein guter Spitzel. Hochachtungsvoll – Delbert W. Haines, Nr. 408.«

Lloyd lachte immer noch: Es war ein gekünsteltes Bühnenlachen, um das Geräusch zu übertönen, das der Recorder an seinem Körper beim Einschalten von sich gab. Als er die sanften elektrischen Schwingungen auf seiner Brust spürte, sagte er: »Ein County Deputy Sheriff aus Los Angeles, der mit Drogen und männlichen Prostituierten Geschäfte betreibt und sich von sämtlichen Schwulen auf dem Knabenstrich Geld in den Hintern stecken läßt. Was wirst du jetzt machen, jetzt, wo Birdman tot ist? Du wirst dir einen neuen Verbindungsmann suchen müssen, und wenn die Detectives vom Büro des Sheriffs dich mit Craigie in Verbindung bringen, wirst du dir 'nen neuen Job suchen müssen.«

Whitey Haines starrte auf seine Füße. »Ich bin völlig sauber«, meinte er. »Ich weiß überhaupt nicht, wovon Sie in Teufels Namen sprechen. Ich weiß nichts über Craigies Ermordung oder über irgendwelchen anderen Scheiß. Ich werd' das Gefühl nicht los, daß Sie mir irgendwelche linken Sachen in die Schuhe schieben wollen, sonst hätten Sie doch noch einen anderen Cop mitgebracht. Sie sind ein Scheißcop, der anderen Cops Ärger machen will. Ich hab' mir Ihre Nummer gemerkt, als Sie mich neulich wegen der Selbstmorde ausfragen wollten, die ich gemeldet hatte. Sie wollen mich auffliegen lassen, weil ich mir diese Mappe von der Sitte unter den Nagel gerissen habe. Dann laß mich doch auffliegen, Dorfdepp, denn das ist doch das einzige, was du gegen mich in der Hand hast!«

Lloyd lehnte sich nach vorn. »Schau mich an, Haines! Schau mich genau an!«

Haines richtete die Augen auf Lloyd. Lloyd schaute tief in sie hinein und sagte: »Heute abend wirst du deine Schulden begleichen. Auf die eine oder andere Weise wirst du mir meine Fragen beantworten.«

»Fick dich selbst«, entgegnete Whitey Haines.

Lloyd lächelte, dann hielt er den kurzläufigen .38er hoch und öffnete die Kammer. Er nahm fünf der sechs Patronen in seine Hand, dann ließ er die Trommel wieder einschnappen und drehte sie. Er spannte den Hahn und hielt den Lauf an Haines' Nase.

»Teddy Verplanck«, sagte er.

Whitey Haines' rosiges Gesicht wurde bleich. Er preßte die gefalteten Hände so fest aneinander, daß Lloyd die Gelenke krachen hörte. Ein Netz von Adern pulsierte an seinem Hals, und er zuckte vor dem Pistolenlauf zurück. Eine dicke Schicht getrockneten Speichels bedeckte seine Lippen, als er stammelte: »N... nur ... ein Typ von der High-School.«

Lloyd schüttelte den Kopf. »Reicht nicht, Withey. Verplanck ist ein Massenmörder. Er hat Craigie und weiß Gott wie viele Frauen umgebracht. Er schickt deiner früheren Klassenkameradin Kathleen McCarthy nach jedem Mord Blumen. Er hat deine Wohnung verwanzt, deswegen hab' ich dich mit Craigie in Verbindung bringen können. Teddy Verplanck war von euch besessen, und du wirst mir erzählen, warum.«

Haines betastete das Abzeichen, das oberhalb seines Herzens an der Jacke steckte. »Ich ... ich weiß gar nichts.«

Lloyd drehte die Trommel noch einmal. »Du hast fünf Chancen, Whitey.«

»Dazu hast du nicht den Mumm«, flüsterte Haines mit heiserer Stimme.

Lloyd zielte ihm zwischen die Augen und zog den Drükker. Der Hammer schlug auf eine leere Kammer. Haines begann zu stottern. Seine vor Nervosität zuckenden Hände griffen ins Sofa und rissen Kunstleder und Schaumstoff heraus.

»Vier Chancen«, sagte Lloyd. »Ich werde dir eine kleine Hilfestellung geben. Verplanck war in Kathleen McCarthy verliebt. Er war einer von Kathys Clowns. Erinnerst du dich noch an Kathys Kamarilla und Kathys Clowns? Sagt dir der 10. Juni 1964 etwas? Das war der Tag, an dem Verplanck zum erstenmal mit Kathleen McCarthy Verbindung aufgenommen hat. Er schickte ihr ein Gedicht, das von über ihn verschüttetem Blut und Tränen und Haß handelte. Du,

Verplanck und der Birdman, ihr wart doch damals auf der Marshall High-School. Habt ihr, du und Craigie, Verplanck etwas angetan, Haines? Habt ihr ihn gehaßt und blutig geschlagen und ...«

»Nein! Nein! Nein!« schrie Haines, dabei verschränkte er fest die Arme und schlug den Kopf gegen die Couch. »Nein! Nein!«

Lloyd stand auf. Er sah Haines an, fühlte, wie sich das letzte Stück eines Puzzles einfügte; es war, als würden sich Weihnachten 1950 und der 10. Juni miteinander verbinden und einen Schlüssel bilden, der die Tür zum Innersten der Hölle öffnete. Er hielt die Pistole an Haines' Kopf und drückte zweimal hintereinander ab. Beim ersten Klicken der Trommel schrie Haines auf, beim zweiten faltete er die Hände und begann, Gebete zu murmeln. Lloyd kniete neben ihn. »Es ist aus, Whitey. Für dich, für Teddy, und vielleicht sogar für mich. Sag mir, warum du und Craigie ihn vergewaltigt habt.«

Lloyd hörte, wie Haines' Gebete verstummten, und bemerkte, daß es der Schluß des Rosenkranzes auf lateinisch war. Als er fertig war, strich sich Haines das schweißnasse Khakihemd glatt und rückte seine Polizeimarke gerade. Seine Stimme war ganz ruhig, als er zu erzählen anfing: »Ich hab' mir schon immer gedacht, daß irgendwer Bescheid wüßte, daß Gott irgendwen beauftragen würde, mich dafür zu bestrafen. Ich sehe schon seit Jahren Priester in meinen Träumen. Ich hab' immer gedacht, Gott würde einen Priester mit meiner Ergreifung beauftragen. Ich hätte nicht gedacht, daß er einen Cop schicken würde.«

Lloyd setzte sich Haines gegenüber und beobachtete, wie sich seine Züge im Vorstadium des Bekennens entspannten.

»Teddy Verplanck war ein komischer Kauz«, sagte Whitey Haines. »Er paßte nicht dazu, und es war ihm auch egal.

Er war kein Kriecher, kein Angeber und auch kein schlechter Kerl. Er war auch kein Einzelgänger, er war ganz einfach anders. Er mußte keinen Blödsinn anstellen, um sich irgendwas zu beweisen; er mußte nur in seinen irren Edelklamotten über den Schulhof gehen, und jedesmal, wenn er dich ansah, wußtest du, daß er dich für den letzten Arsch hält. Er druckte dieses Lyrikblatt und stopfte es in jeden Spind auf dem verdammten Campus. Er machte sich über mich und Birdy lustig, und auch über die Surfer und die Vatos, und niemand wollte ihn aufmischen, weil er diese merkwürdige Kraft hatte, so, als ob er deine Gedanken lesen könnte. Und wenn du ihn aufmischen würdest, würde er es sofort in seine Zeitung setzen, damit es alle Welt erfahren würde.

Da waren diese Liebesgedichte, die er immer in das Blatt nahm. Meine Schwester blickte durch: Ihr war bei all diesen großen Worten und dem ganzen symbolischen Mist ein Licht aufgegangen, und sie hatte mir erzählt, daß die Gedichte von großen Dichtern geklaut und dieser hochnäsigen Ziege Kathleen McCarthy gewidmet wären. Meine Schwester saß bei den Hausaufgaben neben ihr, und sie berichtete mir, daß die McCarthy-Schlampe in einer Phantasiewelt lebte und glaubte, fast alle Kerls von Marshall wären heiß auf sie und die anderen großkotzigen Zicken, mit denen sie rumhing. ›Cathy's Clown‹ war damals ein großer Hit, und die McCarthy-Ziege erzählte meiner Schwester, sie hätte Hunderte eigener ›Cathys Clowns‹. Aber Verplanck war der einzige Clown, und er hatte Angst, der McCarthy zu begegnen. Sie wußte nicht einmal, daß er heiß auf sie war.

Dann druckte Verplanck diese Gedichte ab, in denen er mich und Bird attackierte. Die Leute auf der Schule fingen an, uns schief anzusehen. Ich hatte Witze gerissen, als Kennedy erschossen wurde, und Verplanck glotzte mich mit seinen Blicken in Grund und Boden. Es war, als würde er mir die Kraft entziehen, um sie für sich zu benutzen. Ich habe lange Zeit gewartet, bis zum Abschluß im Jahre '64. Da hab' ich mir was ausgedacht. Meine Schwester schrieb für mich eine gefälschte Nachricht von Kathy McCarthy an Verplanck, in der stand, er solle sie nach Schulschluß im Raum unterm Glockenturm treffen. Birdy und ich erwarteten ihn. Wir wollten ihn eigentlich nur verprügeln. Wir hauten ihm den Arsch voll, aber selbst als er völlig fertig war, hatte er noch immer mehr Mumm als wir. Darum hab' ich's gemacht. Birdy hat wie immer nur mitgemacht.«

Haines zögerte. Lloyd behielt ihn im Auge, als er nach Worten suchte, um seine Geschichte zu beenden. Als nichts mehr kam, fragte er ihn: »Fühlst du so etwas wie Schande, Haines? Oder Mitleid? Fühlst du überhaupt irgend etwas?«

Whitey Haines' Gesicht war wie eine Maske aus Stein, die keinerlei Mitleid erkennen ließ. »Ich bin froh, daß ich es dir erzählt habe«, sagte er, »aber ich glaube nicht, daß ich irgend etwas fühle. Mir tut die Sache mit Birdman leid, aber er war dazu bestimmt, auf verrückte Art zu sterben. Ich hab' mich schon mein ganzes Leben lang gerächt. Ich bin geboren worden, um ein hartes Leben zu führen. Verplanck war einfach zur falschen Zeit am falschen Ort. Er hat bekommen, wofür er bezahlt hat. Ich sag': ›Schöne Scheiße.‹ Ich sag': ›Ich hab' meine Schulden immer beglichen.‹ Ich sag': ›Leckt mich alle und hebt 'nen Sechser für die Sargträger auf.‹« Es mußte der gesprächigste Augenblick seines Lebens gewesen sein. Haines sah Lloyd an und sagte: »Nun, Sergeant. Was nun?«

»Du hast kein Recht, ein Polizist zu sein«, sagte Lloyd, öffnete sein Hemd und zeigte Haines den verborgenen Kassettenrecorder. »Du hättest den Tod verdient, aber zu einem kaltblütigen Mord bin ich nicht fähig. Dieses Band wird morgen früh auf Captain Magruders Schreibtisch liegen. Deine Zeit als Deputy Sheriff ist vorbei.«

Haines atmete langsam aus, nachdem das Urteil über ihn verkündet worden war. »Was wirst du mit Verplanck machen?« fragte er.

Lloyd lächelte verstohlen. »Ihn erlösen oder ihn töten. Kommt drauf an.«

Haines lächelte zurück. »Nur zu, Junge, nur zu.«

Lloyd nahm ein Taschentuch und wischte damit über Türknauf, Stuhllehne und den Griff von Haines' Dienstrevolver.

»Es wird nur eine Sekunde dauern, Whitey«, bemerkte er.

Haines nickte. »Ich weiß.«

»Du wirst nicht viel davon spüren.«

»Ich weiß.«

Lloyd ging zur Tür. Haines fragte noch: »Die Patronen in deiner Waffe waren doch alle leer, oder?« Lloyd hob zum Abschied eine Hand. Es war, als erteile er die Absolution. »Ja. Mach's gut, Mann.«

Als die Tür zuschlug, ging Whitey Haines ins Schlafzimmer und schloß seinen Gewehrschrank auf. Er griff hinein und holte sein bestes Stück heraus – ein abgesägtes, doppelläufiges 10-mm-Gewehr. Die Waffe, die er für die lang erwartete Apokalypse aufgehoben hatte.

Nachdem er die Patronen in die Kammern gesteckt hatte, schweiften Whiteys Gedanken zurück zur Marshall High-School und der guten alten Zeit. Als die Erinnerungen zu schmerzen anfingen, steckte er sich die Doppelläufe in den Mund und zog beide Drücker.

Lloyd schloß gerade seinen Wagen auf, als er die Explosion hörte. Er schickte ein Gnadengesuch gen Himmel und fuhr nach Silverlake.

16

Teddy Verplanck hatte an der Straße gegenüber seinem Heiligtum, dem Fotogeschäft, geparkt und erwartete die Ankunft des braunen zivilen Polizeifahrzeugs. Innerhalb von Minuten nach dem unglaublichen Anruf hatte er sein gesamtes Vollstreckungsgerät in einer Segeltuchtasche verstaut und war in den aus Sicherheitsgründen nicht angemeldeten Wagen gestiegen, um sich dem Kampf Mann-gegen-Mann zu stellen, der über sein zukünftiges Schicksal entscheiden würde. Irgendwie, mittels Zufall oder göttlicher Eingebung, wurde ihm nun Gelegenheit gegeben, um die Seele seiner geliebten Kathy zu kämpfen. Die Fackel hatte ihm Kathy persönlich überreicht, und es galt, eine achtzehn Jahre alte Pflicht zu erfüllen. Er dachte an die Waffen, die im Kofferraum lagen: eine .32er mit aufgesetztem Schalldämpfer, ein M-1-Karabiner vom Kaliber .30, eine zweischneidige Feuerwehraxt, ein speziell gefertigter sechsschüssiger Derringer und ein mit Blei gefüllter Baseballschläger. Er besaß Werkzeug und Willen, um es zu schaffen.

Zwei Stunden nach dem Anruf tauchte das Fahrzeug auf. Teddy beobachtete, wie ein stattlicher Mann ausstieg, die Ladenfront absuchte, sie der Länge nach abschritt und dabei durch die Schaufenster blickte. Der große Mann schien den Augenblick zu genießen und sammelte dabei Informationen, die später gegen den Killer verwandt werden könnten. Teddy begann am Anblick seines Feindes Gefallen zu finden, als dieser zu seinem Wagen zurückrannte, wendete und die Alvarado in Richtung Süden fuhr. Teddy holte mehrere Male tief Luft und beschloß, ihm zu folgen. Nach zehn Sekunden begann die Jagd. Er holte das braune Fahrzeug an der Ecke Alvarado und Temple ein und hielt diskret Abstand, während er auf den Hollywood Freeway in Richtung Westen geführt wurde. Hinter der Auffahrt wechselte der Herausforderer auf die mittlere Fahrspur und fuhr mit sehr hoher Geschwindigkeit. Teddy tat dasselbe; er war sich sicher, daß der Polizist so in Gedanken war, daß er einen Verfolger gar nicht bemerkte.

Zehn Minuten später fuhr der Herausforderer am Cahuenga Pass ab. Teddy ließ zwei andere Wagen zwischen ihnen und beobachtete mit einem Auge die Straße und mit dem anderen die lange Funkantenne seines Gegners. Sie kamen in die hügelige Gegend nahe der Hollywood Bowl. Teddy sah, daß das braune Auto vor einem kleinen, strohbedeckten Haus abrupt anhielt. Einige Häuser weiter stoppte er am Bürgersteig, stieg vorsichtig auf der Beifahrerseite aus und beobachtete dabei, wie sein Kontrahent von der Polizei die Stufen hinaufging und an die Tür klopfte.

Augenblicke später öffnete eine Frau und rief: »Sarge, was führt dich denn hierher?«

Die Stimme, die ihr antwortete, klang heiser und streng.

»Du wirst nicht glauben, was passiert ist. Ich weiß nicht einmal, ob ich es selbst glauben kann.«

»Was ist denn los?« fragte die Frau und machte hinter ihnen die Tür zu.

Teddy spazierte zu seinem Wagen zurück und richtete sich aufs Warten ein, wobei er den Vorteil seiner Lage überdachte. Er wußte, daß dies der Rachefeldzug *eines* Mannes war – Detective Sergeant Lloyd Hopkins –, sonst würden Scharen von Polizisten hinter ihm her sein. Es *mußte so* sein, daß Hopkins Kathy für sich beanspruchen wollte und bereit war, den ersten Schritt zu tun, um sie zu bekommen.

Von der Erkenntnis aufgemuntert, daß die gegen ihn gerichtete Kraft nur aus einem einzigen Mann bestand, legte sich Teddy einen Plan für die Eliminierung zurecht, dann dachte er über den Pfad nach, der ihn bis an diese Stelle geführt hatte.

Er hatte die Tage nach dem 10. Juni 1964 damit verbracht, seine künstlerischen Fähigkeiten zu überdenken und die Meuterei der Mädchen von Kathys Kamarilla zu verfolgen.

Seine anfängliche, gegen seine Peiniger gerichtete Wut hatte zu einer tragischen Bestätigung seiner Begabung geführt; er hatte dafür mit Blut bezahlt, und nun war die Zeit gekommen, die Weisheit seines Blutes zu nutzen und nach den Sternen zu greifen. Aber die Zeilen, die er seitenweise geschrieben hatte, klangen schwülstig und hohl, schüchtern und formbesessen. Und sie waren dem Drama, das innerhalb des Hofstaates stattfand, völlig unangemessen; ein so gemeiner Verrat, daß er den Eindruck hatte, er wetteifere mit seiner eigenen Vernichtung.

Ein Mädchen von Kathys Kamarilla nach dem anderen hatte ihr schnöde, lähmende Beleidigungen ins Gesicht geschleudert, und sie hatten ihre Führerin genau dort attackiert, wo sie ihre ganze Liebe für sie verwahrte. Sie hatten sie als frigide und untalentierte Possenreißerin bezeichnet. Sie hatten sie beschuldigt, ihr Grundsatz, sich nicht mit Jungen zu treffen, wäre ein billiges Komplott gewesen, um sie für geile lesbische Rendezvous zu reservieren, die in die Wege zu leiten sie jedoch zu feige wäre. Sie hatten Kathy daraufhin mit ihren Tränen allein zurückgelassen, und er hatte geschworen, daß sie dafür bezahlen müßten.

Aber die Angelegenheit war seiner Aufmerksamkeit entglitten, und er war viel zu sehr mit seinem eigenen Leben beschäftigt gewesen, um an Vergeltung zu denken. Er hatte ein Jahr mit dem Verfassen eines epischen Gedichts zugebracht, das von Vergewaltigung und Verrat handelte.

Nachdem er das Gedicht vollendet hatte, wurde ihm klar, daß es Schund war, und er verbrannte es. Er hatte getrauert, weil er seine Begabung verloren hatte, und sich der traurigen Effektivität eines Handwerks zugewandt: der Fotografie. Er hatte über die Grundlagen und den Zweck dieses Gewerbes bereits vorher Bescheid gewußt, und vor allem war er sich darüber im klaren gewesen, daß das Fotografieren ihm die Mittel zur Verfügung stellen würde, um ein gutes Leben zu führen und das Schöne in einer häßlichen Welt suchen zu können.

Er war ein erfahrener, aber phantasieloser Berufsfotograf geworden und bestritt seinen Lebensunterhalt damit, Fotos für Tageszeitungen und Zeitschriften zu machen. Aber Kathy war immer bei ihm gewesen, und die Gedanken an sie hatten die Schrecken des Juni 1964 in vollem Umfang zurückgebracht. Er hatte gewußt, daß er diesen Schrecken bekämpfen mußte, daß er Kathys Anerkennung nicht würdig sei, bevor er diese Angst nicht überwunden hätte. Daher hatte er zum erstenmal in seinem Leben die reine Körperlichkeit gesucht.

Hunderte von Stunden Gewichtheben und Krafttraining hatten seinen schwächlichen Körper, den er insgeheim schon immer gehaßt hatte, in eine steinharte Maschine verwandelt; im selben Zeitraum hatte er sich auch den schwarzen Gürtel in Karate erkämpft. Er hatte Kenntnisse über Waffenkunde erworben und war Sieger bei Pistolen- und Gewehrwettschießen geworden. Mit dem Erwerb dieser weltlichen Fähigkeiten war der Schrecken immer mehr gewichen. Während er immer kräftiger geworden war, hatte sich seine Angst in Rage verwandelt, und er hatte angefangen, über die Ermordung der Verräter von Kathys Kamarilla nachzudenken. Todesvisionen hatten seine Gedanken beherrscht, doch die letzten Überbleibsel seiner Angst hatten ihn noch davon abgehalten, in Aktion zu treten.

Ekel vor sich selbst war mit aller Macht zurückgekehrt, sobald er an die Lösung gedacht hatte. Er hatte ein Blutritual für die Übergangszeit gebraucht, bei dem er sich selbst hätte auf die Probe stellen können, bevor er mit seinen Vergeltungsmaßnahmen begann. Er hatte Wochen damit zugebracht, über Mittel und Wege nachzudenken, doch ohne Ergebnis, bis ihm eines Abends ein Satz von Eliot in den Kopf geschossen und haftengeblieben war: »Eber und Jagdhund auf Erden uraltem Brauchtum frönt, doch sind sie inmitten der Sterne versöhnt.«

Ihm war sofort klargeworden, wohin ihn dieses Vorbild führen sollte – in die inneren Gebiete von Catalina Island, wo wilde Eber in Herden herumzogen. Eine Woche später war er mit der Fähre hinübergefahren und hatte seinen Sechs-Schuß-Derringer und einen beschwerten Baseballschläger mitgenommen, in dessen Kopf er spitze Nägel geschlagen hatte. Er hatte nur diese beiden Waffen und eine Wasserflasche bei sich gehabt, als er bei Anbruch der Dunkelheit zu seinem Marsch ins Hinterland der Insel aufgebrochen war, mit der Bereitschaft, zu töten oder getötet zu werden.

Bei Tagesanbruch hatte er drei Keiler ausgemacht, die an einem Bach grasten. Er hatte den Baseballschläger gepackt und war auf sie losgegangen. Einer der Keiler hatte sich zurückgezogen, die beiden anderen waren drohend stehengeblieben und hatten ihre Hauer gegen ihn gerichtet. Er war in Schußentfernung gewesen, als sie ihn angegriffen hatten. Ihm war ein Täuschungsmanöver gelungen, und sie waren an ihm vorbeigedonnert. Er hatte zwei Sekunden gewartet, dann hatte er vorgetäuscht, in die entgegengesetzte Richtung zu laufen, und nachdem die Eber vor Wut gegrunzt hatten, hatten sie kehrtgemacht, um ihn zu rammen, woraufhin es ihm gelungen war, erneut zur Seite zu springen und den Schläger auf den ihm nächsten Keiler niedersausen zu lassen; er hatte ihn am Kopf getroffen und durch den Aufprall den Schläger fallen lassen.

Der verletzte Keiler hatte sich auf dem Boden herumgewälzt, gekreischt und mit den Hufen gegen den in ihm steckenden Schläger getreten. Der andere Keiler hatte sich umgedreht, auf die Hinterläufe gestellt und war dann auf ihn losgegangen. Diesmal hatte Teddy keine Täuschung versucht, und er war auch nicht zur Seite gesprungen. Er hatte ganz ruhig dagestanden, und als die Hauer des Wildschweins schon fast sein Gesicht erreicht hatten, hatte er den Derringer in Anschlag gebracht und dem Eber das Gehirn weggeblasen.

Bei seinem triumphalen Rückmarsch hatte er Dutzende von Ebern, denen er begegnet war, in Ruhe gelassen. Schließlich – »inmitten der Sterne versöhnt« – hatte er einen Touristendampfer in Richtung L.A. bestiegen und dort begonnen, den Tod von Midge Curtis, Charlotte Reilly, Laurel Jensen und Mary Kunz vorzubereiten, wobei er sich zunächst nach ihren Aufenthaltsorten durch einen Anruf bei der Registratur der Marshall High-School erkundigt hatte. Nachdem er erfahren hatte, daß alle vier Mädchen Stipendien an Universitäten im Osten des Landes bekommen hatten, hatte er gespürt, wie sein Haß ihnen gegenüber sprunghaft gestiegen war. Jetzt war ihr Motiv für den Verrat an Kathy einleuchtend gewesen. Auf akademischen Ruhm aus und begeistert von der Aussicht, Los Angeles verlassen zu können, hatten sie die Pläne ihrer Fürsprecherin verächtlich zurückgewiesen, nach denen sie alle mit Kathy als Lehrerin in L.A. hatten bleiben sollen, was sie nur als ihren kleinsten Wunsch betrachtet hatte. Er hatte gefühlt, wie seine Wut in immer tiefer greifende Gefühle der Verachtung ausgeartet war. Kathy sollte gerächt werden, und zwar bald.

Er hatte seine Reiseroute anhand der Standorte der Universitäten zusammengestellt und war Weihnachten 1966 in den Osten geflogen. Seine Mission hatte aus zwei sorgfältig ausgeführten, zufälligen Todesfällen bestehen sollen, einer erzwungenen Überdosis Rauschgift und einem Mord, der mit denen des »Würgers von Boston« große Ähnlichkeit hatte.

Er war im verschneiten Philadelphia angekommen und hatte sich für drei Wochen ein Hotelzimmer gemietet, sich dann mit seinem gemieteten Wagen auf den Weg gemacht, um die Universitäten in Brandeis, Temple, Columbia und Wheaton zu besuchen. Er war mit Ätzmitteln, Stricken, Rauschgift und beträchtlichen Reserven blutrünstiger Liebe ausgestattet gewesen. Er war durch nichts verwundbar. Bis auf eines: Als er Laurel Jensen allein im Studentenverbindungszimmer von Brandeis hatte sitzen sehen, war ihm klargeworden, daß sie *eine von* Kathy war, und daß er niemals jemandem etwas würde antun können, der seiner Geliebten so nahe gestanden hatte. Der Anblick von Charlotte Reilly, wie sie im Buchladen der Columbia University herumstöberte, hatte die Zusammengehörigkeit des Bundes bestätigt. Er hatte sich erst gar nicht die Mühe gemacht, die beiden anderen Mädchen aufzusuchen; ihm war klargeworden, daß er, wenn er sie sähe, verwundbar wie ein Baby an der Mutterbrust sein würde.

Er war nach Los Angeles zurückgeflogen und hatte sich gefragt, wie er nur einen so hohen Preis hatte bezahlen können, ohne für seine Kunst oder seine Mission belohnt zu werden. Er hatte sich außerdem die Frage gestellt, was er nun mit seinem Leben anfangen sollte. Er hatte seine Angst bekämpft, indem er sich strikt an die strengsten Disziplinen der Militärausbildung gehalten und lange Zeit gefastet hatte, gefolgt von asketischen Aufenthalten in der Wüste, bei denen er Koyoten mit einem Knüppel totgeschlagen und ihre Kadaver über Feuer gebraten hatte, das er nur mit natürlichen Hilfsmitteln der Wüste und seinem Atem am Brennen gehalten hatte. Nichts hatte funktioniert. Die Angst hatte ihn noch immer verfolgt. Er war sicher gewesen, daß er auf dem besten Wege war, verrückt zu werden, und daß sein Verstand aus einer Art Stimmgabel bestünde, die hungrige Wölfe anlockte, die ihn eines Tages auffressen würden. Er hatte nicht einmal an Kathy denken können – die Tiere hätten ja seine Gedanken aufgreifen und sich auf ihn stürzen können.

Dann war plötzlich die Änderung eingetreten. Er hatte zum ersten Mal die Meditationskassette gehört. Und dann war er Jane Wilhelm begegnet.

Von seinem Ausflug in die Vergangenheit ermutigt, ging Teddy zu dem Haus mit dem Strohdach und versteckte sich hinter turmhohen Hibiskuspflanzen, die die Auffahrt säumten. Nach ein paar Minuten vernahm er von innen Stimmen, und Augenblicke später wurde die Tür geöffnet, und der Polizist stand davor, im kühlen Abendwind leicht fröstelnd.

Die Frau begleitete ihn, sie schmiegte sich in seine Arme und bat ihn: »Versprichst du mir, daß du wirklich vorsichtig sein wirst, und daß du mich anrufst, sobald du diesen Hundesohn geschnappt hast?«

Der hochgewachsene Mann antwortete: »Ja«, beugte sich zu ihr hinunter und küßte sie auf die Lippen. »Keine langen Abschiedsszenen«, sagte die Frau, als sie die Tür hinter ihm schloß.

Teddy stand auf, als er den braunen Polizeiwagen wegfahren sah. Er zog ein Stilett mit Druckknopf aus der Jackentasche. Lloyd Hopkins würde bald sterben müssen, und er würde noch bereuen, seiner Mätresse diesen letzten Besuch abgestattet zu haben.

Er ging zur Haustür und klopfte mit einer Hand leicht dagegen. Freudiges Lachen war die Antwort auf das vertraute Klopfen. Er hörte, wie sich Schritte der Tür näherten, und drückte sich an deren Seite, das Messer hielt er gegen sein Bein. Die Tür wurde aufgestoßen und die Frauenstimme rief: »Sarge? Ich wußte doch, daß du zu gescheit bist, um mein Angebot abzuschlagen. Ich wußte ...«

Er sprang aus seinem Versteck und sah die Frau in sehnsüchtiger Haltung unter der Tür stehen. Das hoffnungsvolle Gesicht brauchte nur Sekunden, bis es sich vor Schreck verzog, und als er in ihren Augen die Erkenntnis sah, hielt er ihr das Messer vor und ließ es dann leicht uber ihre Wange zucken. Ihre Hände faßten zum Gesicht, als sie Blut fließen spürte, und er legte seine Hand an ihre Kehle, um eventuelle Schreie zu unterdrücken. Seine Hand saß am Halsausschnitt ihres Pullovers, als er auf der Fußmatte ausrutschte und auf die Knie fiel. Er mußte Joanies Pullover loslassen, und als er wieder aufzustehen versuchte, schlug sie die Tür gegen seinen Arm und trat ihm ins Gesicht. Ein spitzer Fuß traf ihn im Mund und riß ihn auf. Er spuckte Blut und stach blindlings in der Türöffnung herum. Joanie schrie und trat ihm nochmals ins Gesicht. In letzter Sekunde duckte er sich und packte sie am Knöchel, als er wieder hinfiel, dann drückte er ihr Bein nach oben, was sie mit zappelnden Gliedern zu Fall brachte. Hastig kroch sie rückwärts, während er aufstand, ihr folgte und mit dem Stilett langsam kreisende, achtförmige Bewegungen ausführte. Er wandte sich um, um die Tür zu schließen, und sie trat mit den Füßen und schleuderte ihm eine Stehlampe in den Rücken. Er sprang überrascht zurück und warf mit seinem Körpergewicht die Tür zu.

Joanie kam wieder auf die Beine und stolperte nach hinten ins Eßzimmer. Sie wischte sich Blut aus den Augen und schlug mit den Armen, auf der Suche nach einer Waffe, um sich, wobei ihre Augen nicht von der Gestalt im Trainingsanzug abließen, die sich ihr langsam näherte. Ihr rechter

Arm ergriff die Lehne eines Liegestuhls, und sie schleuderte ihn in seine Richtung. Er trat ihn mit einem Fuß aus dem Weg und bewegte sich langsam und provozierend vorwärts, als parodierte er verstohlenes Anschleichen, wobei seine Messerbewegungen immer raffinierter wurden. Joanie stieß gegen den Eßtisch und griff blind nach einem Stapel Teller, wodurch diese durcheinanderfielen und sie einen zu fassen bekam, aber nicht mehr die Kraft hatte, ihn zu werfen.

Sie ließ den Teller fallen und ging ein paar Schritte zurück. Als sie die Wand berührte, wurde ihr klar, daß es keine Ausweichmöglichkeit mehr gab, und sie öffnete den Mund zum Schrei. Als sie ein Gurgeln herausbrachte, hob Teddy das Stilett und stach es ihr ins Herz. Das Messer traf, und Joanie fühlte, wie ihr Leben zerbarst und in ein Netz feiner Risse zersprang. Als aus hellem Licht Dunkelheit wurde, fiel sie auf den Boden und murmelte: »Do-wah, wah-wah-do ...«, dann ergab sie sich der Dunkelheit.

Teddy ging ins Badezimmer und spülte sich seine gesprungenen Lippen mit Mundwasser, wobei er vor Schmerz wimmerte. Doch als Buße dafür, daß er sich blutig hatte schlagen lassen, goß er die ganze Flasche über seine Wunden. Der Schmerz machte ihn wütend. Aus jeder Pore drang Haß gegen Lloyd Hopkins und Verachtung gegenüber der kümmerlichen Bürokratie, die er verkörperte.

Sollen es doch alle wissen, sagte er sich; soll die ganze Welt doch erfahren, daß er gewillt war, das Spiel zu spielen. Er nahm das Telefon und wählte die 0. »Ich befinde mich in Hollywood, und ich möchte einen Mord melden«, sagte er. Die erstaunte Person an der Vermittlung verband ihn direkt mit der Zentrale des Hollywood-Reviers. »Polizeipräsidium Los Angeles«, sagte der diensthabende Officer von der Telefonzentrale.

Teddy sprach kurz und knapp in den Hörer. »Kommen Sie

zum Bowlcrest Drive Nr. 8911. Die Tür wird offen sein. Eine tote Frau liegt dort auf dem Boden. Sagen Sie Sergeant Hopkins, daß die Jagdsaison auf Polizeigroupies eröffnet ist.«

»Und wie ist Ihr Name, Sir?« fragte der Beamte in der Zentrale.

Teddy sagte: »Mein Name ist im Begriff, in jedem Haushalt geläufig zu werden«, und dann legte er auf.

Der Verwirrung stiftende Anruf wurde vom Beamten der Zentrale an den wachhabenden Officer weitergegeben, der bei dem Namen »Lloyd Hopkins« stutzte und sich daran erinnerte, daß Hopkins ein guter Bekannter von Captain Peltz war, dem Leiter der Tagesschicht. Da er von Gerüchten gehört hatte, nach denen Hopkins Ärger mit dem IAD habe, rief der Wachhabende Peltz zu Hause an, um die Information weiterzugeben. »Die Zentrale hat eine etwas verstümmelte Nachricht erhalten, Captain«, sagte er. »Wir dachten zunächst, es wäre ein Irrer, aber als eine tote Frau erwähnt wurde und Ihr Kumpel Sergeant Hopkins, dachte ich, ich ruf' Sie besser an.«

Dutch Peltz überlief es von Kopf bis Fuß erst heiß, dann kalt.

»Wie lautet die Nachricht *genau*?« fragte er.

»Ich weiß es nicht. Nur irgend etwas über eine tote Frau und Ihren Kum...«

Die mit Sorge erfüllte Stimme von Dutch unterbrach ihn: »Hat der Anrufer eine Adresse hinterlassen?«

»Ja, Sir. Bowlcrest Drive Nr. 8911.«

Dutch schrieb es sich auf und sagte: »Veranlassen Sie, daß innerhalb von zwanzig Minuten zwei Beamte dort sind, und erzählen Sie niemandem von diesem Anruf. Haben Sie verstanden?«

Dutch wartete die Antwort nicht ab, auch den Hörer legte er nicht auf. Er zog Hose und Pullover über seinen Pyjama und rannte zu seinem Wagen.

17

In Mönchskutten steckende Gestalten, die rasierklingenscharfe Kruzifixe durch die Luft schwangen, jagten ihn quer über ein offenes Feld. In der Ferne leuchtete ein großes Steinhaus im Schein eines gleißenden Scheinwerfers. Das Haus war von einem Eisenzaun umrahmt, dessen Bestandteile mit Notenschlüsseln miteinander verbunden waren, und er wußte, wenn er den Zaun erreichen und sich mit Wohlklängen umgeben könnte, würde er die Schlacht mit den Kreuzmördern überleben.

Der Zaun explodierte, als er den Kontakt herstellte, und er sauste durch Barrieren aus Holz, Glas und Metall. Hieroglyphen stachen ihm ins Auge: Es waren Computerausdrucke, die die Umrisse von verzerrten Gliedern annahmen und ihn an einer letzten Barriere aus pulsierendem roten Licht bombardierten; dann kam er in ein konventionell möbliertes Wohnzimmer, dessen Front aus dreiwinkligen Erkerfenstern bestand. Die Wände waren mit verblaßten Fotografien und verdorrten Blumenzweigen bedeckt. Als er sich einer Wand näherte, sah er, daß Bilder und Zweige eine Tür bildeten, die er mit Willenskraft öffnen konnte. Mittels Geisteskraft versetzte er sich in dunkle Trance, als eine ununterbrochene Serie von Kreuzen auf ihn einschlug und ihn an die Wand nagelte. Die Fotos und die Zweige stürzten sich auf ihn.

Lloyd wurde ruckartig wach und stieß mit seinen Knien gegen das Armaturenbrett. Es war früh am Morgen. Er blickte durch die Windschutzscheibe und erkannte eine ihm nicht unbekannte Seitenstraße in Silverlake; dann schaute er im Rückspiegel in sein hageres Gesicht und merkte, wie ihm alles wieder einfiel: Haines, Verplanck und seine geplante Beobachtung von Silverlake Camera von der nächsten Ecke aus. Das Speed hatte wie ein Bumerang gewirkt und ihn in Verbindung mit seiner nervösen Anspannung umgehauen. Der Killer schlief einen Block weiter. Seine Zeit war gekommen.

Lloyd ging zur Alvarado hinüber. Die Straße war vollkommen ruhig, und aus dem roten Ziegelgebäude, das den Fotoladen beherbergte, drang kein Licht. Während er zu den Fenstern im ersten Stock hinaufstarrte, erinnerte er sich daran, daß die Kraftfahrzeugmeldestelle eine identische Wohn- und Geschäftsadresse angegeben hatte; dann kontrollierte er den Parkplatz neben dem Haus. Verplancks Dodge-Lieferwagen und sein Datsun waren nebeneinander geparkt.

Lloyd ging um das Gebäude zu dem Weg hinter dem Haus. Eine Feuerleiter führte zum ersten Stock und einer Feuertür aus Metall. Die Tür sah unüberwindbar aus, aber ungefähr einen Meter rechts von ihm bemerkte er ein unvergittertes Fenster mit einem breiten Sims aus Ziegelsteinen. Es war die einzige Möglichkeit, hineinzugelangen.

Lloyd sprang auf die unterste Sprosse der Feuerleiter. Seine Hände klammerten sich am Metall fest, und er zog sich die Stufen hinauf. Auf dem Absatz im ersten Stock angekommen, drückte er leicht gegen die Metalltür. Sie gab nicht nach: von innen verschlossen. Lloyd peilte das Fenster an, dann stellte er sich auf das Geländer und drückte sich flach an die Wand. Er visierte den Fenstersims an, stieß sich ab, landete genau darauf und packte den Fensterrahmen, um das Gleichgewicht zu wahren. Als sein Herzschlag sich so weit beruhigt hatte, daß er wieder denken konnte, sah er hinunter und erkannte, daß das Fenster in einen kleinen Raum voller Pappkartons führte. Wenn er dort hineinkäme, könnte er in die eigentliche Wohnung gelangen, ohne Verplanck aufzuwecken.

Auf dem Sims hockend, packte Lloyd die Unterkante des Fensterrahmens und drückte ihn auf und ab. Das Fenster öffnete sich quietschend, und er ließ sich in eine kleine Abstellkammer hinabgleiten, in der es nach Schimmel und Chemikalien roch. An der einen Seite des Raums war eine Tür. Lloyd zog seinen .38er heraus und stieß sie damit leise auf, worauf er in einen mit Teppichboden ausgelegten Flur gelangte.

Seine Pistole wie einen Richtungssucher benutzend, schlich er sich vorwärts, bis er zu einer geöffneten Tür kam.

Er stützte sich an der Wand ab und blickte mit vorgestrecktem Kopf in das Zimmer. Ein leeres Schlafzimmer mit einem sorgsam gemachten Bett. Drucke von Picasso hingen an der Wand. Eine Verbindungstür führte ins Badezimmer. Völlige Ruhe.

Lloyd ging auf Zehenspitzen ins Badezimmer. Makellos weißes Porzellan und polierte Messinghähne. Neben dem Waschbecken befand sich eine halbgeöffnete Tür. Er schaute durch den Spalt und sah Treppenstufen, die nach unten führten. Langsam und angespannt schlich er sich Zentimeter für Zentimeter hinunter, wobei er den Arm mit der Pistole zu voller Länge ausgestreckt und den Finger am Abzug hatte.

Die Stufen endeten in einem großen Raum voller auf Pappe geklebter Fotografien. Lloyd merkte, wie sein spannungsgeladener Körper ohne sein Zutun ausatmete. Verplanck war nicht da, er konnte es *fühlen.*

Lloyd musterte die Front des Ladens. Er sah aus wie alle Fotogeschäfte: Ladentisch aus Holz, sorgsam aufgestellte Kameras in Glasschachteln, fröhliche Kinder und knuddelige Tiere strahlten von den Wänden.

Sich leise bewegend, ging er die Stufen wieder rückwärts hinauf und fragte sich dabei, wo Verplanck wohl die Nacht verbracht und warum er keines seiner Fahrzeuge benutzt hatte.

Im ersten Stock war es gespenstisch ruhig. Lloyd schritt durch Bad und Schlafzimmer den Flur entlang bis zu einer verzierten Eichentür. Er drückte sie mit seinem Revolverlauf auf, und ein Schrei entwich seiner Kehle. Dreieckige Erkerfenster nahmen die Vorderwand ein. Riesige Fotografien von Whitey Haines und Birdman Craigie bedeckten die Seitenwände, hier und da waren Rosenzweige mit Klebeband auf ihnen befestigt, und die gesamte Collage war kreuz und quer durch ein Geschmiere aus getrocknetem Blut miteinander verbunden.

Lloyd ging die Wände ab, um nach Einzelheiten zu suchen, die seinen Traum als Fälschung entlarvten, als rein zufällige Übereinstimmung; er durfte alles bedeuten, nur nicht das, was er bedeutete. Er entdeckte getrocknetes Sperma auf den Fotos, das im Genitalbereich von Haines und Craigie verkrustet war, und das mit blutigen Fingern geschriebene Wort »Kathy«. Unterhalb der Fotografien waren kleine Löcher in der Wand, die mit Exkrementen vollgestopft waren. Die Löcher befanden sich in Höhe der Hüfte; weiter oben hatte die weiße Tapete, die die Fotos umgab, Kratzer von Fingernägeln und Zähnen.

Lloyd schrie noch einmal. Er lief durch Flur und Badezimmer und wieder die Treppe hinunter. Als er das Erdgeschoß erreichte, stieß er gegen einen Stapel Kartons und stolperte aus der Eingangstür. Wenn dieser Traum Wirklichkeit war, konnte ihn nur noch Musik retten. Dem Verkehr ausweichend, überquerte er die Alvarado und lief zu seinem Wagen um die Ecke. Er ließ den Motor an, schaltete das Radio ein und schnappte das Ende eines Werbespruchs auf. Farbe und Beschaffenheit seines Verstandes wurden wieder normal, als eine alarmierende, verzerrte Stimme zu ihm sprach:

»Der ›Schlächter von Hollywood‹ hat innerhalb von zwanzig Stunden sein drittes Opfer gefordert, und die Polizei bereitet sich auf eine der größten Menschenjagden in der Geschichte von Los Angeles vor. Gestern abend wurde die Leiche der zweiundvierzigjährigen Schauspielerin und Sängerin Joanie Pratt in ihrem Haus in Hollywood Hills entdeckt; sie ist somit das dritte Opfer, das in den vergangenen zwei Tagen im Bereich von Hollywood gewaltsam ums Leben gekommen ist. Lieutenant Walter Perkins von der Polizei von L.A., Abteilung Hollywood, und Captain Bruce Magruder als leitender Sheriff von West-Hollywood werden heute morgen im Parker Center gemeinsam eine Pressekonferenz abhalten, um die effektive Menschenjagd zu erörtern und der Bevölkerung von Hollywood Hinweise über Sicherheitsmaßnahmen zu geben, wie sie weitere Gewalttaten des oder der Mörder verhindern können. Captain Magruder teilte heute morgen den Reportern mit, daß ›das Sheriff-Department und die Polizei von L.A. das bisher größte Aufgebot an Polizei in den Straßen eingesetzt haben, um die Ergreifung dieses Killers zu beschleunigen. Wir glauben fest, daß der Wahnsinn dieser Person einen Höhepunkt erreicht hat und daß sie bald wieder versuchen wird zu töten. Patrouillenflüge mit Hubschraubern werden im gesamten Gebiet von Hollywood und West-Hollywood durchgeführt, ebenso wie ein konzentrierter Einsatz von Fußstreifen. Unsere Bemühungen werden nicht nachlassen, bis der Killer gefaßt ist. Unsere sämtlichen Detectives verfolgen jede zur Verfügung stehende Spur. Inzwischen denken Sie an folgendes: Dieser Killer hat sowohl Männer als auch Frauen umgebracht. Ich appelliere an alle Bewohner Hollywoods, den heutigen Abend nicht, ich wiederhole, *nicht* allein zu verbringen. Tun Sie sich zu Ihrer eigenen Sicherheit zusammen. Wir ...‹«

Lloyd begann zu wimmern. Er trat vor das Radiogehäuse, dann riß er das Gerät aus dem Armaturenbrett und schleuderte es aus dem Fenster. Joanie war tot. Sein Genius hatte wie durch Telepathie die Tür zu einem Beinhaus aufgestoßen. Er konnte Teddys Gedanken lesen und Teddy seine. Sein Traum und Joanies Tod: ein jeder Logik trotzender Bruderbund, der immer mehr und immer neuen Horror ausheckte, einen Horror, dem nur durch Töten seines in böser Symbiose mit ihm vereinten Zwillingsbruders ein Ende bereitet werden könnte. Er blickte in den Rückspiegel und sah Teddy Verplancks Bild aus dem Jahrbuch. Seine Verwandlung war vollendet. Lloyd fuhr in seine frühere Wohngegend, um seiner Familie zu erzählen, daß das irisch-protestantische Ethos ein Einfachfahrschein in die Hölle war.

Dutch Peltz saß in seinem Büro im Hollywood-Revier und hielt einen Polaroid-Schnappschuß in der Hand, der einen nackten Mann und eine nackte Frau zeigte.

Da er sich geweigert hatte, Lloyd wegen tätlichen Angriffs anzuzeigen, waren die Beamten vom internen Sicherheitsdienst, die Nachforschungen über Lloyd anstellten, über ihn hergefallen und gingen nun dazu über, andere verräterische Hinweise auszugraben, um Lloyds befürchteten Durchbruch der Medien- und Informationssperre abschwächen zu können. Sie hatten keine Ahnung, daß der beste Detective der Polizei von L.A. ein intimes Verhältnis mit Joanie Pratt, dem dritten Opfer des »Schlächters von Hollywood«, unterhalten hatte. Das Foto war Beweis genug, um bestenfalls Lloyds Karriere endgültig zu beenden oder ihn schlimmstenfalls ums Leben zu bringen.

Dutch ging zum Fenster, schaute hinaus und dachte daran, daß seine besten Jahre schon vorbei waren. Seine Weigerung, Anzeige zu erstatten, würde ihn die Leitung des IAD kosten, und wenn irgend jemand herausfinden würde, daß er dieses Foto vorenthalten und Kenntnis von einem anonymen Anruf hatte, in dem Lloyds Name erwähnt wurde, würde er vors Bezirksgericht gestellt werden und die Schmach einer eventuellen Strafverfolgung über sich ergehen lassen müssen. Dutch schluckte und stellte sich die einzige Frage, die Sinn ergeben könnte: War Lloyd ein Mörder? War sein Schützling, Mentor und Sohn in einer Person, ein Killer, der seine Taten unter dem Deckmantel eines Genies so hervorragend hatte verbergen können? War er ein schizophrener Fall aus dem Lehrbuch, ein wissenschaftlich erkennbares Monster mit geteilter Persönlichkeit? *Das konnte nicht sein.*

Dennoch gab es eine logische Querverbindung, die »vielleicht« hieß. Das waren Lloyds unberechenbares Verhalten die ganzen Jahre, seine neue Besessenheit durch die ermordeten Frauen und seine Ausfälligkeiten bei der Party. *Das* hatte er ja selbst miterlebt. Wenn man Zusammenhänge zwischen Nachwirkungen durch die Trennung von seiner Frau und den Kindern, dem Anruf von Kathleen McCarthy, dem anonymen Anruf und mit der Leiche von Joanie Pratt sowie dem Nacktfoto ...

Dutch konnte den Gedanken nicht zu Ende denken. Er schaute auf das Telefon. Er könnte das IAD anrufen und sich selbst retten, womit er Lloyd verurteilen würde, aber vielleicht noch ein paar unschuldige Leben retten könnte. Er könnte auch gar nichts unternehmen, oder er könnte Lloyd selbst zur Strecke bringen. Die schlaflose Nacht, die mit Bildern von Joanie Pratts Leiche erfüllt gewesen war, hatte ihm die nötigen Erkenntnisse über seine Möglichkeiten verschafft. Dann stellte sich Dutch die einzige Frage, die einen Sinn ergab. Worauf kam es ihm eigentlich am meisten an? Als der Name »Lloyd« in ihm widerhallte, zerriß er das Foto. Er wollte die Angelegenheit selbst bereinigen.

Als Lloyd an dem alten, holzverkleideten Haus an der Ecke Griffith Park und St. Emo ankam, ging er schnurstracks auf den Dachboden zu der zweiunddreißig Jahre alten Antiquität. Er betrachtete die Muster auf der verstaubten Oberfläche des Rosenholzes und staunte über den Weitblick seiner Mutter. Sie hatte die Möbel nie verkauft, weil sie genau gewußt hatte, daß ihr Sohn eines Tages an jenem Ort, an dem sein Charakter geformt worden war, mit sich zu Rate gehen würde. Lloyd spürte eine andere Hand auf seiner, die ihn bei seinem Kunstwerk führte. Die Hand zwang ihn, Totenköpfe und Blitze zu zeichnen. Er blickte ein letztes Mal auf seine Vergangenheit und Zukunft, dann ging er die Treppe hinunter und weckte seinen Bruder.

Während Lloyd neben ihm stand, riß Tom Hopkins Quadrate des synthetischen Rasens heraus, der den Boden neben der Elektrowerkstatt ihres Vaters bedeckte. Als er auf Mutterboden stieß, jammerte er, und Lloyd reichte ihm die Schaufel und sagte: »Los, grab!« Er gehorchte, und nach ein paar Minuten hievte Lloyd Holzkisten mit Schrotgewehren und einen Waschkessel mit Handfeuerwaffen und Automatikgewehren aus dem Loch. Er war erstaunt, die Schußwaffen gut geölt und benutzbar vorzufinden, und er schaute seinen Bruder an und schüttelte den Kopf. »Ich habe dich unterschätzt«, sagte er.

Tom sagte: »Schlechte Zeiten kommen, Lloydy. Ich muß auf meinen Scheiß aufpassen.«

Lloyd langte in die Grube und zog eine Tüte aus verstärktem Plastik mit einzeln eingewickelten .44er Magnums heraus. Er nahm probeweise einen in die Hand, dann steckte er ihn an seinen Hosenbund.

»Was hast du noch?« fragte er ihn.

»Ich habe ein Dutzend AK-47er, fünf oder sechs Abgesägte und 'ne ganze Ladung Muni«, erwiderte Tom.

Lloyd schlug mit den Händen auf Toms Schultern und zwang ihn in die Knie. »Nur noch zwei Dinge, Tom«, sagte er, »und wir haben wieder reinen Tisch. Erstens: Wenn du auf deinen Scheiß aufpaßt, hast du nichts als einen großen Haufen Scheiß; zweitens: Fürchte dich weiter vor mir, und du wirst überleben.«

Lloyd nahm sich eine Remington 30.06 und eine Handvoll Patronen. Tom zog einen Flachmann mit Bourbon aus der Jackentasche und nahm einen großen Schluck. Als er Lloyd die Flasche anbot, schüttelte dieser ablehnend mit dem Kopf, dann blickte er zum Schlafzimmerfenster seiner Mutter hinauf. Einen Augenblick später erschien die stumme alte Frau am Fenster. Lloyd wußte, daß sie Bescheid wußte und gekommen war, um ihm einen stillen Abschiedsgruß zu übermitteln. Er hauchte ihr einen sanften Kuß zu und ging zu seinem Wagen.

Jetzt mußten nur noch Zeit und Ort festgelegt werden.

Lloyd fuhr zu einer Telefonzelle und wählte die Nummer von Silverlake Camera. Der Hörer wurde nach dem ersten Klingelzeichen abgenommen, wie er erwartet hatte.

»Teddy's Silverlake Camera, kann ich Ihnen helfen?«

»Hier ist Lloyd Hopkins. Bist du bereit zu sterben, Teddy?«

»Nein, ich habe zu viel, wofür es sich zu leben lohnt.«

»Keine Unschuldigen mehr, Teddy. Du hast die ganzen Jahre über nur auf mich gewartet. Ich bin soweit, aber tu niemand anderem mehr was an.«

»Gut Es gibt nur noch dich und mich. *Mano a mano?*«

»Gut. Willst du Zeit und Ort wählen, Junge?«

»Kennst du das Kraftwerk von Silverlake?«

»Ja, wie einen alten Freund.«

»Ich treffe dich dort um Mitternacht.«

»Ich werde dasein.« Lloyd hängte ein; sein Kopf drohte vor lauter Gewitterblitzen und Totenköpfen zu platzen.

Kathleen war spät aufgestanden und hatte Kaffee aufgesetzt. Sie schaute aus ihrem Schlafzimmerfenster, um das

Wachstum ihrer Gänseblümchen zu überprüfen, und sah, daß sie zertrampelt worden waren. Sie dachte an die Kinder aus der Nachbarschaft, dann machte sie einen riesigen Fußabdruck in der Erde aus und ertappte sich dabei, wie sie eine List entwickelte, die den verrückten Polizisten aus ihrem Leben verschwinden lassen würde. Anstelle ihres Vorhabens, den Laden tagsüber zu öffnen und Schreibarbeiten zu erledigen, wollte sie ihren Traumliebhaber und Verräter schreibend vernichten, ihn dabei mit einer verletzenden Schimpfkanonade als Schurken entlarven, der wie alle Männer charakterschwach und gewalttätig war. Sie wollte Detective Sergeant Lloyd Hopkins vor den Kopf stoßen und ihn besiegen.

Nach dem Kaffee setzte sich Kathleen an ihren Schreibtisch. Worte flackerten durch ihren Geist, aber sie wollten nicht zusammenpassen. Sie überlegte, ob sie einen Joint rauchen sollte, um die Dinge in Gang zu bringen, ließ den Gedanken aber fallen: Es war zu früh für eine Belohnung. Als sie merkte, daß sich sowohl ihr innerer Widerstand als auch ihre Entschlossenheit verstärkten, ging sie in den Ladenraum und blickte auf den Tisch neben der Registrierkasse. Ihre eigenen Bücher standen darauf, alle sechs, und sie waren im Kreis um einen Pappaufbau gestellt, der eine mit vier Sternen bewertete Rezension in *Ms* zeigte.

Kathleen überflog wahllos ihre eigenen Worte und suchte nach alten Methoden, um neue Dinge auszudrücken. Sie entdeckte Passagen, die Männerhierarchien heruntermachten, aber sie hatte den Eindruck, daß die zugrunde liegende Symbolik aus zerbrechlichem Glas bestand. Sie fand bissige Porträts von schutzsuchenden Männern, erkannte jedoch, daß das zentrale Thema ihr eigenes Bedürfnis nach Schutz und Wärme war. Als sie erkannte, daß ihre von aufrichtigstem Zorn getragene Prosa ein rosarotes Versöhnungsangebot darstellte, spürte sie, wie ihre selbstgefällige Rückbesinnung erstarb. Ihre sechs Poesiebände hatten ihr siebentausendvierhundert Dollar an Vorschüssen und keine Tantiemen eingehandelt. Mit dem Vorschuß für *Knife-edged Chaste* und *Notes from a Non-Kingdom* hatte sie ihre seit langem fällige Rechnung von Visacard beglichen, das Konto sofort wieder überzogen und es im folgenden Jahr mit dem Vorschuß für *Hollywood Stillness* ausgeglichen. *Staring Down the Abyss, Womanworld* und *Skirting the Void* verschafften ihr ihren Buchladen, der nun kurz vor dem Bankrott stand. Die übrigen Bände hatten ihr eine Abtreibung und einen Flug nach New York bezahlt, wo sich ihr Verleger völlig betrunken und ihr dann im Russian Tea Room seine Hand unters Kleid gesteckt hatte.

Kathleen lief in ihr Schlafzimmer und holte die Glasrahmen mit den Rosenblättern. Sie nahm sie mit in ihr Buchladen-Wohnzimmer und schleuderte einen nach dem anderen an die Wand, wobei der Lärm von zersplitterndem Glas und umfallenden Bücherregalen das Herausschreien von Obszönitäten unterdrückte. Nachdem der Schutt der letzten achtzehn Jahre ihres Lebens den Raum verwüstet hatte, wischte sie sich die Tränen aus den Augen und kostete das Bild der Zerstörung aus: Bücher lagen wie tot auf dem Boden, Glasscherben spiegelten vom Teppich, und Staub vom Putz setzte sich wie Niederschlag ab. Die allgegenwärtige Symbolik war perfekt.

Dann bemerkte Kathleen, daß sich etwas gelöst hatte. Ein langes schwarzes Gummikabel baumelte an einer ausgerissenen Stelle von der Decke. Sie ging hin und zog daran, wodurch sie ein mit Gummi umgebenes Kabel löste, das um den gesamten Raum führte. Als sie das Ende des Kabels erreicht hatte, kam ein winziges Mikrofon zum Vorschein. Sie nahm das Kabel und zog ein zweites Mal kräftig daran. Das andere Kabelende führte zur Eingangstür. Sie öffnete die Tür und sah, daß das Kabel auf dem Dach weiterlief, getarnt von den Ästen des Eukalyptusbaumes, der der Veranda Schatten spendete.

Kathleen holte eine Leiter. Sie stellte sie neben dem Baum auf die Erde und folgte dem Kabel das Dach hinauf. Sie konnte erkennen, daß es auf der Dachspitze mit einer dünnen Teerschicht getarnt worden war. Sie ging in die Hocke, zog wieder an dem Kabel und ließ sich zu einer Wölbung der mit Schellack überzogenen Teerpappe führen. Sie zog zum letzten Mal an der Leitung. Das Teerpapier riß auseinander, und sie blickte auf einen in durchsichtiges Plastik eingewickelten Kassettenrecorder.

Im Parker Center durchsuchte Dutch Lloyds Schreibtisch und hoffte, daß die Beamten vom IAD ihn nicht völlig ausgeräumt hatten. Wenn er eine der Mordakten, an denen Lloyd arbeitete, finden würde, könnte er eventuell eine Schlußfolgerung ziehen und damit seine Suche beginnen.

Nachdem er mit seinem Indianermesser, das er unter dem Pistolenhalfter trug, die Schubladen aufgehebelt hatte, durchwühlte er sie, fand aber nichts als Bleistifte, Papierzettel und Fahndungsposter. Er schob die Schubladen wieder zu und brach die Aktenschränke auf. Nichts: Die Geier vom internen Sicherheitsdienst waren vor ihm dagewesen.

Dutch entleerte den Papierkorb und prüfte sorgfältig unleserliche Notizzettel und Butterbrotpapier. Er wollte schon aufgeben, als er eine zerknüllte Fotokopie entdeckte. Er hielt sie zum Licht hoch. Darauf war eine Liste mit einunddreißig Namen und Adressen in der einen Spalte und eine Liste mit Elektronikläden in der anderen. Sein Herz machte einen kleinen Sprung: Dies mußte Lloyds »Verdächtigen«-Liste sein – die Männer, für die er Beamte zur Befragung zur Verfügung gestellt haben wollte. Das war ein magerer Anhaltspunkt, aber besser als nichts.

Dutch fuhr zurück zum Hollywood-Revier. Er überreichte einem Schalterbeamten die Liste. »Ich möchte, daß Sie sämtliche auf dieser Liste anrufen«, kommentierte er. »Erzählen Sie ihnen irgend etwas über ›Routinebefragung‹. Sagen Sie mir Bescheid, wenn jemand panisch reagiert. Ich werde zwar außer Haus sein, aber ich werde anrufen.«

Von seinem Büro aus rief Dutch bei Lloyd zu Hause an. Wie erwartet, war niemand dort. Er hatte die ganze Nacht vergebens bei ihm angerufen, und jetzt schien es ganz offensichtlich, daß sich Lloyd im Untergrund befand. Aber wo war er? Er versteckte sich entweder vor dem IAD und/oder versuchte, seinen echten oder imaginären Killer aufzuspüren. Es könnte auch sein ...

Nicht mehr in der Lage, den Gedanken zu Ende zu führen, erinnerte sich Dutch daran, daß Kathleen McCarthy auf der Party erwähnt hatte, ihr Buchladen läge an der Ecke Yucca und Highland. Sie hatte Lloyd am vorherigen Abend vor lauter Angst am Telefon verraten, aber sie könnte etwas über seinen Aufenthaltsort wissen: Lloyd suchte immer Frauen auf, wenn er im Streß war.

Dutch fuhr zur Ecke Yucca und Highland und hielt vor dem *Feminist Bibliophile*. Dabei bemerkte er sofort, daß die Eingangstür halb offenstand und die Veranda mit Glasscherben übersät war.

Dutch zog seinen Revolver und ging hinein. Berge von zerbrochenem Glas, Putz und Büchern überzogen den Boden. Er ging nach hinten durch die Küche und ins Schlafzimmer. Hier gab es keine Anzeichen von Zerstörung, nur eine Lederhandtasche, die auf dem Bett lag, wirkte unheimlich.

Dutch wühlte die Handtasche durch. Geld und Kreditkarten waren noch da, was die ganze Szene in ein merkwürdiges Licht rückte. Als er in einer Kalbslederbrieftasche noch mehr Geld, den Führerschein von Kathleen McCarthy und ihre Kraftfahrzeugzulassung fand, griff er zum Telefon und wählte die Nummer des Schalterbeamten.

»Hier ist Peltz«, sagte er. »Ich möchte, daß Sie eine Fahndung an alle Dienststellen herausgeben. Kathleen Margaret McCarthy, weiß und weiblich, 1,80 m groß, Gewicht 130 Pfund, Augenfarbe braun, Geburtsdatum 21. 11. 46. Fahrzeug ein beiger Volvo 1200, Baujahr 1977, Kennzeichen LQM 957. Die Beamten sollen sie wegen einer Befragung festhalten. Keine Gewalt – die Frau ist nicht verdächtig. Ich möchte, daß sie sofort in mein Büro gebracht wird.«

»Ist das nicht ein wenig ungewöhnlich, Captain?« fragte ihn der Beamte von der Zentrale.

»Seien Sie ruhig und geben Sie das weiter«, sagte Dutch bestimmt. Nachdem er die Straße um den Buchladen erfolglos nach Kathleen und ihrem Wagen abgesucht hatte, fühlte er sich wie ein verhinderter Judas mit Hintergedanken. Er wußte, daß Bewegung das einzige Gegenmittel war. Jedes Ziel war besser als kein Ziel.

Dutch fuhr nach Silverlake. Er klopfte an die Tür des alten Hauses, an dem Lloyd mit ihm so oft vorbeigefahren war, und erwartete nur halbherzig, daß jemand auf das Klopfen reagieren würde: Er wußte, daß die Eltern von Lloyd alt waren und in stiller Einsamkeit lebten. Als niemand zur Tür kam, ging er ums Haus herum in den Garten.

Als Dutch über den Zaun blickte, sah er einen Mann eine Flasche Whisky trinken und mit einer Handfeuerwaffe vor sich herumfuchteln. Während er ganz ruhig dastand, erinnerte er sich an die Geschichten von Lloyds verrücktem älteren Bruder Tom. Er beobachtete das traurige Schauspiel, bis Tom die Waffe auf den Boden fallen ließ, in eine Packkiste neben sich griff und eine Maschinenpistole herausholte.

Dutch stockte der Atem, als er Tom betrunken herumtorkeln sah und ihn dabei stammeln hörte: »Scheiß-Lloyd, weiß doch überhaupt nichts, das Arschloch weiß doch gar nicht, wie man mit den Scheiß-Niggern umspringen muß, aber ich weiß es genau. Scheiß-Lloyd glaubt, er kann mich anscheißen, wenn ein anderes Scheißding auf ihn zukommt.«

Tom warf die Maschinenpistole hin und fiel mit ihr zu Boden. Dutch zog seinen .38er und quetschte sich durch eine Lücke im Zaun. Er schlich sich am Haus entlang, dann sprintete er zu Tom hinüber und hielt ihm seine Pistole direkt an den Kopf. »Keine Bewegung«, sagte er, als Tom verstört aufsah.

»Lloydy hat meine Lieblingsstücke mitgenommen«, sagte er. »Er wollte nie mit mir spielen. Er nahm meine besten Sachen und will immer noch nicht mit mir spielen.«

Dutch bemerkte das riesige Loch neben ihm in der Erde. Er schaute hinein. Die Mündungen von einem halben Dutzend abgesägter Gewehre starrten ihn an. Er ließ Tom heulend im Dreck zurück und lief zu seinem Wagen. Er faßte an das Lenkrad und weinte selbst, dabei bat er Gott, ihm die Mittel zu geben, um Lloyd entweder in Schande vor Gericht zu stellen oder ihn in Liebe freizulassen.

18

Kathleen kurvte ziellos durch Hollywoods Seitenstraßen, betäubt von der Entdeckung des Kassettenrecorders und mit leisen Gesängen ihrer besten Zeilen im Kopf; der große Polizist und seine Theorie über den Mörder lieferten sich einen Kampf mit ihren eigenen Worten, bis sie an der Melrose eine rote Ampel übersah und im Zickzack über die Kreuzung raste, wobei sie einen Verkehrspolizisten und eine Kindergruppe nur knapp verfehlte.

Sie fuhr an den Bordstein und zitterte vor Erregung, ihre literarische Traumwelt war durch das Hupen aufgeregter Autofahrer zerstört worden. Sie fand nun keine Worte mehr. Lloyd Hopkins und seine Spinnereien verlangten einen Gegenbeweis aufgrund von Fakten. Der Kassettenrecorder war ein Beweisstück, war ein Beweisstück, wie es kein besseres geben konnte. Es war höchste Zeit, einen alten Klassenkameraden aufzusuchen und *seine* Worte zu hören.

Dutch beobachtete vom hinteren Teil des Raumes aus, wie Lieutenant Perkins, der Leiter der Kriminalpolizei von Hollywood, seinen Männern für die Fahndung nach dem »Schlächter von Hollywood« genaue Anweisungen gab:

»Unsere schwarzweißen Einsatzfahrzeuge und die Hubschrauberpatrouillen sollen die Kanaille davon abhalten, wieder zu töten, aber ihr, Männer, müßt herausfinden, wer er ist. Die Detectives vom Sheriff bearbeiten die Fälle Morton und Craigie, und sie haben vielleicht einen Anhaltspunkt – irgendein Deputy, der früher mal bei der Sitte in West-Hollywood Dienst geschoben hat, pustete sich gestern abend in seiner Wohnung das Hirn weg, und einige ehemalige Kollegen von der Sitte haben ausgesagt, er sei mit Craigie ziemlich eng befreundet gewesen. Das Raub- und Morddezernat von L.A. bearbeitet den Fall Pratt, somit bleibt euch Jungs die Aufgabe, jeden Perversen, Einbrecher, Drogenabhängigen, kurzum jeden Drecksack aufzustöbern, der dadurch bekannt wurde, daß er im Bereich von Hollywood mal gewalttätig geworden ist. Benutzt eure Informanten, die Akten der Leute, die auf Bewährung raus sind, eure Köpfe und die Informationen von den Jungs der Streife. Geht mit der Härte vor, die ihr für notwendig haltet.«

Die Männer erhoben sich und gingen zur Tür. Als Perkins Dutch erblickte, rief er ihm laut zu: »Hey, Skipper, wo zum Teufel steckt eigentlich Lloyd Hopkins, wenn man ihn mal wirklich braucht?«

Kathleen parkte vor dem roten Ziegelsteingebäude an der Alvarado. Sie bemerkte das »Wegen Krankheit geschlossen«-Schild an der Eingangstür und spähte durch die Glasscheiben. Als sie außer der schattenhaften Ladentheke und Kartonstapeln nichts sah, ging sie zum Parkplatz, wo sie sofort den langen gelben Lieferwagen erblickte, auf dessen Nummernschild »P-O-E-T« stand. Sie hatte ihre Hand auf dem hinteren Türgriff, als Dunkelheit sie umfaßte.

Lloyd wartete auf dem parkähnlichen Spielplatz einen Kilometer unterhalb des Kraftwerks von Silverlake auf die Dunkelheit. Seinen Wagen hatte er hinter einem Geräteschuppen versteckt, damit man ihn von der Straße aus nicht sehen konnte, die 30.06er und der .44er Magnum lagen schußbereit im Kofferraum. Er saß auf einer Kinderschaukel, die unter seinem Gewicht schwankte, und stellte eine Liste mit den Leuten zusammen, die er geliebt hatte. Seine Mutter, Janice und Dutch führten die Liste an, gefolgt von seinen Töchtern und den vielen Frauen, die ihm Spaß und

Lachen geboten hatten. Als er nach Erinnerungsfetzen suchte, um diese liebenswerten Augenblicke aufrechtzuerhalten, sah er wie in einem Film Polizeikollegen, Verbrecher, die für ihn gearbeitet hatten, und sogar Passanten, die er auf der Straße gesehen hatte. Je unklarer die Leute in seinem Geist wurden, desto mehr Liebe empfand er für sie, und als die Abenddämmerung kam und ging, wußte Lloyd, daß er, falls er um Mitternacht sterben sollte, irgendwie in den Überbleibseln jener Unschuld weiterleben würde, die er vor Teddy Verplanck bewahrt hatte.

Kathleen erwachte aus der Dunkelheit mit weit geöffneten Augen; chemischer Gestank und von Tränen verschleierte Augen bildeten das Vorspiel zu ihrer Vision. Sie versuchte zu blinzeln, um den Blick zu schärfen, aber ihre Lider bewegten sich nicht. Als kräftiges Aufreißen der Augen nichts als einen Schwall brennender Tränen hervorrief, öffnete sie den Mund, um zu schreien. Eine unsichtbare Barriere hatte sie stumm gemacht, und sie verdrehte die Arme und trat mit den Beinen um sich, um die Luft auf Geräusche zu prüfen. Ihre Arme waren wie angewurzelt, während ihre Füße über eine unsichtbare Oberfläche streiften, und als sie sich schüttelte und mit jedem Teil ihres sinnlosen Körpers zuckte, hörte sie ein »Sch, sch« und nahm eine leichte Schwärze vor den Augen wahr, gefolgt von hellem Licht.

Ich bin nicht blind oder taub, sondern bin tot, dachte sie.

Kathleens Vision konzentrierte sich auf einen niedrigen Tisch aus Holz. Nachdem ihr das Blinzeln größere Klarheit verschafft hatte, sah sie, daß er nur einen halben Meter vor ihr stand. Als wäre es eine Antwort, bewegte sich der Tisch mit einem Kratzen auf sie zu, bis sie ihn berühren konnte. Sie verdrehte ihre Arme noch einmal, wobei Schmerzen ihr taubes Gefühl unterbrachen. *Ich bin tot, aber ich bin nicht in Stücke zerteilt worden.*

Sie zwang sich, ihre ganzen Sinne auf das Sehen zu konzentrieren, und starrte auf den Tisch. Allmählich kam der Raum dahinter in ihr Blickfeld, und dann kam und ging eine sanfte Schwärze, wie das Auslösen einer Kamera, und als das Licht wiederkam, fiel ihr der Tisch wieder ins Auge, der mit nackten Plastikpuppen bedeckt war, in deren Unterleib Stecknadeln steckten und deren riesige Köpfe aus schwarzweißen Fotografien bestanden. *Ich bin in der Hölle und die da sind mit mir verbannt worden.*

Kathleen empfand beim Anblick der fotografierten Köpfe eine gewisse Vertrautheit, und sie zwang ihren Verstand, zu arbeiten. *Ich bin tot, aber ich kann denken.*

Sie wußte, daß die Köpfe irgendwas mit *ihr* zu tun hatten, ihr irgendwie nahestanden, irgendwie ...

Kathleens Sinne setzten wieder ein. Ihre Arme zogen sich zusammen und ihre Beine schnellten nach oben, wodurch der Stuhl zu Boden geworfen wurde. *Ich lebe noch, und das da sind die Mädchen aus meinem Hofstaat, und der Polizist hatte recht, und Teddy von der High-School wird mich umbringen.*

Unsichtbare Hände hoben den Stuhl auf und drehten ihn um. Kathleen wandte sich um und grub ihre Absätze in einen weißen, weichen Teppich. *Meine Augen sind weit aufgerissen, und mein Mund ist zugeklebt, aber ich lebe noch.*

Kathleen rollte ihre Augen bis zum äußersten Rand des Gesichtsfeldes, wobei sie sich die Wand vor ihr einprägte und hoffte, Blicke und Gedanken könnten sich zu etwas Wichtigem verbinden. Während sie in sich aufnahm, was sie sah, begann sie zu schluchzen, und ihre Tränen machten sie wieder blind. Blut, Rosenzweige, geschändete Fotografien und Exkremente. Der Gestank drohte, von ihr Besitz zu ergreifen. *Ich werde sterben.*

Plötzlich ein Surren. Kathleen folgte ihm mit ihren Sinnen und dem, was von ihrem Sehvermögen übriggeblieben war. Sie sah einen Kassettenrecorder auf einem Nachttisch. Sie versuchte zu schreien und spürte, daß das Klebeband auf ihrem Mund nachgab. *Wenn ich schreien kann, kann ich ...* Ein schwaches Seufzen kam aus dem Abspielgerät. Kathleen atmete durch die Nase ein und blies die Luft mit aller Kraft wieder aus. Das Klebeband drückte ihr gegen den Mund und löste sich an ihrer Unterlippe. Das leichte Seufzen verwandelte sich in eine Stimme mit sanftem Singsang:

»Ich bin nur würdig, per Reim dich zu lieben,
Auf Flügeln des Fluches dir Lieb' anzubieten;
Sie trogen und quälten dich,
Gefangen in Wut;
Ich möchte dein Herzweh, tötete die Brut;
Du aber betrogst mich
Mit Nummer eins-eins-eins-vier,
Wurdest seine Hure und triebst sein Spiel mit mir;
Ohn' dich zu verdammen – doch heut nacht kommt's zur Wahl;
Vernähten Augs wirst du sehn seine Qual;
In mir wird seine Liebe – Liebe ... Liebe ...«

Die sanfte Stimme verwandelte sich wieder in ein Seufzen. Kathleen verzog die Augenbrauen und spürte, wie das Stechen um ihre Lider nachließ. *Ich werde ihn umbringen, bevor er mich umbringt.*

Der Kassettenrecorder schaltete sich aus. Kathleens Stuhl wurde in die Luft gehoben und drehte sich in einem vollkommenen Kreis um die eigene Achse. Sie schrie auf und hörte ganz schwache Schwingungen ihrer eigenen Stimme, dann sah sie zu Teddy Verplanck in seinem hautengen, schwarzen Trainingsanzug auf. Sie wollte Worte bilden, um nicht zu schreien und das Klebeband frühzeitig von ihrem Mund abzureißen. *Er ist so ansehnlich geworden. Warum sehen bloß die grausamsten Männer immer am besten aus?*

Teddy hielt ein Stück Papier vor Kathleens Augen. Sie biß sich auf die Zunge und las die mit Blockbuchstaben geschriebene Handschrift: »Ich kann dich noch nicht ansprechen. Ich werde jetzt ein Messer herausholen und mir selbst ein Zeichen einritzen. Ich werde dir mit dem Messer nichts antun.«

Kathleen nickte energisch, wobei sie mit der Zungenspitze das Klebeband untersuchte. Sie merkte, wie das Gefühl in ihre Füße zurückkehrte, und erinnerte sich, daß sie an den Zehen verstärkte, flache und spitze Schuhe trug. *Gute Schuhe zum Treten.*

Teddy lächelte über ihr durch Nicken bezeugtes Einverständnis und drehte das Blatt Papier um. Auf der Rückseite waren vergilbte Zeitungsausschnitte. Sie richtete ihren Blick auf sie. Als sie erkannte, daß es Ausschnitte mit ausführlichen Beschreibungen von Frauenmorden waren, unterdrückte sie ein Schluchzen, indem sie sich auf die Unterlippe biß und methodisch jedes Wort auf dem Blatt las. Der Schrecken verwandelte sich in Raserei, und sie biß noch fester zu, bis sich ihr Mund mit Blut und Speichel füllte. Sie atmete tief durch die Nase ein und dachte: *Ich werde ihn verstümmeln.*

Teddy warf das Blatt auf den Boden, öffnete den Reißverschluß an der Jacke seines Trainingsanzugs und ließ sie bis zur Hüfte herab. Kathleen sah den perfektesten männlichen Oberkörper, den sie jemals erblickt hatte; sie war wie versteinert beim Anblick der wie gemeißelten Muskeln, bis Teddy hinter sich griff und ein Taschenmesser hervorholte. Er hielt die Klinge vor seine Brust und wirbelte mit ihr wie mit einem Taktstock herum, dann richtete er sie auf eine Stelle oberhalb seines Herzens. Als er mit der Spitze bis aufs Blut ritzte, verdrehte Kathleen die Hände auf den Stuhllehnen, drückte die Ellbogen kräftig nach hinten und fühlte, daß die Fesseln an der rechten Hand völlig nachgaben. *Jetzt. Jetzt. Jetzt. Bitte, lieber Gott, laß es mich jetzt tun. Jetzt. Jetzt.*

Teddy wischte sich über den Oberkörper, hockte sich vor Kathleen und hielt seine Brust in ihrer Augenhöhe. Er sagte leise: »Es ist 22.30 Uhr. Wir müssen bald gehen. Du warst so schön, als deine Augen nach innen gekehrt waren.« Er wischte sich ein zweites Mal über die Brust. Kathleen sah, daß er »K Mc« neben der linken Warze eingraviert hatte. Ihr schwindelte, aber sie riß sich zusammen.

Jetzt.

Teddy ging noch tiefer in die Hocke und grinste dabei. Kathleen spuckte ihm ins Gesicht und trat mit beiden Beinen nach vorn, traf ihn in die Weichteile, dann riß sie die rechte Hand los, schlug damit nach vorn und warf den Stuhl um, als Teddy zu Boden fiel. Sie schrie auf und trat noch einmal aus, wobei ihre Füße von Teddys Bauch abprallten. Teddy ließ das Messer fallen, gab einen Schrei von sich und wischte sich blutigen Speichel aus den Augen. Kathleen stürzte sich mit ihrem ganzen Gewicht auf ihn, griff mit der freien Hand zum Messer und umklammerte Teddy mit dem rechten Bein, um sich ihm nähern und zustechen zu können. Teddy wand sich und schlug mit den Armen blind um sich. Kathleen hieb mit dem Messer in einem großen Rundbogen nach seinem Bauch. Teddy sprang zurück, und die Klinge zerschnitt die Luft. Kathleen stieß noch einmal zu, diesmal traf das Messer den Teppich. Dann kniete Teddy sich hin, ballte die Fäuste und schlug zu. Kathleen biß die Zähne zusammen, als der Hieb auf sie niederging. Sie schrie und schmeckte Blut, als die Faust sie traf. Dann gab es nur noch schmerzende Dunkelheit.

Dutch sah auf, als die Uhr im Versammlungsraum elf schlug. Er blickte durch die Tür zum Empfangsschalter. Der Beamte blickte von seinem Telefon auf und rief: »Noch immer nicht, Skipper. Ich habe mit dreiundzwanzig von den einunddreißig bereits Kontakt aufgenommen. Die restlichen antworten nicht oder haben einen Anrufbeantworter. Es gibt nichts, was im entferntesten verdächtig erscheint.«

Als Zeichen dafür, daß er es verstanden hatte, nickte Dutch und entgegnete: »Versuchen Sie es weiter«, und ging zum Parkplatz hinaus. Er blickte zum dunklen Himmel hinauf und sah, wie die kreisenden Lichter der Hubschrauberpatrouillen niedrige Wolkenformationen und die Spitzen der Hochhäuser anstrahlten. Außer einer schwachen Notbesetzung der Stationen war jeder Polizist aus Hollywood auf der Straße, entweder zu Fuß, in der Luft oder in den schwarzweißen Streifenwagen, und zwar bis zu den Zähnen bewaffnet und auf Erfolg getrimmt. Dutch spielte in Gedanken mit Würfeln und schätzte die Chancen, daß jemand versehentlich von übereifrigen Cops erschossen werden könnte, auf zehn zu eins, wobei Anfänger und karrieresüchtige Typen wohl am ehesten Blut vergießen würden. Da Lloyd noch immer vermißt wurde und es keinen Anhaltspunkt für seinen Aufenthaltsort gab, war ihm das alles völlig gleichgültig. Blut lag in der Luft, und die vorherrschende Logik verlangte in dieser Nacht nach der Rechtschaffenheit des Nihilismus. Er war kartonweise Lloyds Verhaftungsunterlagen aus der Hollywood-Zeit durchgegangen und hatte keinerlei Hinweise gefunden, die auf traumatische Verhaltensweisen bei ihm schließen ließen, die plötzlich hätten zutage treten können; er hatte jede Freundin von Lloyd angerufen, an deren Namen er sich erinnern konnte. Nichts. Lloyd war schuldig oder Lloyd war unschuldig, aber Lloyd war nirgends aufzufinden. Und wenn Lloyd nirgendwo war, dann war er, Captain Arthur F. Peltz, eben ein Suchender im Geiste, der nach Mekka gepilgert war und mit dem unanfechtbaren Beweis zurückkam, daß das Leben ein Scheiß war.

Dutch ging in die Station zurück. Er war die Stufen zu seinem Büro schon halb hinaufgegangen, als der Beamte von der Zentrale auf ihn zugerannt kam. »Ich hab' einen Hinweis auf ihre Suchmeldung bekommen, Captain. Nur das Fahrzeug. Ich hab' mir die Adresse aufgeschrieben.« Dutch griff nach dem Zettel, den ihm der Officer reichte, dann lief er die Treppe zum Empfangsschalter hinunter und ging aufgeregt Lloyds Befragungsliste durch. Als ihm Alvarado Nr. 1893 von beiden Papieren in die Augen stach, rief er: »Nehmen Sie mit allen Beamten Kontakt auf, die die Suchmeldung durchgegeben haben, und sagen Sie ihnen, sie sollen dort weiter patrouillieren; den schnappe ich mir!«

Der Officer von der Zentrale nickte. Dutch lief hoch in sein Büro und holte seine Ithaca. Lloyd war unschuldig, und dort draußen war ein Monster, das getötet werden mußte.

19

Eine kurvenreiche, zweispurige Zufahrtsstraße führte zum Kraftwerk hinauf. Sie endete am Fuß eines mit Gestrüpp übersäten Abhangs, der sich steil zu dem hohen Stacheldrahtzaun erstreckte, der die Generatorenanlage umzäunte. Links von der Straße war ein unbefestigter Parkplatz, daneben eine Baubude, die zwischen zwei Masten mit befestigten Flutlichtscheinwerfern stand. Auf der entgegengesetzten Seite der schwarzen Fahrbahn befand sich ein weiterer Scheinwerfer, dessen Versorgungskabel direkt mit dem Silverlake-Stausee verbunden war, der einen viertel Kilometer weiter nördlich lag.

Um 23.30 Uhr stapfte Lloyd vom Spielplatz den Hügel hinauf und maß dabei das Gelände ab. Die 30.06er hatte er geschultert, und der .44er Magnum drückte gegen sein Bein. Er wußte, seitdem er an der Straße beim Spielplatz um halb neun Stellung bezogen hatte, waren erst sechs Fahrzeuge auf der Zufahrtsstraße in Richtung Norden entlanggefahren. Zwei davon waren offizielle Dienstfahrzeuge des Wasser- und Kraftwerks gewesen, die vermutlich auf dem Weg zur Werksverwaltung waren. Die vier anderen waren innerhalb einer Stunde wieder zurückgekommen. Wahrscheinlich hatten sich die Insassen in den Bergen die Birne vollgekifft oder waren zum Ficken in ein lauschiges Tal gefahren. Das bedeutete, daß Teddy Verplanck entweder zu Fuß dort oben war oder sich noch auf dem Weg befand.

Sich dicht an der Straßenböschung haltend, ging Lloyd weiter Richtung Norden den Schotterweg entlang, der direkt zum Power Plant Hill führte. Hinter der letzten Straßenbiegung sah er, daß er recht gehabt hatte. Zwei Wagen parkten am Zaun neben der Baubaracke. Es handelte sich um Dienstfahrzeuge des Kraftwerks. Die Böschung endete, und Lloyd mußte über ein Stück auf der Fahrbahn laufen, bevor er den Hügel hinaufklettern und sich eine gute Dekkung suchen konnte. Er trat behutsam auf, während seine Augen ständig die toten Winkel absuchten. Wenn Verplanck in der Nähe war, versteckte er sich wahrscheinlich in der Baumgruppe neben den abgestellten Fahrzeugen. Er sah auf die Uhr: 23.44 Uhr. Genau um Mitternacht würde er die gesamte Baumgruppe ins ewige Königreich geblasen haben.

Die Fahrbahn war zu Ende, und Lloyd fing an, sich den Hügel hinaufzuarbeiten. Langsam schob er sich nach oben, wobei sich unter seinen Füßen Dreckklumpen lösten. Vor sich sah er eine ausgedehnte Fläche voll Gestrüpp und dichtem Buschwerk. Er mußte lächeln, als ihm klarwurde, daß das die ideale Angriffsstellung war. Er blieb stehen, nahm die 30.06er von der Schulter, prüfte die Magazine und löste die Sicherung. Die Waffe war im Bruchteil einer Sekunde funktionsfähig und einsatzbereit.

Lloyd war nur noch einen Schritt von seinem Ziel entfernt, als ein Schuß fiel. Einen kurzen Augenblick zögerte er, dann warf er sich mit dem Kopf zuerst in den Dreck, als ein zweiter Schuß seine Schulter streifte. Er schrie auf und preßte sich auf den Boden, in Erwartung eines dritten Schusses, der ihm die Richtung zeigen würde, in die er feuern mußte. Das einzige Geräusch war das Klopfen in seinem eigenen Brustkasten.

Eine elektrisch verstärkte Stimme zerriß die Stille. »Hopkins, ich hab' Kathy! Sie muß sich entscheiden.«

Lloyd rollte sich in eine Sitzposition und zielte mit seiner 30.06er in Richtung der Stimme. Er wußte, daß Verplanck ein Taschenspieler war, der alle möglichen Gestalten und Stimmen annehmen konnte, und daß Kathleen irgendwo im Netz ihrer Phantasien in Sicherheit war. Er zog seine blutende Schulter mit großen Schmerzen zusammen, um den Rückschlag zu mildern, dann feuerte er ein ganzes Magazin ab. Als das krachende Echo abgeklungen war, antwortete ihm eine Stimme: »Du glaubst mir also nicht, dann werde ich eben dafür sorgen, daß du mir glaubst.«

Eine Reihe höllischer Schreie folgte, Laute, die kein Gaukler imitieren konnte. Lloyd stammelte: »Nein, nein, nein«, bis die elektronische Stimme rief: »Wirf die Waffen weg und komm raus, oder sie stirbt!«

Lloyd schleuderte das Gewehr auf die Straße. Als es auf den Asphalt prallte, erhob er sich und klemmte den .44er Magnum hinter seinem Rücken in den Hosenbund. Er stolperte den Hügel hinunter, in der Gewißheit, daß er und sein boshafter Gegenspieler gemeinsam sterben würden; nur die scharfsinnige Poetin bliebe, um die Grabinschriften zu verfassen. Er murmelte: »Der Hase sitzt im Bau, der Hase sitzt im Bau«, als ihn plötzlich ein grelles Licht blendete und ein weißglühender Hammer knapp über seinem Herz einschlug. Er wurde rückwärts in den Dreck geschleudert und rollte wie ein Derwisch herum, als sich ein weiteres Geschoß neben ihm in die Erde bohrte. Während er sich Dreck und Tränen aus den Augen wischte, kroch er zur Fahrbahn und bekam im Scheinwerferlicht endlich Teddy zu sehen, der Kathleen McCarthy vor der Baubude festhielt. Er zerriß das blutgetränkte Hemd und betastete seine Brust, dann drehte er den rechten Arm nach hinten und tastete den Rücken ab. Eine kleine Eintritts- und eine glatte Austrittswunde. Es wäre noch genügend Saft in seinen Adern, um Teddy zu töten, bevor er selbst verbluten würde.

Lloyd zog seinen .44er Magnum und legte sich auf den Bauch, die Augen auf die beiden Scheinwerfer neben der Baubaracke gerichtet. Nur der obere Scheinwerfer war eingeschaltet. Teddy und Kathleen standen genau unterhalb des Verschlages, fünfzehn Meter Asphalt und Dreck von der Mündung seines Revolvers entfernt. Einen Schuß für den Scheinwerfer, und einen für Teddys Kopf.

Lloyd drückte den Abzug. Die Lampe explodierte und verdunkelte sich genau in dem Moment, in dem er sah, wie sich Kathleen von Teddys Umklammerung befreite und zu Boden fiel. Er rappelte sich hoch und stolperte über den Asphalt; den Schußarm nach vorn gerichtet, unterstützte er mit der Linken das zitternde Handgelenk. »Kathleen, schalt das andere Licht an!« rief er.

Lloyd bewegte sich weiter in der Dunkelheit, ein rotschwarzer Vorhang, der seine Sinne verschleierte und ihn wie ein maßgeschneidertes Totenhemd einhüllte. Als der Scheinwerfer anging, stand Teddy Verplanck drei Meter vor ihm. Mit einer .32er Automatik und einem mit Nägeln bestückten Baseballschläger war er gekommen, seinem Schicksal zu begegnen.

Beide Männer drückten im selben Augenblick ab. Teddy schlug sich an die Brust und wurde zurückgeworfen, als Lloyd spürte, wie die Kugel in seine Leiste eindrang. Sein Finger drückte den Abzug, und der Rückstoß schleuderte die Waffe aus seiner Hand. Er stürzte auf den Asphalt und sah, wie Teddy auf ihn zukroch, die Spikes am Baseballschläger glänzten im grellen, weißen Licht.

Lloyd zog seinen kurzläufigen .38er, richtete ihn nach oben und wartete darauf, Teddys Augen sehen zu können. Als Teddy über ihm stand, der Schläger auf ihn herunterschnellte, und er erkennen konnte, daß die Augen seines Blutsbruders blau waren, drückte Lloyd sechsmal ab. Es gab nur das sachte Klicken von Metall auf Metall, als Lloyd aufschrie und ein Blutschwall aus Teddys Mund schoß. Lloyd fragte sich, wie das sein konnte, und ob er schon tot sei, und kurz bevor er das Bewußtsein verlor, sah er, wie Dutch Peltz die Klinge abwischte, die aus der Stahlspitze seines Kampfstiefels herausstak.

20

Der lange Schreckensweg war zu Ende, und die drei Überlebenden standen vor dem noch längeren Heilungsprozeß.

Dutch hatte Lloyd und Teddy zu seinem Wagen getragen und war mit der weinenden Kathleen zum Haus eines Arztes gefahren, der wegen Morphiumhandels unter Anklage stand. Mit Dutchs Revolver an der Schläfe hatte der Arzt Lloyd untersucht und festgestellt, daß er sofort eine Bluttransfusion bräuchte. Dutch verglich Lloyds Führerschein und den Ausweis, den er in Teddy Verplancks Jacke gefunden hatte. Sie hatten beide Blutgruppe 0-positiv. Der Arzt führte die Transfusion mit Hilfe einer behelfsmäßigen Zentrifuge durch, um Teddys Puls anzuregen, während Dutch wieder und wieder flüsterte, daß er alle Anklagen gegen ihn abwenden würde, koste es was es wolle. Lloyd reagierte positiv auf die Blutübertragung und kam wieder zu Bewußtsein, als der Doktor gerade Kathleen ein Beruhigungsmittel gab und die Fäden zog, mit denen ihre Lider an den Augenbrauen festgenäht waren. Dutch erzählte Lloyd nicht, wer das Blut gespendet hatte. Er wollte nicht, daß er es wußte.

Dutch ließ Lloyd und Kathleen im Haus des Arztes zurück und fuhr mit den Überresten von Teddy Verplanck zu ihrer letzten Ruhestätte, einem verlassenen Strand, der für seine chemische Verseuchung bekannt war. Er hievte die Leiche über eine Reihe von Stacheldrahtzäunen und sah dann zu, wie die giftige Flut sie mit dem Flügelschlag eines Alptraums wegwischte. Dutch verbrachte die folgende Woche bei Kathleen und Lloyd, nachdem er den Doktor überredet hatte, ihren Heilungsprozeß zu überwachen. Das

Haus wurde ein Hospital mit zwei Patienten, und als Kathleen aus der Betäubung erwachte, berichtete sie Dutch, wie Teddy Verplanck sie geknebelt, sie über den Rücken geworfen und dann über die Hügel von Silverlake getragen hatte, um Lloyd aufzulauern.

Er erzählte ihr, wie ihn die Notizen in Versform auf einem Kalender in Teddy Verplancks Wohnung zum Kühlturm geführt hatten, und wie sanft sie sich Lloyd gegenüber verhalten müsse und niemals über Teddy reden dürfe, wenn er als Polizist und als Mensch überleben sollte. Weinend erklärte Kathleen sich einverstanden.

Dutch führte weiter aus, daß er jegliche offizielle Spur von Teddy Verplanck vernichten wolle, daß es jedoch ihre Aufgabe wäre, Lloyds von Terror durchzogene Erinnerungen durch Liebe auszulöschen. »Mit meinem ganzen Herzen«, lautete ihre Antwort.

Lloyd delirierte über eine Woche lang. Nachdem seine Wunden geheilt waren, beherrschten ihn Alpträume, und allmählich, unter zärtlichsten Liebkosungen, gelang es Kathleen, ihn davon zu überzeugen, daß das Monster tot war und die Barmherzigkeit sich irgendwie behauptet hatte. Sie hielt ihm einen Spiegel vor Augen und erzählte ihm dabei besänftigende Geschichten. Sie machte ihm dadurch klar, daß Teddy Verplanck nicht sein Bruder war, sondern ein selbständiges Wesen, das ausgeschickt worden war, die Bücher über das Leid seiner ersten vierzig Jahre zu vernichten. Kathleen konnte sehr gut Geschichten erzählen, und nach einigem Zögern glaubte er ihr.

Als aber Kathleen die Geschichte von Teddy und Lloyd zusammensetzte, fing ihr eigener Schrecken an. Ihr Anruf in Silverlake Camera war die Ursache für den Tod von Joanie Pratt gewesen. Ihr Widerwille, Lloyd Glauben zu schenken und ihre eigenen jämmerlichen Illusionen auszulöschen, hatte zur Vernichtung einer lebendigen, atmenden

Frau geführt. Sie spürte *sie* bei jedem Atemzug, und wenn sie Lloyds verwüsteten Körper berührte, fühlte sich das wie ein Todesurteil an. Darüber zu schreiben verstärkte die Trauer. Es war eine lebenslängliche Strafe ohne Bewährung und ohne die Möglichkeit der Sühne.

Auf den Tag einen Monat nach der Walpurgisnacht von Silverlake entdeckte Lloyd, daß er wieder laufen konnte. Dutch und Kathleen hatten ihre täglichen Besuche eingestellt, und der von der Anklage befreite Doktor hatte die schmerzstillenden Mittel abgesetzt. Lloyd würde versuchen müssen, seine Familie wiederzugewinnen und sich bald den Untersuchungsbeamten des IAD zu stellen. Doch zuvor mußte er einen Platz aufsuchen.

Das Taxi setzte ihn vor einem roten Ziegelsteingebäude an der North Alvarado ab. Lloyd knackte das Türschloß und ging nach oben, ohne zu wissen, ob er seine furchtbarsten Alpträume bestätigt oder widerlegt haben wollte. Was auch immer er sehen würde, es würde den Verlauf seines restlichen Lebens bestimmen, aber er war sich nicht sicher.

Das Alptraumzimmer war leer. Lloyd fühlte seine Hoffnungen steigen und platzen. Kein Blut, keine Fotografien, keine Körperausscheidungen, keine Rosenzweige. Die Wände waren mit harmloser hellblauer Farbe gestrichen worden. Die dreieckigen Fenster waren mit Brettern vernagelt. Er würde es nie erfahren.

»Ich wußte, daß du hierherkommen würdest.«

Lloyd drehte sich um, als er die Stimme hörte. Es war Dutch. »Ich treibe mich schon seit Tagen in dieser Gegend herum«, sagte er. »Ich wußte, daß du hierherkommen würdest, bevor du mit deiner Familie Verbindung aufnimmst und dich zum Dienst zurückmeldest.«

Lloyd ging mit den Fingerspitzen über die Wand und sagte: »Was hast du hier gefunden, Dutch? Ich muß es wissen.«

Dutch schüttelte den Kopf. »Nein. Niemals. Frag das nicht noch einmal. Ich hab' dir nicht geglaubt, und ich hätte dich beinahe verraten, aber ich habe meine Fehler wiedergutgemacht, und ich werde dir gegenüber nie mehr über die Sache reden. Alles, was zu Teddy Verplanck gehörte und was ich finden konnte, ist vernichtet. Er hat nie existiert. Wenn du, Kathleen und ich daran glauben, können wir vielleicht wie normale Menschen weiterleben.«

Lloyd schlug mit der Faust gegen die Wand. »Aber ich muß es wissen! Ich bin es Joanie Pratt schuldig, und ich bin kein Cop mehr, daher muß ich mir ein Bild darüber machen können, was das Ganze für einen Sinn hatte, damit ich weiß, was ich tun soll! Ich hatte diesen Traum, daß ... mein Gott, ich kann es einfach nicht erkl...«

Dutch ging zu Lloyd und legte ihm die Hand auf die Schulter. »Du bist immer noch ein Cop. Ich bin selbst beim Chief gewesen. Ich habe gelogen, ich habe ihm gedroht, ich habe gebohrt und es hat mich meine Beförderung und den Posten beim IAD gekostet. Deine Scherereien mit dem IAD haben nie existiert, ebenso wie Teddy nie existiert hat. Aber du schuldest mir etwas, und das wirst du mir zurückzahlen.«

Lloyd wischte sich Tränen aus den Augen. »Was denn?«

Dutch sagte: »Begrabe die Vergangenheit und mach weiter mit deinem Leben.«

Lloyd besorgte sich Janices neue Adresse und flog am nächsten Abend nach San Francisco. Janice war übers Wochenende weggefahren, aber die Mädchen waren mit ihrem Freund George da, und als er durch die Tür ging, stürzten sie sich derart auf ihn, daß er befürchten mußte, sie würden jede Stelle seines zerschlagenen Körpers zerkratzen. Er empfand einen kurzen Anflug von Panik, als sie eine Geschichte hören wollten, aber das Märchen von der liebenswürdigen Dichterin und dem Polizisten genügte ihnen solange, bis sie mit Tränen in den Augen auseinandergingen. Penny war diejenige, die die Schlußfolgerung lieferte. Sie hielt Lloyd ganz fest und meinte: »Fröhliche Geschichten sollten dein neuer Stil werden, Daddy. Aber du wirst den Dreh rauskriegen. Picasso hat seinen Stil auch erst später geändert, das kannst du auch.«

Lloyd fand ein Hotelzimmer nahe Janices Wohnung und verbrachte das Wochenende mit seinen Töchtern; er nahm sie mit nach Fisherman's Wharf, in den Zoo und ins Völkerkundemuseum. Als er sie am Sonntagabend zu Hause absetzte, erzählte ihm George, daß Janice einen Liebhaber habe, einen Rechtsanwalt, der sich auf Steuerfragen spezialisiert habe. Mit ihm verbrachte Janice das Wochenende. Einen Augenblick lang dachte er wutentbrannt daran, diese Affäre zu zerstören, und ballte aus Reflex die Fäuste. Dann löschten Bilder von Joanie Pratt seine Gedanken an Blutrache wieder aus. Lloyd küßte und herzte die Kinder zum Abschied und ging zu seinem Hotel zurück. Janice hatte einen Liebhaber, und er hatte Kathleen, und er wußte überhaupt nicht, was er fühlte, geschweige denn, was das alles überhaupt zu bedeuten hatte.

Am Montag morgen flog Lloyd nach Los Angeles zurück und fuhr mit dem Taxi zum Parker Center. Er ging in den sechsten Stock hinauf und spürte, wie sich die schlaffen Muskeln um die Bauchverletzung dehnten und spannten. Es würde noch Wochen dauern, bevor er mit einer Frau schlafen könnte, aber sobald Doktor Drogenhändler ihm die Erlaubnis gäbe, würde er mit Kathleen eine ganze Serie von Wochenenden verbringen.

Die Flure im sechsten Stock waren leer. Lloyd sah auf die Armbanduhr. 10.35 Uhr. Frühstückspause. Die Kantine für die unteren Dienstgrade war wahrscheinlich überfüllt. Dutch hatte seine lange Abwesenheit zweifellos mit irgendeiner Geschichte gedeckt. Warum also sollte er diese Situation nicht nutzen, um die Wiedersehensfeier in einem Abwasch zu erledigen?

Lloyd stieß die Tür zur Kantine auf. Sein Gesicht leuchtete förmlich auf, als sich ihm der Anblick eines großen Raumes voller hemdsärmeliger Männer bot, die über Kaffee und Kuchen saßen, lachten, Späße machten und gutgemeinte, obszöne Gesten von sich gaben. Er stand in der Eingangstür und genoß das Bild, bis er merkte, daß der Lärm verstummte. Jeder in dem Raum sah ihn an, und als sie sich alle erhoben und zu klatschen begannen, blickte er in ihre Gesichter und entdeckte nichts anderes als Ehrfurcht und Liebe. Der Raum schwankte hinter seinen Tränen, und die Bravo-Rufe zusammen mit dem Applaus trieben ihn auf den Flur zurück, wo ihm noch mehr Tränen kamen und er sich fragte, was das alles bedeuten sollte.

Lloyd rannte in sein Büro. Er suchte in seiner Hosentasche nach dem Schlüssel, als Officer Artie Cranfield auf ihn zukam und sagte: »Willkommen daheim, Lloyd.«

Lloyd wies mit dem Finger auf den Flur hinunter und wischte sich das Gesicht ab.

»Was zum Teufel soll das alles, Artie? Was, verdammt noch mal, soll das alles bedeuten?«

Artie sah erst verwirrt aus, dann wachsam. »Scheiß dir nicht ins Hemd, Lloyd. In der gesamten Abteilung geht das Gerücht, daß du den Fall des Schlächters von Hollywood gelöst hast. Ich weiß nicht, wer das Gerücht in die Welt gesetzt hat, aber jeder beim Raub- und Morddezernat glaubt dran, und ebenso die gesamte Polizei von L.A. Es heißt, daß Dutch Peltz es dem Chief selbst gesagt hat, und daß der Chief dir die Bullen von der inneren Sicherheit deswegen vom Arsch gehalten hat, weil die beste Methode, dir das Maul zu stopfen, dich im Department zu behalten war. Willst du mir nicht mehr darüber erzählen?«

Lloyds Tränen der Bestürzung verwandelten sich in Tränen des Lachens. Er öffnete die Tür und wischte sich mit dem Hemdsärmel über das Gesicht. »Der Fall wurde von einer Frau gelöst, Artie. Einer linken Lyrikerin, die Cops verabscheut. Beachte die Ironie und freu dich über deinen Kassettenrecorder.«

Lloyd schloß die Tür vor Artie Cranfields verdutztem Gesicht. Als er hörte, daß dieser mit sich selbst redete, während er davonging, knipste er das Licht an und schaute sich in seinem Büro um. Alles sah noch genauso aus wie früher, mit Ausnahme einer einzelnen roten Rose, die in der Kaffeetasse auf dem Schreibtisch stand. Neben der Tasse lag ein Stück Papier. Lloyd hob es auf und begann zu lesen.

Liebster L... Langgezogene Abschiedsszenen sind schrecklich, daher werde ich mich kurz fassen. Ich muß fortgehen. Ich muß fortgehen, weil Du mir mein Leben zurückgegeben hast und ich jetzt sehen muß, was ich damit anfangen kann. – Ich liebe Dich und brauche Deinen Schutz so, wie Du meinen brauchst, aber der Mörtel, der uns verbindet, ist aus Blut, und wenn wir zusammenblieben, würde er von uns Besitz ergreifen, und wir hätten nie mehr die Gelegenheit, normal zu werden. Ich habe den Buchladen und die Wohnung aufgegeben (Sie gehörten sowieso schon meinen Gläubigern und der Bank). Ich habe noch meinen Wagen und ein paar hundert Dollar in bar, und ich werde mich ohne überflüssiges Gepäck in unbekannte Gegenden begeben (Männer tun das schon seit Jahren). Es geht viel vor in mir, ich muß noch sehr viel schreiben. Klingt »Buße für Joanie Pratt« wie ein guter Titel? Sie hat einen Anspruch auf mich, und wenn ich ihr mein Bestes gebe, erlange ich vielleicht Vergebung. Der Gedanke an unsere Vergangenheit schmerzt mich, L. – Aber am meisten schmerzt mich die Zukunft. Du hast beschlossen, Grausamkeiten nachzugehen und zu versuchen, sie durch den Balsam Deiner Liebe zu ersetzen, und der Marsch auf diesem Weg ist schmerzlich.

K.

P.S. Die Rose ist für Teddy. Wenn wir ihn in Erinnerung behalten, wird er niemals in der Lage sein, uns etwas anzutun.

Lloyd legte das Papier hin und nahm die Blume. Er hielt sie an die Wange und verglich sie in Gedanken mit der spartanischen Ausstrahlung seines Arbeitsplatzes. Nach Blumen duftender Schrecken vermischte sich mit metallenen Ablageschränken, Fahndungspostern und einem Stadtplan, und alles zusammen erzeugte reines, weißes Licht. Als Kathleens Worte das Licht in Musik verwandelten, nahm er diesen Augenblick in die stärkste Faser seines Herzens auf und trug ihn mit sich fort.